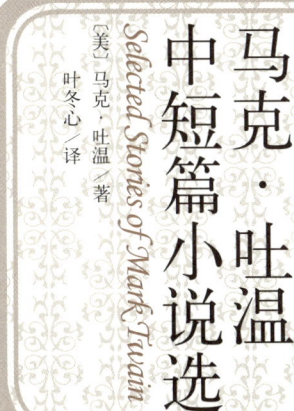

[美]马克·吐温/著
叶冬心/译

马克·吐温中短篇小说选

Selected Stories of Mark Twain

名著名译丛书

人民文学出版社

Mark Twain
SELECTED STORIES OF MARK TWAIN
选译自 The Complete Short Stories of Mark Twain, Doubleday & Company, Inc., Garden City, New York, 1985。

图书在版编目(CIP)数据

马克·吐温中短篇小说选/(美)马克·吐温著;叶冬心译. —北京:人民文学出版社,2014(2020.6重印)
(名著名译丛书)
ISBN 978-7-02-010444-4

Ⅰ.①马… Ⅱ.①马…②叶… Ⅲ.①中篇小说—小说集—美国—近代②短篇小说—小说集—美国—近代 Ⅳ.①I712.44

中国版本图书馆 CIP 数据核字(2014)第 108314 号

责任编辑　马爱农　张海香
装帧设计　刘　静　陶　雷
责任印制　任　祎

出版发行　人民文学出版社
社　　址　北京市朝内大街166号
邮政编码　100705
网　　址　http://www.rw-cn.com

印　　刷　河北新华第一印刷有限责任公司
经　　销　全国新华书店等

字　　数　345千字
开　　本　890毫米×1290毫米　1/32
印　　张　12.5　插页3
印　　数　64001—69000
版　　次　2001年12月北京第1版
印　　次　2020年6月第10次印刷

书　　号　978-7-02-010444-4
定　　价　33.00元

如有印装质量问题,请与本社图书销售中心调换。电话:010-65233595

马克·吐温

马克·吐温(1835—1910)

　　美国作家,美国批判现实主义文学的奠基人。一生创作颇丰,作品多以密西西比河畔为背景,反映十九世纪末期美国社会的方方面面,其文笔幽默诙谐。

　　《马克·吐温中短篇小说选》精选作者三十五篇脍炙人口的作品,按写作年代顺序编排。这些作品内容广泛,寓意深刻,每一篇都充溢着幽默的讽刺趣味。

译　者

叶冬心(1914—2008),安徽桐城人。1938年毕业于上海圣约翰大学英国文学系,曾任职于上海西风杂志社、《申报·自由谈》副刊、《侨声报·南风》副刊、上海译文出版社、上海市文史研究馆。译作三十余部,主要有《卓别林自传》《马克·吐温中短篇小说选》《白衣女人》《马克·吐温幽默作品选》《乡村》等。

出版说明

人民文学出版社从上世纪五十年代建社之初即致力于外国文学名著出版，延请国内一流学者研究论证选题，翻译更是优选专长译者担纲，先后出版了"外国文学名著丛书""世界文学名著文库""二十世纪外国文学丛书""名著名译插图本"等大型丛书和外国著名作家的文集、选集等，这些作品得到了几代读者的喜爱。

为满足读者的阅读与收藏需求，我们优中选精，推出精装本"名著名译丛书"，收入脍炙人口的外国文学杰作。丰子恺、朱生豪、冰心、杨绛等翻译家优美传神的译文，更为这些不朽之作增添了色彩。多数作品配有精美原版插图。希望这套书能成为中国家庭的必备藏书。

为方便广大读者，出版社还为本丛书精心录制了朗读版。本丛书将分辑陆续出版。

人民文学出版社
2015年1月

前　言

马克·吐温(1835—1910)是我国读者最熟悉的一位美国作家。他原名叫塞缪尔·朗荷恩·克列门斯,生于密苏里州的佛罗里达,父亲是当地法官,收入菲薄,家境拮据。小塞缪尔上学时就不得不打工。他十二岁那年父亲去世,从此开始了独立的劳动生活,先在印刷所学徒,当过送报人和排字工,后来又在密西西比河上当水手和舵手。儿时生活的贫困和长期的劳动生涯,不但为他以后的文学创作积累了素材,更铸就了他一颗正义的心。

南北战争爆发后,密西西比河航运萧条,他去西部淘金又空手而归,便来到弗吉尼亚城,先在《事业报》后在旧金山的《晨报》当记者,撰写通讯报道和幽默小品,并开始使用马克·吐温这个笔名,其原意为"测深两寻",本是水手用语,意思是水深十二英尺,船可平安通过。谁知这一略带诙谐意味的笔名后来竟响彻美国文坛,在全世界都几乎家喻户晓。

马克·吐温开始写作之时恰值美国南北战争之后的"重建时期":经济如脱缰之马,一方面迅猛发展,一方面又弊端孳生;冒险家铤而走险,暴发户一夜暴富;政界一片黑暗,官场贿赂公行。然而,这样一个竞争不规范、法制不健全的时期于文学倒是有利的:动荡的社会提供了多角度、多层次的素材,远远超出了伊迪丝·华顿夫人(1862—1937)的《天真的时代》,使威廉·豪威尔斯(1837—1920)的"微笑"变成了"苦笑"。于是,"乡土文学"、"幽默文学"便应运而生,冲破了原来以东海岸新英格兰为中心的那种正统的"高雅"文学的樊篱。文学的这种"大众化"倾向无疑是合乎潮流的,不但扩大了文学的视野,而且开辟了新的读者群。尽管文学成了商品,被推向了市场,难免在通俗之中有"粗俗"和"庸俗"之嫌,但普及中的提高毕竟可以更上一层楼。这一时期虽然介于美国文学两次发展巅峰——即十九世纪后半以爱默生、梭罗、朗费罗、霍桑、麦尔维尔、惠特曼等人所代表的浪漫主义文学和二十世纪中以德莱塞、海明威、菲兹杰拉德、多斯·帕索斯、斯坦贝克、福克纳众大师所开创的流派纷呈的繁荣——中间,无疑起着承前启后的作用,没有这一时期的广博,便不会有后来的高耸。

马克·吐温在"乡土文学"和"幽默文学"极肥沃的土壤中植根他的文学创作,却能够立即脱颖而出,就在于他把"乡土"推广为喜闻乐见,把"幽默"深入到讽刺现实。当时的"乡土文学"作者写的都是为他们所熟悉的本乡本土的人物和故事,难免追求异乡情调,而且主题也良莠不齐。但马克·吐温写的却是普通美国人随处可见的日常生活情节,打破了东西部、南北方的界限,具有更普遍的意义,无论谁读后都会感到亲切。而源于口头传闻的"幽默文学"多以滑稽逗笑为主,缺乏深刻的内涵。马克·吐温利用了其幽默诙谐的笔调,赋以对现实的辛辣讽刺,让人们在笑声中窥视社会的不公和人生的不幸。

马克·吐温对社会的揭露和批判,渗透着他对美国民主自由的失望。作为一个出身下层、饱经风霜的人,他对民主自由有一种本能的渴求,但生活在美国那样一个社会,他还不可能免俗地不去做"黄金梦"(他早年曾去西部淘金未果,晚年亦每曾投资自动排字机而蚀本),但无情的现实却使这位理想主义者无法不失望。如果说他早期的作品常常弥漫着"补天"的幻想的话,随着他越来越深刻的观察和越来越无情的揭露,他不但痛恨社会的丑陋,甚至对整个人类都失望了。"哀莫大于心死",这正是一个有正义感的人和有责任感的作家的悲剧。

综观马克·吐温的全部著作,以晚期的演讲和时论最为热情洋溢和旗帜鲜明;以《过艰苦生活》和《密西西比河上》那样的回忆和随笔最为生动亲切,于轻松中见真挚;以长篇小说刻画的人物最为细腻感人:汤姆·索亚以儿童的目光看世界,同时也就把一个美国儿童的心理细致入微地展现给世人;哈克贝利·费恩更被海明威和福克纳誉为美国文学中"最好的一本书",著名诗人托马斯·艾略特甚至认为这一形象堪与奥底修斯、浮士德、堂吉诃德、哈姆雷特和唐璜相媲美;而以中短篇小说的短小犀利更脍炙人口。如果把他的演讲和时论比做震撼人心的宣传画，他的回忆和随笔就像是色彩清新的水彩画，他的长篇小说犹如人物浮雕的群像，而他的中短篇小说则是用白描手法勾勒出来寓意深刻的幽默讽刺漫画。

马克·吐温的中短篇小说通常都围绕着一个具体情节展开，以挥洒自如的笔力极尽夸张之能事，使读者明知不可能却渐入佳境，信以为真；掩卷深思时终于认识到这种不可能中却有着极大的真实性，作家笔下的人和事或许就存在于你的身边，甚或就在你的身上。

他的作品虽然没有深挖社会黑暗的罪恶渊薮，也没有探讨人生的深邃哲理，但仍需要仔细玩味，才能领悟其表面故事背后的深层寓意。如《布洛克先生写的新闻报道》、《我如何主编农业报》、《田纳西州的新闻业》和《一次接受采访》，表面上讽刺的是报界的编辑和记者，但新闻界为什么要招收这种无能之辈呢？报刊由谁出资、由谁主持，又是给谁看的呢？这样一追问和思考，就可以对美国标榜的新闻自由一目了然了。再如《他究竟是已死或仍活着？》和《卡匹托尔山上的维纳斯雕像》，初看似是揭发了艺术界的黑幕，暴露了那些作假和仿古的艺术家的行径；但若不是艺术流于商品，艺术家成为金钱的奴隶，又何至于缺乏客观的评价标准，致使艺术家的穷困潦倒呢？如果一心献身艺术的人难以糊口，而被某些人吹捧起来的平庸之辈却能腰缠万贯，真正的艺术又何以存身和发展呢？再推而广之，这种不公平、不合理的现象，难道只存在于艺术界吗？如果任其泛滥，又该如何看待社会的正义和人类的尊严呢？

马克·吐温的批判锋芒几乎无所不至。在《被偷走的白象》中，读者看到的是昏聩无能又目空一切、一味沽名钓誉却不办实事，只知巧设名目聚敛钱财但始终不肯费举手之劳的警署官僚。躯体庞大、肤色素白的大象竟然遍寻不见，恐怕不符生活真实；但惟其不可能，才益发突出了官僚的嘴脸。那种慵懒成性、办事一拖再拖的作风，出现在警察身上，诚然破案无望，但如果发生在整个政府机构中，又有何效率可言呢？而如果美国政府只等于官僚机制，不是白白花费纳税人的钱财吗？他们既然高高在上，除去"主民"又如何能"民主"呢？《竞选州长》中的"我"，刚要行使自己的民主权利，当一名州长候选人，立刻召来了铺天盖地的诬蔑、中伤和谩骂,我们自然会想到背后的主使人,他没有露面,却在呼风唤雨,单单是一个竞选对手,恐怕难有这样的财势和能量,那么该是什么人呢?

美国社会对人的腐蚀力最甚者莫过于金钱。马克·吐温虽然也不自觉地流露出小市民暴富的梦想,如《汤姆·索亚历险记》结局处让汤姆和哈克发现了强盗的大量藏金;但他对金钱的批判还是一针见血的。如果说《一张百万英镑钞票》中的主人公虽获横财尚能自持,在丑陋中反衬出他良心未泯、崇尚爱情的纯洁高尚的话,《三万元的遗产》则活画出那对穷苦夫妻的黄金梦的虚幻可笑——但我们只能苦笑,同时也不能不深感哀怜,他们毕竟是无辜的小人物啊!但到了《腐蚀了哈德利堡镇居民的人》,简直是"洪桐县里没好人",镇上的那些稍有地位的人物,几乎无一幸免地全都屈从于金钱拜物的面前。读者在这样的解剖下,又有谁还笑得出来呢?我们恐怕只能为人类悲哀了。从嬉笑怒骂皆成文章的玩世不恭,到针砭时政、鞭辟入里的愤世嫉俗,是马克·吐温思索的深化和作品的成熟,我们欣赏他的作品,也就此步步深入了。

文学作品离不开语言文字这一载体。马克·吐温的作品之所以深受欢迎,除去立意清新,剖析得当之外,很重要的要归功于他对语言的驾驭。大家都知道,群众日常生活中的用语是最为鲜活、生动和富于生命力的;但只有经过作家采纳,写入作品之中,才能成熟、定型和推广。萧伯纳曾称马克·吐温为语言大师,这是毫无溢美成分的。可以说,如果没有马克·吐温(当然也会有别人),就没有今天的美国英语。应该说,正因为马克·吐温把美国英语运用得恰到好处,才有如此充分体现美国民族个性的豪爽、乐观和不拘小节的他的那些纯美国式的作品。

作为幽默讽刺和美国英语大师,马克·吐温在美国文学史上的地位是不可动摇的。

马克·吐温在我国五六十年代那一种特定的气候下,是对读者介绍最多的为数有限的美国乃至西方作家之一。但也正因此,对他的分析评价往往带有过多的功利目的而不够充分全面。此次人民文学出版社将马克·吐温的中短篇小说选收入"名著名译丛书",确实能够收到将世界文学名家名篇以精美的版本永远保留在文学爱好者书架上世代传阅的功效。笔者不揣谫陋,特奉此文与读者,除去老生常谈,但愿尚有些许新意,与书友切磋,望同行教正,如能抛砖引玉,更是不胜惶恐,不胜荣幸矣!

胡允桓

一九九九年春

目　录

卡匹托尔山上的维纳斯雕像 …………………………… 001
奥里莉亚的倒运未婚夫 …………………………………… 008
布洛克先生写的新闻报道 ………………………………… 012
火车上人吃人纪闻 ………………………………………… 016
我从参议员私人秘书的职位上卸任 …………………… 025
大宗牛肉合同的事实 ……………………………………… 031
我最近辞职的经过 ………………………………………… 039
中世纪的骑士故事 ………………………………………… 046
已故乔治·费希尔事件的始末 ………………………… 054
神秘的访问 ………………………………………………… 063
我如何主编农业报 ………………………………………… 069
怪梦——兼寓规训之意 …………………………………… 076
竞选州长 …………………………………………………… 086
田纳西州的新闻业 ………………………………………… 092
一则真实的故事 …………………………………………… 100
一次接受采访 ……………………………………………… 106
麦克威廉斯两口子如何对付膜性喉炎 ………………… 111
皮特凯恩岛大革命 ………………………………………… 119
麦克威廉斯太太与雷电 …………………………………… 130
爱德华·米尔斯和乔治·本顿的故事 ………………… 138
法国人大决斗 ……………………………………………… 144
国王说"再来一次！" ……………………………………… 154
美国人到了欧洲 …………………………………………… 156

故布疑阵	166
一位病魔缠身者的故事	195
德国萨根费尔德传奇	203
被偷走的白象	209
一则鬼故事	231
一张百万英镑钞票	238
他究竟是已死或仍活着？	261
与移风易俗者同行	271
腐蚀了哈德利堡镇居民的人	286
狗说的故事	337
三万元的遗产	348
罗杰斯	381

卡匹托尔山上的维纳斯雕像*

第 一 章

场景——罗马一位艺术家的雕塑室。

"哦,乔治,我真爱你呀!"

"这我知道,玛丽,多谢你的一片深情,——可是你父亲为什么那样顽固不化呢?"

"乔治,他也是一片好意呀,但是他认为搞艺术这一行是荒唐的——他只懂得经营食品杂货。他的见解是,你会让我挨饿的。"

"去他那份高见吧——但这话叫人听了不胜感慨。为什么我不是一个只会赚钱的、全无心肝的食品杂货商,而是一个赋有天才、但不能糊口的雕塑家呢?"

"别灰心,好乔治,亲爱的——他所有的偏见都会消失的,只要你一弄到手五万块钱——"

"五万个魔鬼!我的傻孩子,我连伙食费还欠着没付哩!"

第 二 章

场景——罗马的一所住宅。

"亲爱的先生,再多说也没用。我对您并没什么地方过不去的,但

---

* 卡匹托尔山是罗马附近七座名山之一。相传最初在该山上建立了罗马,公元前五〇七年山上造了朱庇特神庙。经多次兵燹与重建,现在卡匹托尔山上的神庙大部分作为博物馆,是根据意大利伟大建筑师米开朗琪罗的设计修建的。维纳斯是罗马神话中爱与美的女神。

是我不能让我女儿嫁给一份大杂烩:爱情、艺术加饥饿的大杂烩——我相信您再没有其他可以提供的了吧。"

"先生,我是穷,这一点我得向您承认。可是,难道名声这东西就一文不值了吗?阿肯色州的贝拉米·富德尔阁下①就说过,我最近完成的亚美利加女神像是雕塑中的一件精品,他确信我总有一天会成名的。"

"呸,那个阿肯色州笨驴懂得什么?名声就是一文不值——你那大理石雕的丑八怪究竟能在市场上卖多少钱,那才是值得考虑的。你花了六个月的时间去雕琢它,结果连一百元也卖不出去。不行,先生!给我拿出五万元,你就能娶去我的女儿——否则,她就嫁给小辛帕尔。我给你整整六个月的时间,去筹齐那一笔钱。再见啦,先生。"

"咳!我好苦啊!"

第 三 章

雕塑室。

"啊,约翰,我的总角之交,我是一个最不幸的人哪。"

"你是一个大傻瓜!"

"现在我再没有任何可留恋的了,除了我这尊可怜的亚美利加女神像——可是,瞧呀!连她那张冷漠无情的大理石脸也不对我表示同情——她是多么美丽,又是多么无情!"

"你是个大笨蛋!"

"咳,约翰!"

"唉,别废话啦!你不是说还有六个月的时间去筹齐那笔钱吗?"

"你就别拿我的痛苦开玩笑啦,约翰。哪怕我有六百年的时间,那对我又有什么用?那又怎能帮助一个既没名气,也没资本,又没朋友的可怜虫?"

"白痴!胆小鬼!小孩儿!说什么只有六个月的期限去筹齐那笔

---

① 对美国国会议员的尊称。

钱——只要有五个月就够了！"

"你疯了吗？"

"六个月的时间——这时间很富余。交给我去办。我去筹齐它那笔钱。"

"你这是什么意思，约翰？你到底有什么办法为我筹齐这么一笔巨款？"

"你能让我去办这件事，同时不来干预吗？你能把这件事交在我手里吗？你能发誓随我去办吗？你能向我保证，不干涉我的行动吗？"

"我已经晕头转向——稀里糊涂——可是我能发誓。"

约翰抓起了一个锤，显得那样胸有成竹，一下子把亚美利加女神的鼻子敲掉了！又是一下子，她的两个手指落在了地下——又是一下子，一部分耳朵不翼而飞——又是一下子，一排脚趾被打得零七八碎——又是一下子，左边的腿，从膝部以下，被砸得稀巴烂！

约翰戴上帽子离开了。

整整三十秒钟，乔治一直目瞪口呆，对着那尊像被砸得奇形怪状的可怕情景，然后，再也支持不住，一下子就倒在地上，抽起筋来。

过了不多一会儿，约翰雇了一辆马车回来，把伤心的艺术家和缺腿的雕像一起带上车，然后，若无其事地轻轻地吹着口哨，驾着车走了。他将艺术家送到他的寓所里，接着就带着那尊雕像驶去，消失在奎里纳尔宫大道的另一头。

第 四 章

场景——雕塑室。

今天两点钟，那六个月的期限就到了！咳，真叫人心焦！我这一辈子就算完了。我巴不得自己死了才好。昨天我连晚饭都没法咽下。今天我早饭也没吃。我不敢走进饭店。肚子饿吗？——就别去提它啦！我的鞋匠来讨债，逼得我要死——我的裁缝也来讨债——我的房东经常来跟我纠缠不清。我好苦啊。自从那可怕的日子以后，我就再没有见到约翰。我在大街上遇见她，她总是向我亲切地笑，但是她那铁石心肠的父亲立刻吩咐她把头扭过去。嗨,是谁在敲门?又是谁折磨我来了?是鞋匠,是那个恶毒的歹徒,保准是他,"进来!"

"啊,祝大人快乐——老天保佑您吉祥如意,大人!我送来了大人定制的新靴子——啊,别提什么付钱的事,不必着急,根本不用赶急。只要高贵的大人肯继续惠顾,我会感到不胜荣幸——啊,再见!"

"他亲自把靴子送上门!不要我付他钱!临走的时候一鞠躬,还让一只脚擦地后退一步,这是对国王行的礼数呀!希望我继续照顾!难道世界末日到了不成?在所有的——进来!"

"对不起,大人,我是给您送新装来了,为了……"

"进来!!"

"请千万宽恕我来打扰,大人!我总算把楼下那套华丽的房间为您收拾好了——这间肮脏破旧的小屋子实在不配……"

"进来!!!"

"我来拜访您,是为了向您报告,您在敝行开的信贷户头,现在,一切尽如人意,它又恢复了,我们将十分高兴,如果您要向敝行支取不论多少……"

"进来!!!!"

"我的好孩子,她是属于你的了!她马上就会到这儿来!你娶了她吧——就和她结婚吧——去过幸福的生活吧!——上帝保佑你们俩!希普,希普,乌——"①

"进来!!!!!"

"哦,乔治,我的宝贝,咱们可得救了!"

"哦,玛丽,我的宝贝,咱们确是得救了——可是,这究竟是怎么一回事,我实在弄不明白!"

第 五 章

场景——罗马某咖啡馆。

---

① 由一人领头喊:"希普,希普,乌拉!"其他人随声附和,一同欢呼,表示庆贺。

一群美国绅士当中,有一位正在读《罗马街谈巷议》周刊,并将一篇报导口译如下:

惊人的发现!——大约在六个月前,约翰·史密斯先生——一位侨居罗马多年的美国绅士——在坎帕尼亚①用低价从博赫塞公主的一位破了产的亲戚名下买下了离西皮奥家族祖坟不远的一小块地。此后,史密斯先生去找档案局局长,将那块地转让给了一位名叫乔治·阿诺德的美国穷艺术家,说他之所以要这样做,是因为很久以前,他无意中对阿诺德先生的财产造成了经济损失,现在要为此作出补偿,并说他要负担一切费用,为阿诺德先生修整那片土地,作为进一步的补偿。四星期前,在为那片土地进行必要的掘土工程时,史密斯先生挖出了那尊绝无仅有的古代雕像,为罗马瑰玮艺术宝藏增添了光辉。那是一尊精美绝伦的女人雕像,尽管上边沾满了令人看了心酸地无数岁月的泥垢与霉斑,然而谁看了也不能不为那迷人的美所激动。鼻子,左腿从膝以下,一只耳朵,再有右脚的脚趾,以及一只手上的两个指头,都没有了,要不然那宝贵的神像可说是保存得异常地完整。政府立即命令对那座像进行军管,而且指派了一个由艺术鉴赏家、考古学家,以及红衣主教所组成的委员会去为它估价,并商定如何酬报发现雕像的那片土地的主人。直到昨晚,这件事一直被全部绝对保密。在过去的一段时间内,委员会委员关着门仔细考虑。昨晚,他们一致同意,认定那是一尊维纳斯雕像,是公元三世纪一位无法察考姓氏、但是具有卓越天才的艺术家的作品。他们认为,这是世人以往完全不曾知道的一件最为完美的杰作。

他们半夜里举行了最后一次会议,决定将维纳斯雕像的价值定为一千万法郎这一巨数!根据罗马法律和罗马习俗,政府对坎帕尼亚发现的所有艺术珍品都拥有一半主权,国家为永远保留这尊美丽的雕像,必须偿付阿诺德先生五百万法郎。今天上午,维纳斯雕像将被移往卡匹托尔山,并保存在那里;中午委员会全体成员

---

① 罗马附近的一片平原,占地约八百平方英里。

将去会见阿诺德先生,带给他教皇圣座下达财政部的指示,着其支付五百万金法郎巨款!

一片啧啧称羡声:"好运道!没法形容的啦!"

另一个人的声音:"诸位,我建议咱们立即成立一家美国股份公司,在这里购买土地,发掘雕像,并和华尔街取得充分联系,好操纵股票行情。"

所有的人:"一言为定。"

第 六 章

场景——十年后,罗马卡匹托尔山。

"亲爱的玛丽,这是全世界最著名的雕像。也就是你经常听到的那尊尽人皆知的卡匹托尔山上的维纳斯雕像呀。瞧她上面那些残缺的地方,都已经由几位最著名的罗马艺术家给'修复'了(也就是说,给修补好了)——单是这一件事——抬举了这些人,让他们修补这样一件高贵的艺术品——就能使他们名垂不朽呀。看来它够多么离奇——这个地方!上次,在咱们幸福的十年之前,我站在这儿的前一天,我还不曾成为一个阔佬——天哪,那时候我身边不名一文。然而,使罗马成为全世界古代艺术珍品的主人,这件事却和我大有关系。"

"这个人们崇拜的、举世闻名的卡匹托尔山上的维纳斯雕像——她值多少钱啊!一千万法郎呀!"

"可不是——现在她是值这么多的钱了。"

"哦,好乔治,瞧她真配称得是天姿国色!"

"啊,可不是——她根本不能和好心肠的约翰·史密斯砍断了她的腿、砸掉了她的鼻子以前相比啦。足智多谋的史密斯——他给咱们带来了所有的幸福!留心听!你知道那呼哧呼哧的声音说明什么?玛丽,小家伙染上百日咳了。瞧你永远也学不会怎样照顾好孩子!"

尾　声

　　卡匹托尔山上的维纳斯雕像，仍旧陈列在罗马附近的朱庇特神庙里，仍旧是全世界人能引以为荣的古代艺术中最赫赫有名的作品。但是，如果您有机会站在它跟前，也像一般人那样为之神魂颠倒时，可别让这篇有关它的来历的真实秘史扫了您的兴——再说，如果您读到一篇报导，有关在纽约州锡拉丘兹附近，或其他地方附近，掘出了一个巨型石化人，请您别轻易相信它——再有，如果有巴纳姆①之流，先将他埋在那里，然后以高价向您出售的话，您可别买。"还是打发他去找教皇吧！"②

一八六四年

---

① 菲尼亚斯·泰勒·巴纳姆(1810—1891)，美国游艺会主持人和马戏团老板，一八四一年在纽约建立他的美国博物馆，馆内陈列了许多骗人的畸形人与怪物，此后并去欧洲作巡回演出。
② 作者写以上随笔，正值"石化巨人"的骗局在美国成为轰动一时的新闻。——原注

奥里莉亚的倒运未婚夫

以下所说的事,是我从一个家住在美丽的圣何塞市的女郎的来信中知悉的;这位女郎和我素昧平生,只在信中具名为"奥里莉亚·玛丽亚",可能是个化名吧。但这并不重要,可怜的女郎由于遭到一系列厄运,几乎五内俱伤,同时在迷茫的朋友与暗中为害的敌对势力相互矛盾的影响下,被搅得稀里糊涂,不知道该采取什么措施,才能摆脱看来她几乎已经绝望地陷入的复杂困境。在左右为难的情况下,她向我伸出求援之手,请我予以指点和教导,措词那样生动,甚至木石人也会为之感动。现在就听听她那悲惨的故事吧:

她说,在她十六岁的那一年,遇到了一个来自新泽西州、比她大约大六岁、名叫威廉森·布雷肯里奇·卡拉瑟斯的青年,她就一往情深、热烈地爱上了他。两人在亲友的同意下订了婚。有一段时期里,看来他们俩已命里注定,再不会像世上许多其他人那样,而将是永远无忧无虑的了。但是,后来时运逆转:正值青春的卡拉瑟斯染上了最恶性型的天花,病好后他变得坑坑洼洼蜂窠般的一脸麻子,再不像以前那样英俊了。起初奥里莉亚也想到解除婚约,但是由于怜悯这不幸的情人,终于将婚期推迟一些日子,再试他一个时期。

就在举行婚礼的前一天、布雷肯里奇由于一时全神贯注,只顾看一只气球在天空飘荡,走着走着跌进了一口井,一条腿骨折了,不得不从膝头以上截肢。奥里莉亚又一次转起解除婚约的念头,但爱情又一次占了上风,她再将婚期推迟,给他另一个"改造"自己的机会。

再说,厄运又一次突然降临在不幸的青年人身上。他被七月十四日①一枚发射时过早爆炸的炮弹炸掉一条胳膊,过了不到三个月,他又

---

① 美国国庆纪念日。

被梳棉机切去另一条胳膊。受到这些飞来横祸的打击,奥里莉亚的心几乎碎了。她悲痛欲绝,只能眼看着她的情人零七八碎地从她身边逝去,确实感到他不能在这种灾难性的"削减"过程中永远维持下去了,然而,同时她又没办法阻止它那可怕的进程,于是,在伤心绝望中,像那些硬挺下去赔出本钱的经纪人,几乎懊恨自己为什么不趁他还不曾这样惊人地"贬值"之前就先嫁给他。尽管如此,她那顽强的精神仍支持住了她,她决定为她朋友的异常变化倾向再稍许忍耐一个时期。

婚期又一次临近,又被一件令人失望的事蒙上了阴影:卡拉瑟斯染上丹毒,一只眼睛完全失明。新娘的亲友考虑到她已经做到了仁至义尽的地步,所以现在不揣冒昧,都极力主张废除婚约;然而,奥里莉亚经过一番犹豫,本着她那值得令人赞美的高尚精神,说她已经冷静地考虑了这件事,但找不出有什么可以责怪布雷肯里奇的地方。

于是她再一次推延了时间,而他在这期间又摔折了另一条腿。

对于这可怜的姑娘来说,那是一个悲哀的日子,当她眼看着几位外科医师郑重其事地扛走那个大麻袋,她根据以往的经验,知道它是作什么用的,从心底里意识到那惨痛的真相:她的情人又有一部分一去不复返了。她觉得自己的爱情范畴正在日益缩小,但是,她又一次正言厉色地打发走了她的亲戚,重申了她的婚约。

就在已定的喜期前不久,又发生了一件不幸的事。去年全国只有一个人被欧文斯河上的印第安人剥去头皮,①而那人正是新泽西州的威廉森·布雷肯里奇·卡拉瑟斯。当时他正喜洋洋地赶着回家去,却没想到从此永远丧失了他的头发。在悲痛欲绝的时刻,他几乎诅咒老天不该发慈悲,给他留下了一颗脑袋。

最后,奥里莉亚极度困惑,不知道该怎么办是好了。她在信中说,怀着地道的妇女的柔情,她仍旧爱她的布雷肯里奇——她仍旧爱他剩下的部分——但是她父母都竭力反对这门亲事,因为他没有财产,又丧失了工作能力,而她也没有足够的财力供小两口维持宽裕的生活。"现在我该怎样办呢?"她伤心又焦急地问。

---

① 印第安人剥下已杀死或被俘获的敌人的带发头皮,作为战利品。

这是一个需要小心处理的问题；这问题关系到一个女人以及几乎三分之二的男子的终身幸福。我觉得自己在这件事上不敢承担更大的责任，只能提出一项建议。是不是可以为他重新造型呢？如果奥里莉亚负担得起这笔费用，就让她为那残缺不全的情人装上木头胳膊和木头腿，配上一颗玻璃眼珠和一头假发，让他的旧貌换上新颜；给他九十天的宽限，此后不再延期，如果他在这段时间里不折断他的脖子，就嫁给他，碰一碰运气。在我看来，无论如何，奥里莉亚反正也不会冒多大的危险，因为，如果他每次一抓到好机会就会继续犯他那摧毁自己的古怪习惯，那么他下一次进行的实验准会叫他完蛋，那时候不论是结婚也好，是独身也罢，你也就太平无事了。如果结婚的话，那些木腿以及他可能拥有的其他诸如此类的宝货，都将归给他的遗孀。瞧，你并没受到什么实际的损失，除了一位高贵的、但也是最不幸的丈夫留下的残余零碎。这位丈夫虽然一心一意努力向上，然而他那异乎寻常的本能却处处与他为难。你就这样试一试吧，玛丽亚。我已经仔细认真地考虑了这件事，我认为这对你是惟一的可能性。就卡拉瑟斯来说，如果他早先是从他的脖子开始，一上来就先折断了那玩意，那倒是一个好主意。但是，既然他认为应当选择另一种办法，而将自己尽可能延长下去，如果他是乐于此道，那我认为我们也不该为此而责怪他。我们在这种情况下，只能做自己力所能及的事，同时也尽可能不要对他恼火。

约一八六五年

布洛克先生写的新闻报道

我们尊敬的朋友，弗吉尼亚市的约翰·威廉·布洛克先生，昨夜很晚的时候走进了我在那儿担任助理编辑的办公室，满脸忧深痛切的神情，一面唉声叹气，一面毕恭毕敬地把以下这条新闻报道放在桌子上，然后慢吞吞地往外走。他在房门口停了一会儿，好像是竭力克制着感情，想要镇定下来说几句话，接着就冲着那份稿件点了点头，突然撑不住，哽咽着说："我的朋友——哦！太伤心啦！"话刚说完就哇地一声哭了。他那副悲苦的情景使我深受感动，以致等我想起要唤他回来，以便竭力安慰他一番时，已经为时过晚。他已经走了。当时报纸早已发下去付印，但是，知道我的朋友很重视这条新闻报道的刊出，我希望能将它发表了，好让他在伤心之余，在愁郁中获得一些安慰，于是立即吩咐暂停开印，然后把这条报道刊登在我们的新闻栏目里：

令人痛心的飞来横祸。——昨天傍晚六时左右，威廉·斯凯勒先生，城南公园区的一位年高德劭的市民，离开了他的寓所，到市区里去，多年来他习惯每天都要这样走一趟，除了一八五〇年春天里的那一小段时间，他受了伤卧病在床，因为有一次试图拦住一匹脱了缰的马，就粗心大意地跑过去紧站在马屁股后边，举起双手，大喊大叫，那次如果哪怕是更早一分钟跑过去，那我们肯定他非但不能使马跑得稍慢，反而更会使马受惊，然而，单凭那样，结果已经够他苦的了，而且，更令人悲痛难受的是，当时他的岳母也在场；她在那儿亲眼目睹了这出悲剧，后来人们引他岳母的话说：当时她不但应当像在一般情况下那样抖擞精神，提高警惕，甚至还应当注意到相反的方向，即使她不一定能够做到这一点，但出事的时刻她至少可能朝另一个方向瞧上一眼呀。再说，他岳母已经去世，死了已经三年多，死时虽然已达八十六岁高龄，但人们仍认为她大有光荣复活的希望,她是一位虔信基督的妇女,说真的,为人毫不虚伪,可是家中一无恒产,因为一八四九年遭了一场火灾,大火烧光了她俗世上所有的一切。咳,人生就是如此啊。让我们所有的人都把这件严重的事故引以为戒吧,让我们尽力地做人,庶不致等到临死的时刻愧对自己吧。让我们手摸胸膛诚心诚意地说一句:从今天开始,我们可要提防着那个使人喝得烂醉的大酒盅啊。——以上摘自《加利福尼亚人》第一版。

主任编辑已经赶到这儿来大吵大闹,一面揪自己的头发,一面踢四周的家具,像对一个扒手那样恶狠狠地咒骂我。他说,他每次让我负责照管半小时报纸,我就会被第一个闯进来的小孩或者白痴迷了心窍。他还说,布洛克先生写的那条令人痛心的新闻报道,实际上只不过是一大串令人痛心的胡说八道,它毫无内容,毫无意义,毫无消息,根本就没必要为了刊登它而暂停开印报纸。

瞧这都怪我不该存了一片好心。如果我也像某些人那样不讲厚道,冷漠无情,那我就会对布洛克先生说,时间这么晚了,不能收下他的新闻报道了;可是,这我办不到呀,他连哭带说,那副凄惨样儿,叫我的心软了,所以我只急于要想个办法减轻他的痛苦。我压根儿就没法读他写的那条新闻报道,看一看是否有什么不妥的地方,而只是匆忙地在它上面批了几行字,就把它送给排字工人去了。可是,瞧我的一片好心又能给我带来什么好报?它只能招得人家向我大发雷霆,肆意谩骂,绕着圈儿说侮辱我的话。

现在我倒要来读一读这条新闻报道,看人们是不是有理由掀起这场纷扰,如果有的话,那么写这条新闻报道的人可得听我说几句话了。

我读完那条新闻报道后必须承认,初看上去我觉得它有点儿杂乱无章。可是,我要再读一遍。

我又读了一遍,真的,它好像更乱了。

我把它读了五六遍;如果我真能够弄懂它的意思,那我非受嘉奖不可。它没法让你进行分析。对它所提到的某些事情,我根本莫名其妙。它始终没交代威廉·斯凯勒的下文。它刚刚约略涉及到那个人,让读者开始对他的事发生兴趣,紧接着就把他一笔带过了。威廉·斯凯勒这个人究竟是谁呀?他住在城南公园区的哪儿呀?如果他是六点钟到市区去,最后他走到那儿了吗?如果是走到了,他又遇到什么事情了吗?难道那遭到"令人痛心的飞来横祸"的就是他本人不成?虽然新闻报道中的详情细节写得那么复杂,但是我觉得,除了已经交代的以外,它还有更多的事情必须仔细谈清楚。在另一方面,它写得很含糊——非但含糊而已,它根本就叫你没法理解。难道就是十五年前斯凯勒先生折了腿这件"令人痛心的飞来横祸"使布洛克先生陷入无法用言语形容的悲哀,激动得在深更半夜里赶到这里,要我们暂停开印报纸,好让社会人士都知道这条新闻不成?要不,所谓"令人痛心的飞来横祸",指的是斯凯勒的岳母早年家产付之一炬的事吧?要不,它指的是三年前那个妇人去世的事吧(然而看来她并非死于飞来横祸之中)?总之,那件"令人痛心的飞来横祸"究竟指的是什么呀?如果那个大笨驴斯凯勒是要拦住那匹脱了缰的马,那么他又为什么跑过去紧站在马屁股后边,大叫大喊,挥舞双手呢?既然马已经远远跑到他前面,他又怎么可能被它撞倒和踏伤了呢?我又怎么可能将这件事引以为"戒"呢?我们又能从这篇离奇不经、不可思议的文章中吸取什么"教训"呢?再有一点,也是我们最要知道的一点,那个会使人喝得烂醉的"大酒盅"究竟跟这件事情有什么关系呢?报道中并没提到斯凯勒喝醉酒,也没提到他妻子喝醉酒,也没提到他岳母喝醉酒,更没提到他的马喝醉酒——那么,他又为什么去提到那个会使人喝得烂醉的大酒盅呢?我倒有这么一个想法,只要布洛克先生本人不去碰那会使人喝得烂醉的大酒盅,他就决不会为这种惹人恼恨的、想入非非的飞来横祸招惹这么多的麻烦。我把这条荒谬的新闻报道读了一遍又一遍,它写得那么委婉曲折,说得那么头头是道,到后来,我却看得头脑发晕了;然而,我仍旧一点儿也弄不明白那究竟是怎么一回事儿。毫无疑问,看来确实是发生了一件什么不幸的事故,但是我们不可能判断,它的经过究竟是什么情形,它的受害者又是什么人物。我不想提出这个要求,然而我又感到非提出这个要求不可,那就是:下一次如果布洛克先生有一个朋友遭到了什么飞来横祸,这位先生最好是给他所写的报道附上一段注解说明,让我们能够摸索出发生的究竟是一件什么事故,出了事故的又是一个什么人。我宁愿他所有的朋友都死绝了,也不愿为了再一次试图解释另一篇类似以上的杰作而差点儿把自己给急疯了。

一八六五年

火车上人吃人纪闻

不久前我去圣路易斯观光。西行途中,在印第安纳州的特雷霍特换车后,一位绅士,样子温厚慈祥,年纪大约有四十五岁,也许是五十岁,在一个小站上车,然后就在我身边坐下了。我们谈笑风生地山南海北闲聊了大约一小时,我发现他非常聪明,富有风趣。他一听说我是从华盛顿来的,就向我提出好些问题,有的是关于某些社会知名人士,有的是关于议会中的动态,过了不多一会儿我就看出,跟我谈话的这个人十分熟悉首都政治生活的内幕详情,甚至了解参众两院议员在工作程序中采取的方式、表现的作风以及仿效的习惯等。又过了一会儿,有两个人在离开我们不远的地方停下,站立了片刻,其中一个人对另一个人说:

"哈里斯,如果你能代我去做那件事,老兄,我会永远忘不了你。"

我新结识的朋友高兴得眼中发出了光。我猜想,这两句话勾起了他对一件幸运的事情的回忆。接着,他就沉下了脸,好像堕入深思——几乎显出愁郁。他转过身来对我说:"让我讲一个故事给您听吧;就让我向您透露一件我生活中的秘事吧,自从那件事发生以来,我还从来不曾向谁提起过。请耐心地听下去,答应我不打断我的话。"

我说我不会打岔,于是他讲述了以下这件离奇的惊险遭遇。他说的时候,一会儿很激动,一会儿很愁郁,但始终带着感情,显得那么一本正经。

陌生人讲的故事

一八五三年十二月十九日,我搭上一列开往芝加哥的夜车,从圣路易斯出发。车上总共只有二十四位乘客。没有妇女,也没有儿童。大家都兴致很好,不久就结识了趣味相投的旅伴。看来那次旅行肯定是愉快的;在一群人当中,我想,谁也没有丝毫预感,会想到我们即将遭遇到的那些恐怖。

"夜里十一点,雪开始下得很猛。离开了韦尔登小镇不久,我们就逐渐进入无限辽阔的、荒凉悄寂的草原;它远远延展到朱比利居留地,极目望去,看到的是一片萧瑟景象。没有树木或小丘的屏蔽,甚至没有零乱的岩石的阻隔,风凶猛地呼啸,卷过一马平川的荒野,把前面纷纷扬扬的雪片像怒海上波涛激起的浪花那样吹散开,雪很快地越积越厚;根据火车速度的减低来推测,我们知道车头在雪中推进时越来越困难了。可不是,大量吹来的雪堆积得好像巨大的坟山,横挡住轨道,有时候发动机在这些雪堆当中完全停了下来。大伙无心谈话了。刚才那一阵无比的欢欣,现在变成了深切的焦虑。每个人都想到可能被困在离开有人家地方五十英里以外茫茫草原上的积雪中,并将自己沮丧的情绪感染了所有其他的人。

"凌晨两点,我觉出四周毫无动静,就从反侧不宁的睡眠中惊醒过来。立刻,我脑海中闪过了那恐怖的现实——我们被困在风暴吹积成的雪堆里了!'大伙一起来抢救呀!'于是所有的人都跳起来响应。一起跑到外边荒野中的夜幕下、伸手不见五指的黑暗里,层层浪涛般的积雪里,漫天席地的风暴里,每一个人都开始迅速行动,意识到现在只要浪费片刻时间就会毁灭了我们所有的一切。铁锹,木板,双手——所有的东西,凡是可以清除积雪的,一下子全都被用上了。那是一副阴森可怖的景象;一小群人,一半在黑糊糊的阴影里,一半在车头聚光灯的强烈光照下,像发了疯似的跟那不断地堆积起来的雪厮拼。

"短短的一小时,已足以证明我们的努力全都是徒劳的。我们刚铲去一堆雪,风暴又吹来了十多堆,堵住了轨道。更糟的是,我们发现,车头在最后对敌人发动那一次猛攻时,主动轮的纵向轴折断了!即使前面轨道畅通无阻,我们也无法摆脱困境了。我们累得筋疲力尽,感到很愁闷,又回到了车上。我们聚集在火炉旁边,严肃地详细讨论我们的处境,我们什么粮食都没储备——这是我们最为烦忧的事。我们不可能冻死,因为煤水车里还储存有足够的柴火。这是我们惟一的安慰。

讨论到最后，大伙都相信了列车员作出的令人寒心的结论，那就是：谁要是试图在这样的雪地里步行五十英里，那准是一条死路。我们没办法求援，而即便是有办法，也不会有人来救我们。我们只好听天由命，尽可能耐心等待救援或者静候饿死！我相信，即使那些最有胆气的人听到这些话，他们一下子也都心冷了。

"过了不到一小时，谈话声变得低沉了，只偶尔从时起时落的狂风怒号中听到车上这里那里传来窃窃私语；灯光变得暗淡了；遇难的人多数坐在明灭不定的光影中，都堕入沉思——忘了现在吧，如果他们能够的话——进入梦乡吧，如果情况许可的话。

"永无尽头的黑夜——我觉得那肯定是永无尽头的——终于磨蹭完了极为缓慢的几小时，冷冽的灰色黎明在东方出现。天更亮了，乘客们一个又一个开始骚动，他们露出了一点儿生气，然后，推开了扣在脑门子上的垂边帽，抻一抻已经僵硬了的胳膊和腿，从窗子里朝那令人发愁的景色看了看。可不是，那是令人发愁的——到处都看不见一个生物，也没一所住房；除了一片空荡荡、白茫茫的荒野，其他什么都没有；卷到高空中的大雪片迎风到处飘扬——一个雪花旋舞的世界，掩蔽了苍苍茫茫的天空。

"整天里，我们都呆头呆脑地在车上走来走去，话说得很少，但心事想得很多。又是一个拖延时间的、令人郁闷的夜晚——又是一夜饥饿。

"又是一个黎明——又是这样的一天：沉默，烦愁，忍受着消耗体力的饥饿，眼巴巴地等候那毫无希望到来的救援。一夜睡卧不宁，老是梦到大吃大喝——但醒来又得熬受饥饿的痛苦折磨。

"第四天开始，然后又过去了——接着是第五天！瞧那五天可怕的囚禁生活啊！凶残的饥饿从每个人的眼中眈眈狞视。可以从其中看出一些可怕的含义——它预示每个人心中都在隐约地构思一件什么事情——一件还没人敢用言语将其说出的事情。

"第六天过去了——第七天黎明到来，它面对着的是死亡阴影中罕见的一群形销骨立、憔悴枯槁、完全绝望的人。现在必须将它公诸于众了！那件已经在每个人心中酝酿着的事情最后就要从每个人的舌尖上迸出来了!人性所能承受的折磨已经超过了它的极限,它不得不对其屈服了。明尼苏达州的**理查德·H.加斯顿**,身材高大,面色惨白,好像一具死尸,这时候站起来了。大伙都知道一件什么事情就要发生了。大伙已经有所准备——没做出一点儿动作,没显露丝毫激情——从最近变得那么狰狞的眼光中,只露出一副冷静的、沉思的严肃神情。

"'诸位先生:我们再也不能拖延了!时间已经紧迫了!我们当中由哪一位为其余的人提供食粮而自我牺牲;我们必须作出决定了!'

"伊利诺斯州的**约翰·J.威廉斯先生**站起来说:'诸位先生——我提名田纳西州的詹姆斯·索耶牧师。'

"印第安纳州的**威廉·R.亚当斯先生**说:'我提名纽约州的丹尼尔·斯洛特先生。'

"**查尔斯·J.兰登先生**:'我提名圣路易斯市的塞缪尔·A.鲍恩先生。'

"**斯洛特先生**:'诸位先生——这件事我敬谢不敏,我建议由新泽西州的小约翰·A.范·诺斯特兰德先生担任。'

"**加斯顿先生**:'如果没人反对,我们就同意这位先生的请求吧。'

"**范·诺斯特兰德先生**表示反对,斯洛特先生辞谢遭到拒绝。索耶先生和鲍恩先生也相继推让,但都因为同样的理由而被拒绝。

"俄亥俄州的**A.L.巴斯科姆先生**:'我提议现在就结束提名,由议会开始进行投票选举。'

"**索耶先生**:'诸位先生——我坚决反对这些程序。从各方面来说,这些程序是不合常规的,不很恰当的。我必须提议:立即将这一切予以取消,让我们选出一位会议主席,以及几位称职的工作人员,共同协助他,这样我们才能在相互谅解的情况下处理好我们所面临的事项。'

"衣阿华州的**贝尔先生**:'诸位先生——我反对这一提议。现在已经不是墨守成规、拘泥形式的时候。我已经七天没吃了。每一次我们空谈闲扯、浪费时间,结果只会给我们带来更多的痛苦。我对前面的提名感到满意——我相信,所有出席会议的先生,就拿我个人来说吧,都不能理解,为什么不可以立即开始从他们当中选举出一位或几位来。

我想提出一项决议案……'

"加斯顿先生：'决议案会有人反对的；根据规定，它必须等一天以后再做处理，从而造成了您希望避免的那种延误。从新泽西州来的那位先生……'

"范·诺斯特兰德先生：'诸位先生——我不比你们诸位，我是异乡人；我并没企求诸位授予我这份荣宠，我感到很为难……'

"亚拉巴马州的**摩根先生**（插话）：'我提议讨论前面一个问题。'①

"他的提议获得赞同；当然，此后无需进行辩论。选举工作人员的提议被通过了，于是，根据提议，加斯顿先生被选为主席，布莱克先生被选为秘书，霍尔库姆先生、戴尔先生和鲍德温先生共同组成提名委员会，R. M. 豪兰先生担任膳食主管，负责襄助提名委员会进行遴选工作。

"宣布休会半小时，此后是举行一系列小型秘密会议。听到主席敲小木槌的声音，会议重新召集，委员会提出报告，公推肯塔基州的乔治·弗格森先生、路易斯安那州的卢西恩·赫尔曼先生和科罗拉多州的 W. 梅西克先生为候选人。这项报告被接受了。

"密苏里州的**罗杰斯先生**：'主席先生——趁这会儿报告正式提交大会的时候，我提议对它进行一些修正，改由我们全都熟悉和尊敬的圣路易斯市的卢修斯·哈里斯先生代替赫尔曼先生。希望诸位别误会，别以为我对这位来自路易斯安那州的绅士的优异人品和崇高地位有丝毫怀疑——根本不是的。和会上任何一位先生相比，我尊敬他的程度有过之无不及；然而，我们谁都不能忽视这一点，那就是我们被困在这里一个星期以来，他的肉比我们谁的都减轻了更多——我们谁都不能忽视这一点，那就是委员会玩忽了他们的职责，这可能是由于一时的疏忽，也可能是犯了严重的错误，因为他们建议我挑选一位先生，而这位先生无论他本人的动机有多么纯洁，但他身上所含的营养确实少了一些……'

"**主席**：'密苏里州的这位先生请就座。按照常规，根据惯例，本主

---

① 指前面索耶选举会议主席的提议。

席不能容许任何人对委员会权力的完整性进行干涉。大会应当对这位先生的提议采取什么行动？'

"弗吉尼亚州的**哈利戴先生**：'我提议对报告再进行一次修改，改由俄勒冈州的哈维·戴维斯先生代替梅西克先生。诸位先生也许会强调这一点，说什么拓荒生活中艰苦困乏的条件已经使戴维斯先生的肉变得很老；但是，诸位先生，难道现在是斤斤计较肉的老嫩问题的时候吗？难道现在是在一些细节问题上挑三拣四的时候吗？难道现在是对一些微不足道的琐事争论不休的时候吗？不，先生们，现在我们需要的是体积——是质量，重量和体积——目前最高的要求是这些——而不是能力，不是天才，更不是教育。我坚持我的提议。'

"**摩根先生**（热情激动地）：'主席先生——我最强烈地反对这项修正案。从俄勒冈州来的那位先生年纪老了，再说，他体积虽大，但一身都是骨头——根本没什么肉。我现在请问从弗吉尼亚州来的这位先生，难道我们所要的不是肉块，而是清汤吗？难道他是存心要我们画饼充饥不成？难道他是要找一个俄勒冈的鬼魂来嘲弄我们所受的苦难不成？我倒要请问：他是不是能四面看看这些焦急的脸，仔细瞧瞧我们愁苦的眼睛，留心听听我们急切期盼的一颗心的搏跳声，同时再能把这样一个饿得半死不活的、虚有其表的家伙强行塞给我们？我倒要请问：他是不是能想到我们凄惨的处境，想到我们经历的愁苦，想到我们黑暗的未来，同时再能这样毫无怜悯之情，偷偷地把这件破烂、这堆垃圾、这个即将露出马脚的骗子、这个浑身是疙瘩、干瘪没汁水、从俄勒冈不见人烟的荒滩上来的流浪汉弄来蒙混我们？绝对不能啊！'〔掌声〕

"经过一场激烈辩论，第二项修正案被付诸表决，但结果没能通过。根据第一项修正案，应改由哈里斯先生代替赫尔曼。于是开始投票表决。表决一连举行了五次，都未能确定人选。在第六次表决时，哈里斯先生被选中了，所有的人都投票赞成选他（除了他本人以外）。此后有人提议，他的中选应用鼓掌形式获得承认，但结果只草草了事，因为他再一次投票反对选他本人。

"**拉德韦先生**提议，大会现在应当开始考虑其余几位候选人，为准备一次早餐进行一次选举。提议获得通过。

"第二次投票选举,两方面的意见相持不下:半数人主张选某一位候选人,因为他年纪更轻;半数人主张选另一位候选人,因为他个子更大。主席赞成第二派人看中的梅西克先生,投了决定性的一票,这一决定在落选候选人弗格森先生的朋友当中引起了很大的不满,有人谈到要求重新进行一次投票选举;但就在这当儿,一项主张休会的动议获得通过,于是立即宣布会议结束。

"弗格森派系刚才好半天一直都在愤愤不平地议论这个问题,但准备晚餐的事转移了他们的注意,接着,他们又要开始窃窃私语了,但一听到已经将哈里斯先生安排停当的喜讯,就把这一件事完全抛在了脑后。

"我们撑起车座的靠背,搭起临时的饭桌,然后各自就位,大家满怀感激的心情,面对着那一顿在痛苦难熬的七天里只有做美梦时才能看到的最精美的晚餐。跟短短几小时以前的处境相比,瞧,我们现在的情况改变了多少啊!记得前几天是饥饿,是愁人绝望的痛苦,是忧心如焚的焦急,是无法摆脱的困境;而现在呢,是感激的心情,是宁静的气氛,是无法尽情表达的喜悦。我知道,那是我纷纷扰扰一生中最为欢欣的时刻。风呼号着,把那雪在我们的牢笼四周猛烈地吹着,但是它再也不能给我们带来烦苦了。我很喜欢哈里斯。也许他还可以被整理得更好一些,但是,我可以说一句,再没谁能比哈里斯更配我的胃口,再没谁能比他更使我感到满意了。梅西克很好,虽然香料放得太浓了些;但是,讲到真正营养丰富、肌理细腻,我还是更喜欢哈里斯。梅西克自有他的优点——这一点我并不试图否认,也根本无意加以否认——但是,先生,如果就着他吃稀饭,那他并不比一具木乃伊更好——一点儿也不比它更好。瘦吗?——咳,我的老天爷!——怎么,老吗?啊呀,他太老了!老得你没法想象——你绝对没法想象,会有像他那样的。"

"您意思是说……"

"请别打断我的话呀。用完了早餐,我们就选举另一个从底特律来的、姓沃克的人,准备晚餐。他的质量非常好。后来我在给他妻子的信里就是这样说的。他确实值得我们赞扬,我会永远记住沃克。他稍嫌厌包了点儿,但是,他的质量非常好。再说,第二天早晨,我们把亚拉巴马州的摩根当了早餐。他是我在饭桌上见到的最可爱的人士之一——仪容秀美，文雅博学，能流利地说几国的语言——是一位地道的绅士——确实是一位地道的绅士，一个异常'水灵的'人物。晚餐时我们享用了那位俄勒冈的主教，他真是个徒有其表的家伙，这一点是无可置疑的——上了岁数，瘦得皮包骨头，老得叫人咬不动，你真没法如实加以描绘。最后我说，先生们，随你们爱怎么就怎么吧，我可要等到下一次进行选举了。这时候伊利诺斯州的格里姆斯说：'先生们，我也要等。等你们选出一个具有一些值得推荐的优点的，那时候我会很高兴地再来和你们聚餐。'过了不久，已经可以明显地看出，大伙对俄勒冈州的戴维斯普遍地感到不满，因此，为了继续保持我们自从享用了哈利斯以来一直欣然流露出的那份亲切好感，我们进行了一次选举，结果是佐治亚州的贝克中选。他这人精彩极了！再说，再说……此后我们享用了杜利特尔，再有霍金斯，再有麦克尔罗伊（有人对麦克尔罗伊颇有微词，因为他特别瘦小），再有彭罗德，再有两位史密斯，再有贝利（他装了一条木腿，这对我们完全是一个损失，但在其他方面他都很好），再有一个印第安小子，再有一个街头演奏手摇风琴的，再有一位姓巴克明斯特的先生——瞧这个倒霉的窝窝头脑袋流浪汉，不但跟他交朋友会使你感到乏味，把他当早餐也会叫你心里不受用。我们很高兴，那是在救星来到前选举了他。"

"这样说来，天赐的救星最后真的来到了吗？"

"可不是，一个阳光灿烂的早晨，刚选举完毕，救星到了。那次选的是约翰·墨菲，我可以保证，再没比他更好的了；可是后来约翰·墨菲却乘了那列来搭救我们的火车，和我们一起回到了故乡；又过了一些日子，他娶了哈里斯的遗孀……"

"寡妇的前夫是……"

"是我们第一次选出的那一位。他娶了她，现在仍旧受人尊敬，过着幸福愉快的生活。啊，它好像是一篇小说，先生——它好像是一部传奇。这儿我到站了，先生；我得向您道别了。您如有便，请过来和我一起盘桓一两天吧；您来了我会很高兴。我很喜欢您，先生；我已经对您发生好感。也许我会像喜欢哈里斯那样喜欢您，先生。再见啦，先生，祝您一路平安。"

他走了。我这一辈子从来没像当时那样惊奇，那样不快，那样惶惑。然而，我在心底里却由于他走了而感到高兴。尽管他的态度是那么亲切，他的声音是那么柔和，但是，每当他把那饥饿的眼光投向我身上时，我就会不寒而栗；当我听说我已经赢得他那含有危险成分的好感，而且已经几乎和已故的哈里斯同样被他看重时，我的心差点儿停止搏跳了！

我惶惑到了无法形容的程度。我并不怀疑他所说的话；我不能对他那样一丝不苟地叙述的任何细节提出疑问；但是，我已经被那些可怖的描绘吓瘫，我的思想已经陷入极度混乱。我看见列车员正瞅着我。我问："那个人是谁呀？"

"他曾经是国会议员，而且是一位很好的议员。可是，有一次他被风雪困在火车上，眼看就要饿死了。他浑身冻伤，差点儿冻死；由于没东西吃，他消耗尽了体力，此后他神智昏迷，病了两三个月。现在他已经复原，只不过已经变成偏执狂；每次一提到那些老话，他就说个没完没了，一直要说到他所谈的那一车人都被吃光了为止。要不是刚才已经到了站，非下车不可，这会儿他会把那一群人都吃得一个不留下。那些人的姓名他都背得滚瓜烂熟。每一次吃完除了他自己以外所有的别人以后，他老是这样说：'后来，为准备早餐进行日常选举的时间到了，没人反对，我当然中选，此后，没人提出异议，但是我推辞了。就这样，我到了这里。'"

我感到无比地快慰，因为知道刚才我所听到的并不是什么嗜血的吃人生番的真实经历，而只不过是一个疯子想入非非、但无伤大雅的胡诌罢了。

一八六七年

我从参议员私人秘书的职位上卸任

如今我已不再是一位参议员的私人秘书了。那职位我一共担任了两个月,当时以为自己的地位已稳如磐石,而且对此非常沾沾自喜,可是后来我所立下的那些"阴功"并没得到好报——意思是说,我的那些杰作都被一一退回,从而使我原形毕露。这样一来我认为最好还是辞职为妙,当时的经过是这样的:一天清晨,相当早的时候,我的上司唤我去,我刚悄悄地把几句双关妙语塞进了他最近那篇有关财政的重要演讲词,就走进去见他。我一看到他那副模样,就知道事情有点儿不妙。他的领带没有结好,头发乱蓬蓬的,从他的神色中可以看出,他正压制着即将迸发的满腔怒火。他紧紧地攥着一叠文件,我知道,那是可怕的太平洋轮船航班的邮件到了,他说:

"我原来还以为你是值得信任的哩。"

我说:"是呀,阁下。"

他说:"上次我交给你内华达州某些选民寄来的一封信,信中要求在鲍德温家大牧场设立一所邮局,我叫你写一封回信,要尽可能写得灵活一些,要摆出一些论点来说服他们,使他们相信,实在没有必要在那儿设立一所邮局。"

我心定了一点儿,"哦,如果只是为了这件事,阁下,那么我已经复了信了。"

"好呀,你已经复了信。现在就让我读一读你的回信,臊一臊你的面皮:

史密斯·琼斯和其他诸位先生启

先生们:你们要在鲍德温家大牧场那儿设立一所邮局,这究竟是为了什么呀?这样不会给你们带来任何好处的。要知道,如果有人把什么信件寄到那里,你们又看不懂它们;再说,如果信件里附有钞票,必须经过那里再转往其他地方,那样也许就不能安全通过,这一点你们一定会立即理解;而那样就会给我们大家都招来麻烦。得了,别再为了在你们的放牧区设立邮局的事操心了。我总是把你们最大的利益放在心上,认为你们那样做只是在做一件装潢门面的蠢事。瞧,你们需要的倒是一所体面的监狱——一所既体面又牢固的监狱,和一所免费的学校。这些才会给你们带来长远利益。这些才会使你们感到真正地满足和快乐。我会立即采取措施的。

您忠实的

詹姆斯·W.(美国参议员)

马克·吐温代笔

十一月二十四日于华盛顿

"瞧你就是这样答复了那封信。那些人说,只要我再进入那个地区,他们就要绞死我,而我也确实相信他们会那样干。"

"这个,阁下,当时我不知道,那样写会惹下祸。我只是要说服他们罢了。"

"哼。好吧,你倒确实是说服了他们,我对这一点毫不怀疑。喏,这儿是另一份绝妙的文件。是我上次交给你的内华达州某些人士递来的请愿书,要我促使国会通过一项议案,让内华达州的美以美会结成社团。我关照你,必须在复信中说明,要制定这样一条法律,更为恰当的途径是通过州议会;同时还要尽力向他们说明,目前宗教势力在那个新的州内还相当薄弱,结成宗教社团是否得当尚成问题。可是,瞧你又是怎样写的?

约翰·哈利法克斯牧师和其他诸位先生启

先生们:为了实现你们的那一设想,你们必须去州议会——国会对有关宗教的事务是一窍不通的。但是,看来你们也不必赶往那里去了;因为你们要在那个新的州里推行这项计划是不合适的,事实上是荒谬可笑的。你们那里的宗教人士,不论是在智力方面,在道德方面,或是在虔诚方面——几乎是在各个方面也太差劲了。

你们最好还是把这件事作罢了吧——你们的计划是没法实现的。你们没法成立那样一家公司,去发行股票①——或者,即使你们能够做到这一点,那也只会使自己经常处于困境之中。其他的教派会对你们群起而攻之,会"压低行情",会"从事卖空",终于把它搞垮了完蛋。他们会采取那种手段对付你们,正像他们如何对付你们那里的一家银行——他们会设法使所有的人都相信,那是在"做冒险的生意"。你们可千万别做那种存心要使一件神圣事业名誉扫地的事呀。你们这样肯定要为自己感到羞耻——这就是我本人对这件事的看法。你们应当在请愿书的末尾写上:"我们要永远祈祷②。"我认为你们最好是这样做——你们必须这样做。

您最忠实的
詹姆斯·W.(美国参议员)
马克·吐温代笔
十一月二十七日于华盛顿

"这一封措词毫不含糊的信,葬送了我那些选民中宗教人士对我的好感。可是,就好像我的政治生命还没肯定被判处死刑似的,不知道什么该死的一念之差,竟然促使我把旧金山市政委员会里那班庄严的长老们递来的请愿书交给了你,好让你一显身手——那请愿书要求国会制定一条法律,规定由该市征收市海滨地区的航运税。当时我就对你说明,强行插手这件事是危险的。我叫你给那些市政委员会委员写一封并不承担任何义务的信——一封含糊其辞的信——信里要尽可能不涉及对航运税问题任何认真的考虑和讨论。如果你不是完全麻木不仁——还存有丝毫羞耻之心——的话,那么,这一封你遵照我吩咐所写的信,这会儿逐字逐句读出来让你听了,照说是应该会激发你的羞耻心的!

---

① 作者故意使用一些意义双关的字,令其混淆成趣,如 incorporate 一词,可解释为"结成社团",亦可解释为"组成公司";又 speculation 一词,可解释为"筹划设想",亦可解释为"投机倒把"。

② 原文中 pray 一词,可解释为"祈祷",亦可解释为"呈请"。

尊敬的市政委员会委员们启

诸位先生：尊崇的国父乔治·华盛顿已去世。他那长期的光辉事业已告一段落，唉！已永远结束了。他在国内这一带地方受到崇高的敬仰，他过早的逝世给全社会笼上了阴影。他死于一七九九年十二月十四日。他安静地离开了自己备受荣宠和树立功勋的本土，这位最受人哀悼的英雄，这位世间最为人敬爱的伟人，终于应死神的召唤而去。在这样一个时刻，你们却谈到了航运税的问题！——这会使他感到多么难堪啊！

名声算得了什么！名声只是出于一件偶然的机遇。艾萨克·牛顿爵士发现一只苹果落地——一件无足轻重的发现。确实是如此，那是早在他以前千百万人早已发现过的——但是他的父母是有权势的人物，于是他们将那件微不足道的发现歪曲成为一桩惊天动地的大事，哎呀，瞧呀！全世界头脑简单的人就随声附和，几乎就在一刹那间，那个人就一举成名啦。可要好好地记住我的这些见解呀。

诗篇啊，可爱的诗篇啊，谁能估量全世界的人从你那里获得了多大的益处啊！

玛丽养了一只小绵羊，
　一身都是雪一般的毛——
不论玛丽到什么地方去，
　绵羊老是跟着她一起跑。

杰克和吉尔爬小山，
　去把一桶水往下拖；
杰克一跤摔破了脑袋瓜，
　吉尔就跟着滚下了坡。

讲到内容纯朴，措词优美，并不含有淫荡的意味，我认为这两首诗堪称诗中瑰宝。它们适合于所有智力高下不同的人等、适合于生活的每一个领域——田野里，托儿所里，行会里，尤其是市政委员会里，哪儿都不能缺少了它们。

尊敬的头脑已经僵化了的先生们！请继续来信吧。没有比友谊的信札往返更对人有益的了。继续来信吧——如果你们这份请愿书里特别涉及到什么问题，就请毫不顾忌地明说了吧。我们永远高兴听你们喋喋不休地谈下去。

您最忠实的

詹姆斯·W.（美国参议员）

马克·吐温代笔

十一月二十七日于华盛顿

"这可是一封恶劣透顶、害死人的信呀！真叫人看了忍无可忍！"

"这个吗，阁下，如果信里面有什么不妥当的地方，那我实在很抱歉——可是——可是我觉得，这是故意在回避那航运税的问题呀。"

"你竟然说这是在回避那问题！咳！——且别去提那个了。现在既然事情要坏，就让它坏到底吧。让它坏到底——让你最后的这件作品，我这会儿就要宣读的作品，给这些事来一个收场吧。我可是完蛋了。从亨博尔特寄来的那封信，是要求将那条从印第安沟壑到莎士比亚峡谷和一些中间站的那条邮件投递路线部分加以改变，去走那条老摩门小道，我交给你那封信，当时我心里就不踏实，但是当时我告诉你，说那是一个棘手的问题，并警告你，说必须圆滑地处理这件事——要含糊其辞地答复，而且多少要弄得他们晕头转向。可是你那该死的木瓜脑袋，却害得你写出这样一封倒霉的复信。如果你还没坏到完全恬不知耻的地步，我想你现在该会把自己的耳朵堵起来："

珀金斯、韦格纳等诸位先生启

先生们：有关印第安小道的事，那可是一个棘手的问题，然而，如果能以灵活而又模棱的手法去处理它，我相信我们是会在一定程度上取得成功的，因为，去年冬天，那两个肖尼族酋长，"死对头"和"吞云吐雾"，就是在这条路线上，从拉森草原岔出去的地方，被人剥了头皮，有些人喜欢这条路线，但是另一些人，由于种种原因，更爱选其他的路线，走那条摩门小道，要在凌晨三点钟离开英斯比，穿过额骨平原，到达半统靴子，然后由壶把子向南，公路绕过它的右边,当然,也就是在它右边绕过去,将道森镇落在小道的左边,小道在那里绕到上述的道森镇左边,然后从那儿一直向前,直趋战斧镇,这样,走这条路线,既可以节省路费,又更容易接近所有的人都要去的地方,包括其他人考虑到要去的目的地,因此,它给绝大多数人带来了最大的好处,而这一切就促使我怀抱希望,期待能解决这一问题。但是,只要你们需要,而邮政部又能让我掌握各项消息,那么我就随时准备,并且乐于为你们提供更多有关这一问题的资料。

您忠实的
詹姆斯·W.（美国参议员）
马克·吐温代笔
十一月三十日于华盛顿

"瞧呀——现在你认为这封信写得怎样?"

"这个吗?这我也说不上来,阁下。它吗——这个,我觉得它——它写得也够含糊其辞的了。"

"含糊——你给我离开这屋子!这下子我可毁了。被这样一封不通人情的信闹得头昏脑涨,这一来那些亨博尔特的野蛮人是绝对不会饶过我的了。从此以后,我再也不会受到美以美教会的尊重,再也不能博得市政委员会的敬服……"

"这个吗,我在这方面没什么可以说的,因为,我在写给他们的回信中,也许有一点儿疏忽,但是,我以前给鲍尔温家大牧场那些人写的信,可要比这封信出色得多,大人!"

"给我离开这屋子!从此以后,永远离开这屋子。"

我认为这是一种隐晦曲折的暗示,那意思是不再需要我为他效劳了,于是,我辞职了。此后我再也不要担任参议员的私人秘书了。你没法使这种人感到满意。他们什么事都不懂。他们不会赏识一个人为他们所花费的力气。

约一八六七年

大宗牛肉合同的事实

不管它对我的关系是多么微不足道吧,但我仍想尽可能简短地向全国人说明在这件事情里究竟有我什么份儿,因为这件事曾经引起公众的注意,激起很大的反感,以致两大洲的报纸都用大量篇幅刊载了歪曲事实的报道和偏激夸大的评论。

这里我要声明的是,在以下的简介中,每一件事都可以用中央政府的档案充分地予以证实——这件不幸的事情是这样引起的:

大约在一八六一年十月十日,新泽西州希芒县鹿特丹区已故的约翰·威尔逊·麦肯齐和中央政府订立了一份合同,议定以总数为三十六桶的牛肉供应给谢尔曼将军。①

多么好的一笔买卖。

他带着牛肉去找谢尔曼。但是,等他赶到华盛顿,谢尔曼已经去马纳萨斯;于是他又装好了牛肉,跟踪到那里,可是到达那里已经晚了;于是他又跟踪谢尔曼去纳什维尔,然后从纳什维尔去查塔努加,再从查塔努加去亚特兰大——然而,他始终没能追赶上。他从亚特兰大再一次整装出发,紧沿着谢尔曼的路线直趋海滨。这一次他又迟到了几天;但是,听说谢尔曼准备乘"贵格城"号去圣地旅行,他就乘了一艘开往贝鲁特的轮船,打算超过前一艘轮船。当他带着牛肉抵达耶路撒冷时,他获悉谢尔曼并没乘"贵格城"号出航,而是到大草原去打印第安人了。他回到美国,向落基山进发,在大草原上历尽艰辛,走了六十八天,离谢尔曼的大本营只四英里地,他被印第安人用战斧劈死,剥去头皮,牛肉也被印第安人抢走了。他们抢走了几乎所有的牛肉,只丢下其中的一

---

① 威廉·特库姆塞·谢尔曼(1820—1891):美国陆军司令官,一八六四年从查塔努加出发,进行著名的"长征",沿途与印第安人激战,终于抵达亚特兰大,后又开始"向大海进军",经过南卡罗来纳等州。

桶。谢尔曼的军队截下了那一桶牛肉;所以,那位勇敢的航海者虽然自己牺牲了,但仍旧部分履行了他的合同。在一份以日记形式写的遗嘱中,他将那份合同传给了他的儿子巴塞洛缪·W.。巴塞洛缪·W.开列了以下账单,随后就死了。

致美利坚合众国政府

遵账应偿付新泽西州已故的**约翰·威尔逊·麦肯齐**以下各项费用:

谢尔曼将军定购牛肉 30 大桶
每桶售价 100 元   3,000 元
旅费与运输费   14,000 元
                                         共计 17,000 元
                                         收款人:_____

他虽然去世,但是死前已把合同留给了威廉·J.马丁,马丁没法收回账款,可是这件事还没办妥,本人已经与世长辞。他把合同留给了巴克·J.艾伦,艾伦也试图收回那笔账款。他没能活到把钱弄到手就死了。他把合同留给了安森·G.罗杰斯,罗杰斯企图收回那笔账款,他层层申请,已经接近第九审计官的办公室,但是这时候对万物一视同仁的死神没经召唤就突然来到,把他也勾去了。他将单据留给了康涅狄格州一个名叫文詹斯·霍普金斯的亲戚,霍普金斯此后只活了四星期零两天,但创造了最快的纪录,因为他在此期间已经差点儿接近第十二审计官。他在遗嘱中把那份合同赠给了一位绰号叫"哦——寻乐吧"·约翰逊的舅父。但是,这位舅父虽然会寻欢作乐,也经不起操那份心。他临终时说的是:"别再为我哭——我可是情愿走了。"于是他真的走了,瞧这个可怜的人儿。此后继承那份合同的共有七人之多,但是他们一个个都死了。所以它最后落到了我手中。它是由一个印第安纳州名叫哈伯德(伯利恒·哈伯德)的亲戚传到我手里的。这人长期以来一直对我怀恨在心,可是,到了弥留的时刻,却把我唤了去,宽恕了我过去的一切,垂着泪把那份合同交给了我。

The Great Beef Contract.

以上是我继承这笔遗产前的一段历史。现在我要将本人与此事有关的细节直接向全国人一一交代。我拿了这份牛肉合同和旅费运费单去见美利坚合众国总统。

他说:"怎么,先生,有什么事我可以为您效劳的吗?"

我说:"阁下,大约在一八六一年十月十日,新泽西州希芒县鹿特丹区已故的约翰·威尔逊·麦肯齐和中央政府订立了一份合同,议定以总数为三十大桶的牛肉供应给谢尔曼将军……"

他听到了这里就拦住了我,叫我离开他那儿——态度是和蔼的,但也是坚决的。第二天,我去拜会国务卿。

他说:"有什么事呀,先生?"

我说:"殿下①,大约在一八六一年十月十日,新泽西州希芒县鹿特丹区已故的约翰·威尔逊·麦肯齐和中央政府订立了一份合同,议定向谢尔曼将军供应总数为三十大桶的牛肉……"

"好啦,先生——好啦;本部门可不管你的什么牛肉合同。"

他把我请了出去。我把这件事通盘考虑了一下,最后,第二天,我去拜访海军部长,他说:"有话快谈吧,先生;别叫我尽等着。"

我说:"殿下,大约在一八六一年十月十日,新泽西州希芒县鹿特丹区已故的约翰·威尔逊·麦肯齐和中央政府订立了一份合同,议定向谢尔曼将军供应总数为三十大桶的牛肉……"

可不是,我只来得及说到这儿。他也不管给谢尔曼将军订立的牛肉合同。我开始心里嘀咕:瞧这政府可有些古怪呀,它有点儿像是要赖了那笔牛肉账哩。第二天,我又去见内政部长。

我说:"殿下,大约在一八六一年十月十日……"

"够啦,先生。我以前已经听说过您了。去吧,快拿了您这份肮脏的牛肉合同离开这儿吧。内政部根本不管陆军的粮饷。"

我离开了那儿。可是这一来我恼火了。我说,我要把他们纠缠得没法安身;我要搅乱这个不讲公道的政府的每一个部门,一直闹到有关合同的事获得解决为止。要不就是我收齐了这笔账款,要不就是我自

---

① 篇内官职与部门等系玩笑称呼。

已倒下,像以前的一些人办交涉的时候倒下了为止。此后我就进攻邮政部长;我围困农业部;我给众议院议长打了埋伏。他们都不管给陆军订立的牛肉合同。于是我向专利局进军。

我说:"尊严的阁下大人,大约在……"

"天杀的!你终于把你那份火烧不光的牛肉合同带到这儿来了吗?我们根本不管给陆军订立的牛肉合同,亲爱的先生。"

"哦,这完全没关系——可是,总得有一个人出来偿付那笔牛肉账呀。再说,你们现在就得偿付,否则我就没收了这个老专利局,包括它里面所有的东西。"

"可是,亲爱的先生……"

"不管怎样,先生。我认为专利局必须对那批牛肉负责;再说,负责也罢,不负责也罢,专利局必须付清这笔账。"

这里就不必再谈那些细节了。结果是双方动了武。专利局打了一场胜仗。但是我却发现了一件对我有利的事。他们告诉我。财政部才是我应当去的地方。于是我去到那里。我等候了两个半小时,后来他们让我进去看第一财政大臣。

我说:"最高贵的、庄严的、尊敬的大人,大约在一八六一年十月十日,约翰·威尔逊·麦肯……"

"够啦够啦,先生。您的事我已经听说过了。您去看财政部第一审计官吧。"

我去看第一审计官。他打发我去看第二审计官。第二审计官打发我去看第三审计官,第三审计官打发我去看腌牛肉组第一查账员。这一位才开始有点儿像是在认真地办事。他查看了他的账册和所有未归档的文件,可是没找到牛肉合同底本。我去找腌牛肉组第二查账员。他查看了他的账册和未归档的文件,但是最后毫无结果。然而我的勇气却随之提高了。在那一星期里,我甚至一直找到了该组的第六查账员;第二个星期里,我走遍了债权部;第三个星期里,我开始在错档合同部里从事查询,结束了在那里进行的工作,而且在错账部里获得一个据点。我花了三天工夫就消灭了它。现在只剩下一个地方可以让我去了。我去围攻杂碎司司长。意思是说,我去围攻他的办事员——因为他本人不在。有十六个年轻貌美的姑娘在屋子里记账,再有七个年轻漂亮的男办事员在指导她们。小妞们扭转头来笑,办事员向她们对笑,大伙喜气洋洋,好像听到了结婚的钟声敲响了。两三个正在看报的办事员死死地盯了我两下,又继续看报,谁也不说什么。好在自从走进腌牛肉局的第一办公室那天起,直到走出错账部的最后一个办公室时止,我已经积累了那么多的经验,我已习惯于四级助理普通办事员的这种敏捷的反应。这时候我已经练就了一套功夫:从走进办公室时起,直等到一个办事员开始跟我说话时止,我能一直金鸡独立地站着,最多只改换一两次姿势。

于是,我站在那里,一直站到我改换了四个姿势。然后我对一个正在看报的办事员说:

"大名鼎鼎的坏蛋,土耳其皇帝在哪里?"

"您这是什么意思,先生?您说的是谁?如果您说的是局长,那么他出去了。"

"他今天会去后宫吗?"

年轻人直勾勾地向我瞧了一会儿,然后继续看他的报。可是我熟悉那些办事员的一套。我知道,只要他能在纽约的另一批邮件递到之前看完了报纸,我的事就有把握了。现在他只剩下两张报纸了。又过了不多一会儿,他看完了那两张报纸,接着,打了个哈欠,问我有什么事情。

"赫赫有名尊贵的呆子,大约在……"

"您就是那个为牛肉合同打交道的人呀,把您的单据给我吧。"

他接过了那些单据,好半响一直翻他那些杂碎儿。最后,他发现了那份已经失落多年的牛肉合同记录——我还以为他是发现了西北航道①,以为他是发现了那块我们许多祖先还没驶近它跟前就被撞得粉身碎骨的礁石。当时我深受感动。但是我很高兴——因为我总算保全了性命。我激动地说:"把它给我吧。这一来政府总要解决这个问题了。"他挥手叫我退后,说还有一步手续得先给办好。

---

① 连接大西洋和太平洋,通过加拿大北部的一条航道。

"这个约翰·威尔逊·麦肯齐呢?"他问。

"死了。"

"他是什么时候病死的?"

"他根本不是病死的——他是被杀害的。"

"怎么杀害的?"

"被战斧砍死的。"

"谁用战斧砍死他的?"

"唷,当然是印第安人啰。您总不会猜想那是一位主日学校校长吧?"

"不会的。是一位印第安人吗?"

"正是。"

"那印第安人叫什么?"

"他叫什么?我可不知道他叫什么。"

"必须知道他叫什么。是谁看见他用战斧砍的?"

"我不知道。"

"这么说,当时你不在场?"

"这您只要瞧瞧我的头发就可以知道了。当时我不在场。"

"那么您又怎样知道麦肯齐已经死了?"

"因为他肯定是那时候死了,我有充分理由相信,他打那时候起就不在了。真的,我知道他已经死了。"

"我们必须要有证明。您找到那个印第安人了吗?"

"当然没找到。"

"我说,您必须找到他,您找到了那把战斧吗?"

"我从来没想到这种事情。"

"您必须找到那把战斧,您必须交出那个印第安人和那把战斧。如果麦肯齐的死能由这一切提供证明,那么您就可以到一个特别委任的委员会那儿去对证,让他们审核您所要求的赔偿;按照这样的速度处理您的账单,看来您的子女,也许有希望活到那一天,就可以领到那笔钱去享受一下。但是,那个人的死必须得到证明。好吧,我不妨告诉您,政府决不会偿付已故麦肯齐的那些运费和旅费。如果您能让国会通过一项救济法案,为此拨出一笔款额,也许政府可能偿付谢尔曼的士兵截下来那一桶牛肉的货款;但是,政府不会赔偿印第安人吃掉的那二十九桶牛肉。"

"这样说来,政府只能偿还我一百元,甚至连这笔钱也不一定可靠的呀!麦肯齐带着那些牛肉,跑遍了欧洲、亚洲和美洲,他经受了那么多的折磨和苦难,搬运了那么多的地方,有那么多试图收回账款的无辜者作了牺牲;最后就这样了事呀!年轻人,为什么咸牛肉组的第一查账员不早告诉我呢?"

"对您提出的要求是否属实,他一无所知呀?"

"为什么第二查账员不早告诉我?为什么第三查账员不早告诉我?为什么所有各组各部都不早告诉我?"

"他们都不知道呀。我们这儿是按规章手续办事。您一步步地履行了那些手续,就会探听到您所要知道的事情。这是最好的办法。这是惟一的办法。这样办事非常正规,虽然非常缓慢,但是稳妥可靠。"

"是呀,这是稳死无疑,对我们家族中多数的人来说就是这样。我开始感觉到,主也要召我去了。年轻人,我打你温柔的眼光里可以看出,你爱那个鲜艳的人物,瞧她蓝晶晶的眼睛脉脉含情,耳朵后面插着几枝钢笔①;你想要娶她——可是你又没钱。喏,把手伸出来——这是那份牛肉合同;你拿去吧,娶了她去快活吧!愿老天爷保佑你们俩,我的孩子!"

有关大宗牛肉合同引起社会纷纷议论一事,我所知道的都在上面交代了。我留下合同给他的那个办事员现在也死了。有关合同此后的下落,以及任何与它有关的人的事情我都不知道了。我只知道:如果一个人的寿命特别长,那么他不妨到华盛顿的扯皮办事处里去追查一件事,在那里花费很大的气力,经过无数的转折和拖延,最后找到他实际上头一天里就可以在那里(如果扯皮办事处也能像一家大的私人商业机构将工作安排得那么灵活的话)找到的东西。

约一八六七年

---

① 戏指夹发的钢饰针。

我最近辞职的经过

一八六七年十二月二日,于华盛顿。

我辞职不干了。看来,政府机构大体仍旧照常运转,然而它在体制上总像缺少了一点儿什么。我原先是参议院贝壳学委员会的职员,后来我掼了纱帽。我看得出,政府中其他官员分明都存心不让我对国家大事抒发己见,以致我再不能同时既保住我的职位,又维持我的自尊心。如果我一桩一件地列举出本人在政府中任职那六天里所受的许多肮脏气,那我尽可以根据它们写成一大卷书。政府一经派我在参议院贝壳学委员会里任职,此后就不许我跟抄写员打弹子。且不管这件事叫人感到多么冷清无聊吧,但是,只要内阁中其他成员对我以应有的礼数相待,我仍旧会忍耐下去的。然而,我并没受到应有的礼遇。每次注意到一位部长在执行一条错误的路线,我就丢下所有的公事,跑去找他,试图把他扭转过来,因为那是我的责任呀;然而他们一次也没因为我这样做而感谢我。单说那一次我完全是出于一片好意,跑去见海军部长,说:

"阁下,我看法拉格特海军上将①只是在欧洲打过零星的遭遇战,那样子简直像是带着干粮出去野餐。喏,也许有人以为那样很好,可我的看法就不同。如果没什么硬仗叫他去打,那干脆就叫他回来吧。别叫他一个人领着一大支舰队出去旅游呀。那样太浪费了。请注意,我并不反对海军将领旅游——但那必须是合理的旅游——经济的旅游。喏,他们可以乘上筏子沿密西西比河顺流而下……"

我真希望你们听一听他那样咆哮如雷!人家还以为我犯了什么弥天大罪哩。可是,我也不去计较它。我说乘筏子游览很便宜,它像共和

---

① 戴维·格拉斯哥·法拉格特(1801—1870),一八六六年任美国海军上将。

党人办事一样简单,而且十分安全。我说,如果要安安逸逸地旅游,再没比乘筏子更好的了。

这时候海军部长问我是谁;我告诉他我是政府官员,他要知道我当的是什么官,我并没注意他这句话问得有多么古怪,我说,既然我是以同一政府的官员的身份去到那里,我不妨告诉他我是参议院贝壳学委员会的职员。瞧他当时那样大发雷霆呀!最后他命令我离开那里,叫我以后只管自己的事。我首先想到的是要罢了他的官。但是,那样做会连累其他的人,而实际对我并没有好处,所以我还是让他留任了。

我下一步是去找陆军部长;他起先根本不愿意接见我,后来知道我是政府官员才同意了。然而,要不是因为我有要事造访,猜想他还是不会放我进去的。我向他借了个火(当时他正在吸烟),接着就对他说,他曾经为李将军①及其战友编制的口令规定进行辩解,我认为那件事倒是无疵可议的,可我就是不同意他在大草原上跟印第安人作战的方式。我说他那样作战,兵力太分散了。他应当把印第安人更紧密地聚集在一起——把他们聚集在一个地形对我们有利的地方,让双方都可以在那里作出充分的准备,然后来它一次大屠杀。我说,对一个印第安人来说,再没比进行一次大屠杀更能使他知道我们的厉害的了。如果他不赞成这样一场屠杀,第二个制服印第安人的最可靠的方法就是让他使用肥皂,再向他灌输教育。肥皂和教育虽然不能像屠杀那样立见功效,但是,日子久了,这两者更能够要他的命;因为,你虽然把一个印第安人杀得半死,他仍旧会恢复健康,但是,一旦让他受了教育,把他洗得干干净净,那他迟早非完蛋不可。那样就会摧毁他的体质;那样就会砸烂他的命根子。"阁下,"我说,"时刻已经到来,必须立即采取一次惊心动魄的残酷行动。就用肥皂和识字课本去整治所有蹂躏大草原的印第安人,让他们统统完蛋吧!"

陆军部长问我可是一位内阁成员,我说正是。他打听我担任的职位,我说是参议院贝壳学委员会的职员。这时候他就以"藐视长官"的罪名命令拿下了我,而我就在失去自由的情况下消磨了那一天的大好

---

① 罗伯特·爱德华·李(1807—1870),美国将军,南北战争时曾任南部联军总司令。

光阴。

　　我几乎下定决心,准备从此以后钳口结舌,随政府任意行事,但愿他们好自为之。可是,责任感激发了我,我要尽自己的责任。于是我去拜访财政部长。他说:

　　"您要什么呀?"

　　我可没防着他有这么一问。我说:"要点甜潘趣酒吧。"

　　他说:"如果您到这儿来有什么事,阁下,那就请说吧——尽可能说得简括一些。"

　　于是我说,他这样突然调换了话题,使我感到很是遗憾,因为我觉得这样待客是十分无礼的;但是,在当时的情况下,我最好还是不去介意这件事,我应当把话直接说到点子上。接着我就开始苦口婆心地劝导他,说他写的报告过分冗长。我说那样写法是浪费笔墨,是不必要的,是措词拙笨的;报告中没描绘的文字,没诗意,没感情——没主角,没情节,没图画——甚至没一幅木版画。显而易见,是不会有人阅读它的。我再三劝他不要发表那样一篇文章,以免有损他的令誉。如果他真的希望蜚声文坛,那么他就必须在他的作品中掺入更多的花哨。他就必须略去那些枯燥无味的琐碎细节。我说,一本历书①之所以受人欢迎,主要就是因为它刊有诗歌,载有谜语;如果能够在他写的财政报告里前后穿插一些谜语,那样就可以增加它的销量,那样它的收益就将超过它能列入报告的全部国内税收。我说这些话的时候,怀着最良好的意愿,可是那位财政部长却勃然大怒。他甚至骂我是一头蠢驴。他好像怀着深仇大恨似地骂我,说如果我再去那儿干涉他的事,他就要把我从窗子里扔出去。我说,如果不以和我官体相称的礼数相待,我就要拿起我的帽子离开那里。而结果呢,我真的是那样做了。他那情形就好像是初出茅庐的作家。那种人在刚发表了他们第一本书的时候,总是以为自己知道的要比任何其他人知道的更多。谁也休想能够向他们略进片言忠告。

---

①　旧时欧美的"历书",系现代杂志的前身,其中除介绍月令,还刊载一些有趣的游戏文字。

看将起来,在政府中供职的整个期间,我无论以官员的身份去做什么事情,都会给自己招来麻烦。然而,不论做了什么事情,不论尝试什么事情,我都认为那是从祖国的利益出发的。由于所受的委屈给我带来了痛苦,可能我不得不做出偏激和有害的结论,但是,我当然认为,国务卿、陆军部长、财政部长以及我的其他同僚,从一开头起就串通一气,阴谋把我从政府中排挤出去。在政府中供职期间,我总共只出席了一次内阁会议。可单是那一次已经够我受的了。白宫门口的门丁好像不愿意给我带路;后来我问其他阁员可曾到齐。他说他们已经到齐,于是我就走了进去。他们都在那里;可是谁也不向我让座。他们都下死眼瞪着我,好像我是一个暴徒似的。总统说:

"哟,阁下,您是谁呀?"

我把我的名片递给他,他读道:"尊敬的马克·吐温,参议院贝壳学委员会职员。"接着他就用眼把我上上下下细细打量了一阵,好像以前从来没听见过我这么一个人似的。财政部长说:

"这就是那个爱管闲事的蠢驴,他劝我在我那份报告里写一些诗歌和谜语,好像是我在写历书似的。"

陆军部长说:"这就是那个想入非非的家伙,他昨儿去找我,提出了一项计划,说什么要用教育把一部分印第安人害死,然后把另一半人屠杀了。"

海军部长说:"这年轻人我认识,就是他上星期里一再跑去打搅我的。他不满意法拉格特海军上将指挥整个一支舰队,从事他所谓的'旅游'。他还提出了什么乘筏子旅游的疯狂办法,那些话太荒谬了,这里我就不去重述它了。"

我说:"先生们,我已经觉察出,这里的人都存心要丑化我任职期间的一切作为;我还觉察出,他们都存心阻止我在讨论国是的时候抒发己见。今儿他们根本没去通知我。我完全是适逢其会,得悉这儿要召开一次内阁会议。好吧,这些事都别去提了。我只要知道一点:这儿是不是在开内阁会议?"

总统说:"是在开内阁会议。"

"那么,"我说,"就让咱们立刻谈正经的吧,别这样很无谓地在官场作风方面找碴儿,浪费了宝贵的时间。"

这时候国务卿开始发言,瞧他老是显得那么和气,他说:"年轻人,你弄错了。参议院职员并不是内阁成员。说来也怪,国会大厦看门的也不是内阁成员。因此,尽管我们在考虑国是的时候想要借重您的非凡的智慧,然而,由于法律所限,我们却不能利用它。现在只好在您不出席的情况下继续讨论国家大事了;万一此后发生了什么不幸的事故(看来,这是很可能的),您也不必心里难过;您应当感到安慰,因为您已经用言语和行动尽力设法消除这场灾难。我祝您幸福。再见啦。"

这几句口气亲切的话,平息了我的满腔愤懑,我离开了那里。然而,一名国家的公仆是永远不会安享太平的。我刚回到国会大厦我那间小屋子里,也像议员那样把两只脚跷在桌子上,这时候一位贝壳学委员会的职员怒冲冲地走进来说:

"你倒是跑哪儿去了这么一天?"

我说,我是去出席内阁会议了,那是我责无旁贷的事。

"出席内阁会议?我倒挺想知道你在内阁会议上干些什么?"

我说我是去备咨询的——为了拿话堵回他去,我说这件事根本与他无关。这一来他就变得傲慢无礼。最后说,三天前他就叫我抄录一份谈炸药壳①、鸡蛋壳、蛤蜊壳,以及其他天知道什么与贝壳学有关的报告,可是谁也找不到我。

这一来我可忍无可忍了。这是一根压折了"职员的骆驼背"的羽毛②呀。我说:"阁下,您以为我会为了一天拿六块钱就这样干下去呀?如果您有这种想法,那还是让我提请参议院贝壳学委员会另请高明吧。我可不是属于任何派系的奴隶!收回你们那份辱没人的委任状吧。给我自由,否则我宁可去死!"

从那时候起,我就跟政府一刀两断了。我遭到政府部门的冷眼,受到内阁阁员的怠慢,最后又被那个我力图为其效劳的委员会的主席训斥了一顿;在备受迫害的情况下,我虽然完全不顾我显要的地位带来的

---

① 指炸弹壳。
② "放在骆驼背上的最后一根羽毛"是一句成语,指使人承受不住的最后加上的一点负担。

风险,但也绝对无心恋战,终于眼看着创痍未复的祖国处于危难中而抛弃了她。

但是,我已经给政府当了一个时期的差,所以我把我的收费通知单送了去:

美利坚合众国:

遵账应付参议院贝壳学委员会尊敬的职员以下各项费用:

应陆军部长咨询,需收费	50 元
应海军部长咨询,需收费	50 元
应财政部长咨询,需收费	50 元
应内阁咨询,免予收费	
经埃及、阿尔及尔、直布罗陀、加的斯去耶路撒冷,往返旅费津贴①,以里程计共 14000 英里,每英里收费 2 角,共计	2800 元
任参议院贝壳学委员会应领薪金:在职共 6 天,每天以 6 元计	36 元
合计	2986 元

除了职员的薪金给这区区三十六元而外,收费单上的其他费用一笔也没偿付。财政部长是存心跟我为难到底呀,他一笔勾销了所有其他项目,只在收费单边上批了"不准"两个字。这样,他们终于选择了另一个可怕的办法。竟然出现了抵赖偿还债款的事!这个国家可完蛋了。

我暂时结束了我的仕宦生涯。就让那些甘心受骗的职员继续留任吧。我在各部里认识了许多这样的人,他们从来没接到召开内阁会议的通知,而国家领导人也从来不去征询他们对战争、财政或商业的意见,就好像他们不是政府的官员似的,但是,他们竟然会一天天守着他

---

① 凡属地区代表,即使抵达目的地后不再返回,仍应索取以里程计算的往返旅费津贴。我实在莫名其妙,为什么政府竟然拒绝偿付我以里程计算的旅费津贴。——原注

们的职位，继续从事他们的工作！他们也知道本人对国家的重要性，而且都不知不觉地让这种想法在他们的神态中，在他们去饭馆里点菜的时候流露出来——然而，他们却继续从事工作。我认识一个人，他的职务是从报纸上剪下各式各样的小图片和短文，粘在一本剪贴簿里——有时候一天所粘的达八张到十张之多。他虽然手艺不大高明，但总是尽力而为。那种工作是十分累人的。它对智力是一种消耗。然而，他一年只能领到一千八百元的薪俸。凭那个年轻人的头脑，如果肯选择其他行业，他可以攒下成千上万元。可是，不——他有着一颗忠于祖国的心，只要祖国还存下一本剪贴簿，他就要永远为它效劳。我还认识几个职员，他们虽然不会写出很好的文章，但是都很高贵地将自己所有的知识全部贡献给祖国，为了每年领二千五百元薪俸而继续辛劳受苦。他们写出来的东西有时候还得由其他职员重新改写；但是，如果一个人已经为祖国尽了最大的努力，难道祖国还能对他表示不满吗？再说，还有一些职员，他们没有正式的职位，都在一等再等，长期等候填补一个空缺——耐着性子等候有一个报效祖国的机会——而这样等候着时，他们一年最多只能领到二千元薪俸。这情况是凄惨的——这情况是非常非常凄惨的。某国会议员有一个朋友，他很有才能，但是没一官半职可以让他施展他那过人的才干，这时候议员就将他推荐给国家，让他在某部门里当一名职员。于是那人就不得不在那个部门里做一辈子苦工，给那个从来不顾念他、从来不同情他的国家拼死卖命地办理公文——而为了这一切所得的酬报只是一年二三千元的薪俸。将来，等我全部列举出几个部门里所有的职员，说明他们必须完成的任务，以及他们为此所能获得的报酬，那时候诸位就可以看到，我们现有的职员人数实际上不及需要的一半，而这些人所领的薪俸更低于他们应得的一半啊。

一八六七年十二月二日于华盛顿

一八六八年

中世纪的骑士故事

第一章　吐露真情

一个夜晚。克卢根斯泰因那座古老封建时代峥嵘雄伟的城堡里,笼罩着一片静寂。一二二二年即将结束。几座城堡塔楼中,只远远最高的那一座内闪出灯光。那里正在进行一次秘密会谈。神情严肃的克卢根斯泰因老勋爵坐在他的宝座上沉思。稍停他用柔和的声调说:"我的闺女!"

一个青年男子,仪态高贵,全身披着骑士的铠甲,应声回答道:"请说吧,爸爸!"

"我的闺女,在你整个青年时代里一直困扰着你的那件奥秘,现在该把它说穿了。要知道,之所以会产生这一情况,就是我这会儿要向你吐露的那些事情造成的。我哥哥乌尔里希是勃兰登堡的大公爵。我们的父亲临终时遗命,如果乌尔里希没生儿子,那爵位就应传给我这一房,但条件是:我必须有一个儿子。此外,如果我们俩都没儿子,只有女儿,那么爵位就传给乌尔里希的女儿,但她必须是一位白璧无瑕的姑娘;如果她不符合这一条件,那么我的女儿,只要她的声名始终是无可指责的,就将继承爵位。就这样,我和我的老妻为这事虔诚地祷告,祈求上苍恩赐我们一个儿子,然而祷告落了空。我们生下了你。我大失所望。我眼见那宝贵的猎物从我紧握着的手中走失——一场美梦就此破灭!而此前我却怀抱着那么大的希望!乌尔里希已经结婚五年,但是他的妻子,不论儿子或女儿,一个也没生下。

"'可是别急,'我说,'并不是一切都完了。'我脑子里闪过了一条挽救的计策。你是半夜里生下的。只有那医生,那保姆,以及六名侍女知道你的性别。我在一小时内就绞死了他们所有的人。第二天早晨，整个男爵领地里的人民欣喜若狂，听到克卢根斯泰因添了一个男孩——一位伟大的勃兰登堡的继承者！这件事一直被隐瞒得十分严密。你婴儿时期里由你母亲的胞妹照看，从那时到现在，我们为这件事什么也不用担心。

"你十岁那年，乌尔里希生了一个女儿。我们都很伤心，只希望她会出麻疹，碰上一个庸医，或遭到婴儿期间其他自然界的危害，这样就会给我们带来好运，但我们总是失望。她活下来了，她长得挺结实——愿老天叫她遭殃吧！可是，这也不碍事。我们有把握。因为，哈哈！我们不是有一个儿子吗？我们的儿子不就是未来的公爵吗？我们最疼爱的康拉德，不是这么一回事吗？——照说，一般像你这样一个二十八岁的妇女，我的孩子，那称号是绝对不会轮到你的呀！

"现在的情况是，我哥哥上了年纪，他越来越衰老了。为国事操劳，他已经承受不了，因此他想要你这就上他那里去，立即履行公爵的职责，尽管名义上还不是公爵。你的侍从已经准备就绪——今晚你就赶快上路吧。

"现在，仔细听着。要牢牢记住我所说的每一句话。有一条自从德意志开国以来就制订的法律：任何妇女，在她还不曾当众被正式立为君主之前，只要一登上那崇高的侯爵宝座——**她就要被处死刑！**所以，注意我的话。你要装作谦虚。要坐在首相的位子上宣布你的一切判决，那座位是在公爵宝座的下首。在你已被立为君主，确保自己安全之前，你一直要这样做。你是女性一事，看来不大可能被人发现，但是，在这险恶的人世间，采取一切尽可能安全的预防，仍不失为是一种聪明的办法。"

"哦，爸爸！难道我这一辈子弄虚作假，就是为了这件事吗？难道我可以骗取从来没招惹过我的堂妹的权利吗？别叫我干这种事吧，爸爸，别叫你的孩子干这种事吧！"

"什么，大胆的丫头！我费尽了心机，为你谋求荣华富贵，难道这就是你对我的报答不成？我对我父亲的遗骸发誓，你这样爱淌眼抹泪，完全和我的脾气不合。你这就去公爵那里，当心，别阻挠我的主张！"

一席谈话就叙到此地为止。我们单凭这些就可以知道,无论那心肠善良的姑娘如何恳求,哀告,哭泣,全都无用。不但这一切,再有其他的任何方法,都不能使执拗的克卢根斯泰因老勋爵回心转意。就这样,最后女儿怀着沉重的心情,眼看着城堡大门在她身后关上了,而自己则在黑暗中,由一队雄赳赳的武装家臣簇拥着,并由一批骁勇的仆从跟随着,乘车离去。

女儿走后,老男爵默默地坐了好一会儿,然后转过身对他忧心忡忡的妻子说:

"夫人,看来咱们的事进行得挺顺利。自从我派那位机灵和英俊的德茨因伯爵去找我的侄女康斯坦斯,执行那项狠毒的任务,到现在已整整有三个月了。如果他失败了,那么咱们还不能稳操胜券,但如果他真的成功了,那么,即便不幸是命运注定了咱们女儿不能成为男公爵,也没有任何势力不使她成为女公爵了!"

"我心里老是转到一些不祥的念头;也只能希望它圆满成功了。"

"呸,你这婆娘!就让猫头鹰呱呱叫吧。① 你还是去睡吧,在梦里拥有勃兰登堡,掌握那最高的权势吧!"

第二章 欢庆与掩泣

上一章里叙述的那些事发生后六天,五光十色的勃兰登堡公国的首都在军人举行的盛大庆典中呈现异彩,在效忠的民众欢欣鼓舞中热闹非凡,原来这是因为继承侯位的青年康拉德到了。老公爵满心欢喜,因为康拉德长相英俊,举止大方,立即赢得了他的欢心。宫廷的大厅里挤满了贵族,康拉德受到热烈的欢迎;一切都显得那么光明和幸福,以致他觉得自己的恐惧与忧虑正在消失,替代它们的是快慰与满足。

可是,在宫院内偏僻的一套房间里,正出现一个性质不同的情景。窗口站着公爵的独生女康斯坦斯小姐。她一双哭得红肿的眼睛仍满噙着泪水。她单独站在那里。接着,她又开始啜泣,并且大声说:

---

① 迷信的人认为猫头鹰叫是不祥之兆。

"那恶棍德茨因跑了——他逃出公国了！我起初还不能相信，但是，咳！确实是这么一回事。我当初是那样地爱他，我大胆地爱他，尽管我知道公爵，我的父亲，是绝对不允许我嫁他的。那时候我爱他——可是如今我恨他！我恨透了他！咳，我会落到什么地步？我完了，完了，完了！我要疯了！"

第三章 节外生枝

又几个月过去。所有的人都称赞年轻的康拉德治国有方，颂扬他的论断是如何精明，他的判决是如何仁慈，而他在履行重大职责时又是如何谦虚。不久老公爵就将一切事务都交给了他，而自己则坐在一旁，怀着得意和满足的心情，听他的继承人在首相的座位上传下王室的旨意。显然，看来一个像康拉德这样受公众爱戴、赞扬和歌颂的人，自己不可能不感到幸福。然而，说来也真奇怪，他并不快乐。因为他惊愕地看出，康斯坦斯公主已开始爱他了！对他来说，世上其他人爱他是一件大好事，但现在的这份爱却是凶险的！他还看出，那原先高兴的公爵也觉察出他女儿情有所钟，而且已在梦想婚事。公主原来脸上的那种沉痛一天天逐渐消失；希望与热情一天天更清晰地在眼光中显现出来；后来，甚至那愁郁的脸上也偶尔会闪过几丝微笑。

康拉德可吓坏了。他狠狠地咒骂自己，刚来到宫中，人地生疏时，——感到烦愁，渴望获得只有妇女能体会并给他的那种同情时——不该单凭自己本能的支配，试图与自己同性者交往。现在，他开始回避他的堂妹了。然而这只会使事情变得更加糟糕，因为，这也是十分自然的，他越是避开她，她越是故意地碰上他。起初他对这情况只是感到奇怪，但后来他就被吓倒了。姑娘是在纠缠他；她是在追求他；她总是不期而遇地碰上了他，不论是什么时间，不论是什么地方，不论是白天还是黑夜。她好像是异常地急切。肯定在某方面有着你无法理解的隐情。

这种情况再不能永远持续下去了。众人都在纷纷议论这件事。公爵开始显得很困窘。可怜的康拉德在恐惧与痛苦中逐渐变得像一个幽

灵似的。一天,他正从连接画廊的那间私室里出来,康斯坦斯迎面遇到了他,当即紧紧握住他一双手,热情激动地说:

"哦,为什么你老是避开我?我做了一些什么——说了一些什么,会使你瞧不起我——因为,肯定是我犯了什么错?康拉德,不要这样瞧不起我,还是可怜可怜一个伤心的人吧。我不能,再也不能克制着自己,不说出我至今不曾说出的话了,否则它们会把我折磨死了——我爱你,**康拉德**!好吧,如果你决意瞧不起我,那么就随你瞧不起我吧,但是,我还是要把那些话说出来!"

康拉德一语不发。康斯坦斯迟疑了一下,接着,由于误解了他的沉默,就眼中燃起狂喜的火花,就张开双臂搂住了他的脖子,说:

"你心软了!你心软了!你肯爱我——你会爱我!哦,说你一定会爱我,我的亲人,我崇拜的康拉德!"

康拉德发出呻吟。他脸色惨白,像一棵山杨那样不住地战抖。稍停,在绝望中,他一下子就把可怜的姑娘从身边推倒在地,大声说:

"你不知道你在要求些什么!这永远是绝对不可能的!"一说完这话,他就像个罪犯似的逃了,撇下公主一人吓呆了留在那里。过了一会儿,她开始在那里哽哽咽咽地哭,而康拉德则在他的屋子里哽哽咽咽地哭。两人都陷入绝望。两人都看到自己面临毁灭。

过后不久,康斯坦斯缓缓地站起,然后走开了,一面说:

"竟然有这种事:就在我相信我的爱在融化着他那冷酷的心时,他竟然那样鄙视我的爱!我恨他!他藐视我——这个人竟然做出这种事——他把我像条狗似的一脚踢开了!"

第四章 骇人的暴露

时光在流逝。善良的公爵的女儿,脸上又一次显出那难以消退的愁郁。现在人们不再看见她和康拉德在一起了。公爵为此感到烦闷。可是,随着一星期又一星期过去,康拉德的面色倒恢复正常,一双眼睛又像原先那样炯炯有神,他以锐利的洞察力与不断成熟的智慧处理国政。

此后不久,开始在宫廷附近听到一些离奇的窃窃私语。那声音越说越大;范围越传越广。它被包含在都市里那些流言蜚语中。它传遍了公国。以下是悄悄传说的话:

"康斯坦斯公主生了个孩子!"

克卢根施泰因勋爵一听到这一消息,将插有羽毛的头盔摇晃了三下,大喊道:

"康拉德公爵万岁!——瞧,从今天起,他的王冠可戴稳了!德茨因的差事办得好,这个精明强干的流氓应当受赏!"

于是他把这消息广泛地传播开,此后,接连四十八小时,整个男爵领地以内的人,又是唱歌,又是跳舞,一起大吃大喝,张灯结彩,庆祝这件大事,对老克卢根施泰因男爵这样破钞无不感到得意和高兴。

第五章 大难临头

即将开庭审讯。布兰登堡所有的男爵和高等贵族,一起汇集在公爵宫廷的司法大厅内。凡是可供观众坐立的地方都挤满了人。康拉德身穿白鼬皮紫色礼服,坐在首相的座位上,国内各大法官分列在两旁。老公爵严令审讯他女儿时不得徇情,但自己却悲痛欲绝,一个人回去睡觉了。他活在世上的时期已指日可数了。可怜的康拉德也曾请求,像为了保全自己的性命那样请求,可否别叫他去审理自己的堂妹,以免经受那份痛苦,然而结果是无济于事。

在所有汇集的众多人中,最伤心的是康拉德。

而最快乐的却是他父亲,原来,没让他女儿"康拉德"知道,老克卢根施泰因男爵也来到了,他在一大群贵族当中,为他那一房的日趋繁荣昌盛而洋洋自得。

掌礼官宣布正式开庭,接着其他的预备程序也一一履行了,尊敬的大法官说:"犯人,站出来!"

不幸的公主起立,面纱也没戴,站在大庭广众前。大法官接着说:

"最尊贵的小姐,当着本公国各位崇高的法官,有人指控并证实,由于神圣的结合,小姐您生了一个孩子,而根据我国古老的法律,这应被判处死刑,除非是出现另一个情况,那就是:代理公爵大人,我们尊敬的康拉德大人,这会儿将在他庄严的宣判中为您开脱;所以,请注意听着。"

康拉德很为难地伸出他的节杖,可就在这时候,他那女人心肠对已被判决的罪人只想到怜悯,泪水模糊了他的眼睛。他刚张开嘴要说什么,可是大法官赶紧提醒他:

"不可以在那里宣判,大人,不可以在那里宣判!对任何公爵家族宣判,**必须是在公爵的宝座上**,否则那程序是不会合法的!"

可怜的康拉德的心一震,同时他的老父亲坚强的身躯也一阵哆嗦。**康拉德还没履行加冕典礼**——他胆敢亵渎那宝座吗?他迟疑不决,在恐惧中脸变得煞白。但是,必须去坐在那里。惊奇的眼光已转向他。如果他再犹豫,人们就会开始怀疑。他登上了宝座。他立即又伸出节杖,说:

"犯人,我以最崇高的乌尔里希勋爵——布兰登堡公爵的名义,履行他赋予本人的神圣职责。听清楚了我的话。根据本国古老的法律,除非你举报出你犯罪的同伙,并将他交付给行刑人,否则你肯定要被处死。快把握住这一时机——趁你还有能力的时候拯救你自己。说出你孩子的父亲是谁!"

阴沉的静默笼罩着整个大审判厅——四周悄没声息,人们可以听出自己的心在搏跳。接着,公主缓缓地转过身,眼光中闪出仇恨,直指着康拉德说:

"那个人就是你!"

这一个令人震惊的指控,带来了无法解救的、不可避免的危险,像死亡的凛冽使康拉德的心都冷了。世上还有什么力量能挽救他!反驳这一指控,他就必须暴露自己是一个女人,而一个未经加冕的女人,只要一登上公爵的宝座,她就要被处死!就在那同一个时刻,他和他那冷酷无情的老父亲一起晕倒在地。

*　　　　*　　　　*

不论是在本书中,或是在将来出版的其他书中,诸位都**不会**看到这篇紧张动人、情节复杂的故事的结尾。

　　老实说,我已让我的主人公(或者说女主人公)处于一种特殊的困境中,而我看不出自己将来怎样才能使他(或她)再脱离那困境,因此我只得压根儿不再往下写,就让那个人物自己去找摆脱困境的最好办法——否则就干脆让他留在那儿吧。原先我以为要解决那困难很容易,但现在看来并不是那么一回事。

约一八六八年

已故乔治·费希尔事件的始末*

这是史实。不像"约翰·威廉逊·麦肯齐①签订的大宗牛肉合同",它不是什么荒唐的戏言,而是一篇翔实的叙述;其中所列举的种种事实与情况,在漫长的半个世纪里曾经一再引起美国国会的重视。

我不愿意将乔治·费希尔的这件事称之为对美国政府和人民进行的一系列花样层出不穷、手法毒辣无比的大骗局(因为,直到如今还没作出这样的结论;而我认为,如果一个作者在这种情况下就从事贬责,或进行谩骂,那对他说来将是一个严重的错误),而只是提供一些事实证据,让读者去下结论。这样,我们就不至于冤枉了任何人,同时对自己也可以问心无愧了。

那大约是在一八一三年九月一日,当时克里克战争②正在佛罗里达进行,公民乔治·费希尔先生的庄稼、牲口和房屋被一伙人毁坏了,那伙人可能是印第安人,也可能是追击印第安人的美国部队。法律有明文规定,如果毁坏那些财产的是印第安人,美国政府不必对费希尔进行赔偿;但如果是军队,那政府就对费希尔欠下了一笔赔偿损失的债款。

肯定乔治·费希尔认为他的财产是被印第安人毁坏的,因为,虽然此后他又活了几年,但是好像始终没向政府提出任何要求。

---

* 几年前,大约是在一八六七年,当本文初发表时,几乎没人相信我所说的是真话,都以为它是一篇戏言。然而,看来最近一般人已经不再认为,在前一个时期里诈骗政府钱财是一件新鲜事了。就在那个人指引我去找有关这件事的文件时,他就在华盛顿使用了成千上万美元,为一家邮轮公司走门路,谋求一笔补助金——这件事经过了很长时间没暴露,但最后真相大白,国会还为此进行了调查。——原注

① 前作为"约翰·威尔逊·麦肯齐"。
② 克里克属美印第安人的一族,现都定居俄克拉何马州。"克里克"的意思是"小河",当时印第安人部落聚居地区多港汊,故有此称。

过了一个时期,费希尔死了,他的遗孀也改嫁了。此后,费希尔的玉米地受到侵犯的事已被人淡忘了又过了将近二十年,费希尔寡妇的后夫向国会提出申请,要求赔偿财产损失,呈文中援引了许多供词和证书,试图证明那财产是军队而不是印第安人毁坏的;说什么由于某种无法理解的原因,该部队存心焚烧了属于一个良民私人的,价值六百元的"房屋"(即几间小木板房),还毁坏了属于同一公民的其他各项财产。但是国会不相信军队会是那样一群白痴(他们已经赶上,而且击溃了一帮印第安人,然后再像申请中所证明的那样对费希尔的财产进行破坏),甚至会不惜亲自动手,从容不迫地继续进行破坏,彻底完成印第安人刚开始投入的工作。于是国会于一八三二年驳回了乔治·费希尔继承人提出的申请,一文钱也没偿付他们。

此后,我们再没听到有关他们的消息,直到一八四八年,就是他们第一次企图要求财政部赔偿损失后的第十六年,也就是农庄遭到破坏,主人死后的整整一个世代。那时候,费希尔新的一代继承人突然出面,提出了一份要求赔偿的清单。第二审计官偿付了他们八千八百七十三元,该数相当于对费希尔所受的损失作价的半数。审计官说,从证据中可以看出,那一次的破坏至少有一半是"在部队发动追击前"由印第安人造成的,政府当然无需负责那一半的损失。

一、以上是一八四八年四月间的事。到了一八四八年十二月,已故乔治·费希尔的继承人再一次出面,要求"修正"他们的赔偿损失清单。审计官当即为他们进行修正,但除了在原来的核算中发现了一个一百元的差错外,并没有再找到其他可以让他们占便宜的地方。然而,为了不使费希尔家族败兴而返,审计官最后决定向前追算,准予发给从第一次提出申请(一八三二年)起到领到赔偿费之日止那一段时期里应给的利息。这一来费希尔的继承人都高高兴兴地返回故乡,带回去八千八百七十三元十六年来所生的利息——相当于八千九百九十七元九角四分。本利合计达一万七千八百七十元九角四分。

二、整整一年过后,"受害的"费希尔家族一直安静无事——好像连他们也感到了满足。可是后来这些人又突然来向政府诉苦。那位首席检察官的爱国老人图舍①查遍了费希尔家族的发了霉的文件，又为那些"孤苦的后代子孙"发现了一个可钻的空子——最初发给的八千八百七十三元从财产被毁之日（一八一三年）起到一八三二年止的一段时间里应结的利息！结果是，将为数一万零四元八角九分的利息给了"贫乏待济的"费希尔家族。所以，现在我们得出的赔款是：第一次，是损失赔偿费八千八百七十三元；第二次，是这笔钱从一八三二年起到一八四八年止所生的利息八千九百九十七元九角四分；第三次，是这笔钱追算到一八一三年为止的利息一万零四元八角九分。总数为二万七千八百七十五元八角三分！如果一个人要为他的曾孙投资，还有什么办法能比这更好的呢？就让印第安人在他孙儿出生前的六七十年为他烧毁一片玉蜀黍地，然后煞有介事地把这一切都归咎于发了疯的美国军队吧。

　　三、说也奇怪，费希尔家族竟会让国会清静了五个年头——也许，更可能的是，在那一段时期里他们没能让国会听到他们的呼声。但是，到了一八五四年，他们终于使自己的意见上达，他们说服国会通过了一条法令，责成审计官重新审查这件事。可是这一回他们不幸栽了跟头，碰上了一位公正的财政部长（詹姆斯·格思里先生②），这件事全坏在这位先生手里。他直截了当地说，费希尔家族非但没资格拿到一文钱，而且那些"含辛茹苦的子孙"所获得的赔偿已经过分地多了。

　　四、所以，此后又间隔了一段安静的时期——这段时期总共经历四年之久，也就是一直持续到一八五八年。当时"人称其位、位庆得人"的那位陆军部长——是久享盛名的约翰·布·弗洛伊德③！这位才智不凡的人物一当权，那死后已被遗忘了的费希尔的"受难的"继承人就得救了。他们一窝蜂从佛罗里达赶到——怒潮汹涌般一大群人，搬来的仍旧是那些陈旧得发了霉的文件，交涉的仍旧是他们祖先世世代代

---

① 艾萨克·图舍（1792—1869），美国政客，一八四八任美国首席检察官。
② 詹姆斯·格思里（1792—1869），美国律师，政党领袖，一八五三至一八五七年任财政部长。
③ 约翰·布坎南·弗洛伊德（1806—1863），美国政客，一八五七至一八六〇年任陆军部长。

传之无穷的玉米地。他们立即设法通过一条法令,将费希尔的材料从办事迟缓的审计官那里移交到头脑机灵的弗洛伊德手中。那弗洛伊德又是怎样处理这件事情呢?他说:"**现在已经证实**,在部队发动追击之前,印第安人就已经毁坏了他们所能毁坏的一切。"因此,他认为,部队所毁坏的肯定是"那些房屋,房屋内所有的东西,以及那些藏酒"(那是遭到破坏的财物中价值最小的一部分,总共只被估价为三千二百元),然后政府的部队赶走了印第安人,接着就从容不迫地进行了破坏——

地里二百二十亩玉米,三十五亩小麦,再有九百八十六头牲口!(瞧,那些年头里我国竟然有这样一支聪明得出奇的军队,这是弗洛伊德先生作出的结论——但不是一八三二年国会所作的结论。)

于是弗洛伊德先生作出裁决:政府不必赔偿印第安人所破坏的那些只值三千二百元的破烂了,但是应当负责赔偿部队所破坏的财产——包括以下项目(我摘自美国参议院印发的文件):

	元
巴西特河畔的玉米	3,000
牛	5,000
圈养猪	1,050
放养猪	1,204
小麦	350
皮革	4,000
亚拉巴马河畔玉蜀黍	3,500
共计	18,104

弗洛伊德先生称他报告中所列的金额为"军队破坏的财产的足价"。他批准将这笔钱**连同从一八一三年起结算的利息**一并发给那些"三餐不饱的"费希尔家族。从这笔重新结算的总数中,扣除了以前已经支付给费希尔家族的几笔钱,然后将他们喜出望外的余数(略少于四万元)付给了他们,他们又回到佛罗里达,暂时安静了一些日子。现在他们祖先的农庄总共已经为他们挣了将近六万七千元现金。

五、读者以为这件事就此结束了吗?读者以为那些侥幸成功的费希尔家族从此心满意足了吗？现在就让我列举一些事实来说明吧。费希尔家族只安静了两年。后来他们又带着原先那些古老的文件，一窝蜂从佛罗里达肥饶的沼泽地里赶来围攻国会。国会于一八六〇年六月一日挂了降旗，指令弗洛伊德先生再一次仔细检查那些文件，然后支付那张账单。当局命令财政部的一名办事员先查核那些文件，再向弗洛伊德先生汇报，究竟还欠那些"饿瘦了的"弗希尔家族多少钱。这位办事员（如果需要的话，我可以随时提供他的姓名）发现，文件中显然有一个数字是新近明目张胆伪造的：在一位证人的证词中，一八一三年佛罗里达的玉米价要比该证人原先的估价高出了一倍！那个办事员不但提请他的上司留心这件事，而且在草拟案件摘要时呈请他们特别注意这一点。结果那份摘要根本不曾上达国会，国会对费希尔文件中出现篡改伪造的事连个影子也不知道。然而，就根据这些提高了一倍的估价（同时根本不理会办事员在签呈中指出那些数字明明是新近伪造的），弗洛里德在他新拟的报告中说："根据证词，特别是根据有关玉米庄稼的那一部分，**必须发给远比**以前审计官或我本人估价**更高**的赔偿。"于是他将每亩的产量估计为六十蒲式耳（比佛罗里达的产量高出一倍），然后秉公办理，只准许庄稼的半数，但是却将那一半庄稼估价为每蒲式耳价值二元五角，而国会图书馆中有不少陈旧的账册和公文却暴露了未经伪造前费希尔的证件的本来面目——换一句话说，在一八一三年秋天，玉米每蒲式耳只值一元二角五分至一元五角。等到这一切都拟就以后，你猜弗洛伊德先生又干了些什么？弗洛伊德先生（正像他一本正经地声称的，"急于认真执行那份合法的遗嘱"），就着手制订一份赔偿费希尔损失的全新的账单，他心安理得地在这份新制的账单上全部撇开了印第安人——凡是有关破坏费希尔的财产的事，一概不去归咎于他们，甚至对费希尔指控他们焚烧木板房，痛饮威士忌酒、砸烂陶器等事也只是"感到遗憾"，而将全部的损失，包括所有应偿还的欠款，都推给了那些愚蠢的美国军队！不仅如此，他还利用那份伪造的文件，将"巴西特河畔"玉米的损失提高了一倍，再利用它，将"亚拉巴马河畔"玉米的损失整整提高了二倍。弗洛伊德先生的这份精心设计并全力执行的新账单包括以下各项（这也是我从美国参议院印发的文件中抄录来的）：

美国政府应偿付已故乔治·费希尔遗嘱代理人以下各款

1813 年	牛 550 头，每头 10 元	5,500.00
	放养猪 86 头	1,204.00
	圈养猪 350 头	1,750.00
	巴西特河畔玉米地 100 亩	6,000.00
	威士忌酒 8 大桶	350.00
	白兰地酒 2 大桶	280.00
	甜酒 1 大桶	70.00
	丝绸呢绒等存货	11,000.00
	小麦 35 亩	350.00
	皮革 2,000 张	4,000.00
	备用的皮衣和帽子	600.00
	备用的陶器	100.00
	铁匠木匠工具	250.00
	烧毁的房屋	600.00
	葡萄酒 4 小桶	48.00
1814 年	亚拉巴马河畔玉米地 120 亩	9,500.00
	豌豆、饲料等	3,250.00
	共计	34,952.00
	22,202 元给出的利息：自 1813 年 7 月起，至 1860 年 11 月止，共 47 年零 4 个月，共：	63,053.68
	12,750 元给出的利息：自 1814 年 9 月起，至 1860 年 11 月止，共 46 年零 2 个月，共：	35,317.50
	合计	133,323.18

这一次他把所有的一切都加进去了。他甚至不考虑印第安人砸烂了陶器，痛饮了那四打（红醋栗）酒。所以，讲到对"健谈豪饮"所独具的真知灼见，岂止是同时代，即便是任何时代里也休想有人能比得上约翰·布·弗洛伊德的了。弗洛伊德先生从以上的总数中扣除了已经付

给乔治·费希尔那些锱铢必较的继承人六万七千元,然后宣布政府还欠他们六万六千五百一十九元八角五分,弗洛伊德先生欣然同意,批示"相应将此数发给已故乔治·费希尔的遗产管理人或代理人"。

但是,对那些"处于困乏中的孤儿"来说,这件事也真够叫他们伤心,就在这当儿,一位新总统①上任了,布坎南②和弗洛伊德下台了,所以结果他们并没能够得到那一笔钱。一八六一年国会所做的第一件事,就是取消了一八六一年六月一日通过的、弗洛伊德先生根据他结算出那些赔款的决议案。这一来弗洛伊德(当然此外还有乔治·费希尔的那些继承人)只得暂时不在银钱上打主意,他们参加了南部联邦军队③,为他们的国家效力去了。

乔治·费希尔的继承人后来战死了吗?没有。他们现在(一八七〇年七月)刚回来,正在托那个常常会害羞脸红的家伙加勒特·戴维斯出面,请求国会再一次偿付由着一帮不负责的印第安人给玉米和威士忌酒造成了损失而此后就不时一再追索,但永远偿还不清的欠账,但是,因为历时过久,连办事那样一丝不苟的政府也很难顺当地追查清楚这件事了。

再说,以上所说的都是实事。它们都是史实。如果有人对它们怀疑,那他尽可以去函国会大厦参议院公文部,索阅第三十六届国会第二次会议文件编号 H. R. Ex. Doc. 第 21 号,以及第四十一届国会第二次会议文件编号 S. Ex. Doc. 第 106 号,将此事调查一个水落石出。整个这件事都已记载在行政法院报告第一卷里。

我相信,只要美洲存在一天,已故乔治·费希尔的继承人就仍会从佛罗里达的沼泽地去华盛顿朝圣,请求为他们的损失再稍许多赔偿一些钱(即使已经悉数收齐了那六万七千元,他们仍然会说,它只抵政府对那块生财有道的玉米地应偿付赔款的四分之一),而且,只要有朝一日还有兴致光临,他们就可以托加勒特·戴维斯把他们那些吸血鬼的

---

① 指亚伯拉罕·林肯(1809—1865),美国第十六任总统(1861—1865)。
② 詹姆斯·布坎南(1791—1868),美国第十五任总统(1857—1861)。
③ 美国亚拉巴马等十一州,由于维护奴隶制,一八六〇至一八六一年相继退出中央政府,成立南部联邦,进行内战。

清单拖到国会去。但这并不是一个绝无仅有的祖传的骗局,并不是一个通过受骗的美国财政部悄悄地由父子世代相传的骗局(我们是不是可以管它叫"骗局"呢——前面我曾一再指出,它尚未经证实哩)。

一八七〇年

神秘的访问

我最近在这里"定居",首次注意到我的是一位自称为"估税员",在美国"国内税收局"工作的先生。我说,我虽然以前没听过他所干的这一行,但仍旧十分高兴会见他——他是不是可以请坐呢?他就了座,我不知道该和他谈什么是好。然而我意识到,既然自己已经成家立业,有了身价,那么在接待来宾时就必须显得和蔼可亲,就必须善于交谈。于是,由于一时没有其他的话可以扯,我就问他可是在我们附近开店的。

他回说是的。(我不愿显得一无所知,但是我指望他会提到他出售什么货色。)

我试探着问:"买卖怎么样呀?"他说:"马马虎虎。"

接着我说,我们会上他那儿去的;如果也同别人一样喜欢他那家店,我们会成为他的主顾的。

他说,他相信我们会十分喜欢那个地方,以后会专门去那儿——还说,只要谁跟他打过一次交道,他从来没见过那个人会抛弃了他,另去找一个干他那一行的。

这话听来颇近自诩,然而,除了显出我们每人都具有的那种自然流露的鄙俗而外,这人看上去还是很诚实的。

也不知道究竟是怎么一回事,反正我们俩似乎逐渐变得融洽,谈得投机,此后一切都那样很惬意地、自然而然地发展下去。

我们谈呀,谈呀(至少在我这一方面是如此);我们笑呀,笑呀(至少在他那方面是如此)。然而我始终保持着冷静——我那天生的警惕性,就像工程师所说的那样被提到"最高度"。不管他怎样含糊其辞地答话,我总下定决心要彻底打听清楚他所干的行业——我下定决心要引着他把自己的行业说出来,但同时又不要让他怀疑我的用意何在。

我准备施展极其巧妙的诡计,务必要引他入彀。我要把自己所做的事全部告诉他,那样他就自然而然会被我推心置腹的谈话所诱惑,自然而然会对我亲热,甚至会情不自禁,在不曾猜疑到我的意图之前就把自己的事全部告诉了我。我心里想,我的儿呀,你再没想到,你是在跟一个什么样的老狐狸打交道啊。我说:"瞧,您再也猜不到,这一个冬天和上一个春天我单凭演讲就挣了多少。"

"猜不到……我真的猜不到。让我再想一想……让我再想一想。也许,大约是两千元吧?不会的;先生,那不会,我相信您不可能挣那么多。也许,大约是一千七百元吧?"

"哈哈!我就知道您猜不到嘛。上一个春天和这一个冬天,我演讲的收入是一万四千七百五十元。您以为这个数目还可以吗?"

"啊呀,这是个惊人的数目呀……绝对惊人的数目。我得把它记下了,您是说,甚至这还不是您全部的收入吗?"

"全部的收入!咳,我说您哪,此外还有四个月以来我从《每日呐喊》获得的收入……大约是……大约是……嗯,大约是八千元左右吧,我说,您觉得这个数目怎么样?"

"哎呀!怎么样?老实说,真希望我也能过上这样阔气的生活。八千元!我要给它记下了。啊呀,我的先生!……除此以外,您意思是不是说,还有更多的收入?"

"哈!哈!哈!哎呀,您这真所谓是'只沾了个边儿'。此外还有我的书呢,《老实人在国外》……每本售价三元五角起到五元,根据不同的装订而定。您再听我说下去呀。您不用害怕呀。单是过去四个半月里,不包括以前的销数在内,单是那四个半月里,那部书就卖了九万五千本。九万五千本哪!您倒想想。平均每本就算它四元吧。总数几乎达到四十万元,我的朋友。我应当拿到它的半数。"

"受苦受难的摩西①!让我把这一笔也给记下了。一万四千七百五十……八千……二十万。总数吗,我瞧……哎呀,真真想不到,总数大约是二十一万三四千元哪!那真的可能吗?"

---

① 《圣经》中领导以色列人逃出埃及,并为之立法的希伯来先知。这里作惊叹语。

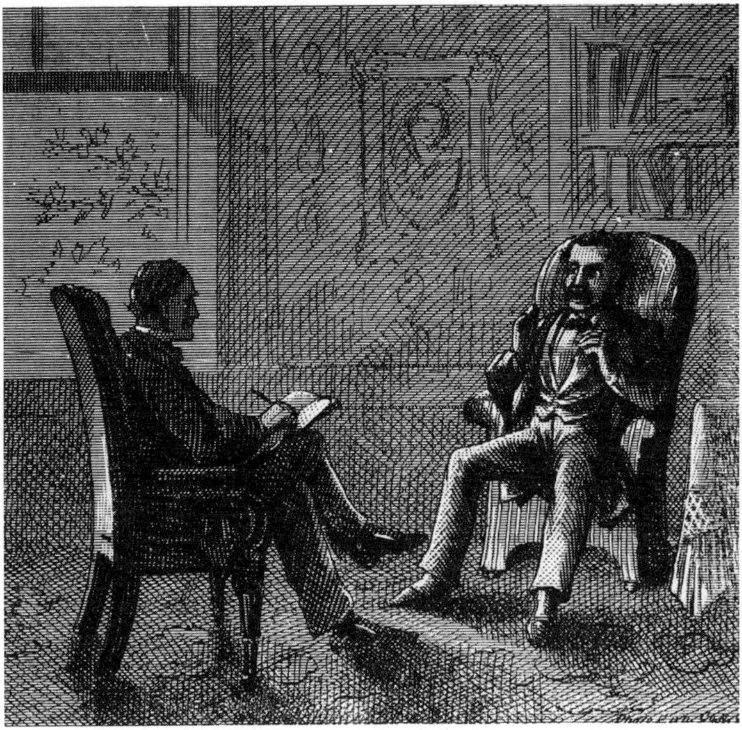

"可能！如果是算错，那只会是算少了。二十一万四千元现钞，那就是我今年的收入，如果我知道怎样计算的话。"

这时候那位先生站起身来告辞。我心里很不痛快，因为我想到，我也许不但白白地向一个陌生人公开了自己的收入，而且，由于听到他的惊叹时感到得意，还大大地提高了那些数字。可是，那位先生不立即就走，他在最后关头递给我一只大信封，说那里面有他的广告，说我可以在那里面找到一切有关他的业务的细节，说他很欢迎我去光顾——说他有我这样收入优渥的人做主顾，实在感到骄傲；说他以前常常以为市里也有好几位大财主，可是，等到他们去跟他做交易时，他发现他们所有的那点儿钱只勉强够自己糊口；还说，他确实耐着沉闷等候了这么多年，才能面对面看见我这样一位大阔佬，而且能和我交谈，并用手接触了我，终于情不自禁，想要拥抱我——说真的，如果我肯让他拥抱的话，他认为那对他将是一件极大的光荣。

这一席话说得我心里乐滋滋的，所以我也就不再推拒，尽让这位心地纯洁的陌生人张开双臂抱住我，还在我后颈窝里洒了几滴起镇静作用的眼泪。然后，他就离去了。

他刚走，我就展开了他的广告。我仔细地研究了四分钟。紧接着我就唤厨子来，说：

"扶好了我，我这就要晕过去了！让玛丽去翻那烤饼吧。"

停了一会儿，我清醒过来，就派人到路拐角的小酒店里去，雇来一位行家，为期一个星期，要他整夜守护着我，同时咒骂那个陌生人；白天里，偶尔我咒骂得乏了，就由他接替。

哼，瞧他这个坏蛋！他的那份"广告"，只不过是一份该死的报税表格——上面是一连串没头没脑的问题，问的都是有关我的私事，很小的字体足足占了四大张纸——那些问题，这里我不妨指出，实在提得非常巧妙。哪怕是那些最世故的人也没法理解它们究竟用意何在——再说，那些问题都经过了精心的构思，其目的是要使一个人报税时非但没法弄虚作假，反而会将自己的实际收入多报上三倍。我试图寻觅一个可钻的空子，然而看来竟然没有一个可以让我钻的。第一个问题绰绰有余地包罗了我的全部经济情况，有如一把伞笼罩了一个小小蚁垤：

过去一年里,你在任何地方所从事的任何交易、业务或职业中共赚了多少钱?

这问题下面附了另十三道同样刁钻的小题,其中措词最委婉的一题是要我呈报:过去我可曾由于黑夜偷盗,或者拦路抢人,或者纵火打劫,或者从事其他不可告人的勾当,借以营私渔利,购置产业,但尚未逐条列于收入申报书中第一问题的下方。

这分明是那个陌生人故意要让我上当受骗。这是非常非常明显的事;于是我跑出去,聘请了另一位行家。原来由于陌生人挑动了我的虚荣心,所以我才会把自己的收入申报为二十一万四千元。按照法律规定,这笔收入中只有一千元是可以免缴所得税的——这是惟一能够使我感到安慰的,但这一点钱有如大海中的涓滴而已。按规定百分抽五的办法,我必须上缴给政府的所得税竟高达一万零六百五十元!

(这里我不妨交代一句,到后来我并没缴纳这笔税款。)

我认识一个非常阔气的朋友,他的住宅好像是一座皇宫,他坐在饭桌上好像是一位皇帝在进膳,他的用费十分浩繁,然而,他却是没有分文收入的人,因为我常常在他的报税表格上注意到了这一点;于是,在窘急无奈的情况下,我就去向他求教。他接过了我那些琳琅满目的、为数惊人的收入凭证,他戴上了眼镜,他提起了笔,接着,一眨眼的工夫——我已经变成了一个穷光蛋!这件事他做得十分干净利落。他只是巧妙地伪造了一份"**应予扣除数**"的清单。他将我缴给"州政府、联邦政府和市政府的税"登记为若干;将我"由于沉船、失火等受到的损失"登记为若干;还有我在"变卖房地产时所受的损失",我在"出售牲口"时所受的损失,"支付住宅及其周围土地的租费","支付修理费、装修费和到期的利息","以前在美国陆军、海军与税务机关任职时从薪金中扣除的税款",以及其他等等。他对所有以上的情况,就每一个列举的项目,都登记了为数惊人的"应予扣除数"。他登记完毕,再把那张清单交给我,这时候我一眼就看到,就在这一年里,我作为纯利的收入已一变而为一千二百五十元四角。

"这一来,"他说,"按照法律规定,一千元是属于免税的。你只需要去宣一次誓,证明这份清单属实,然后给其余的二百五十元付了税就完啦。"

（他说这席话的时候，他的小儿子威利从他背心口袋里摸出一张两元美钞，拿着钱一溜烟跑了；这里我敢打赌，如果我那位陌生客人明天来访问这个小家伙，他准会谎报他应纳的所得税。）

"您是不是，"我说，"您本人是不是也这样填报'应予扣除数'呀，先生？"

"这个，我应当说是的！要不亏了'应予扣除数'项下那十一条救命的附加条款，那我每年就得当乞丐，讨了钱去供奉这个该死的、可恨的，这个敲诈勒索、独断独行的政府啦。"

在本市几位最有实力的人士当中，在那几位品德高尚、操行清白、商业信誉卓著的人士当中，就数这位先生的地位最高，于是我毕恭毕敬奉行他所指示的范例。我去到税务局办事处，在上次来访的客人的谴责的目光下站起身来，一再地撒谎，一再地蒙混，一再地耍无赖，直到后来我的灵魂深深地陷入了伪证罪之中，我的自尊心从此消失得一干二净。

然而，这又算得了什么？这正是美国无数最富有的、最自豪的，而且是最体面的、最受人尊重、最被人奉承的人每年都在玩弄的把戏。所以，对这些我都满不在乎。我毫不羞愧。今后我只要少开口乱说，别轻易玩火，否则，我免不了会养成某些可怕的习惯。

一八七〇年

我如何主编农业报

我就任农业报临时主编一职时,心里难免感到有点儿不踏实。就像一个新水手要去指挥一条大船时那样难免感到有点儿不踏实。但是当时我的处境迫使我不得不以追求薪金为目的。那份报纸的正式主编要去度假,于是我就接受了他所提出的条件,代理了他的职务。

一经重新有了工作可做,我的心情痛快极了,整个那一星期里,我是越想越乐。我们的报纸付印了,我那天一直眼巴巴地等着,一心想要知道,我花费的那些心血是否吸引了读者们的注意。太阳快落山时,我离开了编辑室,聚集在底层楼梯口的一群人,有大人,也有小孩,不约而同,一下子都向两边分散开,给我让出了一条路,我只听见其中有一两个人说:"瞧,那就是他呀!"这件事当然使我高兴。第二天早晨,我看到与昨天类似的一群人在底层楼梯口,有单独的,有成双的,都纷纷散开了,有的在这里,有的在那里,都一起站在马路上,站到街对面,兴致勃勃地留心看我。当我走近时,那群人就分散开来,向后退去,我只听见一个人说:"瞧瞧他那双眼睛!"我只装做没看见自己吸引了他们的注意,但暗中却对此感到高兴,打算写一封信,把这情景告诉我的姑母。我登上那短短的一段楼梯,刚走近房门口,就听见一阵愉快的人语声和响亮的欢笑声,我推开了门,瞥见两个乡巴佬似的年轻人,他们一看见了我,立即变得面色煞白,露出慌张的神情,然后哗啦一声响,两个人都冲到窗外去了。我大吃一惊。

过了大约半小时,一位老先生,胸前飘拂着一把长胡须,脸上带着一副文雅但又相当严肃的表情,走进了屋子,我招待他坐下了。看来他好像有什么心事。他摘下他的帽子,把它放在地上,然后从帽子里取出一块红绸手绢和一份我们出的报纸。

他把那份报纸放在膝上,然后,一面用手绢擦他的眼镜,一面问我道：“你就是新任的主编吗？”

我说我就是。

"你以前主编过农业报吗？"

"没有，"我说，"我这是第一次尝试。"

"看来确是这么一回事。你在农业方面有什么实践经验吗？"

"没有；我想我没有。"

"我已经从直觉中知道了这一点，"老先生说，一面戴上他的眼镜，把他那张报纸折整齐了，然后带着一副粗鲁的神气，从眼镜上方瞪着我，"我想给你读一段报纸，肯定就是这篇社论使我产生了那种直觉。听着，看这是不是你写的：

萝卜决不可以拔，这样就会损伤它们。最好的办法是叫一个小孩爬上去，让他摇动那树。

"喂，你倒认为这几句写得怎样？——难道这真是你写的不成？"

"你认为这几句写得怎样？哦，我认为写得挺好嘛。我认为这是有道理的。我深信，单说是在这个村镇里，就有千百万蒲式耳萝卜，都由于在半熟的时候被拔起而糟蹋了，同时，如果人们叫一个小孩爬上去摇那树——"

"去摇你的祖奶奶！萝卜又不是长在树上的！"

"哦，萝卜不是的，不是那样长的，对吗？咳，谁又说萝卜是那样长的。之所以这样措词，是为了要用比喻，完全是在用比喻呀。任何有一些常识的人都会明白，我的意思是说，那孩子应当去摇那藤①呀。"

听了这番话，老人就站起来，把他那张报纸撕得粉碎，还在碎报纸上面踏了一阵，再用他的手杖砸碎了几件东西，说我所懂得的还不及一头牛多；然后他走了出去，随手砰的关上了门，总之，他那番举动使我想象到他是对什么事感到不满。但是，由于不知道那问题究竟出在哪里，我对他也就无能为力了。

---

① 似指萝卜的羽状叶，俗称萝卜缨子。

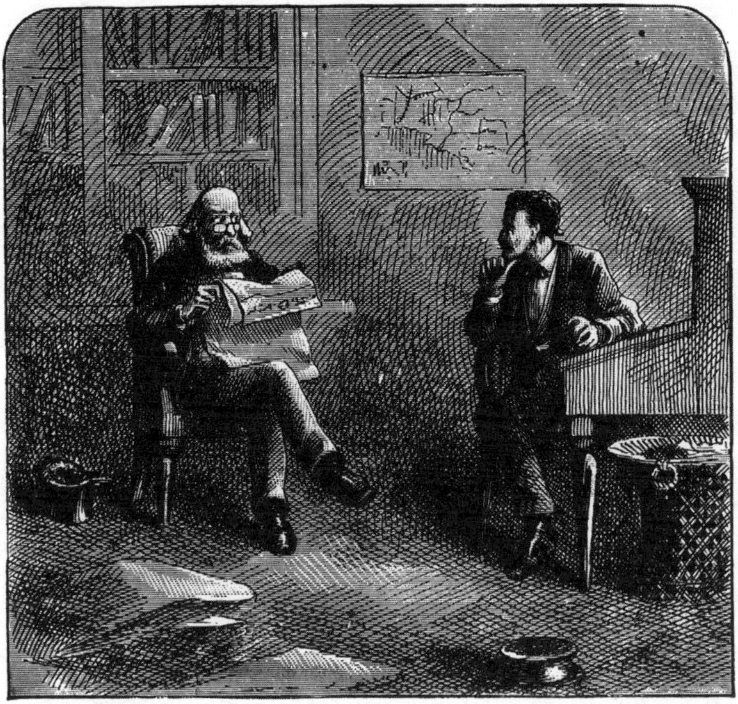

刚过了不多一会儿,一个身材瘦长、模样像具死尸的人,他那一绺绺细长的头发一直披到肩上,那张七高八低的脸上留下了一星期没剃光的胡子茬,这人一下子冲进了门,突然间停下了,一动不动,手指放在唇边,躬身俯首,做出一副留心倾听的姿势。他听不出一点声响。他仍旧去听。仍旧没有声响。于是他就锁上了门,小心翼翼地踮起脚向我走过来,一直走到距离我不太远的地方,然后止住步,先十分关心地向我反复仔细地端详了一会儿,然后从怀里掏出了折叠好的一份我们出的报纸,说:

"瞧呀,这是你写的。读给我听听——快!救救我吧。我难受极啦。"

于是我开始读以下的文章;随着我逐句读出时,我可以看出他的情绪开始缓和,我可以看出他那紧张的肌肉放松了,脸上的焦急神情消失了,宁静与安逸悄悄地笼罩了他的面容,好似柔和的月光照耀在一片荒凉的景物上:

鸟粪①是一种优质的禽鸟,但是饲养时必须十分当心。不可以早于六月,或晚于九月,将其从产地输入。冬天应当将其安置在温暖的地方,可以让它在那里孵出小鸟。

我们今年的谷物收成肯定是晚的。因此农民最好是在七月里,而不是在八月里,开始插他们的玉米秆,种他们的荞麦饼。

谈到南瓜嘛——这种浆果可是新英格兰内地人最爱吃的一种,他们认为,用来做水果蛋糕,要比用醋栗更好,他们还认为,它要比紫莓更为适宜于喂牛,因为它更能填饱牛的肚子,令其感到满足。南瓜是盛产于北方的柑橘科中惟一适宜于食用的,此外就只有葫芦和其他一两种倭瓜了。但是把它和灌木一起种在前院里,这种风俗很快就要过时,因为现在一般人都认为,将南瓜作为遮阳树来种,这办法可是失败了。

现在,当温暖的天气临近,公鹅开始产卵……

---

① 这里这位主编要写的可能是guanay,那是秘鲁产的一种鸬鹚,是鸟粪肥料的主要来源,但是他错写为guano,意思便成了鸟粪。

这人听得激动起来,他一下子向我跳过来跟我握手,说:

"好了,好了——这下子可好了。现在我总算知道我是正常的人了,因为你刚读出的那一段,逐字逐句,都和我原先读的一样呀。可是,朋友,今天早晨我第一次读到它的时候,我就心里想,尽管我那些朋友一直紧紧守着我,但是我绝对不相信他们说的那些话,可这一来我相信我肯定是疯了;一想到这里,我就发出一声狂吼,喊得连你在两里外也能听见,然后就要动手杀人——因为,你瞧,既然我迟早总要耍出那一招,所以还是趁早动手为妙。我又把其中的一段读了一遍,这样可以断定我的想法是否正确,接着我就纵火烧了我的房子,然后跑了出去。把好几个人打成重伤,把一个家伙吓得爬上了树,如果我要再惩治惩治他,尽可以去那儿把他揪下来。但是,走过这里的时候,我想应该先来拜访你,好将这问题彻底核实一下,而现在总算核实清楚了,我对你说,躲在树上的那家伙算他走运。否则我回去的时候,准会把他宰了。再见啦,先生,再见啦;你卸去了我心头的沉重负担。我的理智承受住了你那篇谈农业的文章给我施加的压力,现在我知道,此后无论什么事也不能再使我丧失理智了。再见啦,先生。"

我对这位先生乐于打伤人和烧房子的事感到有点儿不安,因为我不禁想到自己对那些举动多少起了一些推波助澜的作用。但是这些念头很快就被驱散了,因为这时候那位正式主编进来了!(我心里想,如果你能像我提议的那样去一趟埃及,那我就有机会露一手了,可是你却不肯去那儿,瞧你现在就回来了。我早就担心你会来这一套。)

主编露出一副愁郁的、惶惑的、沮丧的神情。

他视察了一遍那个老捣蛋鬼和那两个年轻庄稼汉所造成的破坏,然后说:"这是一件很糟糕的事——一件非常糟糕的事。瞧那胶水瓶被砸碎了,再有六块玻璃,再有一只痰盂,再有两个蜡烛台。但这还不是最糟的。这一来报纸的名声可就破坏了——而且,我担心,是永远破坏了。不错,以前从来不曾有这么多人要订阅这报,原先的发行量从来不曾像这样的大,而且从来不曾像这样出名;——但是,难道你要靠疯狂出名,要以神经失常使业务蒸蒸日上不成?我的朋友,我是不会夸大其辞的,现在外面街上聚满了人,有的人还跨在围栏上,要等着看上你一眼,因为他们都认为你是一个疯子。而他们读了你写的那些社论,确实是有理由这样看待你的。那些社论给新闻界带来耻辱。咳,你脑子里转到了什么念头,竟然会编出这样的报纸?看来你对农业的基础知识一窍不通。你把犁沟和犁耙混为一谈①;你谈到了牛的脱角季节;你还主张驯养臭鼬,因为它们生性顽皮,最会捉老鼠!你又大发高论,说什么蛤蜊会保持安静,只要你向它们奏乐,我看这是多此一举——完全是多此一举。凭你什么举动,都不会打扰蛤蜊呀。蛤蜊是永远保持安静的。蛤蜊是毫不理会音乐的。哎呀,我的天呀,朋友!如果你将追求愚蠢无知作为你毕生研究的课题,那你完成学业的时候也不可能比现在这样获得更高的荣誉。我从来不曾见过有这样的事。你说,根据观察,你认为,七叶树的坚果,作为一种商品,正在不断地受到人们欢迎,这简直是存心要毁了这份报纸。现在我要你放弃这职位,离开这地方。我也不要再去度假了——即使我再有假期,我也没法享受了。肯定不能在你代替我的时候。对你下一步可能再提出的什么建议,我会永远捏一把汗。我每次一想到你以'造园艺术'为题讨论牡蛎养殖场,就受不了。我要你离开这里。无论什么理由也不能使我再去度假。咳!为什么你早先不告诉我,你对农业一无所知呢?"

"要我告诉你,告诉你这个玉米秆子,你这棵卷心菜,你这个花菜秧子吗?我可是第一次听到你这样麻木不仁的讲话。我告诉你:我从事编辑这一行,前后已有十四个年头,这还是第一次听说,编报纸需要掌握一些什么知识。你这个萝卜头!是谁在给那些二流报纸写剧评?咳,还不是那一伙拔尖儿的鞋匠、一伙药剂师的学徒,他们对如何演好戏剧,并不比我对如何种好庄稼懂得更多呀。是谁在写书评?是那些从来不曾写过一本书的人。是谁在写那些有关财政的重要社评?恰巧就是那些对财政一窍不通的人。是谁在批评那些攻击印第安人的战役?是那些先生们,他们连'呐喊'和'窝棚'两个字②的区别都不知道,他们从来不曾提着一把印第安战斧奔跑,或者从他们几个家属的身

---

① 英语中犁沟是 furrow,犁耙是 harrow,读音近似。
② 呐喊,原文为 war-hoop 指印第安人作战时发出的呐喊声;窝棚,原文为 wigwam 是印第安人用兽皮、席子和树枝搭成的圆顶棚屋。两字字形有相似处。

上拔出箭来,晚上用它们烧旺一堆营火。是谁写那些呼吁禁酒的呈文,大声疾呼不可以酗酒的?就是那一些家伙,他们在进入坟墓之前,是不会有一天不喝得酒气熏人的。是谁在编农业报,是你——不就是你这个山芋吗?在一般情况下,那些人从事写诗这一行业失败了,写黄色小说失败了,写情节耸人听闻的剧本失败了,编本埠新闻又失败了,最后才退到编辑农业报这条线上,这样暂时可以不致进贫民所。你竟然要教我一些有关报纸行业的事!阁下,我精通这一行,从阿尔发到奥马哈①,我告诉你:一个人知道的越少,他的名气就越大,而他的薪金也就越高。天知道,要是我愚昧无知,而不是受过教育;要是我举动莽撞,而不是这样拘谨,我就会在这冷酷无情、自私自利的世界上一举成名。我告辞了,阁下。既然我受到你这样的待遇,我愿意离开这里。但是,我已经尽了自己的责任。在许可的范围内,我已经履行了我的合同。我曾经说,我能使你的报纸投合所有各界人士的兴趣——这一点我已经做到了。我还说,我能将你的发行量增加到两万份;如果让我再主编两星期,我是会做到这一点的。再说,我原可以让你的报纸拥有农业报从来不曾有过的那种最高级的读者——其中没有一个是农民,其中不管是哪一个,无论怎样也分不清一株西瓜树和一条桃子藤。这一次决裂,损失的是你,而不是我,大黄②。再见啦。"

于是我离开了那里。

约一八七〇年

---

① 阿尔发 Alpha 是希腊字母表中的第一个字母,奥米加 Omega 是最后的一个字母,"从阿尔发到奥米加,"意思是"从头到尾",或彻底精通之意,这里将 Omega 说成了奥马哈 Omaha,即是一个美国城市名。

② 可以入药的大黄,这里显然用做骂人话。

怪　梦

——兼寓规训之意

前天夜里，我做了一个不寻常的梦。仿佛我坐在门口台阶上（也许，那是在某一个城市里），坠入沉思，那时好像是夜间大约十二点或者一点钟光景。天气很美，暗香浓郁悦人。空中悄无人语，连脚步声都听不见。我更觉得四处死一般沉寂，因为，除了偶尔远远传来一条狗的空洞的吠声，以及从更远地方飘来另一条狗更微弱的回应外，没有其他任何声响。稍停，我又听见从街那头回荡过来一阵骨头敲出的呱哒呱哒响声，猜想那大概是一个唱小夜曲的人在敲响板①吧。一分多钟过去，一个高大的骷髅，头上罩着一顶兜头帽，身上半遮着一件破碎霉烂的寿衣，衣服的碎布巾儿在一条条的肋骨的骨架两旁拍打着，威风凛凛地踏着阔步在我身边大摇大摆走过去，然后消失在星光闪烁的朦胧灰暗里。他肩上扛着一口破烂的、虫蛀坏了的棺材，手里提着一捆什么东西。我这才知道那是什么在呱哒呱哒响，原来那是这个家伙的骨头节儿碰在一起，他一走路，胳膊就撞着两边的肋骨。不瞒你说，我当时吃了一惊。还没来得及竭力镇定，开始考虑这幽灵预兆的是何吉凶，我只听见又一个走了过来——因为我辨出了他那呱哒呱哒响声。他肩上扛着三分之二的棺材，腋下夹着棺材头尾两块板。我很想向他帽兜底下张一眼，跟他搭讪几句，但是，等到他一走过我身边，回过了头，把深陷的眼眶和暴出的牙齿冲着我笑时，我想还是不留下他为妙。他刚走开，我又听见呱哒呱哒响声，又一个从半明半暗的阴影中显露出来。这一个弯着腰，驮着一块沉甸甸的墓碑，还用绳拖着一口怪寒碜的棺材。他走近我跟前，向我直勾勾地盯了一会儿，然后转过身，把背对着我说：

---

① 响板也称"呱哒板"，是作为伴奏器的骨制圆形凹板。敲时用手指相拍。

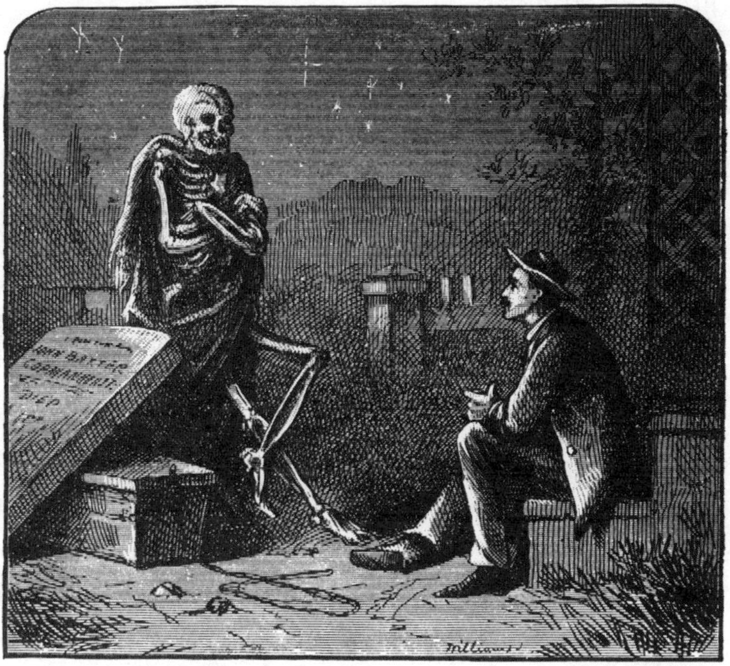
BAXTER
DIED
Williams

"可以把这个给俺松下来吗？"

我把墓碑往下松，最后把它安放在地上；我这样做时，注意到了碑上刻的姓名是"约翰·巴克斯特·科普曼赫斯特"，死亡的日期是"一八三九年五月"。死者一副疲劳的神情在我身边坐下了，用他的上颌骨擦了擦他的前额骨——我认为这主要是由于他生前的习惯，因为我看不出他拭去了什么汗水。

"真糟糕，真糟糕。"他说，一面把寿衣上残余的破布巾儿向身上拢一拢好，心事重重地用手支着下颔。接着，他就把左脚跷到膝上，开始心不在焉地用一截从棺材里掏出来的霉烂指甲搔他的踝子骨。

"什么事情真糟糕，朋友？"

"咳，所有的一切，所有的一切。我真希望当初要是能够不死就好了。"

"您的话使我感到惊奇。您为什么要说这种话呢？出了什么毛病吗？是怎么一回事？"

"怎么一回事！瞧瞧我这件送终的衣服——这一身破烂货。瞧瞧这块墓碑，它已经被碰得七损八伤。瞧瞧那口羞人的旧棺材。一个人眼看着他的全部家产都要完蛋，您还问他出了什么毛病。他妈的天火烧的！"

"您冷静点儿呀，您冷静点儿呀，"我说，"这情况确实是非常糟——这情况肯定是非常糟，可是，看您已处于目前的状态下，我没想到您还会对这些事十分介意。"

"哼，我的好先生，我对这些事可介意啦。瞧它们损伤了我的自尊心，影响了……也可以说是破坏了我的舒适。如果您允许的话，就让我谈一谈我目前的处境吧——让我原原本本叙述，您听了就会明白。"可怜的骷髅一边说一边把他寿衣上的兜头帽向后推了推，仿佛是准备采取什么行动，但这样一来就不知不觉流露出一副兴致勃勃的神情，那神情非但跟他目前生活（是不是可以这样说）境况的严重性很不相称，而且跟他愁苦的情绪形成了鲜明的对照。

"您谈下去吧。"我说。

"我就住在这条街上，离开您这儿一两个街区的那片羞人的旧坟地里——哎呀！您瞧，我刚在担心那根软骨会脱下来！——就是从下向上倒数第三根软骨，朋友，请用根细绳儿把它的一头扣在我脊梁骨上吧，如果您手边有这玩意儿的话；不过！要是有一根银丝，那就更加好，而且更耐用，更合适，如果能经常把它摩擦光溜了——一个人，让自己的骨头被这样扯断，被这样拉折压碎，真是不堪设想，何况受这种罪只是由于他的子孙对他漠不关心，根本不去管他啊！"——说到这里，可怜的鬼魂咬牙切齿，我看了那样儿感到一阵心疼，不觉打了一个寒噤——而且由于缺少了那些遮掩的肌肉和表皮，那样儿更大大地加强了恐怖的效果。"我住在那片旧坟地里，到现在已经有三十个年头；可是，告诉您，打我初来的时候起到现在，情况完全改变了：记得我第一次把这副疲劳的老骨头放平在那儿，翻了一个身，再把身子挺直，准备长眠，那时候心里觉得十分舒畅，因为想到此后再没有烦恼、没有悲伤、没有焦急、没有疑惑、没有恐惧，永远没有这一切了，于是我就感到很舒服，感到更满意，听着那教堂里的勤杂工在干活，他光是把第一铲泥土抛在我棺材上，发出吓人的噼啪声，到后来那响声逐渐低沉，变成微弱的轻轻拍打声，那是在给我铺好新居的屋顶呀——多么美呀！啊呀！我真希望您今儿夜里能在那里面试一试！"这时我正在出神，死者就用一只仅剩下骨头的手叭地给了我一巴掌，我被惊醒过来。

"可不是吗？先生，三十年前，我在那儿安息了，日子过得很幸福。因为，当时那地方远远位于乡下——空旷中清风习习，百花盛开，多年的林木一片蓊郁，懒洋洋的微风跟树叶儿窃窃私语，松鼠在我们上空和四周蹿来跳去，那些爬虫都来访问我们，鸟儿奏出的音乐在宁静中四下回荡。啊，当时一个人哪怕少活它十年早死了也是值得的啊！一切都是那么愉快啊。我的邻居们也好，因为所有住在附近的死者都是出自市内的名门望族。看来我们的后代也都关心我们的另一个世界，他们把我们的坟维修得好极了；总是把围栏修得上面没一点儿损坏，经常在棺材的前挡板上涂漆或者粉刷，一发现它们生锈或者烂朽了，就给换上新的；纪念碑总是竖得笔挺的，栏杆从来没人去碰一下，永远灿灿闪亮，玫瑰花和灌木丛都经过了修剪整枝，没一个地方是可以批评的，走道上铺着碎石子，又洁净又平坦。可是，那种日子一去不复返了。我们的后人已经忘了我们。现在我的孙子住的是一幢用我这双老手挣来的钱建造的很有气派的大厦,可是我却躺在一座没人去过问的坟里,那儿扰人的虫豸咬碎了我的寿衣,然后用碎布去筑它们的虫窝!是我和那些跟我躺在一起的朋友建立了这座美丽的城市,并且使它日趋繁荣,可是结果呢,那些我们抚育出来的、现在变得傲然不可一世的毛头小伙子,却把我们丢在一片被邻居们诅咒,被异乡人挪揄的荒废的公墓里,让我们在那儿腐烂下去。瞧当年和如今有着多么大的差别啊——比如说:现在我们的坟都成了一个个坑;我们棺材的前挡板已经朽烂塌陷;我们的栏杆都东倒西歪,那样儿就像是一个人轻佻无礼地把一只脚跷到了半空中;我们的纪念碑都有气无力地斜靠着,我们的墓碑都无精打采地低垂了头;再没有什么装饰点缀品了——没有玫瑰花,没有灌木丛,没有铺着碎石子的人行道,没有任何看上去可以使你感到舒适的东西;就连那油漆剥落了的旧板条围墙,一度表示不让我们和野兽为伍,不让我们被漫不经心的人践踏的,也逐渐摇摇晃晃,终于倒塌在路旁,只会引人注意到我们落到这样凄凉的归宿地里,招来更多的嘲笑。再说,现在我们再也不能把自己的寒酸情景和破烂衣着隐藏在那片亲切可爱的树林里了,因为城市已经远远伸出它那肃杀的双臂,把我们一股脑儿都圈了进去,于是我们的老家里再没有欢乐的气氛,单剩下那一簇愁人的林木,它们已经对城市生活感到厌倦,就那样竦立在那儿,把脚伸进了我们的棺材,一面眺望那迷蒙的远景,希望自己也能生长在那里。对您说了吧,这情况真羞死人啦!

"现在您开始理解了吧——您总开始明白这是怎么一回事了吧。我们的子孙,就在这城里我们的附近,花我们的钱,过豪华的生活,可我们却不得不苦苦地挣扎,才能把脑袋和骨头保持在一块儿。① 我的天哪,我们的公墓里没一座坟不是漏水的——没一座坟哪。每一次夜里下雨,我们就得爬出来,歇在树上——有时候我们突然惊醒,因为冰冷的水滴在我们后颈窝里了。告诉您吧,那时候一些多年的旧坟会向上掀起,墓碑被纷纷踢翻,瞧那些老骷髅向树林里那一阵乱奔呀!老天保

---

① 模拟成语"把肉体和灵魂保持在一起"(意为苟延残喘)。

佑,如果您曾经在这样一个夜晚,十二点以后,走过那个地方,您也许会看到过我们:人数可以多达十五个,都是一只脚站着,骨头节怪可怕地呱哒呱哒响着,风吱喽喽地在我们肋巴骨空隙当中吹过去!有好多次,我们在那些树上怪沉闷地歇了三四个小时,然后爬下来,浑身冻僵,瞌睡朦胧,彼此借用脑壳去舀干净我们墓穴里的水——如果我现在把头向后仰起,您从下面向我嘴里看上一眼,您就可以看到我脑瓜子里一半都成了已经干了的陈旧沉淀——瞧这些东西有时候害得我头昏脑涨、思路迟钝不灵!可不是,先生,您如果是刚巧在破晓前来到这儿,那您就会不止一次地看到我们正在舀墓穴里的水,把我们的寿衣晾在篱笆上。啊,想起来了,我从前有一件很考究的寿衣,一天早晨在那里被偷走了——我猜想那是一个叫史密斯的家伙偷的,他就住在那边的一片乱坟地里——我之所以这样猜想,是因为我第一次看见他的时候,他身上只穿着一件格子布衬衫,可是上一次在新公墓的交谊会上看见他的时候,他竟然成了所有尸体中打扮得最漂亮的一个——再有一件事很能说明问题,他一见我就溜了;没过一会儿工夫,这儿的一个老太婆就遗失了她的棺材——平时她无论上哪儿,总是把它随身带着,因为,如果多受了夜里的寒气,她就会着凉,就会发痉挛性风湿痛,当初她就是害这病送了命。她叫霍奇基斯——安娜·玛蒂尔妲·霍奇基斯——也许您认识她吧?她上边剩下了两颗门牙,个子挺高,可是最爱那样哈着腰,身体左边缺了一根肋骨,脑袋左边搭拉着一绺褪了色的头发,就在右耳朵上边,稍许前面一点儿,翘起着一小撮鬈毛,下巴颏的一边已经松泛,用一根银丝扣着,左边前臂的小骨头丢了——那是在一次打架的时候丢的——她走起路来有着那么一副趾高气扬的神态,一种'英姿飒爽'的劲头,两臂叉腰,鼻子眼儿仰对着上空——她一向行动自由自在,可是浑身已经七损八伤,到后来她那样儿简直像是一个破烂的陶器篓子——也许,您见过她吧?"

"别倒我的霉啦!"我不由得迸出了这么一句,因为,不知怎地,我当时没料到他会有这么一问,问得有点儿出乎我的意料。但是,我赶紧纠正了我的粗暴的口气,说:"我意思只是说,我不曾有这样幸遇的机会——要知道,我可不会故意地冒犯您的朋友。您刚才说人家偷了您——还说,这种行为很是可耻——可是,从您现在身上穿的这件寿衣剩下来的这点儿料子上看来,好像它当初是很贵重的哩。您是怎样……"

我客人那张已经腐烂的脸庞和满是皱褶的表皮上开始现出最阴森可怕的神情;正当我感到不安,有些发毛的时候,他却告诉我说,他这样只不过是试图装出嫣然巧笑,再做上一个媚眼,其用意无非是要向我委婉暗示:大约就在他得到现在他穿的这身衣服的时刻,附近公墓里的一个鬼遗失了一件衣服。经他这一解释,我才定下心来,于是我恳求他此后最好还是单用言语表达他的意思,因为他那面部表情实在叫人难以捉摸。即使他十分仔细小心,但那种表情仍会令人发生误会。至于笑,他尤其应当避免。他本人也许真地认为那是一次辉煌成就,但那对我却可能产生很不同的影响。我说,我也喜欢看到一个骷髅显得高兴,甚至在不违礼数的条件下玩耍取乐,然而,我总不认为笑是骷髅最擅长的表情。

"是呀,我的朋友,"可怜的骷髅说,"事实就是像我刚才对您所说的那样。两片旧坟地——一片是我从前所住的,另一片在那边更远的地方——现在我们的子孙都存心不管它们,到后来你再也没法在那儿待下去了。在目前的情况下,非但你身上的骨头感到不舒服——在这样阴雨天里,真叫人不好受——即连你身外的一切都要荡然无存。我们要不就得搬走,要不就得忍心瞧着我们的家产一天天损毁,最后一股脑儿完蛋。喏,这话您听了也许不大相信,然而,我说的都是实情,在我所有的相识当中,他们的棺材没一口是完整的——喏,这都是事实。我所说的并不是那些小户人家,那些睡松木棺材、由轻便行李车运去的人,我所说的那些人,都睡你们那种上等镶银的寿材,备有你们那种纪念死者的玩意儿,出殡时遮着黑色羽毛,在送殡队伍的前列进发,去到最好的公墓里——我指的是贾维斯家,再有布莱索家,再有柏林家。现在,他们也几乎一起毁了。当初他们是我们一伙人当中最殷实富有的。可是,现在您倒瞧瞧他们家——完全萧条败落,已经一贫如洗了。布莱索家的一个人,居然跟一个死鬼酒店老板做交易,拿他的纪念碑去换新鲜刨花,用来垫在他脑袋底下。我告诉您,这件事很能说明问题,因为,对一个死人来说，再没有任何东西能比纪念碑更使他感到自豪的了。他最爱读那上面的墓志铭。日子稍久，连他自个儿也开始相信那是真话了，于是，你就会看到他每天夜里都坐在围栏上欣赏那些文章。刻墓志铭并不需要花多少钱，但它可以让一个可怜的家伙死后得到极大的安慰，尤其是他生前是个时乖运蹇的人。我希望人们更多地利用它们。喏，我这并不是在诉苦，但是，说句不足为外人道的话，我子孙只给我立了这么一块旧墓碑，我确实认为它有点儿寒碜——再说，碑上什么颂词也没有。早先那上面刻的是：

逝后将受到公平的报酬

"我最初看到这句话时还感到很得意，可是，不久我就注意到，每一次我的一个老朋友走过那儿，他总要把下巴搭在那栏杆上，拉长了脸，一路读下去；最后看见这一句，他就独自咯咯咯地笑，然后一径走开，露出一副称心满意、悠然自得的神情。所以我把那一句刮掉了，免得再看见那伙浑蛋。可是，一个死了的人呀，总会对他的纪念碑感到十分自豪。瞧，这会儿打那头来了五六个贾维斯家的人，随身带着家族的纪念碑。刚才史密瑟斯和几个雇用的鬼也扛着他的纪念碑走过。哈啰，希金斯，回见啦，老朋友！那是梅雷迪斯·希金斯——是一八四四年去世的——是公墓里我们一伙人当中的一个——出身于高贵的世家——曾祖母是一个印第安佬——我跟他最熟——他没答应我吗，那是因为他没听见我在唤他。真的，我觉得很可惜，因为我本来想要给您介绍一下。您会为他的人品倾倒的。您从来没见过像他那样骨头脱节、脊梁塌陷、全部走了形的老骷髅。但是，他非常有风趣。他每次大笑，那声音就好像是在摩擦两块石头，而且，一开始他老是高兴地吱溜溜尖叫，就好像是谁在窗玻璃上擦一根钉子。喂，琼斯！那是老哥伦布·琼斯——他为了做那件寿衣，当年花了四百元——全部的陪葬，包括纪念碑，花了两千七百元。那是二六年春天的事。当时那样殡殓，也称得起是气派大的了。死鬼都一路从阿勒格尼山区赶来看他的冥器——住在我坟旁边的那个家伙，至今对这件事记忆犹新。喏，您瞧见那个胳肢窝底下挟着棺材前挡板、一条腿从膝盖以下没有了骨头、身上赤条条什么都不遮掩的家伙朝那面走过去了吗？他就是巴斯托·达而豪舍；除了哥伦布·琼斯而外，在那些进入我们公墓里的人当中就数他的行装最阔气。现在我们都要离开这儿了。我们没法忍受呀，再也不能任凭我们的子孙这样对待我们了。他们经常开辟新的公墓，可是却让我们留在这儿丢脸。他们经常修补街道，但是从来不修补邻近我们的或属于我们的东西。瞧瞧我那口棺材——可是，我对您说：新的时候呀，它无论摆在本市哪一间会客厅里，都是一件引人注目的家具。如果您要的话，您可以搬去——我再也没那么多的钱维修它了。把棺材装上一块新底板，把盖儿也补上一部分新板，再沿左边稍许添点儿衬里，您就会感觉到，在您所试过的这一篓容器当中再没有比它更舒适的了。不用谢——不，这不值得什么——您对我很礼貌，我要把自己所有的东西都赠送给您，否则我这个人就显得不识好歹了。喏，这条裹尸布，可以说是一件特有的珍品，如果您想要……不要吗？也好，随您的便，可是我行事总要公平大方——我可不是一个小气鬼。再见啦，朋友，我可得走了。今夜也许我有很长一程路要走——这会儿我还不知道哩。只有一件事我肯定知道，那就是现在我必须迁地为良，再也不能躺在这片破烂的公墓里了。我要长途跋涉，直到我找到了体面的住宅，哪怕是一直找到新西泽州都行。哥儿们全部都去。迁移是昨夜大伙在一次秘密会议上决定的；等到太阳再一次升起，我们的老屋里连一根骨头都不剩了。这样的公墓也许适合我那些仍旧活着的朋友，但是它们不适合向您说这些话的老骨头。我的看法代表着一般的看法。您如果不大相信，可以去瞧瞧那些即将上路的鬼魂在出发前怎样乱翻乱砸他们的东西。他们那样表示厌恨，简直像疯了一样。嘿，这面来的是布莱索家的几个人；如果您肯把我连同这块墓碑一起扶起，也许我就可以加入他们一伙，跟他们一起去赶路了——布莱索家是有势力、有声望的世族；五十年前，我白天里走过这些街道的时候，看到他们出门总是坐着六匹马拉的灵车，还摆出诸如此类的排场。再见啦，朋友。"

于是他扛着墓碑，加入了阴森可怕的行列，背后仍旧拖着那口破烂棺材，因为，他虽然一心要把它硬塞给我，但我还是一口谢绝了他的美意。大概足足经过了两个小时，这些黯然销魂、无家可归的家伙才背着他们愁人的什物用具，呱哒呱哒响着走过去，而我则一直坐在那里，为他们感到难受。他们当中，有一两个年纪最轻的，身上比较最不破烂的，正在打听夜行的火车，但其余的则好像都不知道这种旅行方式，只询问去某些城镇通常走的几条公路；那些城镇，有的如今已经无法在地图上找到，它们早在三十年前就在地图上绝迹，甚至在地面上消失；其中少数几个城镇，除了一度在地图上（而且只是在地产经纪人私有的地图上）见到，此外根本就不曾在任何其他地方出现过。他们还探听这些城镇里公墓的情况如何，当地居民是不是尊敬逝者。

我对整个这件事深感兴趣，同时对这些无家可归者又不免怀抱同情。一切情景都栩栩如生，我当时竟然不知那是在做梦，所以对一个身穿寿衣的流浪者说，我想发表一篇文章，描写他们背井离乡时非常伤心的奇怪经过；但同时又说，我既然要使我的描写翔实可靠，就难免不会像是在嘲弄一个严肃的问题，像是在侮慢那些死者，而那样他们在世的朋友读了就会表示震惊，感到难受。但是这位已故的公民的残骸却显得那么温和、大方，它俯身凑近我的大门，在我耳边悄声说：

"这一点可不用您为它烦心。既然那伙人能心安理得，并不介意我们现在离开的那些糟糕的坟墓，他们就能心安理得，毫不介意您所谈到的躺在那些坟墓里的死人。"

就在这个时候，一声鸡鸣，那阴森可怕的行列立即消失，连一片碎布巾儿和一根骨头也没留下。我醒了，发现自己躺在那里，脑袋很低地**沉**在床沿外边——一个人这样睡着就会做梦，这样的梦也许兼寓规训，但它们是不会富有诗意的。

> 注——请读者放心：如果他镇上的公墓都被收拾得很好，那么以上描写的梦就根本不是讽刺他那个镇，而是故意恶毒地讽刺邻近的一个镇。

一八七〇年

竞选州长

几个月前,独立党提名我为纽约州州长候选人,准备与约翰·丁·史密斯和布兰克·丁·布兰克两位先生一起参加竞选。不论怎样说吧,反正,我总认为,跟这两位先生相比,我具有一个明显的优点,那就是:我的声誉好。这一点我们不难从报纸上看到,即使他们俩也一度曾经知道保持一个好名声意味着什么,但他们的那个时代已经一去不复返了。事实很明显,最近这几年里,他们对各种可耻的罪行已习以为常。然而,就在我夸赞自己的优点,并暗中沾沾自喜时,我那喜悦心情的深处却被一股使人感到惴惴不安的污浊潜流给"搅浑",那就是:我必然会听到一些人把我的名字和这一流人物相提并论,混为一谈。我越来越感到不安。最后我写信给我祖母,谈到这件事。我很快地准时收到了回信。她在信中说:

> 你生平从来没有干过一件令人羞愧的事——一件也没干过。现在你倒去看看报纸吧——去看看它们,再了解一下史密斯先生和布兰克先生是什么样的人,然后再考虑一下:你是否情愿将你自己的身份降低到他们的水平,和他们一起去拉选票。

这正是我的想法呀!那一天我整夜没合眼。然而无论如何我不能打退堂鼓。我既已完全承担了义务,就必须拼干到底。早餐时我正在百无聊赖地看报纸,眼光偶尔触到下面这一段报道,说真的,我从来没像那样惊慌失措。

作伪证罪——现在马克·吐温先生当着群众俨然是一位州长候选人了,他是不是可以放下他那架子来解释一下:一八六三年他在交趾支那瓦加瓦克,如何经三十四位证人评断,证明他曾经作过伪证。他那次作伪证的动机,是为了要从当地一个穷苦的寡妇和她无依无靠的子女那里侵吞一块贫瘠的大蕉种地,那块地是他们失去亲人后,在悲哀不幸中惟一可以依赖为生的恒产。无论是为他本人,或是为投他选票的广大群众,吐温先生都有责任澄清这一事实。他会加以澄清吗?

当时我差点儿没被吓昏过去!竟然有这样恶毒伤人的、丧心病狂的指控。我从来就不曾见到过什么交趾支那!我从来就不曾听说过什么瓦加瓦克!我不知道"大蕉地"和袋鼠有什么区别!我不知道该说怎么办是好了。我神志不清,我束手无策。我根本什么事都没做,就让那一天溜了过去。第二天早晨,同一份报纸上刊载了以下这一条——此外什么都没有:

耐人玩味——大家会注意到,吐温先生对交趾支那作伪证一事保持了耐人寻味的沉默。

(**附注**——在此后的竞选期中,这份报纸每次提到我时,竟不用其他名号,总是称我为"臭名昭著的作伪证者吐温"。)

接着是《新闻报》刊载了以下这一条。

倒要请教——新州长候选人可否降尊纡贵,向某些市民(他们现在容许他参加竞选!)解释一下他在蒙大拿的那件小事:和他同住在一间小屋子里的几个伙伴不时遗失一些小件的贵重物品,到后来那些东西照例都是在吐温先生的身上或他的"行李箱"(指他用来包装随身什物的报纸)里发现了,因此他们认为有必要先向他进行善意的忠告,于是就给他涂上柏油、粘上羽毛,用根木杆把他抬走。①然后叫他把原先那小屋子里通常占据的地方永远空出来。这件事他可以解释一下吗?

有什么造谣中伤还能比这更为居心险毒的吗?我有生以来就没去过蒙大拿。

---

① 给被认为是有罪的人浑身涂上柏油,黏上羽毛,是一种私刑或污辱;让人跨在一根木杆上,抬着游街示众,然后驱逐出境,也是一种羞辱性惩罚。

（从此以后，这份报纸每谈到我时，总是习以为常地称我为"蒙大拿的小偷吐温"。）

谎言被揭穿了——根据五叉角区的迈克尔·奥福兰盖因先生、斯纳布·拉弗尔蒂先生以及沃特街的卡蒂·马利甘先生宣誓的陈述，现已证实：马克·吐温先生在他那篇下流无耻的报道中，说什么我们崇高的领导人布兰克·丁·布兰克已故的祖父因拦路抢劫而被处绞刑，这是全无事实根据、纯属恶毒诽谤的谎言，正义人士见他采取这样卑鄙无耻的手段，企图凭此攻击泉壤下的亡灵，玷污他们家族高贵的名声，从而让自己在政治上占上风，都为之寒心。当我们想到这样可耻的谎言必然会给死者清白无辜的亲友带来痛苦时，我们在激情冲动下几乎要唤起被触怒的受辱的公众立即对这恶毒中伤者采取不受法律约束的报复行动。然而，不！我们还是让他去受良心谴责的痛楚吧（尽管如此，但如果公众出于义愤，在无名怒火的燃烧中给这造谣中伤者造成人身伤害的话，那么，对在这件事情上犯了错误的人，显然是没有任何陪审团能判他们罪的？是没有任何法庭能处罚他们的。）

这一句巧妙的结尾发挥了它的作用，它害得我那天夜里赶忙从床上爬起，从后门逃出，同时那些"被触怒和受辱的群众"则从前门一拥而入，他们义愤填膺，一路捣毁家具和窗子，临去时还顺手带走了他们能带的东西。但是，我能把手放在《圣经》上宣誓，我从来没造谣中伤布兰克先生的祖父，再说：直到那一天，我甚至从来没听人家向我谈到他，或者我向人家提到他。

（我这里顺便提一句，以上所说的那份报刊，此后每提到我时，总称我为"掘坟盗尸犯吐温"。）

以下是引起我注意的又一篇刊在报上的文章：

一位寻欢作乐的候选人——事先已安排好，昨晚马克·吐温先生要在独立党群众大会上发表一篇诋毁他人的演说，但他竟没准时出场！他的医生发来了电报，说他被一组脱缰马撞倒，他腿上两处骨折——受伤者正痛苦地卧病在床，如此如此，这般这般，以及许多这一类的胡说八道。独立党党员竭力要使人轻信这一托词,并假装不知道他们提名候选的这个自甘堕落的家伙缺席的真实原因。昨晚有人看见,某一个人喝得烂醉,跌跌撞撞地摸进了马克·吐温先生住的那家旅馆。独立党党员对此有无可推卸的责任,他们必须证明这个酒鬼并不是马克·吐温先生本人。这下子我们可逮住他了!这是一件无法回避的事。群众发出雷鸣般吼声追问:"那家伙到底是谁?"

一时不能令人相信,绝对不能令人相信,居然有这样的事,竟会把我的名字跟这样不光彩的嫌疑牵扯到一起。我已有整整三年没沾过一点儿麦芽酒、啤酒、葡萄酒或其他任何酒类了。

(当我说,我看到该刊物在它的下一期里始终不渝地封我为"发抖颤性酒疯①的吐温先生"时,——尽管我明知道,那报刊以后将一成不变地把我这样叫到底——但我并没受到良心谴责,这说明,那一时期对我起了多么大的作用。)

这时匿名信开始成为我收到的邮件的重要部分。像这种方式的信是司空见惯的:

那个正在讨饭时被你从尊府门口踢走的老太婆现在怎样了?

波尔·普里

再有这样的来函:

你干的那些事,有的虽然谁都不知道,但我知道。你最好还是掏出几张钞票,送给以下具名的先生,否则你将会在报上领教他的答复。

汉迪·安迪

这就是来信的用意所在。如果读者高兴听的话,我可以继续一一列举,直到大家听腻了为止。

不久,共和党的主要报纸"判决"我犯了大规模行贿罪,而民主党

---

① 抖颤性酒疯,又称震颤性谵妄,指兴奋发狂病态,主要是由于饮烈酒致醉,病发时浑身出汗,惊恐不安,胡言乱语。

的权威报纸则将一件应加重处罚的敲诈案强行**钉**在我头上。

（就这样，我又荣获了两个称号："肮脏的营私舞弊者吐温"和"可恶的向陪审员行贿的吐温"。）

这时响起了一片责难声，纷纷要求**答复**所有强加在我头上的可怕的指控，以致我党领导和党报编辑都说，如果我再这样沉默下去，那我的政治生活将被宣判死刑。仿佛要使他们的呼吁显得更加紧迫似的，第二天的一份报上出现了以下这样一段：

瞧瞧这个家伙——独立党的候选人仍保持沉默。这是因为他不敢申辩。所有对他的指控都已被充分证实，而且已被他本人意味深长的沉默一再表示承认，到今天，他被定罪后已永远不能翻案。瞧瞧你们这位候选人吧，独立党的负责人士！瞧瞧这位臭名远扬的伪证制造者！这位蒙大拿的小偷！这位掘坟盗尸犯！周密地考虑一下你们这位发抖颤性酒疯的化身！你们这位肮脏的营私舞弊者！你们这位可恶的向陪审员行贿者！盯着他看看——仔细地想一想——然后再说你们是否能将自己公正的选票投给这样一个家伙：他因所犯的丑恶罪行而赢得这样可怕的一大串头衔，而且不敢开口否认其中任何一个！

毫无办法摆脱这一困境，于是，我又羞又愧，开始准备**答复**一大批毫无根据的指控，以及卑鄙恶毒的造谣。但是我根本就没来得及完成这项工作，因为，就在第二天早上，又一份报纸再一次满怀恶毒，报导了一件新的恐怖案件，一本正经地指控我，说什么只因为一所疯人院挡住了从我家望出去的景色，我就纵火烧了它，连同里面所有的病人。这使我陷入恐慌。接着是指控我为了夺取财产而毒死了我的伯父，并迫切要求掘了他的坟开棺验尸。这一来可将我逼到了疯狂的边缘。除此之外，还控告我任育婴堂堂长时，雇用了一些落光了牙齿、已失去工作能力的老年亲戚管理伙食。我的思想开始动摇了——动摇了。最后，党派间的仇恨对我进行的无耻迫害自然达到了高潮：几个刚在学步的小孩，多种多样肤色，衣着褴褛程度不一，经过教导，在一次公众集会上一起拥上讲台，抱住我的腿，唤我**爸爸**！

我屈服了。我扯下我的旗子投降了。我不够资格参加纽约州州长的竞选，于是我递上了取消候选人资格的申请书，痛心疾首地在它上面签上："您忠实的仆人，一度是一个正派人士，而今则成为：

I. P. , M. T. , B. S. , D. T. , F. C. 和 L. E.① **马克·吐温**。

一八七○年

---

① 分别为 Infamous Perjurer（臭名昭著的作伪证犯）、Montana Thief（蒙大拿的小偷）、Body-Snatcher（掘坟盗尸犯）、Delirium Tremens（发抖颤性酒疯的人）、Filthy Corruptionist（肮脏的营私舞弊者）和 Loathome Embracer（可恶的向陪审员行贿者）等的首字母。

田纳西州的新闻业

孟菲斯《雪崩报》主编,由于一位记者扬言他是一名激进分子,于是就这样出其不意,轻口薄舌地对那记者进行押击:——当他在写第一个句子,刚写到当中部分,在他的 i 字母上头加上一点,在他的 t 字母上添上一横,再打上他的句号时,他就知道自己是在拼凑一个句子,那里面饱含有阴险的恶意,散发出造谣的恶臭。——《信息交换报》。

医生对我说,南方的气候会增强我的体质,于是我去了南方的田纳西州,在《朝花与约翰逊县呐喊报》里找了个职位,当上了该报的助理编辑。我去上班的那天,看见主编正斜靠在一张只剩下三条腿的椅子上,把一双脚跷在一张松木桌上。屋子里还有另一张松木桌,以及另一张病病歪歪的椅子,桌和椅都一半埋在报纸以及破碎或整张的稿件下。有一只盛沙的箱子①,上面丢了一些雪茄烟蒂,堆了许多"老兵"②,一只火炉,炉门内上边的铰链晃悠悠地悬荡着。主编身穿一件黑色长燕尾服大衣,下面配一条白麻布裤。他的那双靴子很小,用黑鞋油擦得很光洁。他穿一件有褶裥饰边的衬衫,戴一只大图章戒指,领子是那种老式的立领,格子花的领巾两头下垂,一套衣装是大约一八四八年流行的。他正在吸一支雪茄,一面在苦苦思索一个什么字,一面笨拙地理平刚被他搔过的乱蓬蓬的头发。他恶狠狠地蹙起眉头,我断定他这是在拼凑一篇不易措词的社论。他叫我把一些交换的报纸约略看一遍,然后写一篇《田纳西州报刊精粹》,要将各报所载的内容加以浓缩,并保留那些看来是有趣的材料。

---

① 当时人写完信或文稿,为求其速干,常洒上黄沙,然后拂去,同后来的吸墨水纸。
② 俚语,指空瓶,尤其是啤酒或威士忌酒瓶。

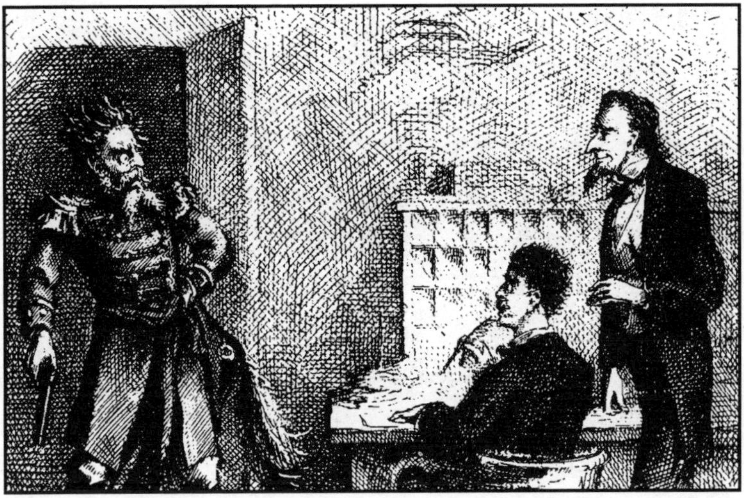

于是我写了以下这篇文章：

田纳西州报刊精粹

《地震半月刊》的编辑们，显然是误解了有关巴利哈克铁路的报导。公司的目的，并不是要将布加德维尔划在铁路线以外，相反，他们认为它是沿线的重点之一，决不会忽略了它。《地震》的编辑先生们，当然会乐于作出更正。

希金斯维尔《晴天霹雳与自由呐喊》多才多艺的主编，约翰·W·布洛塞姆先生，昨天抵达本市。他现下榻于范伯伦旅馆。

我们注意到，同时期发行的报刊，如泥潭泉的《怒吼晨报》就误以为范·沃特当选一事尚属未定之天，但是，毫无疑问，在不曾收到这篇提示文章之前，他们就已经发现自己的错误了。不用说，他们是由于只掌握了不完全的选票统计数，从而作出了错误的判断。

"有一条好消息让大家知道：布拉泽市正竭力设法和纽约的几位绅士签订一项合同，要用尼科尔森筑路材料去铺那些几乎无法通行的街道。《欢呼日报》正全力推动这一措施，似乎对最后成功颇有把握。"

我把以上拟好的文稿交给主编，随他采用、修改，或是干脆给撕了。他漫不经心地向它看了一眼，就沉下了脸。他接着一页一页往下看，他那神色更显得兆头不妙。看来分明是有什么地方不对头。紧接着他一下子跳起来说：

"必须破口大骂！你以为我提到那些畜生的时候，会这样写法呀？你以为我的订户看的时候，能受得了那份罪呀？把笔给我！"

我以前从未见过，修改文章时一支笔会那样发出刮擦的响声，或那样毫不留情地涂抹掉别人所写的动词和形容词。正当他加工的时候，有人从敞开的窗外朝他开了一枪，这一来我的一只耳朵就不再和另一只相对称了。

"啊，"他说，"是《精神火山报》的那个恶棍史密斯——昨天他就该来了。"接着他就从腰里拔出一只水兵用的手枪。史密斯应声倒地，大腿上中了一枪。当时他正准备再露一手,只是由于主编的这一枪而未能瞄准,却打伤了另一个局外人。那就是我。好在我只被打落了一个手指。

此后,主编继续涂抹,并在行与行间加上一些词句。他刚修改完毕,一颗手榴弹从火炉烟筒里落下来,爆炸时把火炉炸得粉碎。但是它并未造成更大的损害,只有一个横飞的碎片击落了我两颗牙齿。

"那火炉可是完全毁了。"主编说。

我说我相信确是如此。

"嗯,这没关系——现在这种天气已经再用不着它了。我知道干这件事的那个家伙。我会抓住他的。喂,这篇东西必须这样写。"

我接过了稿子。涂抹的地方和行间新加的词句,已使原稿面目全非。它的母亲再也无法认出它来了,如果它有一位母亲的话。现在它被改成这样:

田纳西州报刊精粹

修建巴克哈利铁路,是十九世纪中最光荣伟大的设想,显然《地震半月刊》那批说谎成性的家伙要在这一问题上竭力用他们另一套卑鄙无耻、令人难以忍受的谎言,去蒙蔽我们高尚正直的人们。说什么布拉扎德维尔特将被划在铁路线以外,这主意可是他们自己肮脏的脑子里想出来的——应当说,是从他们自认为是头脑的废渣子里榨出来的。如果他们想要保全自己已被群众唾弃的爬虫残骸,逃脱他们应该受到的一顿鞭子,那么他们最好还是趁早收回那套谎言吧。

希金斯维尔《晴天霹雳与自由呐喊》的布洛塞姆,那头笨驴,又窜到这里来,在范伯伦旅馆里白吃白喝。

我们注意到,泥潭泉《怒吼晨报》里那个愚昧无知的流氓无赖,那个生性爱造谣的家伙,正在宣布,说什么范·沃特没被选上。新闻工作者的天职是宣扬真理;是消除错误,是教育和启发群众,是提高公众道德与礼貌风度,是要使所有的人更加文雅,更加高尚,更加慈爱,在所有各方面变得更美好,更纯洁,更幸福;然而,这黑心的恶棍却不断地贬低他的伟大职责,散布谣言,从事诽谤,肆意漫骂,写出一些庸俗的文章。

说什么布拉泽维尔需要一条用尼科尔森筑路材料去铺几条街道——其实它需要的倒是多一所监狱,多一所贫民院。在那样一个乡村小镇里,那里只有两家小酒馆、一间铁匠铺,再有出那狗皮膏药①报纸的《欢呼日报》竟然想到要铺马路!主编《欢呼》的巴克纳,那只小爬虫,正像他一贯地那样愚昧无知,狂呼乱叫,鼓吹这件事情,同时还以为自己话大有道理。

"瞧,就应当这样写——措词辛辣,一语中的。那种玉米粥加牛奶的新闻报道②,可叫我受不了。"

大约就在这时候,哗啦一声响,一块砖从窗外扔进来,狠狠地砸在我背上。我从射程内移开——我开始感觉到自己妨碍了人家。

主编说:"那可能是上校。我已经候了他两天了。他这就要上来啦。"

他猜对了。不一会儿,上校出现在门口,手里拿着一支龙骑兵手枪。

他说:"先生,我可以和编这份臭报的胆小鬼谈几句吗?"

"可以。请坐吧,先生。当心那张椅子,它缺了一条腿。我有幸和布拉泽斯凯特·特坎塞上校,那个下流的骗子谈几句吧?"

"谈吧,先生。我有一小笔账要和您清算一下。如果您有空,咱们这就开始吧。"

"我要写完一篇谈'美国道德与智力发展令人鼓舞的进步'的文章,可是,这不用赶急。开始吧。"

两枝枪同时猛烈震响。主编被崩落了一绺头发,上校的枪弹在我大腿肉多的地方结束了它的进程。上校本人的左肩被擦破了一点儿。他们再次开火。这次两人谁都没能击中对方,但我却分享了一枪,那枪

---

① 原文 Mustard-Plaster,是一种用芥子末制的药膏,可用来使贴膏药处发红,起反抗刺激作用。

② 喻软弱无力、富有伤感情调的文章。

击中了我的胳膊。第三次开火，两位先生都受了轻伤，我的一个手指节被打掉了。于是我说，我认为自己该出去散一会儿步了，因为这是关系到他们私人的事，我不便再继续参与。但两位先生都请求我留在那里，并保证我不会妨碍他们。

接着他们就一面重新装子弹，一面讨论选举和收成的事，而我则着手包扎我的伤口。没过多一会儿，他们又兴致勃勃地开火，而且每次射击都收到成效——但这里应当指出，那六发子弹中倒有五发都轮到了我的份儿。第六枪重创了上校，他不无幽默地说：这会儿他可要说"再见"了，因为他有事情得去镇上。于是他打听了怎样去殡仪馆，然后离开了。

主编转过身来对我说："我约了几个人吃晚饭，得去张罗一下。劳您的驾，把校样看一看，还要接待几个来打交道的客人。"

我一听说要接待那些来打交道的客人，就有点儿发毛，可是那连续发射的枪声仍在我耳朵里嗡嗡作响，我惊魂未定，因此一时也想不出该说些什么。

他接着说："琼斯三点钟到——给他一顿鞭子。吉莱斯皮也许要早一些来——把他从窗子里扔出去。弗格森大约四点钟到——把他给宰了吧。我想今天要做的就是这些了。如果有多余的时间，您可以写一篇措词尖锐的文章，谈谈警察局，挖苦一下那巡官长。牛皮鞭都在桌底下；武器在抽屉里——子弹在那边的角落里——棉花和绷带在那边文件格里。万一出了什么意外事故，到楼下去找兰塞特外科医生。他在咱们报上登广告——咱们用他的服务来抵账就完了。"

他走了。我直打哆嗦。此后三小时内，我经历了那样可怖的危险，以致我所有宁静的心情和喜悦的感觉都消失了。吉莱斯皮造访来了，把我从窗子里扔了出去。琼斯准时到来，我正准备抽一顿鞭子，他却为我代了劳。在和一位日程表上未经列出的生客交手中，我被剥去了头皮。又来了一位叫汤普森的生客，他让我全身只留下一堆乱七八糟的破布头儿。最后我负隅顽抗，遭到一群狂怒的编辑、骗子、政客和亡命之徒的围攻，他们语无伦次，恶毒咒骂，紧接近我头顶四周挥舞他们的武器，到后来只见四下里犹如闪着刀光剑影，我刚要写辞呈，主编到了，和他一同来的是乱哄哄一群热情洋溢、似乎有魔法保护的朋友。接着就展开了一场骚乱和屠杀,那是人类的一支笔,哪怕是钢铁铸就的笔,所无法描绘的。一些人被枪击,被刀戳,被肢解,被轰炸,被从窗口扔了出去。经过片刻旋风般骚动,只听到模糊不清的下流谩骂,影影绰绰看到混乱和狂烈的战斗舞①,然后一切告终。五分钟后,四下沉寂,只留下了我和那血淋淋的主编坐在那里,打量我们四周围地上乱糟糟满是鲜血淋漓的劫后残余。

他说:"等您习惯了,您会喜欢这地方的。"

我说:"我必须请您原谅;我想,再过一个时期,也许我可以写出合您意的东西;只要经过一阵实习,学会那种措词,相信我是能做到的。可是,不瞒您说,那种强烈的措词也有它的麻烦,它会给你招来干扰。这一点您也明白。不用说,写那种强有力的文章,是为了鼓舞群众的精神。但是我不喜欢它引起过多的注意。像我今天这样受到很大的干扰,我就设法定下心来写文章。我很喜欢这个职位,但是我不喜欢留在这儿接待那些来打交道的客人。我得承认,这种经历是新鲜的,也是相当有趣的,然而它们对我可不大公道。一位绅士从窗外打了您一枪,可是他让我受了伤;一颗手榴弹从烟筒里落下,原是为了让您获得满足的,却把炉门崩在我的脖子上;一位朋友造访,来问候您,却让弹片把我害得体无完肤,以致我身上的皮都不再顶用了;您去赴宴,琼斯带着他的牛皮鞭来了,吉莱斯皮把我从窗口扔了出去,汤普森扯碎了我一身的衣服,一位素昧平生的客人,像一位老朋友那样熟不拘礼,剥掉了我的头皮;过了不到五分钟,这带地方所有的流氓无赖都用战斗颜料②抹了花脸来到了,开始用战斧把我吓得魂不附体。总而言之,我这一辈子从来不曾见过这样的热闹场面。不,我喜欢您,我喜欢您那样冷静地、沉着地向来客说明问题,可是您瞧,我不习惯这一切;南方人感情太容易冲动;南方人对来客过于慷慨大方。今天我写的那几段文章,那些平淡乏味的句子,经过您那高超的手笔,注入那份田纳西州新闻工作的热

---

① 某些部落,临战前准备,或战后庆祝胜利时,作为一种仪式,举行的集体舞蹈。
② 某些美洲印第安人部落,出战前在脸上和身上涂抹的颜料。

情,是会惹动另一窠马蜂的。所有那帮子编辑又会赶来——再说,他们又是饿着肚子来的,要找一些人当早餐充饥。我不得不向您道别。我婉谢参加这样狂欢热闹场面。我原是为了要增强体质,才来到南方,现在,为了完成同一任务,我要回去,而且是说去就去,田纳西州的新闻工作,对我来说是太刺激了。"

说完这些话,我们彼此黯然别离。我却住进了医院病房。

约一八七一年

一则真实的故事

（逐字逐句记述我的亲耳所闻）

那是一个夏日黄昏。我们都坐在小山顶上那幢农庄住宅的阳台上，"雷切尔大婶"却循规蹈矩地坐在比我们低一层的台阶上——原来，她是我们的女仆，而且是一个黑人。她身材粗壮高大，已经六十岁了，但她的眼睛仍未昏花，气力仍未衰退。她是一个快乐而又热情的人，你可以毫不费力引得她纵声大笑，比你逗一只鸟儿唱歌还容易。现在，像往常一样，一天的工作做完了，她在炮火下接受挑战的时刻到了。我的意思是说，她会受到人们无情的打趣，而她却引以为乐。她会一阵又一阵地呵呵大笑，然后坐在那儿，双手捧着脸，乐得浑身直颤抖，说话时喘得透不过气来。每逢这种时刻，我就会想到这一问题，我说：

"雷切尔大婶，你怎么会活到了六十岁，从来没遇到一点儿烦恼的事？"

她不再颤抖了。她停下来，沉默了一会儿。然后她向我扭转了头，说话的口气里没有丝毫笑意：

"C先生——你这是在认真地问我吗？"

这使我感到很惊讶，而且使我的态度和我的问话也显得严肃了，我说：

"啊，我想——我意思是要问——啊，你不可能遇到过什么烦恼的事，我从来不曾听到你唉声叹气，从来不曾看到你眼睛不含笑意。"

这时她转过脸来，正对着我，那完全是一副严肃认真的神气。

"我遇到过什么烦恼的事吗？C先生，我这就说给你听听，然后再让你自己去想想吧。我出生在一伙奴隶当中；我知道一切有关奴隶的生活，因为我本人就是他们当中的一个。再说，先生，我的老头子——也就是说，我的汉子——他疼爱我，就像你疼你的老婆那样。我们有孩

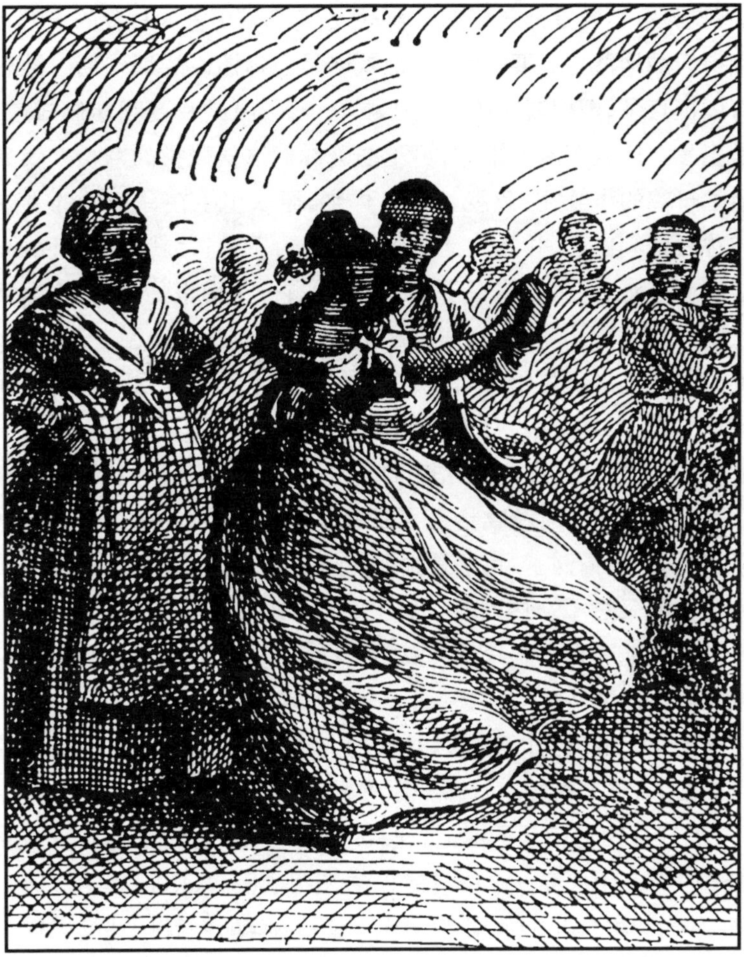

子——有七个孩子——我们爱那些孩子,就像你爱你的孩子那样。他们都是黑皮肤,可是,上帝无论让孩子长得有多么黑,做妈妈的仍旧爱他们,不舍得丢了他们,无论如何也舍不得呀。

"再说,先生,我是在老福金尼①长大的,可是我妈是在马里兰州长大的;哎呀呀!要是你一招惹了她,那她可真够厉害的!我的天哪!她会闹得天翻地覆!只要一发火,她就老是说她惯说的那句话。她总是把身体挺直了,把捏紧了的拳头往腰里一叉,说:'我要叫你们知道,我不是出生在什么下流的地方,可不能受你们这伙贱货的欺负!我是一个老兰母鸡的小雏儿,我就是的!'你瞧,原来出生在马里兰的人就是那样称呼他们自己,并且为这感到自豪。可不是,她就是那样说的,我永远不会忘记,因为她老是那样说,因为有一天她也是那样说,因为那一天小亨利摔坏了手腕子,碰破了脑袋,就在脑门子上面,叮是那些黑人谁也不赶过来照料他。等他们跟她顶嘴时,她可火了,她说:'你们可得当心点儿!'她说:'我要你们这伙黑人知道,我不是出生在那些下流的地方,不是好让你们这伙贱货欺负的!我是一个老兰母鸡的小雏儿,我就是!'随后她就收拾好了那厨房,亲自包扎好了孩子的伤口。所以,我如果被招惹了,也总是说那几句话。

"再说,又过了一些时候,我的老女主人说她破产了,只好把所有的黑人都就地给卖了。我一听说要把我们所有人都在里士满拍卖,咳,我就知道事情要坏!"

雷切尔大婶随着话题越谈越激动,身体也越挺越直,这会儿她高耸在我们面前,星光衬托出她那一片黑影。

"他们给我们套上了锁链,让我站在一个和这个阳台一般高的平台上——有二十尺高——所有的人站在四周围,人山人海的。他们走上来,对我们浑身仔细地察看、拧拧我们的胳膊,叫我们站起来走上几步,然后说:'这一个太老了,'或者说:'这一个腿瘸了,'或者说:'这一个不顶用。'他们卖了我的老头子,把他带走了,他们开始卖我的孩子,也把他们带走了,我就大哭起来;那个人说:'闭起你那张哇啦哇啦哭

---

① 指美国弗吉尼亚州。

的臭嘴，'说着就伸出手来打了我一个嘴巴。等到所有的人都被卖完，只剩下了我的小亨利，我就把他紧搂在怀里，挺直了身子说：'你们可不能把他带走，'我说：'谁敢碰一碰他，我就杀了他。'可是我的小亨利悄声对我说：'我会逃走的，我去找工作，然后给你赎身。'哦，求老天保佑这孩子吧，他的心总是这样善良的！可是他们抓住他——他们抓住他，那些人抓住了他；可是我揪住他们的衣服，把衣服扯得粉碎，还用我的锁链砸他们的脑袋；他们也揍了我，可是我不理会那些。

"再说，我的老头子就那样被带走了，再有我所有的孩子，我所有的七个孩子——其中六个我直到今天也没再见到，算到上一个复活节为止，已经有二十二个年头了。买我的那个人住在新伯恩，所以他就把我带到了那里。再说，又过了几年，打起仗来了。我的主人是南方军队里的一个上校，我做了他家里的厨娘。所以，后来北方军队占领了那座城市，他们就一起逃走，把我和其他几个黑人留在那幢怪大怪大的大房子里。所以，后来那些北方的大军官就搬到那里面去住，他们问我可愿意给他们做饭。'我的天哪，'我说，'那正是我的本行嘛。'

"他们可不是一些小军官，你要知道，他们都是最大最大的军官；他们老是把那些兵吆来喝去！那将军叫我掌管厨房；他说：'如果有谁来找你麻烦，你就把他轰出去；你不用害怕，'他说，'现在你是和你的朋友在一起。'

"再说，我心里想，如果我的小亨利能找到机会逃走，那他肯定是逃到北面去了。所以，有一天我就跑到客厅里那些大军官待的地方，向他们这样行了一个屈膝礼，然后站好了，把我亨利的事告诉了他们。他们留心地听着我诉说苦衷，就好像我是一个白人似的；我说，'我来求你们，是因为，如果他已经逃走，到了北边，你们各位先生是打那边来的，也许见到过他，可以告诉我怎样才能再找到他；他人很小，左手腕子上有一个疤，脑门子上边也有一个疤。'他们听了都为我难过，那将军说：'你丢了他有多久了？'我说：'有十三年了。'这时候将军就说：'现在他不会是那样小了——他已经是大人了！'

"以前我就从来没有想到这一点！我仍旧觉得他还是一个小孩儿哩。我从来没想到他会长大起来，现在已经成人啦。可是现在我明白了。那几位先生，谁也没有遇见他，所以他们都没法帮助我。在整个那段时间里，只有我不知道他的情形，其实我的亨利已经逃到北边去，许多年来，他一直在当理发匠，干活儿养活自己。过了一些时候，打起仗来，他就兴奋了，说：'我不再干剃头的这一行了，'他说，'我要去找到我的老妈妈，除非是她已经死了。'他就卖了他的家伙，到招兵站那里去，让那上校雇了去当佣人；后来他就去所有打仗的地方，去找他的老妈妈；可不是吗！说真的，他先去给这一个军官当佣人，再去给另一个军官当佣人，说他要找遍南边所有的地方；可是你瞧，我当时对这些事一点儿也不知道。可你叫我又怎么会知道呢？

"再说，有一天晚上，我们那里开了一个大的军人舞会；新伯恩那儿的兵总是要开舞会，热闹个没完。有好多次，他们都在我的厨房里跳，因为那地方是那样大。你听我说，我对这种事就是看不上眼，因为我那地方是给军官们用的，这伙普通的兵在我厨房里那样乱蹦乱跳，可把我给招恼了。可是，我总是站在一旁不去管，让他们继续跳下去，我就是那样；有时候，他们实在把我招恼了，我就叫他们去收拾那厨房，我可是说一是一说二是二的！

"再说，一天晚上——那是一个星期五晚上——来了整整一个排，他们是保卫这幢房子的黑人兵团的一部分——你瞧，这房子就是司令部——后来，我也兴致来了！疯了吗？我就是那样高兴！我转来转去，转来转去；我只是脚痒痒得想要他们带着我跳。他们转着圈儿，不停地跳！啊呀！他们快活极了。我只是转呀，转呀！过了不多一会儿，有那么一个打扮得漂漂亮亮的黑人年轻小伙子，搂着一个黄毛丫头，那么轻松地向屋子这面跳过来；他们一圈圈地转呀转呀，看着他们那副样子，真会叫你像喝了酒那样醉倒；再说，等他跳得和我并齐的时候，他们俩有点儿像是在平衡身体，先是单用这一条腿站着，接着是单用那一条腿站着，笑着瞧我那条大红头巾，跟我开玩笑。这一来我可火了，我说：'给我滚开！——你们这些贱货！'突然间，就在那一刹那，那年轻人好像脸色变了，但是接着他又笑了，又像刚才那样了。再说，大约就在这个时候，来了乐队里几个奏乐的黑人，这些人不论去到哪里，总要装出那么一副神气活现的样子。那天晚上，他们正要卖弄自己，我就故意去招惹他们！他们哈哈大笑，这一来我就发火了。其他的几个黑人也开始大笑，这一来我精神猛地一振，我可是真的火了！我眼睛里闪出光亮！我挺直了腰板——就像我现在这样，头一直顶向天花板，几乎顶到了天花板——我把握紧的拳头向腰里一叉，说道：'你们要当心点儿，'我还说：'我要你们这伙黑鬼明白，我不是出生在下流的地方，好让你们这伙贱货开玩笑！我是一个老兰母鸡的小雏儿，我就是！'这时候，只见那个年轻人站在那里直僵僵的瞪着眼，好像向上瞅着天花板，好像忘记了一件什么事，一时回想不起来。再说，那时我就大踏步向那些黑人走过去——就这样，像是一位将军——他们就在我前面躲开，都逃到门外面去。那个年轻人走出去的时候，我只听见他跟另一个黑人说话，'吉姆，'他说，'你去关照头头儿，说我明天早晨大约八点钟上班；我有一些事要核计，'他说，'今天夜里我不回去睡了。你去吧，'他说，'让我一个人留在这里吧。'

"那时候大约是夜里一点。再说，大约到了七点，我起来干活儿，给军官们做早饭。我正在火炉前蹲下——就像这样，比如你的脚就是那炉子吧——我用我的右手开了炉门——就像这样，再把它这样向回推，就像我这会儿推你的脚——我手里端着那盘热腾腾的小圆饼，刚要往起站，这时候只见一张黑脸从下面凑近我的脸，一双眼睛向上冲着我的眼睛瞧，就像我这会儿从下面凑近你的脸瞧；我就僵在那里，一动也不动！就那样一直紧盯着他瞅；那盘子抖动起来，突然，我明白了！盘子掉在地上，我一把抓住他的左手，捋起他的袖子——就这样，就像我这样捋你的袖子——接着我又去察看他的脑门子，把他的头发这样向上一撩，哎呀，'孩子呀！'我说，'你要不是我的亨利，你手腕上哪来的这个疤痕，脑门子上边哪来的这个疤印呀？感谢老天爷，我又见到我的亲人啦！'

"啊呀，C先生，当然不能说，我从来不曾遇到过什么烦恼的事。也不曾有过什么快活的事！"

一八七四年

一次接受采访

那位紧张的、活泼的、"麻利的"年轻人，在我让给他的椅子上坐下了，说他是从《每日雷暴》社来的，接着又说：

"只希望别给您添麻烦，我是来向您进行一次采访的。"

"来干什么？"

"采访您。"

"啊！我明白了。好的……好的。嗯！好的……好的。"

那天早晨我觉得不舒服。真的，我好像浑身不大得劲。可是，我仍旧朝书橱走过去；在那儿看了六七分钟，我觉得现在非去问那年轻人不可了。我说：

"您是怎样拼写它的？"

"拼写什么呀？"

"采访。"

"哦，我的天哪！您要拼写它干吗？"

"我不是要拼写它；我是要知道它的意思呀。"

"啊，我必须说，这可是一件奇怪事儿。我能告诉您它的意思，如果您……如果您……"

"哦，好吧！这样就行了，可不是，非常感谢您。"

"C-ai，cai，f-ang，……"

"原来您拼的是一个C呀？"

"可不是，那还用说！"

"啊，难怪我花了那么多的时间。"

"怎么，我亲爱的先生，您以为它该怎样拼写呀？"

"嗯，我……我……不大知道呀。我拿了一部没删节过的字典，在它后面到处查，指望能在那些图画里找到它。可惜，那是一个很旧的版本。"

"哎呀,我的朋友,字典里是不会有它的图画的呀,即使最新的版本……我亲爱的先生,请您原谅,我压根儿无意冒犯您,可是看来您不像……不像……我原先预料的那样聪明。这不是冒犯您……我绝对无意冒犯您。"

"哦,您可别讲这种话!常常有人,而且是那些不愿意奉承人的人,那些不可能有意奉承人的人,都说我在这方面是相当出色的。可不是……可不是;他们每次谈到这一点,总是那么高兴。"

"这一点我能很容易想象到。可是,有关这次采访……您知道,现在已经成为一种风尚,要对任何一位知名人士进行采访。"

"真的,我以前倒没听说过。这肯定非常有趣。那么,您打算怎样着手进行呢?"

"哎呀,这……这……这……这件事真没劲。在某些情况下,照说是应当使用一根大棒;可是,习惯相沿,它总是由采访人提问题,由被采访的人回答。如今就是时兴这一套嘛。为了要了解您历史中的某些特点——不论那些历史是已经宣布的,或者是尚未公开的——可以让我向您提几个问题吗?"

"哦,乐于从命……乐于从命……但是,有一点希望您别介意,我记性很差。我意思是说,那是一种很不规则的记性——不规则得稀有罕见。有时候它反应飞快,像是在风驰电掣,有时候又很迟钝,像是在磨蹭时间。这情形真叫我非常伤心啊。"

"哦,这没关系,那么就请您勉为其难吧。"

"我一定尽力而为。我一定全心全意为您效劳。"

"谢谢,您准备好这就开始吗?"

"准备好了。"

问:您贵庚?

答:到今年六月满十九岁。

问:真的!我还以为您已经三十五六了。您出生的地方?

答:密苏里。

问:您的写作生涯是什么时候开始的?

答:一八三六年。

问:怎么,这怎么可能呢,既然您今年刚十九岁?

答:我不知道呀。看来这件事可有点儿蹊跷。

问:就是这么说嘛。那么在您所遇到的人当中,您认为谁是最了不起的?

答:艾伦·伯尔①。

问:可是,您不可能遇到艾伦·伯尔呀,如果您现在刚十九岁……

答:咳,既然我的事您知道得比我更多,那么您又何必来问我呢?

问:嗯,我只不过提一句罢了;并没别的意思。您是怎么遇到伯尔的呀?

答:这个吗,有一天我凑巧去参加他的葬礼,他叫我说话小声点儿,于是……

问:可是,我的天哪!既然您是参加他的葬礼,那他肯定是已经死了;既然已经死了,那他又怎么可能管您的声音大小呢?

答:我不知道呀。他一向就是那样一个专爱挑眼的家伙。

问:可是我仍旧莫名其妙。您说他跟您谈话,又说他已经死了。

答:我没说他已经死了。

问:难道他没死吗?

答:瞧,有的人说他死了,有的人说他没死。

问:那么您又是怎么个想法呢?

答:哦,那不关我的事呀!那又不是我在下葬。

问:您不是……得啦,这件事我们永远也弄不清楚。还是让我问您一些别的吧。您的生日是哪一天?

答:一六九三年十月三十一日,星期一。

问:什么!这不可能嘛!那就是说,现在您已经活到一百八十岁了。您倒是怎样解释这一点呀?

答:我根本不需要解释它。

---

① 艾伦·伯尔(1756—1836),美国副总统(1801—1805)。一八〇四年他在一次决斗中打死了财政部长亚历山大·密尔顿,该新闻曾轰动一时。

问:可是您开头说您只有十九岁,这会儿又把自己说成是一百八十岁。这太矛盾了。

答:怎么,您注意到了这一点吗?(两人握手。)有好多次我就觉得这里好像有矛盾,可是我又老是吃不大准。您的观察力真够敏锐呀!

问:真应当感谢您的夸奖。您曾经有过,我的意思是说,您现在还有兄弟姊妹吗?

答:呃!我……我……我想是有吧……不错,可是我记不清了。

问:哎呀,这可是我听到的最奇怪的话了!

答:怎么,您怎么会这样想呢?

问:我怎么可能不这样想呢?喏,瞧这儿!墙上的这张照片是谁的?那不是您的一位弟兄吗?

答:哦!是呀,是呀,是呀!这一来您提醒了我;我有过这样一个弟兄。那是威廉——从前我们都管他叫比尔①。我那可怜的老比尔呀!

问:怎么?您是说他已经死了吗?

答:哎呀!嗯,也许是的吧,我们怎么也没法肯定。这件事十分离奇。

问:这很令人惋惜,非常令人惋惜。那么,此后大家再看不见他了吧?

答:嗯,是的,一般说来是的。我们把他埋葬了。

问:把他埋葬了!已经把他埋葬了,可是仍旧不知道他是死是活!

答:哦,不是的呀!不是那样说法呀。他已经死透啦。

问:瞧,说真的,我没法理解这件事。既然你们已经埋葬了他,既然当时你们知道他已经死了……

答:不是的,不是的呀!当时我们只是以为他已经死了。

问:哦,我明白了!他复活了吧?

答:我敢打赌他没复活。

问:瞧,我从来没听说过有这样的事。某一个人死了。某一个人被埋葬了。那么,又有什么可离奇的呢?

---

① 比尔:威廉的昵称。

答:哎呀!就在这里呀!恰巧就是在这里呀。您瞧,我们俩是孪生弟兄——我和那死者——我们刚出世两个星期,有一次在浴缸里被混搅在一起了,没法儿分辨了,我们当中一个被淹死了。可是我们不知道那淹死的是哪一个。有人以为那是比尔。有人以为那是我。

问:啊,这确是一件少有的事。那么您以为那是谁呢?

答:天知道那是谁!我真想查它一个水落石出。这件重大的、十分离奇的事,给我这一辈子蒙上了一层忧郁的阴影。可是,现在我要告诉您一件我以前从来没向任何人吐露的秘密。我们俩当中的一个人,有一个特殊的标志——左手背上有一大颗疣;那个人就是我。那孩子就是淹死了的那一个!

问:好吧好吧,可是我到底不明白这究竟有什么离奇的。

答:您不明白吗?瞧,我可明白。说到底,我不明白的是他们怎么会那么糊涂,竟然把孩子给埋错了。可是,嘘……可别在我家里人听得见的地方提起这件事。即使不听到这件事,天知道他们伤心烦恼的事已经够多的了。

问:好吧,相信我这一次已经采访到足够的资料;承您这样大力协助,我非常感激,可是我最感兴趣的倒是有关艾伦·伯尔的葬礼。您可以告诉我,究竟是什么事使您认为伯尔是一位了不起的人物呢?

答:哦!那是一件微不足道的小事儿!五十个人当中,根本不会有一个人注意到那件事。做完了礼拜,一行人都已经准备出发到墓地去,而且那死人也已经在灵车里端端正正地安放停当,这时候他说要最后看一看风景,接着就爬了起来,和马车夫一起赶着车走了。

于是年轻人毕恭毕敬地告辞。他是一个非常讨人喜欢的伙伴,我很不舍得他这就走了。

一八七五年

麦克威廉斯两口子
如何对付膜性喉炎

（本文作者一次在旅途中邂逅了一位颇有风趣的纽约绅士麦克威廉斯先生①。以下是他对作者的口述。）

瞧我又扯离题了，只顾向您说明那膜性喉炎②，那可怕的不治之症，怎样在全城迅速蔓延，把所有做母亲的都吓得要死，现在我还是先回到我刚才的话题吧：当时我叫麦克威廉斯太太注意小佩内洛普，我说：

"亲爱的，如果我是你的话，我就不会让这孩子嚼那松枝。"

"宝贝儿，这又有什么害处？"她说，但同时却准备夺过那松枝——原来，女人不先进行一番强辩，是不肯接受哪怕明明是最有理的意见的；我意思是说那些已婚的女人。

我回答说：

"亲爱的，谁都知道，儿童是不宜吃松木的，它最缺乏营养。"

我妻子准备取过松枝的那只手停下了，缩回去放在膝上。她明明是动气了，她说：

"好人，你知道得更清楚。你明知道那种说法是不对的。医生都说，松木里含的松脂，对腰酸背痛是有好处的。"

"哎呀——那我可错怪你了。我不知道孩子的腰和背不好，咱们的家庭医生曾经介绍——"

"谁说孩子的腰和背有病啦？"

---

① 作者多次用"莫蒂默·麦克威廉斯"这名字描绘一位惧内的丈夫。从内容看来，另一篇谈怕雷电的故事，说的是另一对夫妇。
② 婴儿患的一种痉挛性喉头炎，伴有高烧、干咳、呼吸困难。

"亲爱的,这是你的言外之意呀。"

"哟!多么古怪的想法!我根本没那意思。"

"嗨,亲爱的,不到两分钟前,你还说——"

"就让我的话见鬼去吧!我可不管我说过了一些什么。如果孩子要的话,让她嚼一点儿松木是完全没害处的,这你知道得很清楚。而且,她应当嚼它。就是这样,就是这样!"

"别再说了,亲爱的。现在我明白你的议论很具有说服力,我今天就去定购它两三考得①的上好松木。我的孩子不会缺少它,只要有一天我还……"

"哦,请你这就去办公,好让我安静一会儿。人家只要说出一个最简单的想法,你就算找到碴儿了,就开始争论呀,争论呀,争论个没完,一直争论到你不知道自己在说些什么,你就是这样。"

"很好,就像你所说的那样吧。但是你最后的那句话不合逻辑,说什么……"

可是还没等我把这句话说完,她手一挥已经离开,带着孩子一起走了。那天吃晚饭的时候,她面色苍白地对着我:

"哦,莫蒂默,又是一个!小乔治·戈登也染上了。"

"是膜性喉炎?"

"是膜性喉炎。"

"他还有希望吗?"

"毫无希望了。哦,咱们怎么好呢?"

不一会儿,我们的佩内洛普由保姆领来道晚安,并像习惯那样跪在她母亲膝下做祷告。就在"现在我躺下来安睡"的那句说到一半时,她轻轻咳了一声!我妻子身体往后一仰,像遭到什么致命的打击。但紧接着她就站起身,投入一连串恐怖招来的紧张活动。

她吩咐把孩子的小床从育儿室搬到我们的卧室里;而且由她亲自去察看,是否一一都照着她的话办了。当然她是领着我一同去的。我们抢着将所有的事情处理完毕。在我太太的梳妆室里给保姆安放了一

---

① 量木材体积的单位,一般为 8×4×4 立方英尺。

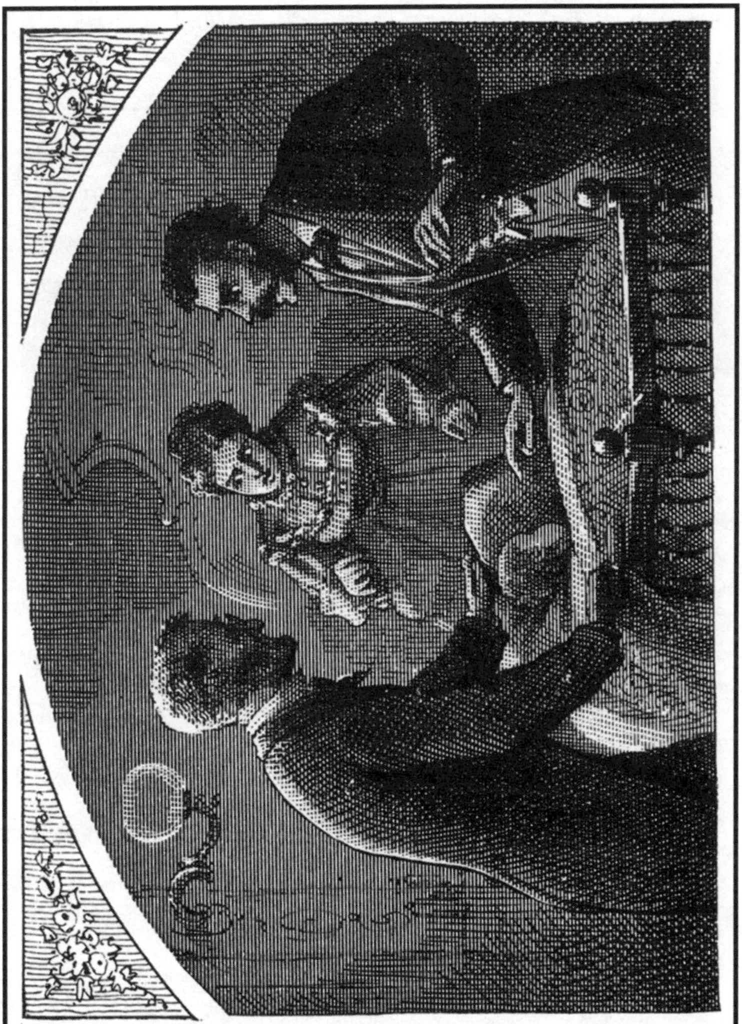

张小床。可是这时麦克威廉斯太太说，我们离开另一个孩子太远了，万一半夜里他也出现了那症状怎么办——她又一下子变得面色煞白，可怜的人哪。

于是我们又将小床移回到原处，让保姆睡在育儿室里，在紧隔壁一间屋子里另给我们自己安放了一张床。

可是，过了不多一会儿，麦克威廉斯太太又说，万一小家伙被佩内洛普传染上了怎么办？一转到了这念头，她又恐慌起来，我们一伙人一同动手，再把小床从育儿室里往外搬，她自己也出力，在紧张的匆忙中差点儿没把那张小床拉扯得七零八碎，但那速度仍没能令她满意。

我们搬到楼下去睡；就是没地方安插那保姆，但是麦克威廉斯太太说，保姆的经验对我们有不可估量的帮助。于是我们连人带东西，一股脑儿又搬回到自己的卧室里，同时感到极大的快慰，像一度被风暴袭击后的鸟儿又找到了自己的窠。

麦克威廉斯太太赶往育儿室去，察看那里的情况。不一会儿她回来了，这时又被吓坏了。她说：

"小家伙怎么会那样睡？"

我说：

"嗨，亲爱的，小家伙总是那样酣畅地睡嘛？"

"这我知道。这我知道；可是这会儿他睡得有些异样。他好像——好像——他好像呼吸得那么均匀。哦，这太可怕了。"

"可是，亲爱的，他的呼吸一向是很均匀的。"

"哦，这我知道，可是这会儿它好像有些怪可怕的。他的保姆太年轻，没经验。玛丽亚该和她一起留在那里，如果有什么事，她就在身边。"

"这主意不错，那么谁来帮助你呢？"

"我不论需要什么，反正你都能帮助我。我无需任何其他人给我代劳，至少是现在这种时刻。"

我说，我去上床睡，让她熬上一整夜，去守护我们的小病人，我觉得这样怪不过意的。但是她终于使我同意了她的主张。于是老玛丽亚离开我们，到育儿室她的老地方安歇。

佩内洛普在睡梦中咳了两次。

"哦,那大夫怎么还不来!莫蒂默,这屋子里太热了。这屋子里肯定是太热了。关上炉子的调风器吧——快!"

我关上了调风器,同时看了看寒暑表,心里在纳闷,不知道七十度对一个生病的孩子可是太热了。

这时马车夫从市中心赶到,带来了信息,说我们的医生病了,没法起床。麦克威廉斯太太把呆滞的眼光转向我,有气无力地说:

"是天意如此呀。这是命里注定的。他以前从来没生过病。从来没有。我们近来过的不是我们应当过的那种生活。我曾经一再对你这样说。现在你瞧后果怎样。咱们的孩子不会好了。如果你能原谅自己,那是你的福气;我绝对不能原谅我自己。"

我说我看不出我们以前一直是过着一种罪恶的生活。说这话时,我毫无伤害对方的意思,只是在选用字眼上疏忽大意了。

"莫蒂默!难道你是要小家伙为咱们抵罪不成!"

于是她就大哭起来,但接着又突然激动地说:

"大夫肯定送了药来!"

我说:

"没错。药在这儿。我刚才只等你让我有一个说话的机会。"

"那好,这就给我!你不知道现在每一分钟都是宝贵的吗?可是,送药来又有什么用,他明知道这病是没法医的了?"

我说只要人活着就有希望。

"有希望!莫蒂默,瞧你说这种话,还不及一个没出世的孩子更懂事。你要是——真没想到,服法的说明是,每小时一次,每次一茶匙!每小时一次!——就好像还有一年的时间让我们去拯救这孩子!莫蒂默,请你赶快。让可怜垂死的小家伙服一汤匙,而且得尽力抓紧!"

"哎呀,亲爱的,服一汤匙会……"

"别把我给逼疯了!……好啦,好啦,好啦,我的好宝贝,我的小亲亲;这东西很难吃,但是吃了对内利①有好处——对妈妈的乖乖宝贝有

---

① 佩内洛普的昵称。

好处的,会叫她病好的。好啦,好啦,好啦,把小脑袋靠在妈妈怀里睡吧,很快就会——哦,我知道她活不到明天早晨了!莫蒂默,每小时服一汤匙会——这孩子还需要颠茄;我知道她需要——再有乌头。去取一些来,莫蒂默。现在千万要按照我的意思去做。你呀,对这些一窍不通。"

于是我们都去睡了,让小床紧靠在我妻子枕边。经过一番折腾,我已经筋疲力尽,不到两分钟我又睡熟。麦克威廉斯太太又唤醒了我:

"亲爱的,没把那调风器打开吗?"

"没有。"

"我早就料到了。请你马上把它打开。这屋子里太冷。"

我打开了调风器,马上又睡着了。我又一次被唤醒:

"亲爱的,你是不是可以把小床移到靠你睡的那一边?那儿离调风器近一些。"

我去移小床,但是绊上了那块地毯,惊醒了孩子。我太太哄病人时,我又迷迷糊糊地睡着了。可是刚过一会儿,我在迷蒙中好像听见远远传来她那嘟哝不清的语声:

"莫蒂默,我们最好能有一些鹅油——你是不是可以按一下铃?"

我睡梦中昏头昏脑地爬下床,一脚踩在一只猫身上,猫发出抗议的叫声,这时,要不是一张椅子挡了一下,我那一脚会叫它知道我的厉害。

"喂,莫蒂默,你为什么要去开煤气灯,又要把孩子闹醒了?"

"因为我要看看我被碰伤得多厉害,卡罗琳。"

"噢,也去看看那张椅子吧——它肯定被踢坏了。可怜的猫儿,我猜想你已经——"

"我这会儿不要猜想任何有关那只猫的事。如果刚才让玛丽亚留下来照料,就不会发生那件事,干那些活她在行,可我不在行。"

"嗐,莫蒂默,亏你说出这种话来,我觉得你该为此害臊。真叫人难受,你竟然不能做几件我要求你做的小事,在这样的可怕时刻,我们的孩子正——"

"好啦,好啦,我这就去做你要做的任何事。可是我不能按铃去吵醒任何人。她们都睡了。鹅油在哪里?"

"在育儿室的壁炉台上。请你到那里去,对玛丽亚说……"

我取来鹅油后,又睡着了。我再一次被唤醒:

"莫蒂默,我真不愿意打搅你,可是这屋子里还是太冷,我没法敷这药。你是不是可以把炉火生起来?只要划支火柴一点就行了。"

我挣扎着下了床,点上了火,然后闷闷不乐地坐下。

"莫蒂默,别坐在那儿,你会得重伤风的,到床上来。"

我刚要上床,她又说:

"可是,等一等。请再给孩子一些药。"

我顺她的意思办了。孩子吃了这药精神稍好了一些;于是我妻子利用孩子醒着的那段短暂时间,脱光了她的衣服,给她抹了一身鹅油。我又很快地睡熟,但又一次不得不起来。

"莫蒂默,我觉得有穿堂风。我明显地觉得。对这种病,没任何东西能比穿堂风更坏的了。请把小床移到壁炉前面去。"

我把床移过去;又一下绊在那块地毯上,我把它向火里扔。麦克威廉斯太太跳下床抢救了出来,于是我们之间发生口角。我又睡了一会儿,接着又按照她的要求起身,去调制亚麻籽药膏。将药膏敷在孩子胸口,让它留在那里发挥医疗作用。

木柴生的火不能持久。我每隔二十分钟就起来一次,让它重新烧旺,而这一来麦克威廉斯太太就有机会将服药的间隔时间缩短十分钟,这使她感到十分满意。我时不时还要重调一些亚麻籽药膏,把芥子泥和其他几种起疱剂抹在可以在孩子身上找到的仍空着的地方。再说,侵晨柴快烧完了,我太太要我去下面地下室,再取一些柴来。我说:

"亲爱的,这是件怪累人的活,孩子添了衣服,肯定够暖了。瞧,咱们是不是可以再给她敷一层药膏,然后……"

这一句没说完,因为我的话被打断了。我花了一些工夫,费了很大气力,把一些木柴从下面硬拖上楼,然后爬上床,立刻打起呼噜来,只有到了精疲力竭的时候,一个人才会那样。就在天色大亮时,我觉出有人紧握住我的肩膀,我突然惊醒过来。我妻子眼向下直瞪着我,急促地喘气。只等到舌头一听使唤,她就开口说:

"全完了!全完了!孩子在出汗呀!咱们该怎么办呀?"

"天哪,瞧你把我吓的!我也不知道该怎么办。也许,咱们还是把她身上擦干净,再把她放在通风的地方……"

"哎呀,笨蛋!现在一分钟也不能耽搁!快去找大夫来。你亲自去。对他说,不管死也好活也好,反正他一定得来。"

我把那可怜的病人拉下了床,领着他一起来了。他瞧了瞧孩子,说她不会死。这句话给我的那份快乐是无法形容的,可是我妻子却恼火得像有人对她进行了人身侮辱。接着医生说,孩子咳嗽,是由于嗓子里受到一些轻微刺激,或者有其他什么缘故。听到这里,我担心我妻子准备向他下逐客令了。接着,大夫又说,他要设法让孩子更狠狠地咳一下,好把那病根子呛出来。于是他给她吃了一些什么,她就浑身抽搐着大咳了一阵,立刻呛出了一小块木屑似的什么东西。

"这孩子没害膜性喉炎,"他说,"她曾经啃一小块松木板,或者这一类的东西,让一些小渣子卡在嗓子里了。它们不会对她有什么危害的。"

"不会的,"我说,"这一点我完全相信。可不是,它们里面含的松脂对治疗孩子们常患的某些疾病还最有效哩。我的太太会向您介绍。"

但是她没介绍。她一脸鄙夷的神情转过了身,离开了那间屋子;而自从那时起,我们生活中就有那么一段大家从不再去提及的经历。因此我们的时光也就那样沉沉地、宁静地流逝过去。

(极少已婚的男子曾经有过像麦克威廉斯两口子的那段经历,因此本书作者认为,像这样的新鲜事儿,也许会给读者带来片刻的乐趣吧。)

约一八七八年

皮特凯恩岛大革命

我想请读者重温一些往事。将近一百年前,英国"恩赐"号的水手哗变,①把船长和高级船员赶上了小艇,任他们在汪洋大海上漂流,然后占领了大船,驶往南方。他们在塔希提岛上娶了土著妇女,又继续航行,到达中太平洋一个叫皮特凯恩的荒凉小岛,捣毁了所乘的船,拆去了船上所有可能对开拓殖民地有用的东西,然后上岸定居。

皮特凯恩岛远远偏离商船航线,所以,又过了多年,才有另一条船在那里停泊。以往人们都以为那是一个荒岛,所以,一八〇八年,当一条船终于在那里抛锚下碇时,船长大为惊奇,发现那地方竟然有人居住。虽然哗变的水手在过去岁月中也曾彼此争斗,互相残杀,几乎全部丧生,以致原来的人当中只存留下两三个,然而,早在那些悲剧演出之前,就已经有一些孩子出世,所以,到了一八〇八年,岛上的居民仍有二十七人。领头哗变的约翰·亚当斯仍然健在,而且此后又活了多年,始终任当地的总督,同时也是那伙人的族长,他已经从一个叛变杀人的水手变为一个基督徒和传教士,他那由二十七人组成的岛国,如今已成为最纯粹和虔诚的基督教国家。亚当斯早已升起英国国旗,他的岛国已成为英国王室的部分属地。

如今岛上的人口总计九十人——包括十六个男人,十九个妇女,二十五个男孩,三十个女孩——都是当初哗变者的后裔,都承袭了哗变者的姓氏,都说英语,而且只会说英语。岛屿屹立在大海中,四周都是悬崖峭壁,它长约四分之三英里,有些地方宽只半英里。所有的可耕土

---

① 一七八九年四月二十八日,英军舰"恩赐"号上水手哗变,逃往皮特凯恩岛,一八〇八年始被发现,当时水手中只存下亚历山大·斯密斯一人。他已改名约翰·亚当斯,成为岛民的族长。该岛于一八三九年开始由英政府保护。英诗人拜伦曾根据此事写成《岛屿》一诗。

地,根据多年前实行的一次分配,都由那几户人家拥有。岛上也饲养了一些牲畜——山羊、猪、鸡、猫,但是没狗,也没大牲畜。有一所教堂建筑——它同时被用作议事厅、学校兼公共图书馆。一两代以来,长官的职称是"效忠于大英女王陛下的总督长官"。他的职责是制定并执行法律,他的职位由居民推选,凡年满十七岁以上的居民都有选举权——选民是不限性别的。

居民惟一的工作是种地捕鱼,惟一的娱乐是参加宗教仪式。岛上从来没开过一家商店,也从来没使用过任何钱币,居民的习惯与服装一向是陈旧的,他们的法律简单得近于幼稚。他们生活在一种安息日的宁静中,远与世外各国以及那里常见的无限野心与诸般烦恼相隔绝,他们既不知道,也不屑介意自己无限孤寂的水国以外列强领域内所发生的一切。每隔三四年,才会有一条船在那里停泊,船上人向居民谈到血腥的战争,猖獗的疫病,君主的退位,王朝的颠覆,说得他们心驰神往(其实那都是老掉了牙的新闻),然后用肥皂和法兰绒交换他们的山芋和面包树果,最后乘船离去,于是居民又回到宁静的梦乡中,将时光消磨在宗教的娱乐里。

去年九月八日,英国太平洋舰队司令德霍西海军上将访问了皮特凯恩岛,他给海军部的那份报告中有以下几段话:

  他们种植豆类、胡萝卜、芜青、卷心菜和少量的玉蜀黍;果品中有菠萝蜜、无花果、番荔枝和柑橘;此外还有柠檬和椰子。衣着是完全用食品从路过的船上换来的。岛上没有泉水,虽然有时候也遭受旱灾,但一般每月都降一次雨,所以居民尽有充分的食用水供应。酒精不供滥饮,只作医疗之用,从来没见过一个醉汉……

  至于岛民需要一些什么用品,这可以最清楚地从我们用来向他们调换食物的用品中看出,它们包括法兰绒、哔叽、斜纹布、半高筒靴、木梳、烟草和肥皂。岛民还十分需要学校里用的地图和石板,也很欢迎各种工具。我已作出安排,从军需品中调拨给他们一面英国国旗,他们可以在我们船只抵达时悬挂,此外还供应了一把他们很需要的竖拉大锯。我相信此事将获得诸位大臣的批准。只要慷慨好施的英国人知道这个应受支援的小小殖民地还需要什么,岛民无需等候很久就会获得供应……

每星期天早晨十点半和下午三点,岛民都在约翰·亚当斯建造的那所房子里做礼拜。直到一八二九年约翰去世时为止,那地方一直是派这种用场的。礼拜是由岛民推选、深受大众敬重的西蒙·杨先生主持,一切严格遵守英国国教的礼拜形式。每星期三上一次《圣经》课,凡是得便的人都可以去参加。每月的第一个星期五开一次祈祷大会。每户人家,清晨第一件事和晚上最后一件事都是做祷告,在吃东西之前,和吃完东西以后,都要祈求上帝赐福。讲到这些教民所持的宗教信仰,谁都要对他们深表尊敬。这些居民最大的快乐与权利,就是在祈祷中向他们的上帝交心,一同唱赞美诗。再说,他们总是那样欢欣、勤劳,也许要比任何其他地区的人更加洁身自爱,实际上他们并不需要一位牧师。

看到这里,我在海军上将的报告中发现了这么一句话,那肯定是他漫不经心写下的,当时并未对此多加考虑。他压根儿没想到,这句话里包含了多少悲惨的预言。那是这样一句话:

"一个来自美国的外乡人,在岛上定居——那是一个身份不明的家伙。"

可不是,一个身份不明的家伙!美国"黄蜂"号的奥姆斯比船长,在上将访问皮特凯恩岛大约四个月以后抵达该地,我们从他那里搜集到的材料中知道了有关这个美国人的种种行事。现在就让我把那些事按照写历史的形式一一列举出来吧。美国人叫巴特沃斯·斯特夫利。他一经和所有的居民混熟后——当然,这只花了他几天时间——就开始施展出全部伎俩去笼络他们。他赢得众人的欢心,深受众人的敬重,因为他所做的第一件事,就是彻底改变世俗的生活方式,把全部精力投入宗教活动。他老是读《圣经》,或者做祈祷,或者唱圣诗,或者做饭前饭后的祷告。祷告时,没一个人能像他说得"头头是道",没一个人能像他历时那么长久,讲的那么娓娓动听。

最后,他认为时机已经成熟,就悄悄地开始在居民中散播愤懑不平的种子。他一开头就存心颠覆政府,但是当然暂时不明确说出自己的心事。他对不同的人使用不同的方法。他在一处地方挑起人们不满的办法,是叫他们注意星期日的礼拜做得太少了,他坚持星期日的三小时礼拜不应该只做两场,而是应做三场。许多人暗中早已存有这种想法;这一来他们就在私下里结成了一个党派,为此事四下活动。他挑唆某些妇女,说当局不让她们在祈祷会上有充分发言的机会;于是形成了另一个党派。他眼底下不放过一件可以使用的武器;他甚至不惜去找那些小孩儿,设法激起他们的不满情绪,说什么(这是他由于关心他们才注意到的)他们没有足够的主日学校。这一来就组成了第三个党派。

现在,一经成为这些党派的首领,他估计自己已是当地居民中最有势力的人物。于是他着手进行他的第二步——这一步也很重要,就是控告詹姆斯·拉塞尔·尼科伊总督,这总督为人品德优良,很有才干,而且家资富有,他的住宅备有会客厅,辟有三英亩半山芋地,他还拥有皮特凯恩岛上惟一的船舶——一条捕鲸船,但最不幸的是,恰巧在这时刻,出现了一个可以提出控诉的借口。

岛上最早制定的,并且最受人重视的,就是那条禁止侵犯私人财产的法律。人们十分重视它,认为它是人民的自由保护神。大约三十年前,法院曾经根据这一条文审讯了这桩重大案件:伊丽莎白·杨(当时五十八岁,是"恩赐"号哗变者约翰·米尔斯的女儿)的一只鸡蹿进了瑟斯戴·奥克托伯·克里斯琴(当时二十九岁,是哗变者弗莱彻·克里斯琴的孙子)的园地。克里斯琴宰了那只鸡。根据法律,克里斯琴可以扣留下那只鸡,或者,如果他愿意的话,也可以把死鸡归还给主人,接受价值与侵犯者所造成的损害相等的实物,作为"赔偿"。现查法庭记录,"上述的克里斯琴已将所杀死的鸡归还给上述的伊丽莎白·杨,并向其索取一蒲式耳①山芋,作为赔偿"。可是伊丽莎白·杨认为他索取过昂,因此双方无法达成妥协,于是克里斯琴提出控诉。他在法庭上输了官司,虽然他至少可以获得半配克②山芋的赔偿,但他认为那点儿赔偿不够,接受它无异于承认败诉。他提出了上诉。经过逐级法院审讯,缠磨了好多个年头,每次终审都宣布维持原判;最后官司打到最高

---

① 蒲式耳为计(谷物、水果、蔬菜等的)容量单位。在英国,每蒲式耳等于36.37升。
② 配克为英美谷物、水果、蔬菜等的干量单位,每配克约合八夸脱或二加仑。

法院，审理了二十年也没结案。但是，去年夏天，最高法院总算好不容易地作出了决定。它再一次宣布维持原判。这一次克里斯琴服判了，但是当时斯特夫利在场，就悄悄地向克里斯琴和他的律师出主意，说："即使仅仅作为一种形式"，也应将那条法律的原本公诸于众，确定它是否仍旧存在。看上去这是一个奇怪的主意，但实际上它却是一个巧妙的手法，于是这项要求被提出。一名使者被派往总督家；他很快就带回来消息，说那份原本已经从国家档案中遗失了。

法院宣布最近的判决无效，因为判决是根据一条法律作出，而那条法律已不复存在。

立刻掀起了巨大的震惊。消息传遍了整个岛国，人民的保护神不见了——可能是谁为了阴谋叛国销毁了它。还不到三十分钟，几乎全国人都聚集在审判室里——也就是那座教堂里。大伙通过了斯特夫利的动议，对总督进行弹劾。被告人以身居显位应有的高姿态对待这件不幸的事。他并不为自己辩护，甚至不屑于进行争论：他只提出简单的答辩，说遗失法律的事与他无关：说他把国家档案都藏在一个蜡烛箱里，那箱子自从开国以来就一直被用来保存档案；说文件是遗失了，但并不是他拿走或销毁了。

然而，凭什么也不能挽救他；人们断定他犯有销毁法律依据罪。他被罢了官，全部家产归了公。

敌人控诉他销毁法律依据时声称，他干这一勾当是为了偏袒克里斯琴，因为克里斯琴是他的表弟。然而，他们对整个这件可耻的事提出的这一理由却是站不住脚的！因为，在全国只有斯特夫利一个人不是他的表亲。读者肯定记得，这地方所有的人都是属于六七个人的后代；第一代的子女相互通婚，为那些哗变者生下了孙儿女和外孙儿女；这些子孙的下一代，曾孙儿女和玄孙儿女，又相互通婚。因此，现在每一个人都是其他人的血缘姻亲。再说，这种亲族关系是奇妙地，甚至惊人地错综复杂。比如，一个外乡人对一个岛上居民说：

"你现在管那个年轻女人叫表妹，可是你刚才还管她叫阿姨来着。"

"是呀，她是我的阿姨，又是我的表妹，她还是我异父妹妹，我的外甥女儿，我的第四代堂妹，我的第三十三代堂妹，我的第四十二代堂妹，我的祖姑母，我的外叔祖母，我的守寡的表弟媳——下星期她就是我的妻子啦。"

所以，控告总督偏袒姻亲，理由是站不住脚的，然而，这没关系，站得住脚也罢，站不住脚也罢，反正这合了斯特夫利的心意。斯特夫利立即被推举出来，填补了总督的空缺。接着，他钻隙觅缝地寻找一切可以改革的事，不遗余力地进行整顿。不久宗教仪式就在各地如火如荼、无休无止地展开。星期日早礼拜的第二次祈祷，原来习惯只持续三十五分到四十分钟，而且只为这世界上的人祈祷，首先是为各洲的人，然后是为各民族，以至各部落祈祷，现在一道命令下达，时间被延长到一个半小时，而且祈祷的对象包括好几个星球上可能存在的人类。所有的人都对这一改革感到高兴，所有的人都说："瞧，这才像个样儿。"又一道命令下达，往常三小时的布道被延长了一倍时间。全国人民结伙儿齐去谢新任总督。原来旧法律只禁止在安息日烧饭，现在连吃饭也被禁止了。又一道命令下达，主日学校有权每个周日都上课。各阶层的人都欢天喜地。在短短一个月内，新总督已成为人民崇拜的偶像！

这个人要走的第二步已时机成熟。起初他只小心地试探着步子，煽动人民对英国的仇恨。他把有影响的居民个别地拉到一边去谈这件事。但很快他就变得更加大胆了，索性公开谈论。他说，为了他们本人，为了他们的荣誉，他们的伟大传统，这民族必须奋起反抗，摆脱"这种令人难堪的英国奴役"。

可是天真纯朴的岛民回答说：

"我们并没注意到那是令人难堪的嘛。它是怎样令人难堪的呀？英国每隔三四年就要开来一条船，供应我们肥皂和衣着，我们还感谢他们带来我们十分需要的其他东西；它从来没给我们招来麻烦；它让我们行动自由。"

"它让你们行动自由！历来奴隶都是这样想，都是这样说！讲这种话，说明你们已经堕落到了什么地步；你们在酷虐的暴政下已经变得十分下流，已经失去人性！什么！难道你们一点儿丈夫气和自豪感都没有了吗？难道自由对你们是无所谓的吗？照说你们早就该奋起反抗,在庄严的国际大家庭中占有你们的合法地位,成为伟大的、自由的、文明的、独立的,不再是帝王的奴仆,而是自己命运的主宰,可以在决定你们姊妹独立国的命运时表达自己的意见,行使自己的权力,难道你们竟然心甘情愿地沦为一个外国的,一个宗主国的属地不成?"

不久这类话便产生了影响。居民开始感到英国是在奴役他们;他们吃不大准,这感觉究竟是怎样产生的,又是从哪里得来的,然而他们确实有这种感觉。他们开始唠叨埋怨,觉得是在带着枷锁受苦,渴望获得拯救解放。不久他们就开始仇恨英国国旗,仇恨那个象征他们国家地位卑微的标志;他们走过议事厅时,不再抬起头来看,总是移开眼光,咬牙切齿,一天早晨,人们发现国旗被践踏在旗杆下的烂泥里,他们让它丢在那里,谁也不用手碰它,不再把它升起。一件迟早要发生的事终于出现。几个有头脸的居民,趁黑夜去拜会总督,说:

"这样可恨的暴政,我们再也没法忍受下去了。我们怎样才能推翻它?"

"发动一次军事政变。"

"怎样发动呢?"

"发动一次军事政变。要这样,把一切都准备就绪,然后在指定的时刻,我以一国元首的身份,向公众庄严宣布国家独立,我们从此再不做任何其他强国的顺民。"

"这件事听来挺简单,好像是轻而易举的嘛。我们这就可以动手。那么,下一步又怎么办呢?"

"占有所有防御工事和一切公共财产,实行戒严,命令陆海军进入战时编制,宣布成立帝国!"

这项精彩的行动计划,冲昏了那些天真无邪的人们的头脑。他们说:

"这办法太好了——这办法太妙了,可是,英国不会反抗吗?"

"那就让它来反抗吧。这座岛赛直布罗陀。"

"说得对。可是,建立帝国的问题呢? 我们需要的是一个帝国,是一位皇帝吗?"

"我的朋友,你们需要的是统一。瞧德国,瞧意大利。它们统一了。最重要的是统一。它能使我们生活得美好。它能使我们进步发达。我们必须有常备的陆海军。当然，那就必须收税。所有这一切合在一起，就会使我们变得伟大。统一了，伟大了。此外你们还需要什么？可不是——只有帝国能带来这些好处。"

于是，十二月八日，宣布皮特凯恩岛为自由独立国家；同一天，在举国欢腾的庆祝中为皮特凯恩岛皇帝特沃斯一世举行隆重的加冕典礼。全国人民（除了十四个人，其中主要是幼小的孩子）都举着旗，奏着乐，鱼贯走过御座，行列长达九十英尺；有人说，它经过那儿共历时四十五秒钟。这是该岛有史以来空前的盛况。群众的热情已达到无法估量的高度。

这时帝国的革新工作立即开始。制定了一套勋爵等级制。委任了一位海军大臣，那条捕鲸船被编入现役。添置了一位陆军大臣，他立即受命着手建立一支常备陆军。指定了一位财政大臣，他奉旨制定征税方案，还要和列强谈判有关攻守互助和商业贸易等条约的签订。选拔了几位陆海军将领，任命了若干羽林军校、侍从武官以及宫廷扈卫。

就在这时候，全部物资已被耗用一空。身为陆军大臣的加利利大公叫苦连天，说全帝国所有的十六名壮丁被授予高官尊爵后，都不肯再当小兵，于是他的常备陆军就陷入瘫痪状态。任海军大臣的阿勒拉特侯爵倾诉了类似的苦衷。他说愿意亲自给那条捕鲸船掌舵，但必须在船上配置一些船员。

面临这种情况，皇帝尽了最大的努力：他把所有年满十岁以上的男孩都从他们母亲身边征召去，强迫他们参加陆军，这样就组成一支拥有十七名士兵的队伍，由一位陆军中将和两位陆军少将统领。这件事使陆军大臣感到高兴，但却激起全国做母亲的对皇帝的仇恨；她们说，此后她们的爱子肯定要浴血葬身在战场上，这件事可得由他负责。她们当中的某些人更是悲痛情切，难以理喻，她们经常密伺着皇帝，不顾警卫干涉，向他投掷山芋。

由于人力极度缺乏，只好要求现任邮政大臣的贝萨尼公爵去海军里荡尾桨，这样他的地位就落后于那爵位比他低的人，也就是落后于现任高等民事法庭庭长的坎南子爵。因此贝萨尼公爵几乎公然表示不满,同时在暗中阴谋叛变——这件事早在皇帝预料之中,然而他对此一筹莫展。

国事每况愈下。有一天皇帝晋升南茜,佩蕾丝为贵族,第二天就娶她做皇后,虽然内阁大臣为国家大局着想而群起谏阻,都竭力劝他娶伯利恒大主教的长女爱默琳。这件事在拥有势力的教会中招来了麻烦。新皇后为获得支持与协助,把全国三十六名成年妇女中的三分之二收进她的内廷,充当才人贵嫔;可是,这一来其余的十二名妇女就成了跟她们势不两立的死对头。不久才人贵嫔的家属也开始反对,因为现在再没人给他们料理家务。另十二名存心作难的妇女又拒绝去御膳房当差,以致皇后不得不支使杰里科伯爵夫人和其他地位显赫的命妇挑水,打扫皇宫内苑,干其他既沉重又讨厌的杂活儿。这一来那部分人也愤懑不平。

所有的人都开始抱怨,说那些为供养陆海军和其他廷臣贵官所征收的赋税繁重,令人无法负担,即便是使全国人民都沦为乞丐。皇帝的答复("瞧德国,瞧意大利。难道你们的情况应当比人家的更好不成?你们不是已经统一了吗?")并不能使他们满意。他们说:"老百姓不能把统一当饭吃,我们都在挨饿。已经没人干农活儿。人人都参加陆军,人人都给公家当差,穿着制服闲站着,什么活儿也不干,没东西吃了,没人耕地了……"

"瞧德国,瞧意大利。那儿不也是同样的情况吗。要统一就得这样,没其他办法——而且,获得统一以后,要维持它也没其他办法,"可怜的国王老是这样叨咕。

但是抱怨者只用两句话回答他:"我们没法负担那些捐税——我们没法负担它们了。"

再说,就在这时候,内阁呈报,国债的总额已超出四十五美元——平均全国每人负债半美元之巨。于是他们建议筹措资金。他们听说,人家每遇到这种危急情况,总是来这一手。他们建议征收出口税,还要征收进口税。他们要发行公债,还要印发纸币,规定五十年以后用山芋和卷心菜还本。他们说,陆海军的军饷和全国公务人员的薪金已欠了很久,除非现在就想出一些办法,而且立刻一一予以支付,否则必然会导致国家经济崩溃,可能引起叛变和革命。皇帝立即决定采取高压手段,而那种手段确是皮特凯恩岛上前所未闻的。星期日早晨,皇帝由军队拥护着,威风凛凛驾临教堂,命令财政大臣亲自动手收税。

这可到了人们忍无可忍的地步。先是这一个人,接着是另一个人,一一挺身而出,拒绝服从这前所未有的暴政措施——结果呢,谁敢拒绝服从,就立即没收那表示不满者的家产,这一强有力的行动,很快煞住了抗拒的逆潮,征收手续继续在一片表示愤慨、预兆不祥的沉默中进行。皇帝率领他的军队退出教堂时说:"我要叫你们知道谁是这儿的主子。"有几个人大喊:"打倒统一。"这些人立即被捕,兵士把他们从朋友们哭哭啼啼的拥抱中强行拉走了。

可是,就在这时候,正像每位先知预见到的,一个社会民主主义者应运而生。正当皇帝在教堂门口登上镀金的独轮御辇时,那社会民主主义者就用一根鱼叉向他扎了十五六下,幸而社会民主主义者的目标总不准确,结果,并没造成任何伤害。

就在那天夜里,大动乱爆发了。全国人民一致奋起(尽管革命者当中有四十九位都是妇女)。步兵放下他们的干草叉,炮兵扔了他们的椰子果;海军也哗变了,皇帝俯首就擒,在宫里被四马攒蹄捆了。这使他感到十分沮丧。他说:

"是我使你们从酷虐的暴政下获得自由;是我使你们从屈辱中扬眉吐气,成为惟我独尊的民族;是我让你们组成强大的、巩固的中央集权政府,最重要的是我让你们享受最大的幸福——也就是实现了统一。我完成了所有这一切,但获得的报酬却是仇恨、侮辱,再有这些捆着我的绳子。逮捕我吧,爱怎样发落就怎样发落我吧。现在我摘下我的王冠,放弃我所有的尊严,很高兴解除了这一切给我带来的沉重负担。是为了你们,我才肩起这些重担;也是为了你们,我又卸下了它们。既然帝王的宝石已经不复存在,现在就让你们砸毁和玷污那毫无用处的镶嵌吧。"

人们一致同意这样惩罚废帝和那个社会民主主义者,即:或者永远剥夺他们参加礼拜的权利,或者罚他们永远像奴隶在捕鲸船上那样荡桨——让他们在二者之间选择其一。第二天,全国人民集会,又升起了英国国旗,恢复了英国的专制政体,将所有的贵族都降为平民,然后,大伙不辞辛劳,立刻回到已经荒芜的山芋田里刈除野草,重新整顿原先那些有用的手工业,再度举行那医疗创伤的、安慰心灵的宗教仪式。废帝交出了禁止侵犯私人财产法的文本,说那是他偷去的——他并没伤害任何人,只是为了要进一步达到他的政治目的。因此国民又让前总督官复原职,归还给他已没收的财产。

经过一番考虑,废帝和那社会民主主义者宁可永远剥夺了做礼拜的权利,也不愿像他们所说的,"永远保持做礼拜的权利",却同时像奴隶那样荡桨。大伙相信,经过那些倒霉的事件,这两个可怜虫已经丧失理智,于是认为最好的办法是把他们暂时拘禁起来,最后,大家就这样做了。

以上说的就是皮特凯恩岛上那个"身份不明的家伙"的故事。

一八七九年

麦克威廉斯太太与雷电

再说,先生——原来麦克威廉斯先生这是在继续往下谈,他那席话并不是从这里扯开头的——害怕雷电可是令人最感痛苦的一种病态。这多数只限于妇女;但你偶尔会看到一只小狗,有时也可以发现一个男子汉,有这种表现。这是一种特别令人苦恼的病态,因为其他的恐惧都不能像它那样使一个人丧失勇气,而且它不能凭理喻加以消除,更不能使一个人由于觉得这种表现可耻而戒掉。一个妇女敢面对一个真的鬼怪——或者一只老鼠——但是在雷电一闪之下,竟会无法自持,吓得心胆俱裂。她那份恐惧,会叫你看了为之心酸。

再说,像我刚才对您所讲的,当时我醒过来,耳边只听到有人嘤嘤啜泣,那是一阵闷声闷气的、一时无法确定是从哪里传来的呼唤:"莫蒂默呀!莫蒂默呀!"于是,我竭力定下了神,立刻在黑暗里一路摸索过去,然后说:

"伊万杰琳,是你在唤我吗?怎么一回事?你在哪里?"

"躲在靴子间①里啦。现在正下这样一场可怕的雷暴雨,你却躺在那里睡大觉,你真该为自己害臊。"

"怎么啦,一个人睡着了,他怎么还能害臊?这话可是不近情理的;一个人睡熟了,他是不可能害臊的呀,伊万杰琳。"

"你从来不肯想想办法,莫蒂默——这你心里有数,你这人就是从来不肯想想办法的。"

我听出了一阵闷塞的啜泣声。

那声音打断了我已到舌尖的嘲笑,于是我把话改为:

"对不起,亲爱的——我真对不起。我根本不是要那样说。回到

---

① 存放鞋帽和其他家用器具的小房间。

床上来,然后——"

"**莫蒂默!**"

"我的天哪！是怎么一回事,亲爱的?"

"你意思是说,这会儿你还在床上?"

"呃;当然啰。"

"立刻给我下来。我总以为你会稍许爱惜你的性命,即便不是为了你自己,至少会为了我和孩子们。"

"可是,亲爱的……"

"别跟我啰嗦啦,莫蒂默。你明明知道,在这样一场雷暴雨的时刻,没有一个地方比床上更加危险——所有的书上都是这样说的;可是,你却偏要躺在那儿,存心要送了自己的命——天知道这是为了什么,除非是存心要不断地摆道理,和我争论,争论……"

"可是,真该死,伊万杰琳,这会儿我不是在床上呀。我是在……"

(突然间一道闪电打断了这句话,接着就是麦克威廉斯太太在恐怖中发出的低声尖叫和惊人的阵雷轰鸣。)

"瞧！你看到你招来的后果了。哎呀,莫蒂默,你怎么能这样肆无忌惮,胆敢在这种时刻咒骂起天来了?"

"我何尝咒骂来着。再说,无论如何那也不是咒骂招来的呀。即使我一声不吭,它也照样会发生;这你知道得很清楚,伊万杰琳——至少你应该知道——当空气中充满了电……"

"好啦,现在你就去争论吧,争论吧,只管争论吧！——我不明白,明明知道这屋顶上没安装避雷器,你可怜的妻子和孩子们完全听老天爷支配,你怎么能作出这样的举动。这会儿你正在干什么?——竟然在这样的时刻擦火柴！你是完全疯了不成?"

"真该死,你这个女人,这又有什么危害？这地方一片乌黑,黑得就像异教徒的心肠一样,再说……"

"把它灭了！立刻把它灭了！难道你是存心要牺牲我们所有的人不成？你明知道没有比光亮更会招来雷电。(咈哧！哗啦！嘣——轰隆——嘣——嘣!)哎呀,你倒听听！现在你总明白你闯下了什么祸!"

"不,我不明白我闯下了什么祸。我只知道,火柴会吸引雷电,但是它并不能够产生雷电呀——在这一点上我可以跟你打赌。再说这一次它丝毫也不曾把雷电吸引了来；因为，如果那一阵雷是瞄准了我的火柴，那它的瞄准本领就十分拙劣——我可以说，大约平均一百万次中它一次也打不中。咳，在多利蒙打靶场，像那样的枪法呀……"

"真不像话，莫蒂默！这会儿咱们正面对死亡，在这样一个严峻的时刻，亏你竟然说出这样的话。如果你不是诚心要……莫蒂默！"

"怎么样？"

"今天晚上你做祈祷没有？"

"我——我——原来是打算做的，可是后来我准备算出十二乘十三是多少，于是……"

（咈咻！——嘣——噗隆——嘣！嘣——叭，呼——**哗啦啦！**）

"哎呀，咱们可完蛋了，完全没救了！你怎么能在这样一个时刻，忽略了这桩事情？"

"可那时候并不是像这样的一个时刻。那时候晴空无云。我怎么会知道，由于那一点儿小小的失误，竟然会惹得老天爷赫然震怒，大发雷霆？再说，你明知道这样的事情难得发生，我再想不到你会对这件事这样小题大做，至少这样对我是不公平的。自从四年前我招来了那一次地震，此后我再也不曾缺过一次祈祷。"

"莫蒂默！亏你说出了这样的话！难道你忘记那次黄热病了吗？"

"亲爱的，你老是把黄热病推到我的头上；我认为这是完全不合理的。哪怕是拍电报吧，你也不能不经过几个中转站，再转到孟菲斯，那么，我一次在祈祷上的小小疏忽，竟然会影响到那样远的地方？我愿意承担那责任，因为地震发生在附近，可是，我真倒霉，要我负责每一次该死的……"

（咈咻！——嘣勃隆——嘣！嘣！——呼！）

"啊，哎呀，哎呀！哎呀！我知道它击中了什么东西，莫蒂默。咱们再也不能活到明天了；我们死后，这样会对你有好处的：如果你记住，你说的那些不堪入耳的话——莫蒂默！"

"呦！我又怎么啦？"

"你的声音，听来好像是——莫蒂默，你竟敢站在那敞开的壁炉前面呀!"

"我的确是犯了一个大错。"

"给我离开那儿,这就离开。你真像是存心要毁了我们所有的人哪。难道你不晓得,露天的烟囱是雷电最好的导体吗?这会儿你又到哪里去了?"

"我在这儿,在窗口旁边。"

"哎呀,老天发发慈悲吧,难道你疯了不成?这就给我离开那儿。连一个抱在怀里的孩子也知道,有雷暴的时候站在窗口附近,是会叫你送命的呀。哎呀,哎呀,我知道我再也活不到明天了。莫蒂默?"

"什么事?"

"那窸窸窣窣的是什么?"

"是我。"

"你在干什么?"

"找我的裤腰在哪里。"

"快!这就扔掉那些东西!我就猜到,你会故意挑这样一个时刻穿那些衣服;可是你明明知道,所有的学术权威都一致认为:毛料会吸引雷电。哦,哎呀,哎呀,难道一个人的生命会遭到的自然灾害还不够,你还一定要想方设法去增加那种危险不成。哦,别唱歌啦!你倒是存的什么心眼儿?"

"嘻,这又有什么害处?"

"莫蒂默,要问我可曾对你说过这话,那我已经说过上百次,说唱歌会在空气中造成振动,这就阻碍了电流的流动,于是——你这会儿究竟为什么要去开那扇门?"

"哎呀,瞧你这个女人,可这样做又有什么害处?"

"害处!这样会让你死了。无论是谁,只要是对这一问题稍加注意,他就会知道,放进了穿堂风,就会引来雷电。你还没把它全部关上;把它关紧了——千万赶快,否则咱们都得完蛋。哦,在这种时刻,和一个疯子关在一起,真倒霉呀。莫蒂默,你这会儿又在干什么?"

"没干什么。只是打开自来水。这间屋里闷热不通风。我要洗一洗脸和手。"

"你肯定是完全丧失了理智!雷电每击中任何其他东西一次,就会击中水五十次。千万把它关上。哦,亲爱的,我肯定再没任何办法能挽救咱们了。我真的觉得——莫蒂默,刚才那是什么?"

"那是该①——那是一幅照片。被我撞倒了。"

"那么,你是紧靠着墙了!我从没听说过有谁这样轻率!难道你不知道,墙是雷电最好的导体吗?快给我从那里走开!你又恨不得要咒骂了。哦,你怎么可以坏到这个程度,瞧你家里的人正处在这样危险的境地?莫蒂默,你已经订购了一个羽毛褥垫吗,我叫你订购的?"

"没订。我忘了。"

"忘了!这样你会赔出一条命的。如果你现在有一个羽毛褥垫,可以把它铺在屋子当中,躺在它上面,那你就可以确保安全了。到这里面来吧——快来,趁你还没找到空子犯更荒唐的错误。"

我试了一下,但是那个小间一关上了门,就容纳不下我们两个人,除非是我们情愿被憋死在那里,有一会儿工夫,我大口喘着气,然后挤了出去。我妻子放声叫唤……

"莫蒂默,为了确保你的安全,有一些事你必须做。给我壁炉台尽头那本德文书,再给我一支蜡烛;可是,别点燃它;给我一支火柴;让我在这里点燃它。那本书里有一些指导说明。"

我找到了那本书——所付出的代价是一只花瓶以及其他一些易碎的东西;于是我太太将自己和她的蜡烛一起关在小间里。我获得了片刻安静;接着她又大喊:

"莫蒂默,刚才那是什么?"

"没什么,只是那只猫。"

"那只猫!哎呀,这可完了!快逮住它,把它关在盥洗柜②里。要快,亲爱的;猫身上全是电呀。我敢肯定,经过一夜可怕的危险,我的头发都要变白了。"

我又听到闷声闷气的啜泣声。要不是为了这个,我是不会那样在

---

① "该死的"一语没说完。
② 上面嵌有面盆并放有水罐的小柜。

黑暗中为这件荒唐事费一举手一投足之劳的。

然而,我终于开始执行我的任务——翻过一些椅子,撞上各种障碍,所有那些东西都是质地坚硬的,多数的边缘都像锋口一般锐利——最后我到底把那只小猫关进了盥洗柜,碰坏了价值四百多元的家具,擦破了我的小腿。接着,从那小间里传来了这些闷声闷气的语句:

"书上说,最安全的办法,是站在屋子当中一把椅子上,莫蒂默;必须用非导体使椅子腿绝缘。也就是说,你必须把椅子腿套在平底玻璃杯里。(咈哧!一呼一啰!一哗啦啦!)哎呀,你倒是听听!千万赶快,莫蒂默,趁你还没被击中。"

我好不容易找出并拿到了玻璃杯。我拿到了最后的四只——其余的都被砸碎了。我使椅子腿绝缘,然后请问下一步的指示。

"莫蒂默,书上说:雷雨时,不可将一些金属物,如指环、钟表、钥匙等物带在身上,也不可将其随意放置;如将很多金属物堆放在一起,或将它们与其他物体连接起来,不论是在灶上、火炉上、铁格上,或其他同类的物体上。① 这是什么意思,莫蒂默?是说,你必须把一些金属物带在身上呢,还是说,你必须离开它们远点儿呢?"

"这个吗,我可不大清楚。它好像有点含糊不清。所有的德文书上提出的意见多少都有点含糊不清。但是,我认为那个句子里多半是用的与格,为了读起来上口,这里和那里也有少数一些地方变换了所有格和宾格;所以照我看来,那意思是说,你必须把一些金属物带在身边。"

"对,肯定是那意思,这是顺理成章的。你瞧,它们是具有避雷针一类性质的。戴上你那顶消防员的钢盔吧,莫蒂默;那东西大部分是金属的。"

我找到了它,把它戴上了——炎热的夜晚,在一间不通风的屋子里,那是一个极其笨重的、很不舒适的玩意儿。连我身上那件睡衣也显得是有些多余的,不是我绝对需要的。

"莫蒂默,我想,必须把你的腰部保护好了。要不要请你系上你那

---

① 原文为德文。

把民兵的军刀？"

我照办了。

"喂，莫蒂默，你必须想一个什么办法保护你的脚。千万请你穿上你那带马刺的靴子。"

我奉行了——一声不吭——尽量耐着性子。

"莫蒂默，书上说：雷电交作时十分危险，因为钟本身由于空气流动而发出的震鸣，以及图尔姆山（德国北部高山）的高度，可能吸引雷电。① 莫蒂默，这意思是不是说，有雷暴的时候，你如果不去撞教堂的钟，那会有危险吗？"

"是呀，好像是这个意思——如果那个句子里用的是单教主格的过去分词，我认为就是那个意思。对，我想那意思是说，教堂的钟楼是那样高，里面又没有风②，所以，遇到有雷暴的时候，如果你不去撞那些钟，那就十分危险③；而且，难道你没注意，单看这句的措辞本身——"

"别去管那个啦，莫蒂默；别只顾从事空谈浪费了宝贵的时间。把那个大就餐铃取来；它就在门厅里。快，莫蒂默，亲爱的；这一来咱们大体上可以安全了。哦，亲爱的，我真的相信，咱们终于可以得救了！"

我们那幢避暑的小别墅，高高地位于一溜小山顶上，俯临下面一片谷地。我们附近有几处农庄住宅——那最近的与我们相隔大约三四百码。

我站在那把椅子上，刚费力地把那只怪大的铃铛唥唥摇了约莫七八分钟，这时我们的百叶窗突然被从外面拉开，一盏耀眼的牛眼灯④从窗口捅了进来，接着就听到有人粗声粗气地问：

"这儿究竟出了什么事啦？"

窗外满都是人脑袋，脑袋上满都是眼睛，都神情激动地直瞪着我那一身睡衣，以及我那一套准备上阵的装备。

我一失手落下了那只铃，困惑不解地跳下了椅子，说：

---

①③　原文为德文。

②　原文为德文，意指不通风。

④　夜间外出巡逻时常用的一种上面嵌有一块凸透镜的提灯。

"什么事也没有,朋友们——只是由于那一场雷暴,感到有点儿不安。我刚在想办法避免雷电。"

"雷暴?雷电?麦克威廉斯先生呀,难道你是神经失常了不成?这会儿是满天星斗的夜晚,并没有什么雷暴呀。"

我朝外面望出去,大吃一惊,一时间惊讶得连话都说不出了。然后,我说:

"我不明白这是怎么一回事。我们分明看到从窗帘和百叶窗缝里射进来闪电的光,还听见雷响。"

那些人,一个又一个,笑得倒在了地上——有两个人笑死了过去。幸存者当中有一个说:

"可惜你们就没想到要打开你们的百叶窗,向远处那座高山顶以外望过去。你们听到的是大炮的声音;你们看见的是炮火的闪光。你可知道,就在昨天半夜里,电报传来消息:加菲尔德①被提名为总统候选人了——就是这么一回事!"

可不是,吐温先生,就像开头所说的(麦克威廉斯先生说),保护人类免遭雷击的方法是那么周到,又是那么不胜枚举,所以我觉得,世上最不可思议的事就是:怎么还会有人能遭到雷击?

他一面说,一面收拾起他的背包和雨伞,然后离开了;原来火车已经抵达他所居住的那个城镇。

一八八〇年

---

① 詹姆斯·艾布拉姆·加菲尔德(1831—1881),美国第二十任总统(1881),就任后四个月遇刺身亡。

爱德华·米尔斯和乔治·本顿的故事

这两个人多少有点儿沾亲带故——原来他们是属于远房的表兄弟，或诸如此类的关系。早在婴儿时期，他们俩就成为孤儿，被布兰特家收养了，这家两口子无儿无女，不久就开始十分钟爱他们。布兰特夫妇老是说："你做人要纯朴、诚实、冷静、勤奋，并且要体谅别人，这样你肯定会在生活中一帆风顺。"孩子们早在不曾明白这些话的意义之前，就已经听过千万遍了；早在会念《主祷文》之前，就会自己重复这些话了；这些话被漆在育儿室的门楣上方，也几乎是他们第一次学会读的文句，它们注定了要成为爱德华·米尔斯一生中天经地义的信条。有时候，布兰特夫妇将那措词略加修改，他们说："你做人要纯朴、诚实、冷静、勤奋，并且要体谅他人，这样你就不会孤立无助了。"

小米尔斯身边的每一个人，都觉得他很可爱。每次他要糖果，但没能得到时，他总肯听人讲道理，得不到也就算了。每次小本顿要糖果，他总是哭闹个没完没了，直到得到了为止。小米尔斯爱惜自己的玩具；小本顿总是很快就把自己的弄坏了，然后无休止地发脾气，而为了求家里获得安静，大人总是哄着小爱德华把自己的玩具让给了他。

两个孩子稍许长大了一些，乔治就在这方面成为家中一份沉重的经济负担：他不爱惜自己的衣服；结果是，他常穿新做的，而艾迪就不如此了。两个孩子长得很快。艾迪越来越给人带来更多的安慰，乔杰①越来越令人为他操心。如果要回绝艾迪的要求，你只消这样说一句就行了："我想你最好还是不要去玩那个吧。"——意思是指游泳、溜冰、野餐、拾浆果，看杂技，以及诸如此类儿童喜爱的活动。可是，对乔杰你无论用什么话回绝他都无济于事；你必须顺着他的意思，否则他就要独

---

① 艾迪是爱德华的昵称；乔杰是乔治的昵称。

断专行。当然啰,这样一来,其他的孩子,谁也不会有比他更多的机会去游泳、溜冰、拾浆果,以及从事其他的活动;谁也不能像他那样玩得痛快。慈祥的布兰特夫妇夏天不许孩子晚上九点钟以后出去玩耍;他们到那时候必须就寝;艾迪总是老老实实地留在家里,但乔杰通常却在将近十点钟的时候从窗口溜了出去,一直玩到深夜。看来要改掉乔杰的恶习是不可能的了,可是布兰特夫妇,为了设法使他留在家里,就用苹果和弹子等东西去哄他。为了约束乔杰,慈祥的布兰特夫妇花费了所有的时间与精力,但结果仍然是一场徒劳;他们含着感激的泪水说,艾迪不需要他们费力,他是那样地好说话,那样地体贴别人,在各方面都是完美无缺的。

又过了一个时期,两个孩子都长大了,都到了可以工作的年龄了,于是他们去当学徒:爱德华自觉自愿地去了;乔治去前经过了连哄带骗,对他许下了不少好处。爱德华工作努力认真,从此不必再让善良的布兰特夫妇在经济上承受负担;他们都夸奖他,他的师傅也夸奖他;但是乔治逃跑了,而为了将他找回来,布兰特先生花费了不少的钱,招来了许多麻烦。过了不久,他又逃了——花费了更多的钱,也招来了更多的麻烦。他第三次逃跑——而且偷了几件小东西,一起给带走了。布兰特先生再一次既花了钱又惹了麻烦;此外,他还费了极大的事,总算劝得那位师傅同意放走了年轻人,没控告他犯的偷窃罪。

爱德华孜孜不倦地工作,不久就成为他师傅那家商店里的正式合伙人。乔治并没有变好一些;他仍旧给他那两位年纪已经衰迈、满怀一片爱心的恩人带来许多烦恼,并需要他们千方百计地保护他不致走上毁灭的道路。爱德华打做孩子的时候起,就爱参加主日学校、辩论会、教会捐献活动、禁烟组织、反对渎神协会、以及诸如此类的好事;等到成年后,他是教会和戒酒协会中一位可靠的助手,他在所有这些工作中,都对人们进行帮助,试图使他们重新振作起来。这种行事并不曾赢得人们的赞赏,并不曾引起人们的注意——因为人们认为这一切都是出自他的"本性"。

最后,两位老人死了。遗嘱里声明,他们对爱德华既满怀怜爱,又感到自豪,同时将他们那份微薄的遗产留给了乔治——因为他"需要";同时,"由于天赐的已多",爱德华就不再需要这些了。将遗产传给乔治是有条件的:他必须用那笔钱买下爱德华合伙人的全部股份;否则就必须将那钱捐给一个名为囚犯之友会社的慈善团体。老人还留下了一封信,在信中恳求他们的爱子爱德华代他们照看乔治,要像他们以前那样帮助和保护他。

爱德华千依百顺地表示同意,于是乔治就成为那商店中的合伙人。他并不是一个得力的合伙人:他以前已酗酒成习;不久就变成一个逐日纵饮的酒徒,单看他那肤色和眼睛便说明了这一可厌的事实。爱德华早就在追求一个温柔可爱、心地善良的姑娘。他们彼此十分相爱,而且……可就在这段时间里,乔治开始追求她,向她淌泪,苦苦哀求,到后来,她哭哭啼啼地去找爱德华,说她明明是面对着一项崇高的神圣职责——她决不能让自私心妨碍了她去尽责:她必须嫁给"可怜的乔治",这样才能"帮他改好"。她这样做会使自己伤心的,她也知道结果会如此,她还说了诸如此类的一些话;然而,这件事可是责无旁贷的。就这样,她嫁给了乔治。爱德华的一颗心几乎碎了,她也是如此。但是,爱德华的创伤终于恢复,他娶了另一个姑娘——也是一个极其出色的。

两家人都有了孩子。玛丽一心一意地改变她的丈夫,然而,这任务太艰巨了。乔治继续酗酒,又过了一个时期,他开始狠心地虐待她和几个孩子。许多好心肠的人都出面去跟乔治交涉——说真的,这些人照例是要这样出一番力的——然而他却心安理得地认为,这样出力是这些人应向他表示的关怀,也是他们应尽的职责,所以他并不因此而有所转变。很快他又染上了一个恶习——那就是偷着去赌博。他负债累累;于是就尽可能悄悄地用他商店的信用担保去借钱,他用这一手法尽量借更多的钱,而且每次都如愿以偿,以致有一天清晨县治安官来没收了那家商店,表弟兄俩都成了穷光蛋。

这一来日子可难过了,他们的境况越来越糟了。爱德华一家人住进一间顶楼,自己日夜踯躅街头,去寻找工作。他求人给他工作做,但是那些人实在没有事让他做。他惊讶地发现,他那张脸这样快就不再受人欢迎了;他又是惊讶又是伤心,以前人们对他表示的那份关注,竟然会这样飞速地减退和消失了。尽管如此,他必须找到一份工作;于是他忍气吞声,继续拼命地找。他终于找到了一份将砖头盛在灰砂斗里爬梯子往上搬运的工作,他对此确实不胜感激;然而,从此以后,再没人知道他的下落,或关心他的一切了。他无力继续向他所加入的那些宣扬道德的组织缴纳会费,不得不忍受着极大的痛苦,眼看自己遭到被取消会员资格的耻辱。

然而,爱德华越是迅速地被公众淡忘和忽视,乔治就越是迅速地被公众注意和关心。一天清晨,人们发现他一身破烂,酩酊大醉,躺在水沟里。妇女戒酒救济会的一位会员把他捞起,并负责照管他,同时为他发起募捐运动,让他整整一个星期没再喝酒,然后为他找了一个职业。报上介绍了这件事的经过。

这样一来,公众的注意力就被吸引到这个可怜虫的身上,许多人都挺身而出,全力支持和鼓励,帮助他改过自新。他两个月滴酒不曾沾唇,在那一时期他成为好心人的宠儿,后来,他又堕落了①——跌落在水沟里;这激起了普遍的忧虑和悲哀。但是高贵的妇女会再一次挽救了他。她们让他把自己洗干净了,她们让他吃饱了,她们倾听他那悲哀动人的忏悔之歌,她们又为他找了一个职业。报上也披露了这件事的经过,全城的人,获悉这可怜虫如何重新做人,这个受害者如何与害人的酒盅进行斗争,都为之大洒其幸福之泪。于是他们举行了一个盛大的禁酒奋兴会②,发表了几篇激动人心的演说,主席用感人至深的口气说:"现在我们要号召戒酒的人签字保证;我想,你们即将看到一个动人的场面,这厅里很少人会看了它不为之流泪。"接着是一阵意味深长的沉默,然后是乔治·本顿由妇女戒酒救济会系有红腰带的会员卫护着,走上了讲台,签署了保证书。厅内响起一片掌声,所有的人都快乐得流下了眼泪。大会结束后,所有的人都和这位改过自新者紧紧握手;第二天他的薪金也提高了;他成为全市街谈巷议的焦点,成为一位英雄人物。报上报道了这件事的始末。

---

① 原文 fell 可解释为"堕落",又可解释为"跌落"。
② 奋兴派为基督教新教中一流派,它激发宗教狂热,宣扬教会大复兴,举行"奋兴布道会"时,常哭喊喧闹,称之为"灵性复兴"。

乔治·本顿总是定时地"跌落",每三个月一次,但每次都十拿九稳地有人将他救起,对他进行调理,然后为他找到一个好的职业。到后来,作为一个戒掉恶习的酒徒,去各地发表演讲,听众极为踊跃,造成极大的影响。

在家乡,他十分受人欢迎,也十分受人信任——这只是在间或不喝酒的时候——以致他可以利用一位显赫人士的名义,在银行里支取了一笔巨款。于是人们都承受着巨大的压力,去拯救他不至由于假冒签名而被判刑,结果他们部分获得成功——他只被"拘禁"了两年。一年期满,由于那些好心肠的人士不懈的努力,终于获得全部成功;他怀里揣着一张赦免证出了牢房,囚犯之友会社的会员们在牢门口迎接他,聘请他担任一个很好的职位,可以享受优厚的薪金,所有其他好心肠的人都走上前去,向他提出建议,进行鼓励,愿意为他效劳。有一次,爱德华·米尔斯日子非常难过时,也曾去向囚犯之友会社找工作,但是那里的人只这样问了他一句:"你曾经做过囚犯吗?"于是,这件事就那样轻易地吹了。

当以上这些事情不断地发生时,爱德华·米尔斯却悄悄地在逆境中继续挣扎。他仍旧很穷,但是,作为银行里一位颇受重视和可以信任的出纳员,那固定的薪金也足够他维持生活了。乔治·本顿从来不去接近爱德华,人们也从来不曾听到他探询爱德华的近况。乔治似乎已乐而忘返,很久没回到城里去;后来传来了有关他堕落的消息,但是并未获得证实。

一个冬天的黑夜,几个蒙面强盗闯进了那家银行,正值那里只有爱德华·米尔斯一个人。强盗逼他说出那"暗码",好让他们打开保险柜。他拒绝了。他们拿死来威胁他。他说,他的雇主信任他,他不能辜负了他们的信任。如果一定要他死,他宁可死,但是,只要他还活着,他就要忠实到底;他不肯说出那"暗码"。强盗杀死了他。

刑警追捕杀人犯;原来罪犯中为首的就是乔治·本顿。人们普遍同情死者的孤儿寡妇;全国所有的报纸,都呼吁全国所有的银行应当对遭谋杀的出纳员的忠诚与英勇表示赞扬,应当踊跃地慷慨解囊,救济现在无依无靠的一家人。结果是捐助了一大堆硬币,总数高达五百多元——这平均几乎是全国每家银行捐了将近一分钱的八分之三。出纳员本人所在的那家银行,为了表示他们的感激心情,却试图证明(但是,说来也惭愧,竟然在这件事上遭到失败),说那位忠实无比的出纳员的账目不清,而为了逃避被查明后受到惩罚,于是就用一根大棒子砸碎自己的脑壳而死去。

乔治·本顿被提讯受审。这一来所有的人都像忘了那孤儿寡妇,转而为可怜的乔治担起心来。为了拯救他,凡是金钱与势力所能做到的事都做了,然而,一切都告失败;他被判处死刑。州长立即被请求减刑或赦免的请愿书所困扰;送请愿书去的人中,有哭哭啼啼的小姑娘;有愁容满面的老处女;有惹人怜悯的寡妇组成的代表团;有成群结队、感人至深的孤儿。然而,不行,州长——这一次——可不肯通融。

这时乔治·本顿信奉了宗教。这一好消息立即四下传播开。打那时起,他的牢房里永远聚集满了少女、妇人以及鲜花;整天里,那里都有人在祷告、唱赞美诗、做感恩祈祷、讲道、抹眼泪,没片刻工夫间断,除了那偶尔五分钟吃茶点的时候。

这情形一直持续到犯人上绞架那一天,那时当地一些最慈善、最有声望的人士,泣不成声,眼看着乔治·本顿戴着黑帽子,洋洋自得地回他的老家去了。有一个时期,他的坟上每天都摆有鲜花;墓碑上,在那一只手举向天空的雕塑下,镌有这样一句:"他英勇奋斗一生。"

那位英勇的出纳员的墓碑上镌着这样一句铭文:"要纯朴、诚实、冷静、勤奋,并体谅他人,这样你就再也不会——"

没人知道,是谁授意让后面这样空着,但确是有人授意这样做的。

据说,现在出纳员的家属生计窘迫;但是,这没关系;许多赏识真才美德的人士,不愿让他这样英勇和忠实的行为白搭,于是就募捐了四万二千元——用那笔钱建立了一座纪念教堂。

一八八〇年

法国人大决斗

且不去管一些爱说俏皮话的人怎样百般地轻视和讥嘲现代法国人的决斗吧,反正它仍旧是我们目前最令人栗栗危惧的一种风尚。由于它总是在户外进行,所以参加决斗的人几乎肯定会着凉。保罗·德卡萨尼亚克先生,那位习性难改、最爱决斗的法国人,就是由于这样常常受到风寒,以致最后成了一个缠绵枕席的病夫;连巴黎最有声望的医师都认为,如果再继续决斗十五年或者二十年——除非他能够养成一种习惯,在不受湿气和穿堂风侵袭的舒适的房子里厮杀——他最终必然有性命之忧。这一事例肯定可以平息那些人的奇谈怪论,他们一口咬定,说什么法国人的决斗最有益于卫生,因为它给人们提供了户外活动的机会。再说,这一事例也肯定可以驳倒另一些人的谬论,他们说什么只有参加决斗的法国人以及社会主义者所仇恨的君主是可以不死的。

可是,现在要谈到我的本题上了。我一听到冈贝塔先生和富尔图先生最近在法国议会中爆发了一场激烈的争吵,就知道肯定会有麻烦事随之而来。我之所以会料到这一点,是因为我和冈贝塔先生相交有年,熟悉他那不顾一切、顽强执拗的脾气。尽管他的身材长得那么高大,但是,我知道,复仇的狂热会深深渗入他全身所有的部位。

我不等到他来找我,就立刻跑去看他。果然不出所料,我发现这位勇士正深深地沉浸在那种法国人的宁静之中。我说"法国人的宁静",是因为法国人的宁静和英国人的宁静有所不同。他正在那些砸烂了的家具当中来回疾走,时不时地把一个偶然碰到的碎块从屋子里这一头猛踢到另一头。不停地咬牙切齿,发出一大串咒骂,每隔一会儿就止住步,将另一把揪下的头发放在他已经积在桌上的那一堆的上面。

他挥出双臂,搂住我的脖子,把我按在他腹部上方胸口,在我两边颊上吻我,紧紧地拥抱了我四五回,然后把我安放在那张他本人平时坐的安乐椅里。我精神刚恢复过来，他立即和我谈到正经事情。

我说，猜想他是要我做他的助手吧；他说："当然是的。"我说，要我做助手，就必须让我用一个法国人的姓名；那样，万一闹出人命事故，我可以不至于在本国受到指责。听到这里，他把身体缩了一下，大概认为这句话暗示决斗在美国是不受人尊重的吧。但是，他终于同意了我的要求。这说明为什么此后所有的报纸上都报导：冈贝塔先生的助手显然是一个法国人。

首先，我们为决斗的人订立遗嘱。我坚持我的观点，一定要先办妥这一件事。我说，我从来没听说过，一个头脑清醒的人会在决斗之前不先立好他的遗嘱的。他说，他从来没听说一个头脑清醒的人会在决斗之前干这类的事。他把遗嘱写好后就要着手编一套"最后的话"。他很想知道，作为一个垂死者发出的呼声，以下这些话会对我产生什么影响：

"我的死，是为了上帝，为了祖国，为了言论自由，为了文明进步，为了全人类四海之内皆兄弟的关系！"

我反对这些话，我说要在临死前讲完这一套会拖延太长的时间；对一个痨病患者来说，这确是一篇绝妙的演说词，但是它不适合于决斗场上那种迫切的要求。我们提出了许多种临死前的大放厥词，双方在选择上争执不休，但最后我还是迫使他将这条噩耗缩减成为以下这样一句，他把它抄录在备忘录里，准备到时背出来：

我的死是为了要法兰西长存。

我说，这句话好像跟决斗缺乏联系；但是他说，联系在最后的话里并不重要，你需要的是刺激。

依次办理，第二件要做的事情是选择武器。决斗的人说，他觉得身上有些不快，准备把这件事情以及安排决斗的其他细节都托付给我。于是我写了以下通知，把它带去给富尔图先生的朋友：

先生：

冈贝塔先生接受富尔图先生的挑战，并授权我向贵方建议：决斗的地点拟选普莱西——皮凯空场；时间定为明晨拂晓；武器将用斧头。

　　阁下，我是十分尊敬您的

马克·吐温

　　富尔图先生的朋友读了一遍通知，打了一个哆嗦。接着，他转过身来，用表示严肃的口气对我说：

　　"您可曾考虑到，先生，像这样一场决斗，必然会导致什么后果吗？"

　　"那么，您倒说说看，究竟会导致什么后果？"

　　"会流血呀！"

　　"大体上就是这么回事。"我说，"瞧，如果可以承蒙指教的话，请问贵方又准备流什么？"

　　这一下我可把他问住了。他知道自己一时失言，于是赶紧支吾其词地解释。他说刚才说的是一句玩笑话。接着他又说，他和他的委托人都很喜欢使用斧头，确实认为它比其他武器更好，可惜法国的法律禁止使用这种武器，所以我必须修改我的建议。

　　我在屋子里来回踱步，一面心里盘算这件事情，最后我想到，如果双方相距十五步，用格林机枪射击，这样也许一切可以在决斗场上见分晓。于是我把这主意提了出来。

　　但是这项提议没被采纳。它又受到法律的阻碍。我建议使用来复枪；此后，是双管猎枪；此后，是柯尔特海军左轮手枪。但是这些都被一一拒绝了。我思索了一会儿，接着就含嘲带讽地建议双方距离四分之三英里互相扔碎砖头。我一向最恨白费力气，去向一个缺乏幽默感的人说幽默话；所以，当这位先生竟然一本正经地把最后这条建议带回去给他的委托人时，我心里感到难受极了。

　　过了不多一会儿，他回来了，说他的委托人非常喜欢采用双方相距四分之三英里扔碎砖头的办法，但是，考虑到这样做会给那些在当中走过的闲人带来危险，他不得不谢绝了这个提议。于是我说：

　　"啊，这我就没办法了。要不，可以烦您想一种武器吗？说不定您早已想到一种了吧？"

　　他脸上放着光，一口气儿回答说：

"哦,当然,先生!"

于是他开始在口袋里掏——掏了一个又一个,他有很多口袋——同时嘴里一直在嘟囔:"啊,瞧我会把它们藏在哪儿啦?"

他终于找到了。他从坎肩口袋里摸出了一对小玩意儿,我把它们拿到亮的地方,断定了那是手枪。它们都是单管的,镶银的,十分玲珑可爱。我没法表达自己的感情了。我一声不言语,单把其中的一支挂在我的表链上,然后把另一支递还给了他。这时候我的伙伴拆开了一张折叠着的邮票,从包在那里面的几粒弹药中拣了一粒给我。我问,他的意思是不是说我们的委托人只可以打一发子弹。他回答说,按照法国法律规定,不可以打得比这更多了。于是我请他继续指教,就烦他提议双方应当相距多远。因为,受不了过度紧张,这时候我的头脑已变得越来越迟钝和糊涂了。他将距离指定为六十五码。我差点儿失去了耐性。我说:

"相距六十五码,使用这样的家伙?即使距离五十码,使用水枪,也要比这更容易死人呀。想一想,我的朋友,咱们这次共事,是为了要人家早死,不是要他们多活呀。"

然而,凭我百般劝说,多方争执,结果只能使他将距离缩短到三十五码;而且,即使是采取这一折中办法,他还是勉强迁就的,最后他叹了口气说:"这件屠杀的事从此与我无缘:让罪责落在您肩上吧。"

再没其他办法可想了,我只得回到我的老狮心①那儿,去向他汇报我这一次有失身份的经过。当我走进去的时候,冈贝塔先生正把他最后一绺头发放在祭坛上,他向我跳了过来,激动地说:

"您已经把那件玩命的事安排好了——从您眼神里我看出来了。"

"我给安排好了。"

他的脸变得有些苍白,他就桌边靠稳。他急促地、沉重地喘息了一会儿,因为他情绪太激动;接着,他沙哑着嗓子压低了声音说:

"那么,武器呢,那么,武器呢!快说呀!使什么武器?"

"使这个!"我拿出了那个镶银的玩意儿。他只朝它瞟了一眼,就

---

① "狮心王"原是英王查理一世的绰号,后泛指一般勇士。

轰然晕倒在地。

等到他苏醒过来时，便伤心地说：

"以前我是那样强作镇静，以致现在影响了我的神经。但是，从此以后我再也不会表现软弱了！我要正视我的厄运，像个男子汉，像个法国人。"

他爬起来，做出了一个凡人根本无法望其项背，塑像极少能够比它更美的雄壮的姿势。接着他就扯着一条低沉的粗嗓子说：

"瞧呀，我镇定自若，我准备就绪；告诉我那距离。"

"三十五码。"

不用说，这一次我可没法挟起他来了；但是我把他就地翻了一个身，然后用水泼在他背上。他很快苏醒过来，说：

"三十五码远——没一个可以扶着的东西？可是，这又何必多问呢？既然那家伙存心谋杀，他又怎么会顾得上关心那些鸡毛蒜皮的事呢？可是，有一件事您必须注意：我这一倒下，全世界的人都将看到法国骑士是怎样慷慨就义的。"

他沉默了好半响，才问：

"我个子高大，你们没谈到那个人的家族也站在他一起，作为一种补偿吗？① 可是，这也没关系；我可不能降低自己的身份，在这方面提出要求；如果他风格不够高，自己不提出这件事，那么就让他占点儿便宜吧，像这样的便宜，高贵的人士是不屑于占的。"

当时他已坠入一种迷惘的沉思之中，这一状态持续了好几分钟，随后，他打破了沉寂，说：

"时间呢——决斗约定在什么时间？"

"明儿破晓的时候。"

他好像大吃一惊，抢着说：

"这可是疯了！我从来没听说有这样的事情。没有人会在这么早的时候出门。"

"正是因为这个缘故，所以我才选定了这个时候。您意思是说，需

---

① 个子高大，成为更容易击中的目标。

要有一批观众吗?"

"现在可不是拌嘴的时候。我感到非常惊讶,怎么富尔图先生竟然会同意采取这样标新立异的办法。您立刻去要求对方,把时间推得更迟一些。"

我跑下楼梯,猛地打开大门,差点儿撞在富尔图先生的助手怀里。他说:

"回您的话,我的委托人极力反对选定的时间,请您同意把时间改为九点半。"

"凡是我们力能循规尽礼之处,先生,我都愿意为您高贵的委托人效劳。我们同意您建议更改的时间。"

"请您接受敝方委托人的谢意。"接着他就转过身去,对一个站在他背后的人说:"您总听见了,努瓦尔先生,时间改为九点半了。"努瓦尔先生当即鞠躬,表示谢意,然后离开了。我的同伙接着说:

"如果您认为合适的话,贵方和敝方的首席外科医生可以按照惯例,同乘一辆马车去决斗场。"

"我认为这完全合适;感谢您提到外科医生,因为,说不定我真会把他们忘了。那么,我应当请几位呢?我想,两三位总够了吧?"

"按照一般惯例,人数是每方各请两位。我这里指的是'首席'外科医生,但是,考虑到我们委托人的崇高地位,为了体面,最好是我们各方再从医学界最有声望的人士当中指定几位顾问外科医生。这些医生可以乘他们的自备马车去。您雇好灵车了吗?"

"瞧我这个木头人儿,我压根儿就没想到它!我这就去安排。您肯定觉得我太没见识了吧;可是,这个请您千万别计较,因为以前我对这样高尚的决斗毫无经验。以前我在太平洋沿岸地区倒为决斗的事打过不少交道,可是直到现在才知道,那些都是很粗鲁的玩意儿。还谈灵车哩——呸!我们总是让那些被上帝选中的人四仰八叉横倒在那儿,随便哪一个高兴用根绳子把他捆扎起来,然后用辆车给运走了。您还有其他什么意见吗?"

"没有了,只是办理丧事的几位主管要像通常那样一起乘马车去。至于那些手下以及雇来送殡的人,他们要像通常那样步行。我明儿早晨八点来跟您碰头，咱们那时候再安排行列的顺序。现在恕我要向您告辞了。"

我回到我的委托人那里，他说："您来得正好；决斗是几点钟开始？"

"九点半。"

"可好极了。您已经把这条消息送给报社了吧？"

"老兄？咱们是多年的知交，如果您竟然转到了这个念头，认为我会卑鄙地出卖……"

"唷，唷！这是什么话，我的好朋友？是我得罪了您吗？啊，请宽恕我吧；可不是，我这是在给您增添太多的麻烦。所以，还是去办理其他的手续，就把这件事从您的日程表上取消了吧。杀人不眨眼的富尔图肯定会处理这件事的。要不，还是由我自己——对，为了稳当起见，由我递个条子给我在报社里工作的朋友努瓦尔先生……"

"哦，对了，这件事可以不必叫您费心了，对方的助手已经通知了努瓦尔先生。"

"哼！这件事我早就该料到了。那富尔图就是这样一个人，他老是要出风头。"

早晨九点半钟，队伍按下列顺序向普莱西——皮凯的决斗场移近：走在头里的是我们的马车——上面只坐了我和冈贝塔先生；接着是富尔图先生和他助手所乘的马车；再后面一辆马车上载有两位不信上帝的诗人演说家，他们胸前口袋里露出了那张悼词稿；再后面一辆马车上载的是几位"首席"外科医生，以及他们的几箱医疗器械；再后面是八辆自备马车，上面载的是顾问外科医生；再后面是一辆出租马车，上面坐了一位验尸官，再后面是两辆灵车；再后面又是一辆马车，上面坐着几位治丧的管事；再后面是一队步行的助理人员以及雇用来送殡的人；在这些人后面，在雾中向前磨蹭的是长长一队随同大殡出发的小贩、警察，以及一般居民。那是一队很有气派的行列，如果那天的雾能较为淡薄，那次队伍的出动必将蔚为大观。

没一个人说话。我几次向我的委托人搭讪，但是，我看得出，他都没注意到，因为他老是在翻他那本笔记簿，一面茫然无主地嘟哝："我的死是为了要法兰西长存。"

抵达决斗场后,我和那位同行助手步了步距离是不是够三十五码,然后抽签挑选位置。最后的这一步手续只不过是点缀性的仪式,因为,遇到这样的天气,无论挑选哪个地方反正都是一样。这些初步的手续都做完了以后,我就走到我的委托人跟前,问他是不是已经准备好了。他把身体尽量扩展开,厉声回答:"准备好啦!上子弹吧。"

于是,当着几位事先妥为指定的证人装上子弹。我们认为,由于天气关系,进行这件细致的工作时最好是打着电筒照亮。接着我们就布置自己的人。

可就在这当儿,警察注意到人群已经聚集在场子左右两方,因此请求将决斗的时间推迟一些,好让他们把这些可怜的闲人排列在安全的地方。

这项要求被我们接受了。

警察命令两旁的人群都站在决斗者后方去,然后我们再一次准备就绪。这时空中更是浓雾迷漫,我和另一位助手一致同意,我们都必须在发出杀人信号之前吆喝一声,好让两位斗士能确知对方究竟在什么地方。

这时我回到了我的委托人身边,不觉心里凄惨起来,因为看到他的勇气已经大为低落。我极力给他壮胆。我说:"说真的,先生,情况并不像表面上看来那么糟。想一想吧:使用的是这样的武器,射击的次数又是受限制的,隔开的地方很宽广,雾浓得叫人没法看透,再说,一位决斗者是独眼龙,另一位决斗者是斜眼兼近视。照我看呀,在这一场决斗中不一定会出人命事故。你们双方都有机会安然脱险。所以,振作起来吧,别这么垂头丧气的啦。"

这一席话收到了良好的效果,我的委托人立即伸出手说:"我已经恢复正常,把家伙给我吧。"

我把那孤零零的武器放在他巨大厚实的掌心里。他直瞪瞪地盯了它一眼,打了个哆嗦。接着,他仍旧哭丧着脸紧瞅着它,一面结结巴巴地嘟囔:

"咳,我怕的不是死,我怕的是被打成了残废呀。"

我再一次给他打气,结果很是成功。他紧接着说:"就让悲剧开演吧。要支持我呀;别在这庄严的时刻丢下我不管呀,我的朋友。"

我向他作出保证。接着,我就帮着他把手枪指向我断定那是他敌手所站的地方,并且嘱咐他留心听好对方助手的喊声,此后就根据那声音确定方位。接着,我用身体抵住冈贝塔先生的背,发出促使对方注意的喊声:"好——啦!"这一声喊得到了从雾中遥远地方传来的回应,于是我立即大叫:

"一——二——三——开枪!"

我耳鼓里触到好像"扑哧!扑哧!"两声轻响,而就在那一刹那里,我被一座肉山压倒在地。我虽然伤势很重,但仍旧能听出上面传来轻微的人语声,说的是:

"我的死是为了……为了……他妈的,我的死到底是为了啥呀?……哦,想起来了,法兰西!我的死是为了要法兰西长存!"

手里拿着探针的外科医生,从四面蜂拥而来,都把显微镜放在冈贝塔先生全身各个部位,令人高兴的是,结果并没找到创伤的痕迹。紧接着就发生了一件确实令人欢欣鼓舞的事情。

两位斗士扑过去搂住对方的脖子,一时自豪与快乐的泪水有如泉涌;另一位助手拥抱了我;外科医生、演说家、办理丧事的人员,以及警察:所有的人都互相拥抱,所有的人都彼此祝贺,所有的人都纵情高呼,整个空中都充满了赞美的颂词和无法用言语表达的欢乐。

这时候我感觉到,我与其做一位头戴王冠、手持权杖的君主,毋宁做一位参加决斗的法国英雄。

这一阵骚动稍许平息之后,一群外科医生就举行会诊,经过反复辩论,终于断定,只要细心照护调养,他们有理由相信我负伤后仍旧可以活下去。我受的内伤十分严重,因为显然有一根他们都认为已经折断的肋骨戳进了我的左肺,我的许多内脏都被挤到了远离它们原来所属的部位的这一边或那一边,不知道它们今后是否能够学会在那些偏僻陌生的地点发挥它们的功能。然后,他们给我左臂的两个地方接了骨,把我脱臼的右大腿拉复了位,把我的鼻子重新托高了。我变成大伙深感兴趣的对象,甚至成为备受赞扬的人物;许多诚恳和热心的人士都向我自我介绍,说他们因为能结识了我这位四十年来惟一在一次法国人的决斗中负了伤的人而感到自豪。

我被安放在队伍最前面的一辆救护车里;于是,我心满意足,兴高采烈地被一路护送到巴黎,成为一次洋洋大观中的显赫人物,然后,我被安置在医院里。

他们将一枚荣誉十字勋章颁赠给我。虽然,不曾身受这一荣宠的人倒是为数不多的。

以上实地记录了当代最值得纪念的一次私人冲突。

我对任何人都无可抱怨。我是自作自受,好在我能承担一切后果。

这并不是夸口,我相信自己可以说:我不怕站在一位现代法国决斗者的前面;可是,话又说回来了,只要头脑仍旧保持清醒,此后我永远也不肯再站在一位决斗者的后面了。

一八八〇年

国王说"再来一次!"

我听说,德国人举行音乐会或演出歌剧的时候,听众从来不要求再唱一次;即使是急切地想要再听一次,然而,考虑到自己是有修养的人士,他们通常都克制着自己,不去要求重演。

国王可以吩咐"再来一次",那完全是另一码事;每一个人看到国王喜悦,都会感到高兴;至于那承蒙恩谕"再来一次"的演员,他得意和快活到了什么程度,那根本就不用提啦。然而,在某些情况之下,甚至连王命"再来一次"……

这里最好还是举例说明吧。巴伐利亚国王是一位诗人,他有着诗人的怪癖——比其他诗人更占便宜的地方是:不论那些癖好以什么方式表现,他都能够让自己获得满足。他喜欢看歌剧,但不喜欢坐在一群观众们当中看;因此,在慕尼黑,有时候会出现这种情况,即当一出歌剧已经演完,演员们正在擦净他们的油彩,卸下他们的戏装时,一道圣旨降下,命令他们重新抹上油彩、穿上戏装。不一会儿,国王驾到,来的就是他孤零零一个人,于是演员们又开始从头演起,将整出歌剧重演一遍,但坐在堂皇宏伟的戏院中看戏的却只有那么一个人。有一回,他忽然异想天开。原来,在宫廷戏院里宽阔的舞台上方,在高处人们看不见的地方,装有一系列错综盘旋的水管,水管上凿有洞眼,万一发生火警,就可以使无数纤细的雨丝从空而降;遇到需要的时候,还可以将水势增大,形成滚滚洪流。美国的戏院经理们,不妨把这玩意儿记了下来。再说,国王是惟一的观众。歌剧继续演出,戏里有着一个暴风雨场面;模拟的雷开始缓缓震响,模拟的风开始飒飒悲号,模拟的雨开始噼噼啪啪降落。国王的兴致越来越高,豪兴终于演成狂热。他大喊道:

"好呀,真好极啦!可是,我要真的雨!把水放出来!"

总管哀求他收回圣谕;说那样会把珍贵的布景和鲜艳的服装一起

毁了,可是国王喊道:

"别管它,别管它。我要真的雨!把水放出来!"

于是,真的雨被放出来,丝丝细雨开始下降,落在舞台布景的花坛上和石子小路上。盛装的男女演员踏着轻快的步伐,勇敢地纵声歌唱,装出毫不在意的神气。国王高兴了——他的热情继续高涨。他大声喊道:

"妙呀,妙呀!打更多的雷!闪更多的电!下更大的雨!"

雷声隆隆,电光闪闪,狂风怒吼,大雨倾盆而降。舞台上扮贵人的演员,让湿透了的锦缎衣服紧贴在身上,齐踝深淹在水里,一面曼声唱出他们最优美悦耳的歌曲,舞台边沿底下的琴师像拉锯般狠命地拉那提琴,漫下来的冷水直灌到他们后颈窝里,而身上干燥、满怀喜悦的国王则坐在他居高临下的包厢里,不停地鼓掌,把手套都给拍破了。

"再多一些!"国王吆喝:"再多一些——让雷声齐鸣,把水给放足!谁在撑伞,我把他绞了!"

当这一场任何戏院中从未安排过的最猛烈和最有效果的暴风雨终于结束时,国王赞不绝口,他大喊道:

"精彩呀,精彩呀!再来一次,重演一回!"

但是总管终于劝说国王收回了"再来一次"的成命。他说,单凭陛下要"再来一次",已经使我的戏班深受荣宠,这对他们已经是足够的报酬,再用不着满足他们的虚荣;烦劳陛下费神去重看一遍了。

在接着那一幕演下来的戏里,扮演需要更换戏装的角色总算走运,其他的演员都浑身淋湿,拖泥带水,感到好不难受,虽然,那情景却是再动人也没有的了。舞台布景被浸坏了,活门板被泡涨了,此后一星期里再没法使用它们了。精美的戏装全部报销,那场别开生面的暴风雨带来的小的损失更是数不清。

那样演暴风雨,是按帝王的意旨安排的,也是以帝王的气派执行的。但是,这里请大伙注意那位国王的克制能力;他并没坚持"再来一次"。如果他是一位纵情任性、不顾一切的美国歌剧观众,那他也许会让那暴风雨重复了一次又一次,直到把所有那些人都淹死为止。

一八八〇年

美国人到了欧洲

头几天里,我们都感到心满意足,只顾欣赏那蔚蓝的卢塞恩湖①,以及它四周层峦叠嶂、白雪皑皑的群山——尤其是那些山叫你看了心醉神驰,因为,当太阳灿烂地照射着雄伟的积雪峰顶,或者当月光轻柔地环绕着它时,呈现出的那一片景色确是稀有罕见、美丽迷人的——但是最后我们决意再要乘上轮船,去四下稍微游览一番,然后捷足先登里吉山②。好极了,那天风和日暖,我们的弗吕伦③之游快乐极了。所有的人都坐在甲板帆布篷下面的板凳上;所有的人都有说有笑,一面赞赏那美妙的景色;在那片湖上泛舟,真可以说是人生最大的乐事。群山展现出永无止境的奇观。有时候它们从湖水中突地涌现,屹然高耸,那庞大的形体最为气势磅礴地屏蔽着我们那艘渺小的汽轮。这些山并不是积雪的峻岭,然而它们向天空攀升,高接苍霭,顶峰都被浮云掩蔽着。它们不是荒芜不毛的,形状丑恶的,而是全部笼罩着青翠,看上去是那么宁静,那么幽雅宜人。而且,有时候它们几乎是崛起突落,你简直没法想象一个人怎么能在那样的斜坡上站稳了。然而,山上有路径,瑞士人每天都上上下下地走着。

有时候,这样一重险怪的崖壁,好像船坞中巨大的船库那样微倾着——但接着它又向天空继续上升,像法国式的复折屋顶④那样构成稍陡一些的倾斜角度——你还可以看到,令人头晕目眩的复折屋顶上筑有一些像燕子窠的小东西,而且你很快就可以看出,原来它们是一些农民的住屋——可不是,这些人都在缥缈凌空的地方住家。要是一个

---

① 卢塞恩湖在瑞士北部,海拔一千四百余英尺,以风景奇丽著称。
② 里吉山在卢塞恩湖边。
③ 弗吕伦:镇名,在卢塞恩湖东南隅。
④ 又称"重斜屋顶",屋顶二层叠接,有着两层不同的倾斜角度。

农民在睡梦中起来行走,或者他的孩子从前面院子里翻了出去呢——那样,要找到遇难者的残骸,他们的朋友就得从高入云霄的地方下降,走上多么长一段愁闷人的路程啊。然而,那些远在天际的人家看来却是那么吸引着人,它们远离开这个纷纭骚扰的人世间,沉睡在那种宁静和迷梦般的气氛里——毫无疑问,一个人只要学会了在那上面住家,他是再也不肯到一个更卑低的地方去生活了。

在这些巨大的绿色屏障当中,我们迅速地驶过了湖边那些极富雅趣的曲折的港汊,沿途欣赏着前所未见的美丽景色。它好像一卷气势宏伟的图画,在我们前面展开,然后又在我们后面合拢;我们时不时感到一阵兴奋和惊奇,因为我们会突然临近一座像容弗劳①那样崔嵬的白色巨岩,它在远处傲然兀立,又像一个形状与它类似的巨人,他在较低的阿尔卑斯山崩塌下来的乱石上露出了头和肩部。

有一次,我正在贪婪地吸收这些奇妙的景色,竭力要尽可能趁它们没消失之前看个痛快,这时候一个年轻人怡然自得的声音打断了我的凝思遐想:

"我想,您是一个美国人吧——我也是的呀。"

他年纪大约是十八岁,也可能是十九岁;细瘦个子,中等身材;一张脸在坦率中透出愉快;眼睛灵活,但显得有些任性;狮子鼻好像是腼腆地羞缩在下边新长出的柔软胡髭当中,正等待人家引导它出来;下巴颏儿松泛地搭拉着,似乎这样才可以在骨头框子里灵便地活动。他戴的是一顶低筒狭边草帽,帽筒上箍着一道宽阔的蓝色缎带,缎带前面绣着一个白色船锚;穿的是华丽的短垂尾上装,裤子,坎肩:一切都是那么精致整齐,合乎款式;底下是红条纹的长袜,后帮极低、用黑丝带系着的漆皮鞋;脖子上围着蓝色缎带,敞开着领口;衬衫胸前是细粒的钻石饰纽;小羊皮手套上没一丝皱纹;袖口向外突出,上面是一颗发了黑的银袖纽,纽子上制有狗脸(英国的巴儿狗)图形。他手里握着一根细手杖,杖端是一个镶着红玻璃眼珠的英国巴儿狗头;臂下夹着一本德文语法——《奥托氏语法》。他留着短发,头发是直的,但是梳得很光;后

---

① 阿尔卑斯山的高峰,高达一万三千六百余英尺。

来,他刚转过头去,我就看到他后面的头发是很仔细地分开梳的。他从一只精致的盒子里取出一支香烟,从随身带的摩洛哥的皮套里取出一只海泡石烟嘴,把烟装在烟嘴里,然后伸过手来取我的雪茄。于是,趁他借火的时候我回说:

"是的——我是美国人。"

"我就知道您是的——我一看就知道了。您这次来,乘的是什么船呀?"

"'霍尔萨奇亚'号。"

"您瞧,我们乘的是孔纳德公司的'巴塔维亚'号。您这次航海,情形怎么样呀?"

"风浪很大。"

"我们也是。船长说他几乎从来没遇到比那更大的风浪。您是打哪儿来的?"

"新英格兰①。"

"我也是。我是打新布卢姆菲尔德来的。有谁跟您一起来吗?"

"有——一个朋友。"

"我一家人都跟着来了。一个人出外旅行,时间过得太慢了——您说对吗?"

"稍微慢一点儿。"

"这儿以前来过吗?"

"来过。"

"我可没来过。来这儿还是第一次。可是其他的地方我们都去过了——巴黎和所有的地方。我明年要进哈佛。现在一直在学德语。要学会了德语才能入学。法语我可懂得不少——在巴黎,或者在任何其他说法语的地方,我都能跟人家很好地交谈。您现在住的是什么旅馆?"

"施魏策尔霍夫。"

---

① 美国东北六州的统称,包括缅因州、佛蒙特州、新罕布什尔州、马萨诸塞州、罗德岛州和康涅狄格州。

"这不可能嘛！真的吗？我从来没在会客室里看到您。我老是去会客室，因为那儿有很多美国人。我跟许多人交了朋友。我只要看见一个美国人，就很快认识了他——于是我就跟他交谈，就跟他交上了朋友。我老是喜欢跟人家交朋友——您也是这样吧？"

"咳，是呀！"

"您瞧，它可以使这样的旅行得到调剂，再好也没有啦。只要我能跟一些人交朋友，可以跟一些人聊聊天，我就不会在这样旅行的时候感到沉闷了。可是，如果是不能交几个朋友，在这样旅行的时候跟他们谈谈说说，我相信这样的旅行可太沉闷啦。我爱聊天，您也是吧？"

"是。"

"这次旅行的时候，您可曾感到沉闷吗？"

"不是所有的时候，只是有的时候。"

"这话对！——瞧，您必须四处兜兜，交一些朋友，要说说聊聊呀。我就是这样。我永远采取这个办法——我只管到处溜达，溜达，溜达，老是谈话，谈话，谈话——我从来不会感到沉闷。您去过里吉山吗？"

"没有。"

"准备去吗？"

"大概要去的。"

"您准备住哪家旅馆？"

"我还不知道。有几家旅馆吗？"

"有三家。您可以住施赖贝尔——您会发现那儿都是美国人。您说您是乘什么船来的？"

"'安特卫普市'号。"

"我想，那是一条德国船。您准备去日内瓦吗？"

"去。"

"您准备住哪家旅馆？"

"日内瓦金币旅馆。"

"您可别住那家旅馆呀！那儿没美国人！您最好还是住桥那面的一家大旅馆——那些旅馆里挤满了美国人。"

"但是我要练习我的阿拉伯语。"

"天哪,您会说阿拉伯语?"

"会——可以跟人家很好地交谈。"

"咳,去他的吧,在日内瓦您就没法跟人家交谈——他们可不说阿拉伯语,他们说法语。您在这儿住的是哪家旅馆?"

"妙景滩公寓旅馆。"

"咳,您该住施魏策尔霍夫呀。难道您不知道施魏策尔霍夫是瑞士最考究的旅馆吗——查一查您的贝德克尔①吧。"

"这个,我知道——可是我原来以为那儿没有美国人。"

"没有美国人!咳,我的天,那儿的美国人可热闹极啦!我几乎总是待在那间大会客室里。我在那儿认识了许多人。现在他们已经没我刚去住的时候那么多了,因为,现在那儿住的都是一些新来的了——其他的人一住过就走了。您是打哪儿来的?"

"阿肯色。"

"是吗?我是打新英格兰来的——新布卢姆菲尔德是我在国内住的那个市镇。我今天高兴极了,您呢?"

"美极了。"

"我就是这样说嘛。我喜欢这样到处溜达,自由自在的,又可以认识一些朋友,又可以跟他们闲聊。我只要一看见一个美国人,很快就认出了他;于是我就过去跟他攀谈,和他成了相识。只要能结识一些新朋友,跟他们聊天,这样旅行的时候我就从来不会感到沉闷。我真喜欢聊天,只要我能找到一个合适的人,您呢。"

"我觉得它比任何其他消遣都更好。"

"我也是这样想法嘛。瞧,有的人喜欢拿一本书坐下来读,一直读下去,要不就是呆呆地四面望,对着那片湖水或者这些山呀什么的大声儿嚷嚷,我可不那样;不,先生,如果他们喜欢,就让他们那样吧,我并不反对;可是,对我来说,我就是喜欢谈话。您去过里吉山了吗?"

"去过。"

"您住的是什么旅馆?"

---

① 指德国出版商卡尔·贝德克尔(1801—1859)所发行的各种旅游指南。

"施赖贝尔。"

"就数那地方好！——我也在那儿住过。那儿都是美国人,对吗？永远是那样——永远是的。一般人都是这样说。所有的人都是这样说。您这次来乘的是什么船？"

"'巴黎市'号。"

"我想,那是一条法国船吧。这次航海,情形……恕我走开一会儿,来了几个我没见过的美国人。"

他二话没说就走了。再说,他走的时候倒没受到伤害——原来我已动了杀机,很想把我那根登山杖像根鱼叉那样在他背上扎进去,但是,我刚举起武器,这个念头就随之消失；我觉得很不忍心杀他。瞧他是这样一个快乐的、天真的、忠厚的傻瓜。

半小时后,我坐在一条板凳上,怀着极大的兴趣,仔细鉴赏我们的船在它旁边掠过的一座岿然傲立的巨岩(孤零零的岩石未经人工斧凿,而是在大自然高超不凡的、出神入化的擘画下形成的),一座雄伟的金字塔形巨岩,它有八十英尺高,大自然在亿万年前设计,准备以后给那些有资格享受它的人用作纪念碑。时间终于到来,如今这座庄严威武的纪念碑上面已用大字凿出了席勒的名字。这一雕凿,说也奇怪,一点儿也没贬低这座岩石的价值,或者污损它的本来面目。据说,两年前曾经来了一个外地人,他用绳索和滑车把自己从岩顶上吊下,在那上面添满了比席勒名字更大的蓝颜色的字,那些字是：

请用苏汝痛；
请购太阳牌炉漆；
黑尔姆博尔德氏布枯①；
降血压请服本乍灵。

他被捉住了,最后查明他是一个美国人。法官审判的时候对他说："你来自一个国家,那里任何一个狂人,为了要把一枚肮脏的钱币装进口袋,都享有特权亵渎侮慢大自然,从而亵渎侮慢大自然的上帝。

---

① 布枯是一种南非产的灌木叶,可以入药。

不过,本案的情节有所不同。由于你是一个外国人,又是一个愚昧无知的人,所以我从轻发落;如果你是一个本地人,那我可要严厉地处罚你。现在,听我的吩咐:你必须立刻从席勒纪念碑上擦干净你那罪行留下的一切印迹;你要付清一万法郎罚款;你要坐两年牢,而且要服苦役;刑满后,我们要抽你一顿鞭子。给你全身涂满柏油,粘上羽毛,割了耳朵,让你骑在一根木棍上,把你抬到本州的边界,然后把你永远驱逐出境。这次审理你的案件,免于判处你最严厉的惩罚——这并不是对你个人开恩,而是给那个伟大的共和国留一点儿面子,她不幸生出了像你这样的败类。"

轮船上的板凳是背对背一溜儿排列在甲板上的。我后面的头发无意中触到了两位女士后面的头发。不一会儿,一个人过来跟她们搭讪,我听到以下的谈话:

"我想,你们是美国人吧?我也是呀。"

"是的——我们是美国人。"

"我就知道你们是——我一看就能知道。你们这次来,乘的是什么船呀?"

"'切斯特市'号。"

"哦,是啦——那是英曼航运公司的船。瞧,我们乘的是孔纳德公司的'巴塔维亚'号。你们这次航海,情形怎么样?"

"一路风平浪静。"

"这可是运气。我们遇到的风浪可大极了。船长说他几乎从来没遇到比那更大的风浪。你们是打哪儿来的?"

"新泽西州。"

"我也是呀。不——我不是那意思;我意思是说打新英格兰来的。新布卢姆菲尔德是我的老家。这几个是你们的孩子吗?是你们二位的孩子吗?"

"是我一个人的;都是我的孩子;我这位朋友没结婚。"

"我想,是独身吧?我也是。仅你们二位女士一同旅行吗?"

"不——还有我丈夫一起。"

"我们一家人都跟着来了。一个人出来玩,时间过得太慢了,您说对吗?"

"我想肯定是的。"

"瞧那儿,彼拉蒂斯山又出现了。瞧,它是以庞修斯·彼拉多①命名的,那家伙把一个苹果从威廉·退尔②的脑袋上射了下来。人家都说,旅游指南里详细地谈到了这一掌故。我可没去读它——那是一个美国人告诉我的。我才不去读什么书哩,在这种时候还是到处溜达快活。你们看到威廉·退尔当年讲道的小教堂了吗?"

"我不知道他还在那儿讲过道。"

"哦,可不是,他讲过。是那个美国人告诉我的。他呀,从来不合上那本旅游指南。有关这片湖的掌故,他比湖里的鱼知道的更多。再说,人家都管它叫'特尔的小教堂'——这您总该知道。您以前来过这儿吗?"

"来过。"

"我没来过。来这儿还是第一次。可是,其他的地方我们都去过了——巴黎和所有的地方。我明年要进哈佛。现在一直在学习德语。要学会了德语才能入学,这本书是《奥托氏语法》。它是一本刮刮叫的好书,能叫你学会我已经有了,有他③。可是,在这样到处溜达的时候,我才不去认真地学习它哩。只有心血来潮的时候,我才把我那些小宝贝儿很快地温习一遍:我已经有了,你已经有了,他已经有了,我们已经有了,他们已经有了。④ 您瞧,那样儿有点儿像在唱'现在——我——要——躺下就寝'⑤,此后,我可能接连着三天不去理它一下。它太叫

---

① 庞修斯·彼拉多:古代罗马的犹太总督,他让犹太人把耶稣钉死在十字架上。
② 威廉·退尔:十三世纪末瑞士爱国者,曾领导人民反抗奥地利的统治,相传暴君格斯勒命令他射亲生儿子顶在头上的苹果。
③ 原文为德文,句子不通,意在讽刺说话人无知又要表现。
④ 原文为德文。
⑤ "现在我要躺下就寝,
　　求主保佑我的灵魂;
　　如果我竟然长眠不起,
　　求主将我的灵魂接去。"
　　　这是基督教儿童临睡前唱的一首祈祷歌,儿童为了"完成任务",往往机械地、迅速地、漫不经心地唱一遍。

人伤脑筋啦,我的意思是说那些德语;你必须少量地吸收它,否则呀,瞧你的脑子会一下子都混搅在一起,你只觉得它们在你脑壳里乱得一团糟,好像许多黄油和面粉揉在了一起。可是,法语就不同了;学法语算得了什么。我可不怕说法语,就像流浪汉不怕吃馅儿饼一样;我能咕咕呱呱一口气把我那些小玩意儿都说下去:我有,你有,他有①,以及后面的那一套,就跟说 a-b-c 一样容易。我在巴黎,或者在任何其他说法语的地方,都能跟人家很好地交谈。你们住的是哪家旅馆?"

"施魏策尔霍夫。"

"这不可能嘛!是真的吗?我在那间大会客室里从来没看到你们。我老是去会客室,因为那儿有很多美国人。我和许多人交朋友。你们去过里吉山了吗?"

"没去过。"

"准备去吗?"

"我们打算去。"

"你们准备住哪家旅馆?"

"这个我还不知道。"

"啊,那么你们就去住施赖贝尔吧——那儿满都是美国人。你们是乘什么船来的?"

"'切斯特市'号。"

"啊,对了,记得刚才我已经问过您了。瞧我老是问人家乘哪条船,所以有时候就会忘了,又去问他第二遍。你们准备去日内瓦吗?"

"准备去的。"

"你们打算住什么旅馆?"

"我们想住公寓。"

"我简直不能相信,你们会喜欢住公寓;很少美国人住公寓。你们到了这儿,住的是哪家旅馆?"

"施魏策尔霍夫。"

"哦,对了,这个刚才我也问过你们了。瞧,我老是问人家住哪家

---

① 原文为德文。

旅馆,所以我的脑子都被旅馆给搅糊涂了。可是,这样才可以找话谈呀,我就是爱谈话。谈话能使人精神爽快——您也是吧——在这样旅行的时候?"

"是的——有时候是的。"

"啊呀,我也是的呀。只要是有话谈,我无论如何不会感到沉闷——您也是这样吧?"

"是的——一般如此。但也有例外。"

"哦,当然啰。我就不高兴跟每一个人都谈话。如果他开始唠叨个没完,谈什么风景呀,历史呀,绘画呀,以及诸如此类的讨厌的话题,我很快就会感到不耐烦。我会说:'哎呀,现在我可得走了——希望以后再见。'——接着我就去散步了。你们是打哪儿来的?"

"新泽西州。"

"哎呀,真恨死人啦,这个我刚才也问过你们了。你们看过卢塞恩的狮子吗?"

"还没看过。"

"我也没看过。可是那个告诉我彼拉蒂斯山的人说,它是值得一看的,它有二十八英尺长。听来这好像不太可能,但是,不管怎样吧,反正他是那样说的。他是昨儿去看的,说它已经奄奄一息,所以我恐怕它这会儿已经死了。可是,这没关系,它肯定要被制成标本的。您说这几个孩子是您的……还是她的?"

"是我的。"

"哦,您已经说过了。您准备上……哦,这个我已经问过了。哪一条船……哦,这个我也问过了。你们住的是什么旅馆……哦,这个我问过您了。让我想一想……嗯……嗯……这个,我想,要说的就是这些了。再见①……我认识二位非常高兴,女士们再见②。"

一八八〇年

---

①② 原文为德文。

故 布 疑 阵

这篇故事,是那位少校说给我听的,现在我几乎是完全按照我所能回忆的加以重述:

一八六二年岁末的冬天①,我担任康涅狄格州新伦敦特朗贝尔要塞的司令官。我们在那里的生活也许不及在"前线"上的那样活跃,然而从某个方面来看,又可以说它是够活跃的——在那里,人们的脑筋并不曾由于缺少了某些军情的刺激而变得呆板。一则因为当时北方所有的地方正流行着神秘的谣言②——那些谣言甚至传说:叛军的间谍正在各地出没,准备炸毁我们北方的要塞,焚烧我们的旅馆,将染有病毒的衣服运入我们的城镇,还要从事种种诸如此类的活动。你总该记得这些事情吧。所有的这一切,自然会使我们保持着警惕,同时也驱散了驻防生活中那种惯有的沉闷气氛。再说,我们的要塞当时是作为一个征兵站——这等于是说,我们不可能将时间浪费在打瞌睡,做白日梦或闲荡方面。咳,尽管我们尽力提高警惕,但一天内招来的新兵,仍然会有一半从我们手中溜走,当天夜里就开了小差。原来,入伍的津贴十分优厚,一个新兵可以花上三四百元去买通一名哨兵,让他逃走,而结果仍可以攒下足够的钱。这对于一个穷光蛋来说,也算是一笔财产了。可不是,像我以上所说的,当时我们的生活并不是平静和悠闲的。

话说有一天,我独自待在我的营房里,正在草拟一些公文,一个面色苍白、衣衫褴褛、年龄约莫十五岁的小伙子走进来,向我很利索地一鞠躬,然后说:

---

① 欧美人所谓的冬天,一般包括当年的十二月和翌年的一月与二月。
② 时值美国南北战争(1861—1865)。

"我想,这儿是招收新兵的地方吧?"

"是的。"

"您可以让我入伍吗,长官?"

"哎呀,这可不行!你年纪太小了,我的孩子,个子也太小了。"

他脸上露出失望的神情,并很快进一步显出沮丧。他慢腾腾地转过身,好像是准备离开了;但接着他犹豫了一会儿,然后又把脸转向我,用一种使我深为感动的口气说:

"我没有家,哪儿也找不到一个朋友。要是您能收留下我就好了!"

然而这件事是绝对办不到的,于是我尽可能用最柔和的口气向他解释,然后我叫他坐在火炉旁取暖,并接着说:

"你这就可以吃到一些东西。你饿了吧?"

他没回答;再说,他也无须回答;他那双柔和的大眼睛里露出的感激,要比任何语言更能表达他的心意。他在火炉旁坐下,我继续草拟公文。偶尔偷偷地向他瞥上一眼。我注意到,他的衣服和鞋,虽然肮脏破烂,但式样和料子都很好。这一现象倒是耐人寻味的。而且我想到,他说话的声音是那样低沉和悦耳;他的目光是那样含有深意和透出忧郁;他的举止和谈吐又是那样斯文;这可怜的小家伙的处境肯定是困难的。于是我便开始对他关心起来。

可是,过了一会儿,我又专心去做自己的工作,完全忘了那孩子。我不知道这样持续了多久;但最后我无意中抬起头来望了他一眼。孩子正背对着我,但是他的脸侧转着,我可以看到他一侧的面颊——一行无声的泪水正在那面颊上淌下。

"啊呀,我的天哪!"我心里想:"我忘了这可怜虫要饿坏了。"于是,为了弥补这次无礼的疏忽,我对他说:"快跟我来,我的孩子;来和我一起吃吧;今天这儿就只有我一个人。"

他又向我报了一个那种感激的眼光,脸上闪着幸福的光。在饭桌跟前,他把手扶在椅背上站着,直等到我已就座,他才坐下。我拿起了我的刀叉,接着——啊,我就那样拿着刀叉,停下来不动了;原来这时那孩子已经低下了头,在默默地祈祷。有关老家和童年的种种圣洁的回忆,一时涌上了我的心头,我不禁叹息,想到自己已远远偏离宗教,以及宗教给人受了创伤的心灵所带来的医疗、安慰、鼓励和支持。

当我们俩继续就餐时,我注意到,那个幼小的威克洛——他的全名是罗伯特·威克洛——知道如何使用他的餐巾;再有——喔,总之我注意到,他是一个颇有教养的孩子;这里我就不一一地列举了。他还具有一种纯朴而恳挚的性格,这一点也吸引了我。我们主要谈到的都是他本人的事,所以我不难从他口中了解他的身世。当他谈到,他是在路易斯安那州出生和长大的,我就对他感到十分亲切,因为我曾经在南方待过一个时期。我熟悉所有密西西比河的沿海地区,很喜爱那一带地方,而且离开那里并不太久,对那一带地方的兴趣并没变得淡薄。他一提到那里的一些地名,我听了就觉得它们很动听——它们是那样地动听,以至我故意要将话题引过去,以便让他谈到那些地方。巴顿鲁奇,普莱克明,唐纳森维尔,六十里角,帽子顶,仓库码头,卡罗尔顿,轮船码头,新奥尔良,索皮托拉斯街,大广场,好孩子街,圣查尔斯旅馆,蒂沃利广场,贝壳路,庞恰特雷恩湖;我分外地高兴能够又一次听到"罗·爱·李"号,"纳齐兹"号,"日食"号,"奎特曼将军"号,"邓肯·F.肯纳"号,以及其他一些从前熟悉的汽艇。几乎像是又一次回到那里一样让人高兴,这些名字将它们所代表的东西栩栩如生地在我脑海中重现。现在让我简括地交代一下吧,以下就是小威克洛的身世:

战争爆发了,他和父亲,以及他那长期患病的姑母都住在巴顿鲁奇附近,一个已经在他们家传了五十年的富饶的大农场上,父亲是一位联邦派①。他虽然受到百般迫害,但仍坚持自己的原则。后来一天夜里,一些蒙面人纵火焚烧了他们的宅第,一家人不得不外出逃生。他们被人从一个地方追踪到另一个地方,备尝了他们所能想象到的穷困、饥饿和折磨,病重的姑母终于获得解脱:穷苦和冻馁杀害了她;她像一个流浪者那样,死在一片旷野里,雨点砸在她身上,震雷在她上空轰鸣。不久后,父亲被一个武装团伙捉了去;儿子在一边苦苦哀求,但受难的人却被当着他的面绞死了。(说到这里,小家伙的眼中闪出了悲哀,他自

---

① 美国南北战争期间,支持北方联邦政府的人。

言自语似的说:"要是不能收留我,那也没关系——我会有办法的——我会找到一个办法的。")那些人刚宣布父亲已死,就对儿子说,如果他不在二十四小时内离开那地区,就要叫他吃苦了。那天夜里,他偷偷地摸到河边,躲在一个大农场的码头附近。过了不久,"邓肯·肯纳"号在那里停泊,他就泅水过去,藏在一条拖在船尾后的小艇上。破晓前,小艇被拖到仓库码头,他溜上了岸。他从那里徒步走了三英里路,到达新奥尔良好孩子街上他的一个叔叔家,到此他的苦难总算暂时告一段落。他叔叔也是一个联邦派,过了不久,叔叔认为应该离开南方。于是他和小威克洛偷偷地离开那地方,搭了一条帆船,不久就抵达纽约。他们住进了阿斯特旅馆。有一段时间里,小威克洛的日子过得很称心,他在百老汇大街上来回溜达,观赏那些光怪陆离的北方景象;可是最后又发生了一个转变——而这并不是一个更好的转变。最初叔叔的兴致很好,但现在他开始显得烦恼和愁郁;而且,他变得情绪低落,脾气暴躁;他老是埋怨自己的钱入不敷出——"剩下的钱连维持一个人的生活都不够,更别提两个人的了。"后来,一天清晨,他不见踪影了——他没去进早餐。孩子去账房打听,那里的人告知他,叔叔前一天晚上已经结清账走了——旅馆里的职员猜想他是去波士顿,但不能肯定。

剩下了孩子一个人,无依无靠,他不知道该怎么办是好了,但最后决定,他必须设法追赶,去找到他的叔叔。他到了汽艇码头,才知道兜里剩下的那点儿钱不够他去波士顿的;可是还够去新伦敦;于是他就搭船去那口岸,决定一切听天由命,设法走完余下的路程。现在他已经在新伦敦的街上游荡了三天三夜,随地找行善的人施舍他一点儿东西吃,让他有地方睡上一会儿。然而,他终于放弃了一切;勇气和希望都消失了。如果能让他当上兵,那可没有比这更令他感激的;如果不能让他留下来当一名兵士,是不是可以让他当一名小鼓手呢?哎,那样的话,他将努力工作,令大伙满意,并且将十分感激!

所以,这就是小威克洛的经历,其中只略去了一些细节,此外全部都是他告诉我的。我说:

"我的孩子,现在你身边可有许多朋友了——你再也不必为此发愁了。"瞧他的一双眼睛那样炯炯闪亮!我把约翰·雷伯恩中士唤来——他是哈特福德人,如今仍住在哈特福德;也许您也认识他吧——于是我说:"雷伯恩,把这个孩子安排与那些军乐队队员们一起住吧。我要收下他,让他当一名小鼓手,我要求你多多照顾他,务必要让他受到很好的待遇。"

再说,我这位要塞司令和那小鼓手之间的接触到此也就该告一段落了;然而,我仍旧十分关心这孤苦伶仃的可怜的小家伙的情况。我继续留心观察,希望能看到他开始欢蹦乱跳,变得喜笑颜开;但情况并非如此,一天一天过去,他丝毫也没有改变。他不和任何人交往;他老是那样精神恍惚,老是那样心事重重;脸上老是显出那么一副愁郁神情。一天清晨,雷伯恩请求避开众人,要单独和我谈话。他说:

"我希望您别见怪,长官;实际情况是:乐队队员已经到了忍无可忍的地步,看来非得有人出来说几句话不可了。"

"怎么,有什么麻烦了吗?"

"就是威克洛那孩子,长官。那些乐队队员们简直把他恨透了,您没法想象他们把他恨到了什么程度。"

"那么,你就继续说吧,继续说下去。他干了些什么?"

"他老是祈祷,长官。"

"祈祷!"

"可不是,长官;乐队队员们,都被那孩子的祈祷闹得没法安生。早晨他的第一件事就是做祈祷;中午,他又做祈祷;至于夜里吗——咳,每天夜里,他索性向大伙发起了进攻,就好像着了魔一样!睡觉吗?上帝保佑,他们没法入睡:就像俗话所说,不论尊卑,惟我是听。再说,他一开动了他那祈祷机器,你就再也没法叫他停下。他从乐队指挥开头,为他祈祷;接着他选中了头号号手,为他祈祷;接着是大鼓鼓手,也把他圈了进去;这样一个又一个,全乐队的人都轮到,为每一个人都露上一手,而且看上去那样地认真,那会使你想象到:这是由于他认为自己不会在这尘世上再待多久了,相信如果不随身带去一支军乐队,那他到了天堂里是不会快活的,所以要为他自己将那些人挑选出来,这样就可以保证他们能奏出风格适合于那个场合的国歌。再说,长官,向他扔靴子不起作用;那屋子里黑洞洞的;再则,无论怎么说,他并不是在按照正规做祈祷,而是跪在那面大铜鼓后边;这样,即使大伙把靴子像雨点似的砸了过去,也没关系,他丝毫也不在乎——就好像那是人家在为他鼓掌捧场,他仍旧用那颤巍巍的声调进行祈祷。他们大声吆喝:'喂,住嘴!''让我们安静一会儿!''枪毙了他!''喂,给我滚出去!'以及诸如此类的咒骂。可是,这又有什么用处?这丝毫也不能扫了他的兴致。他对此可是毫不在乎。"他稍停了一下,又接着说:"可有时候他又像是一个招人怜爱的小傻子;他早晨起来,就把那一大堆靴子搬了回去,一双一双地拣出来,把每人的那一双放在原来的地方。再说,那些靴子已经向他扔了无数次,所以他已经熟悉全队里的每一只靴子——哪怕是闭着眼睛也能把它们分别出来。"

他又停了片刻,我耐着性子不去打他的岔。

"但是,最叫人忍受不了的是:每当他做完了祈祷——如果他那祈祷还有做完的时候——他就扯起那条尖溜溜的嗓子,开始唱了起来。啊,您总知道,他说话的时候,那声音有多么甜美动人;您总知道,他那声音能引得一只倔强的狗走下门前的台阶去舔他的手。咳,如果您相信我说的是实,长官,那份影响力比起他唱歌的影响可能就差得远了!笛子奏出的刺耳声,要比那孩子的歌声难听。哎呀,他在黑暗里,会像潺潺流水般唱出的轻柔甜美的歌,会使你想到自已已经进入天堂。"

"那么,这样又怎么会'叫人忍受不了'呢?"

"哎呀,毛病就出在这里呀,长官。你会听到他这样唱:

　　就像我这样——穷困,苦恼,又瞎了眼。

——只要你一听到他那样唱呀,你怎么能不全身变得酥软,眼里满含泪水!我们且不去管他唱的是些什么,反正那歌声会一直打进你的心坎——紧紧扣住你的心弦——每一次都把你吸引住!你倒听听他这样唱:

　　有罪的、愁苦的孩子,瞧你这样灰心丧气,别再推到明天了,劝你趁今天就皈依;
　　　　别错过那份仁慈,
　　　　那乃是上天所赐——

以及诸如此类的歌。它们会使一个人感觉到,自己是世上最阴险毒辣、最无情无义的坏蛋。每次他为他们唱那些歌:有关他的老家,他的母亲,他的童年,他那些往事回忆,他那些已经消逝的陈迹,他那些已经死去的老朋友,那样就会将你一生中曾经爱过的、但已经消失的,一一在你眼前重现——它真悦耳,听来真可谓超凡脱俗,长官——可是,我的天哪,它会叫人听得连心都碎了!乐队里的人——哎呀,他们都哭起来了——他们当中的每一个人都抹眼淌泪,而且并不试图为自己掩饰;首先你发现,就是那一伙曾经用靴子猛揣那孩子的人,这时候突然跳下床铺,在黑暗中奔过去搂住了他!可不是,他们就是那样——吻得他满脸都是口水,都用一些亲热的名字唤他,请求他宽恕他们。在这种时刻,如果有一团人要来伤害那小家伙一根头发,哪怕那是整整一个军团,他们就会跟那伙人拼一个你死我活!"

他又停下了。

"就是这些话吗?"我问。

"是的,长官。"

"原来是这么一回事,哎呀,那么他们抱怨的又是什么?他们要我做的又是什么?"

"做些什么?我说您哪,长官,他们要您禁止他唱歌。"

"这可怪了!你说他唱的歌美妙极了呀。"

"可不是。歌唱得太美妙了。可是我们尘世间的人受不了它。它会那样刺激一个人;它会使一个人的内心彻底暴露出来;它将一个人的感情丝丝缕缕分析清楚,它使一个人感到自己是有罪的,是邪恶的,除了地狱,不配待在任何其他地方。它使一个人永远处于悔恨的状态之中,没有一件事他认为是好的,生活中没有一个地方能使他安逸。再说那一通哭呀,您知道——每天早晨,他们都不好意思彼此正眼去看对方。"

"嗯,这可是一件奇怪的事情,也是一次罕有的投诉。那么,他们真的要禁止唱歌吗?"

"是的,长官,他们就是这个意思。他们并不希望要求过多;他们十分迫切地指望能立即停止那样祈祷,或者至少能把祷词精简一下;但最重要的是阻止他唱歌。他们认为,只要能让他闭上嘴不再去唱,那祈祷他们还是能忍受的,尽管祈祷也害得他们那样心里难受。"

我告诉中士,说我会考虑这件事的。那天夜里,我悄悄地走进乐队的营舍,留心去听。中士并没故意夸大其词。我只听见黑暗中传来了祈祷的声音,那是在恳求什么;我听见那些烦躁的人一片咒骂;我听见雨点般的靴子在空中嗖嗖嗖嗖掷过去,再有大铜鼓四周发出乒乓乓乓的响声。这情况使我深为感动,但也觉得十分有趣。过了一会儿,经过片刻发人深思的静寂,传来了歌声。天哪,它是那样地悲哀,那样地醉人!世上再没有像那样甜美,那样恳挚,那样柔和,那样圣洁,那样感动人的了。我在那里待了不多一会儿;我开始觉出自己怀有一种与我要塞司令官身份不相称的心情。

第二天,我下令禁止祈祷和唱歌。此后三四天里,发生了多次新兵领取了入伍津贴后开小差的事,它既扰乱了人心,又使人感到愤慨,因此我根本没有再去想到我的小鼓手。可是,一天早晨雷伯恩中士终于来了,他说:

"那个新来的孩子行动十分古怪,长官。"

"是怎么一个古怪法呀?"

"这个吗,长官,他老是在写些什么。"

"写?他在写什么——是写信吗?"

"这个我可不知道,长官;但是,他一下了班,总是独个儿在要塞四周窥探什么——说真的,我相信没有一只窟窿或者一个角落里他不曾钻进去,——再说,每隔一会儿,他就要掏出铅笔和纸,乱涂乱写一些什么。"

这使我感到非常不快。我原要对这种事情一笑置之,但任何事情,只要它稍许是形迹可疑的,当时你就不可能把它一笑置之。当时,在北方,我们周围正在发生各种事故,它们警告我们,必须随时提高警惕,永远怀疑一切。我回想起了值得令人深思的事情:这孩子是南方人,——是最南面路易斯安那人,——而在当时的情况下,一转到了这一念头,它就不会令人泰然处之。然而,当我向雷伯恩发下那些指示时,我不禁心里感到一阵难受。我觉得,自己像是一个父亲在策划如何暴露他自己孩子的秘密,要使他蒙受耻辱和伤害。我吩咐雷伯恩保持冷静,耐心等待,一有机会就趁孩子没发觉的时候,想办法给我弄到手他写的一些东西。我再责令他,不要做出任何举动,让孩子发觉他是在受到监视。我还命令他,要让孩子仍像原先那样行动自由,但是,他每次外出,去镇上的时候,可得远远地跟踪他。

此后两天里,雷伯恩来向我作了几次汇报。毫无结果。这孩子仍旧在写些什么,但每当雷伯恩在附近一出现,他总是显得那么漫不经心地把纸揣进了口袋。有两次他去到镇上一个早已废弃了的马厩里,在那儿待了一两分钟,然后走了出来。你可不能忽视这一类的事情——看来它们会带来某种灾害。我当时不得不向自己承认,我也感到不安起来。我回到自己的营房,将我的副指挥唤来,——那是一位智谋深远、判断力强的军官,是詹姆斯·沃森·韦布的儿子。他感到惊奇和不安。我们为这件事谈了很久,最后一致认为,非得进行一次秘密搜查不可。我决定亲自执行那项任务。于是我让人在夜间两点钟把我给唤醒了;紧接着,我到了乐队的营房里;在那些鼾睡的人群当中的地上一路爬了过去。我终于爬到那沉睡的流浪儿的床铺跟前,没有惊动任何人,就将他的衣服和背包一起拿到了手,然后再偷偷地爬了出来。我回到自己的营房里,看到韦布已等候在那儿,急于要知道事情的结果。我们立即进行检查。那些衣服令人感到失望。在口袋里只找到一些空白纸和一支铅笔;除了一把折刀,以及男孩子珍藏的那些稀奇古怪、零七八碎的废物以外,其他什么也没有。接着我们又满怀着希望去检查那只背包。那里面只有一句训斥我们的话!——一小本《圣经》,它扉页上写的是:"异乡的朋友,为了他母亲的缘故,请好好照顾我这孩子吧。"

我朝韦布瞧了瞧——他低垂了眼光;他朝我瞧了瞧——我也低垂了眼光。谁也没说什么。我虔诚地将《圣经》放回原处。紧接着,韦布站起身来,一句话不说就离开了。过了一会儿,我再打点起精神,去干我那件很倒胃口的事,将已弄到手的东西送回到原来的地方,又像先前那样,把肚子紧贴着地面一路爬了过去。看来我干那份工作,采用这一姿势倒是最合适不过的。这件事一经结束,我真感到无比地欣慰。

第二天,中午前后,雷伯恩又照例汇报来了。我立刻拦住了他。

我说：

"别再去提这种荒唐事啦。我们这是在让一个可怜的小孩扮演可怕的怪物，其实，就好像是一本赞美诗一样，他是毫无害处的。"

中士露出了吃惊的神气，说：

"这个，您瞧这是您下的命令呀，长官，我找到了他写的一些东西。"

"写了些什么？你是怎样弄到手的？"

"我从房门钥匙孔里朝里面张望，只见他正在写什么。于是，估计他快要写完的时候，我就那样轻轻地咳嗽了一声，这时便只见他把写的东西揉成一个团儿，扔到了炉里，然后四面望望，看可有什么人来了。接着，他就向椅背上一靠，显得那样十分舒坦和毫不在意。于是我走进去，和他很亲切地闲聊了半天，然后差他出去办一些事。他始终没显出什么不自在，立刻就离开了那里。再说，那炉里烧的是煤块，火是刚生的；写的纸条被抛到了一个大煤块后边，没被发现，我终于找到了它；喏，就是这张纸条；它还没被烤糊，您瞧。"

我向那张纸条看了一眼，看清楚了其中的一两句。接着我就吩咐中士离开那里，叫他去唤韦布来见我。以下是那张纸条上写的全文：

特朗贝尔要塞，八日。

上校，——上次清单上最后开列的那三尊大炮，我把它们的口径写错了。它们是发射十八磅重炮弹的大炮；所有其他的武器，都和我所报告的一样。守备部队，仍像我以前说的，只是原先准备调往前线作战的两个轻步兵连，他们暂时仍将驻守原地——现在一时探听不出，他们还要驻扎多久，但再过不久就会知道。从各方面考虑，我们确信，那些事应暂缓发动，必须等到……

写到这里，突然中断——这正是雷伯恩那一声咳嗽使写信的人停了笔。这时我对那孩子的全部好感，对他的全部关怀，以及对他孤苦伶仃的处境所怀的怜悯，一时间都在他那冷酷和卑鄙的行为被无情地暴露之后全部消失了。

可是，就别再去提那些了。现在已出了一件事——需要立即对它

严加戒备。我和韦布反复考虑了这一问题,并从各方面分析。韦布说:

"真可惜当时他被打断了呀!什么事要被推迟,要等到——等到什么时候呢?那些事究竟是一些什么事?可能他当时是要提到它们的,瞧这个伪装虔诚的小爬虫!"

"可不是,"我说,"咱们错过了一个大好机会。再说,信里的那个'我们'又指的是谁?那是要塞内部的同党,还是外面的什么人?"

那个"我们"的可能含义,令人感到不安。但当时很不值得对这问题多方猜测,所以我们开始考虑如何采取一些更为切合实际的办法。首先,我们决定布置双岗,尽可能执行最严密的监视。其次,我们想把威克洛唤来,逼他吐露全部秘密;但是,在其他办法还不曾奏效之前,就先走这一步,看来这并不是最聪明的策略。我们必须掌握更多他所提供的情报;于是我们开始策划如何达到这一目的,后来我们想出了一个主意:威克洛从来不去邮局,——也许,那个废弃的马厩就是他的邮局吧。我们召唤我的机要文书——那是一个名叫施特尔内的法国人,他可以说是一块天生当侦探的材料——把这件事全部说给他听了,吩咐他对这件事进行侦察。不出一个小时,我们已经获悉,威克洛又在写什么东西了。过了不久,又传来消息,说他请假去镇上。他被故意缠住了一会儿,而就在这同时,施特尔内赶往那里,躲进了马厩。过了不久,他就看见威克洛悠然自得地走了进去,向四面张望了一下,把一些什么东西藏在角落里的一些垃圾下面,然后又悠闲自在地离开了那地方。施特尔内一下子扑过去拿到了那藏好的东西——那是一封信——然后把它带回来交给了我们。信上没注明收信人的姓名地址,也没有发信人的署名。信上重复了我们已经看过的那些话,然后接下去说:

我们认为,最好是推迟采取行动,等到那两个连调走了再说。我意思是,我们内部的那四个人都是这个想法;还不曾和其他的人互通消息——怕引起人家注意。我说四个人,是因为少掉了两个;他们刚入伍,刚打进内部,就被调到前线去了。现在绝对需要再有两个人来接替他们。那走了的两个人是三十里角来的弟兄俩。我有一些十分重要的情报要反映,但是绝不能再用这种通讯方法了,我将采用另一种方法。

"瞧这个小坏蛋!"韦布说:"又有谁能料到他会是一个间谍呢?可是,现在且别去管他那些;让咱们把现有的材料汇集起来,看目前是一个什么情况吧。第一,我们队伍中藏有一名间谍,我们已经知道他是谁;第二,我们队伍中还有三名间谍,我们还不知道他们是谁;第三,这些间谍都是通过联邦军队征兵的简易手续混进了我们当中——其中有两名虽然是上了当,被我们遣送到前线去了;第四,'外面'还有一些间谍的帮手——数目多少不详;第五,威克洛有一条十分重要的情报,他不敢用'现在所用的方法'传递——他将'试用另一种方法'。目前的情况大致就是如此。我们要不要把威克洛揪出来,逼着他招供呢?或者,我们是不是逮住那个从马厩里取走那些信件的人,然后逼他交代呢?或者,我们是不是仍旧不要声张,先去发现更多的线索呢?"

我们决定选用最后的一个方法。大家都认为,现在我们还不需要断然采取决定性的措施,因为,情况很明显,看来那些同党是要等待那两个轻步兵连开拔后才会动手。我们给了斯特尔内相当充分的权力,让他尽一切可能去查明威克洛通讯的"另一种方法"。我们打算使出大胆的一招;而为了达到这一目的,我们打算把时间拖延得越久越好,这样才可以不致引起那些间谍的猜疑。于是我们吩咐斯特尔内立即回到马厩里,如果见那里四下无人,就将威克洛的信藏在原来的地方,留在那里,让他的同党去取。

黑夜降临,但并没再发生其他事故。外面又冷又黑,下着雨夹雪,刮起了冷湿的风;但那一夜我曾几次离开我温暖的被子,几次亲自去巡视,看一切是否正常,是否每一个哨兵都保持着警惕。每次我都看到他们毫无睡意,都在认真戒备;显然,有关那神秘莫测的险情,正在四下传播开,而后来加了双岗,更证实了那些谣传的可信性。有一次,天刚破晓,我遇到了韦布,他正一路顶着寒风走过来,我这才知道,原来他也出来巡视了几遍,看一切是否正常。

第二天,某一些事多少促使情况有了进一步的发展。威克洛又写了一封信;斯特尔内已抢先一步赶到那马厩,见他把信安置好了;然后,趁他一离开那里,就把那信拿到手,紧接着就悄悄地跟了出去,隔着一段距离尾随这小间谍,同时由另一名便衣侦探跟在他本人后面,因为,我们考虑到,为了审慎起见,如果需要,这样就可以随时获得法律上的支持。威克洛去到火车站,候在附近,等到从纽约开来的列车进了站,就站在那里,仔细地观察从车上涌出的人群的脸。不久,一位老先生,戴着一副绿色风镜,挂了一根手杖,磕磕绊绊地走过来,在离开威克洛不远的地方停下了,用期盼的目光向四周张望。就在那一刹那间,威克洛直奔向前,把一个信封塞进他手里,跟着就一溜烟在人丛中消失了。紧接着,斯特尔内抢过了那封信;当他急匆匆走过那便衣侦探身边时,就对他说:"钉住那老先生——别让他溜了。"然后斯特尔内就匆匆忙忙和人群一道走出车站,一径来到要塞。

我们关上了房门坐下,吩咐外面的守卫不让任何人进来打扰。

首先,我拆开了从马厩里弄来的那封信,它上面写的是:

神圣同盟——在惯常用的那尊大炮里,我收到了主子下达的命令,那是昨天夜里留在那里的,命令取消了迄今从他部属那里收到的各项指示。已将惯用的暗号留在大炮里,说明命令已下达到收件人手中……

刚看到这里,韦布插嘴道:"那孩子现在不是一直受到监视的吗?"

我说是一直受到监视;自从拿到他上次写的那封信,他就一直受到严密的监视。

"那么,他又怎么能把一件什么东西放进一尊大炮里,或者从那里面取出一件东西,而并没被人发觉呢?"

"咳,"我说,"我认为,有这种情况出现,可不大好。"

"我也这样认为,"韦布说,"这简直可以说明,哨兵中就有他们的同党。如果没有他们,通过某种方法狼狈为奸,这种事是不可能做到的。"

我把雷伯恩唤来,命令他去检查那些大炮,看他再能发现一些什么。然后,我们又接下去看那封信:

新下达的命令十万火急,责令 MMMM 于明天凌晨三点到达

FFFF。共有二百人，分成各小股，搭火车或采用其他方式，从各方面来到，准时抵达指定的地点。今天我要分发信号。看来胜利已经在握，但有一些事肯定是泄漏了，因为这里已加布双岗，昨天夜里几个军官出去巡视了好几次。今天 W. W. 将从南方来，并将接受密令——这将通过其他的方法。你们所有的六个人，必须在夜里两点到达 166。你们将在那里和 B. B. 接头，他会向你们传达详细的指示。口令仍和上次的一样，只是要颠倒了念——把第一个音节放在最后面，把最后的一个音节放在最前面。**要牢牢记住×××**。可别忘了。要沉着大胆；在明天日出之前，你们就将成为英雄；你们的名声将永远传扬；你们将为历史增添不朽的新篇章。阿们。

"瞧这个该死的，"韦布说，"照我看来，咱们正在陷入极为难堪的困境！"

我说这一点是毫无疑问的，情况正开始显得十分严重。接着我又说：

"他们正在策划一次不顾死活的冒险行动，这是显而易见的。今天夜里是他们预定的时间——这也是不言而喻的。行动的具体性质——我意思是指它的方式——被那一串没法让人理解的 M 和 F 掩饰了，但是我认为，它的最终目的是要突击和占领要塞。现在我们必须采取迅速果断的行动。我认为，我们继续对威克洛使用那种藏头露尾的办法，是不会收到任何效果的。我们必须知道，而且要尽快地知道，那'166'是指什么地方，那样我们才能在夜里两点到达那里，给那帮家伙一次措手不及的袭击；然而，毫无疑问，要获得那项情报，最快的方法就是逼着那孩子说出来。但是，首先，在我们采取任何重大的步骤之前，我必须把所有的情节提交给陆军部，请求授予我们全权。"

公文用密码电报拟好了；我审读了一遍，批准了它，然后发了出去。

过了不久，我们讨论完刚才仔细揣摩了的那封信，然后拆开另一封从瘸腿先生那里夺来的信。里面除了两张完全空白的信笺而外，什么都没有！这无异于对我们急切期盼的心情泼了一瓢冷水。我们一时间感到自己脑子也像那张纸似的一片空白,心中倍加茫然。但这种心境只持续了片刻工夫;因为我们立刻想到了那"隐形墨水"。我们把那纸凑近炉火,等字迹在热气的影响下显现出来;然而,什么也没显现,除了一些模糊的迹印,我们从它们上面什么也看不出。于是,我们就把那位军医找来,命令他拿去,用他所知道的每一种方法进行检验,直到他找到了正确的方法;一等到他使信中的内容显露,就来向我报告。这一次的挫折使我们感到无比的烦恼,我们这样受到耽误,自然十分焦急;因为我们原来满怀希望,以为会从信中获悉阴谋中最为重要的秘密。

这时雷伯恩中士来了,他从口袋里掏出一根长约一英尺、上面打了三个结的麻线,展示给大家看。

"这是我在码头区一尊大炮里找到的,"他说,"我取出了所有的那些炮口塞,然后仔细地检查了它们;这根麻线就是我在其中一尊炮里发现的。"

原来这一小根麻线就是威克洛的"暗号",它表示那位"主子"的命令并不曾误投。我命令将所有前二十四小时内在那尊大炮附近值勤的哨兵立即加以隔离禁闭,不得与任何人接触,除非事先让我得知,并获得我的同意。

这时陆军部长的电报到了。电文如下:

　　暂时取消人身保护法。在镇内实施军事管制。作出必要的逮捕。采取有力和及时的措施。随时将情况报告本部。

现在我们所处的地位,已可以让我们采取行动了。我派人去悄悄地将那位瘸腿先生加以拘捕,然后悄悄地将他带到要塞里;我命令将他看管好了,不准任何人和他交谈。起先他一直要吵闹,但不久也就安静下来了。

接着就有人来报告,说看到威克洛把什么东西交给了两名我们新招募来的士兵;于是,他刚一转身,这两个兵就被抓住禁闭起来。在每一个人身上搜出了一张小纸片,上面是用铅笔写的几个字和画的一些符号:

> 老鹰第三次飞行
> 紧记××××
> **166**

遵照指示,我给部里发去一份密电,报告了事态的进展,并描述了以上的字条。现在我们似乎已处于相当稳妥的地位,不妨揭去威克洛的伪装了;于是我派人去唤他来。我再派人去取回那封用隐形墨水写的信,军医还附来一份报告,说迄今为止,他尚无法检验出纸上的字,但可以使用其他一些方法,如果我准备让他试的话。

过了不多一会儿,威克洛进来了。他显得有一些疲倦和焦急,但仍旧是那样镇定自若,如果说他已察觉到出了什么事故,那他也没有在面色和态度上显露出来。我让他在那儿站了一两分钟,然后和蔼地对他说:

"我的孩子,你为什么老是到那个破旧的马厩里去呀?"

他回答时,神态是那么天真,丝毫不显得窘促:

"这个吗,我也不知道为什么,长官。没什么特殊的原因,我只是喜欢单独一个人,我是去那儿玩儿玩儿。"

"你去那儿玩儿玩儿是吗?"

"是的,长官。"他回答时仍像以前那样天真和单纯。

"你去那儿。就只是干这一些吗?"

"是的,长官。"他回答,说时抬起了头,一双柔和的大眼睛里露出一副孩子气的惊讶神情。

"你肯定是这样吗?"

"是的,长官,肯定是这样。"

稍许停顿了一会儿……

"威克洛,你为什么老是写信呀?"

"我吗?我并没有老是写信呀,长官。"

"你没有写吗?"

"没有,长官,哦,如果您意思是说我随便涂涂写写,那我确实是写了一些,那是为了好玩呀。"

"你把你写的那些东西派什么用场了?"

"没派什么用场,长官——写完了就把它们扔了。"

"从来没把他们寄给谁吗?"

"没有,长官。"

我突然把那封写给"上校"的信凑到他脸前。他微微显出吃惊,但立刻就镇定下来。他颊上淡淡地泛出一片红晕。

"那么,你又为什么要把这张胡乱涂写的东西送出去呢?"

"我绝——绝对没有任何恶意,长官。"

"绝对没有任何恶意!你是正在泄露要塞的军备部署和内部情况,可你还说这样做没有恶意吗?"

他垂下了头,一语不发。

"喂,老实说吧,别再撒谎了。这信你是打算寄给谁的?"

这时他露出一副尴尬的神气,但很快就恢复了镇定,用十分诚恳的口气说:

"让我把事实说给您听,长官——全部事实。写这信压根儿就没存心要寄给任何人。我写这信,只是为了好玩。现在我认识到,这是错误的,愚蠢的——可是我只犯过这一次错,长官,我用自己的名誉担保。"

"啊,这使我很高兴。写这样的信是危险的。我希望,你肯定只写过这一封信吧?"

"是的,长官,绝对肯定。"

他那副顽强大胆的神情,简直叫人看了吃惊。他说那套谎话时,显得那样诚恳,那是任何人也没法和他比拟的。我等了一会儿,勉强按捺下心中升起的一腔怒火,然后说:

"威克洛,现在你仔细回忆一下,我想打听两三件小事情,看你是否能在这方面帮我一个忙。"

"我一定尽力,长官。"

"那么,我先要问你——那'主子'是谁?"

经我这一问,他立刻向我投了一个吃惊的眼光;但仅仅是这一反

应。紧接着他又镇静下来,沉着地回答道:

"我不知道,长官。"

"你不知道?"

"我不知道。"

"你肯定不知道吗?"

他勉强地继续注视着我,但是,他太紧张了;只见他的下颏缓缓地向下凑近胸口,他沉默了;他站在那里,紧张地摆弄着一颗纽扣,尽管他干了那些卑鄙的勾当,但他那副样子却叫人看了觉得可怜。稍停,我用这句问话打破了沉寂:

"'神圣同盟'包括一些什么人?"

看得出他的身体哆嗦了一下,他的手无意中微微做了一个示意的动作,在我看来,那像是一个绝望的人在哀求怜悯。但他并不出声。他仍旧那样脸对着地面站在那里。我们都坐在那里紧瞅着他,等候他说话,只见大颗的泪珠开始从他两颊上滚下来。但是,他仍然保持沉默。稍停我说:

"你必须回答我的问题,我的孩子,你必须对我说出实话。神圣同盟包括一些什么人?"

他继续那样无声地啜泣。我紧接着说,口气相当严厉:

"回答这个问题!"

他竭力控制自己的声音;然后求情般抬起了眼光,哽咽着强行说出了这么几句:

"哦,就可怜可怜我吧,长官!我没法回答这问题呀,因为我不知道呀。"

"什么?"

"真的呀,长官,我现在说的都是实话,我从来就没听说过什么神圣同盟。我用我的名誉担保,长官,这是实话。"

"有这种事!再瞧瞧你的第二封信吧;喏,你看见这几个字了吗:'神圣同盟'? 看你现在还有什么可说的?"

他露出被人冤屈、受了伤害的神情,抬起头来直瞪着我的脸,然后令人感动地说:

"这可是一个缺德的玩笑,长官,我一心要做好人,从来不曾伤害谁,他们怎么可以对我开这种玩笑?这是有人模仿我的笔迹;我从来不曾写过一行这样的信;我从来没有见过这样的信!"

"啊,你这个恶劣透顶的骗子!瞧,你对这个又有什么说的?"——说到这里,我一下子从口袋里掏出了那封用隐形墨水写的信,一直凑到他眼底下。

他的脸一下子变得煞白!——白得像是一个死人似的。他立刻微微摇晃了一下,伸出手扶住墙站稳了。稍停,他用低得几乎听不大清的声音问:

"您已经——读过了吗?"

我还没能将"读过了"这句谎言说出口,我们的表情肯定已道出了实话,因为我清楚地看出,孩子的眼光中又闪出勇气。我等着他说一些什么,但是他仍旧一声不吭。所以我终于说:

"喂,你对这封信里泄漏的秘密,又有什么可说的?"

他十分镇定地回答道:

"没什么可说的,我只想说明,那是完全没有害处的;那不可能危害任何人。"

这下子我可有些窘了,因为我没法驳倒他那口气十分肯定的答话。我不知道究竟应当如何追问下去。可是,忽然我转到了一个念头,这才让我松了一口气,于是我说:

"你肯定完全不知道有关那主子和神圣同盟的事,也没写过那封你说是别人伪造的信了?"

"是的,长官——肯定是的。"

我慢慢地抽出那根上面打了结的麻线,一句话不说,就把它递给他看。他毫不在意地盯住它看了一会儿,然后带着探询的神气看了看我。这时我已经到了忍无可忍的地步。但是,我按下了满腔怒火,仍用平时的口气说:

"威克洛,你看见这个了吗?"

"看见了,长官。"

"这是什么?"

"它好像是一根线。"

"好像是？它就是一根线。你认得出它吗？"

"认不出,长官。"他回答,尽可能把话说得那样从容不迫。

他那副冷静的态度,完全令人惊叹！这时我停顿了几秒钟,为的是要使那一阵沉默能给我即将要说的那些话加深印象;然后,我站起身,把一只手搭在他肩上,严肃地说:

"这样不会给你带来好处的,可怜的孩子,不会带来任何好处。这个给'主子'的暗号,这根打了结的线,在码头区一尊大炮里面找到的——"

"在大炮里面找到的！哦,不对,不对,不对！别说那是在大炮里面,是在炮口塞的一个裂缝里！——它肯定是在那裂缝里！"说到这里,他一下子跪倒在地,紧握住双手,抬起了那张叫人目不忍睹的脸:面色死灰,惊恐万状。

"不对,它是在那尊大炮里面。"

"哦,那是出了什么岔子了！我的天哪,这下子我可完蛋了！"接着他就一下子跳起,四下里乱窜,躲开了那些伸出去抓他的手,竭力要从那里逃走。但是,逃走当然是不可能的。于是,他又跪倒在地,拼命地大哭,紧搂住我的腿;就那样缠住我不放,苦苦地哀求,说:"哦,就可怜可怜我吧！哦,就对我发发慈悲吧！别把我的事说了出去呀;他们一分钟也不会饶了我的命！保护我吧,救救我吧。我愿意全部交代了！"

我们花了一些时间,让他安静下来,不再像刚才那样恐惧,让他的神智多少恢复了正常。然后我开始向他提出问题,而他也低声下气地回答,低垂着眼光,不时拭去那不住往下淌的泪水。

"那么你实际上是一个叛徒啰？"

"是的,长官。"

"而且是一个间谍？"

"是的,长官。"

"而且一直是遵照外面发来的明确的命令进行活动的？"

"是的,长官。"

"是自愿那样做的?"

"是的,长官。"

"也许,还是乐意那样做的吧?"

"是的,长官;这否认也没用。南方是我的家乡;我的心属于南方,我是一心为了它。"

"那么,你对我说,你受的那些苦难,你家里人遭到的迫害,都是为了那需要而编造出来的啰?"

"是他们——他们叫我说的,长官。"

"所以你就准备出卖并且毁了那些怜悯你和收留你的人。你明白你是多么卑鄙吗,你这个受坏人指使的可怜虫?"

他一句话不回答,只是抽抽搭搭地哭。

"好吧,且别去提那些了。现在谈正经的。那'上校'是谁,他在哪里?"

他大哭起来,试图哀求我们不要逼他回答。他说,如果说了出来,他就会被人杀死。我恫吓他,说如果他不吐露真情,就要把他送进那黑暗的单人禁闭室,锁在那里面。同时我应允,如果他交代清楚了,我就会保护他不致受到任何伤害。他什么也不回答,只是紧闭了嘴,装出那么一副倔强的神气,使我对他无可奈何。最后,我将他带到禁闭室去;他只朝那黑暗的屋子里张了一眼,就回心转意了。他开始痛哭和哀求,声称他愿意交代一切。

于是我把他带回来,他说出了那位"上校"的姓名,并详细地描绘了他的长相。他说可以在城里那家最大的旅馆内找到"上校",他身上穿的是一般的便装。我不得不再一次恫吓他,他这才描绘了那位"主子"的特征,并说出了他的姓名。他说,可以在纽约邦德街十五号找到他,他的化名是 R. F. 盖洛德。我把那化名和特征通知了纽约警察局长,请他拘捕盖洛德,并将他看管,直到我可以派人去押解他。

"那么,"我说,"这样看来,还有几个同党在'外面',可能是在新伦敦吧。说出他们的姓名和特征来。"

他说出了三个男子、两个妇女的姓名和特征——都住在那家大旅馆里。我悄悄地派人去那里,把他们以及那位"上校"一起捕获,全都关押在要塞里。

"下一步我要知道一切有关你那三个同党的事,他们就在这要塞里。"

我想,他又要编一套假话来蒙混了;但是我取出了在那两个人身上搜出的神秘的纸片,这下子立刻对他产生了效果。我说我们已经抓到了两个人,他必须指出那第三个。这一来可把他吓坏了,他大喊道:

"哦,求求你们别再逼我啦;他会当场杀死了我!"

我说这可是没有的事;我会派人在他身边保护他,再说,那些人集合时都不准带武器。我命令全体新兵集合,然后,这个浑身颤抖着的可怜的小家伙走到外面,顺着那一排人快步走去,竭力装出若无其事的神气。最后,他对其中的一个说了一句什么,还没等他走开五步,那人就被拿下了。

一等到威克洛又和我们在一起时,我吩咐把那三个人一起带进来。我命令其中的一个站到前面,说:

"喂,威克洛,注意,你要完全据实说,不许有半点儿差错。这个人是谁?你知道他的一些什么事情?"

一经"无法下台",就不再去计较一切后果了,他把眼光盯住那个人的脸,毫不迟疑地一口气说了下去,内容是:

> 他的真姓名是乔治·布里斯托。他是新奥尔良人;两年前在"神庙"号海岸班轮上当二副;是一个无法无天的家伙,曾经两次犯了杀人罪坐牢——一次是用绞盘棒打死了一个叫海德的普通水手,另一次是打死了一个舱面水手,因为那水手不肯抛水砣①,其实那并不是舱面水手该干的活。他是一名间谍,是上校把他派到这里来,从事刺探军事情报的。他原来是"圣尼古拉斯"号上的三副,五八年那条船在孟菲斯附近发生爆炸,他差点儿被人用私刑处死,因为那些死伤的人被装在一条空木船里运上岸时,他就偷那些人的东西。

他如此这般地往下说——将那个人的来历说得一丝不苟。他交代

---

① 将系有铅锤的绳坠到水底,测量水的深度。

完毕,我就对那个人说:

"你对这些揭发有什么可说的?"

"请别怪我当您的面直言,长官,这可是一篇闻所未闻的、荒谬透顶的大谎话!"

我吩咐将他禁闭起来,然后将其他两个人先后唤到面前。结果是如出一辙。孩子原原本本地说出了每一个人的来历,对所说的每一句话和所举的每一件事,他交代时都毫不迟疑;然而,我从谁的口中都问不出一些什么,他们只是愤愤不平地、斩钉截铁地说,那通篇都是谎话。他们不肯作出任何交代。我又把他们关起来,然后把其余拘捕到的人一个个唤出来。威克洛说出了所有有关他们的来历——说他们原来是南方某某城镇的人,并详叙了他们从事这一阴谋的细节。

可是那些人都矢口否认他所说的,他们当中一个也不承认。那些男的大发雷霆,那些女的齐声痛哭。根据他们的说法,他们都是来自西部的清白无辜的老百姓,都是最爱联邦的。我感到很厌烦,把这伙人一起关押起来,开始又一次盘问威克洛。

"166号在哪里? B. B. 是谁?"

可是他决心在这里划出了一条最后界线。无论你哄骗也好,恫吓也好,对他都无济于事。时间飞也似的逝去——现在势必采取严厉的措施了。于是我拴住了他的两只拇指,把他踮着脚尖吊起来。他经不起那越来越剧烈的疼痛,就尖声怪叫,叫人听了几乎无法忍受。但是我仍然坚持下去,不一会儿他就尖着嗓子喊道:

"哎呀,求求你们放下我吧,我情愿说了!"

"不——你要在我放下你之前先说。"

这时每一秒钟都使他痛苦不堪,于是他就一下子全部说出来了:

"166号房间,老鹰旅馆!"——这说的是江边一家破旧的客栈,那是一些普通劳工、码头工人以及一些不大上等的人常去的地方。

于是我放下了他,然后要知道那阴谋的目的何在。

"是要在今天夜里夺取要塞。"他执拗地哽咽着说。

"我已经拿获了所有策划阴谋的头目吗?"

"没有。除了所有您已经拿获的头目,还有那些准备在166号房间里集会的。"

"'紧记住××××'是什么意思?"

他不回答。

"去 166 号房间用的口令是什么?"

他不回答。

"'FFFFF'和'MMMM'——那几串字母是什么意思?回答呀!否则你又要受罚了。"

"我决不回答!我宁愿死。现在,您爱怎么办就怎么办吧。"

"想想你现在所说的话吧,威克洛。这是你最后的决定吗?"

他坚定不移地回答,语音是那么沉着:

"是最后的决定。我十分肯定,就像我肯定热爱我那受侵害的故乡那样肯定,那样仇恨北方所有的一切,我是死也不会泄露那些事情的。"

我又拴住他的拇指把他往起吊。当他痛楚到极点时,听到这可怜的家伙那惨厉的号声,叫人心都要碎了,但是我们从他口中一无所获。你每提出一个问题,他总是尖叫着同样地答复:"我可以死,而且我宁愿死;可是我决不说。"

咳,我们只好放弃了逼供的办法。我们深信,他是宁死也不肯招供的了。于是我们放下了他,然后在严密的监视下把他关押起来。

此后,接连几小时,我们一直忙着发电报给陆军部,一面准备向 166 号发动一次突击。

那可是激动人心的时刻:那个寒冷的黑夜。消息已经泄漏出去,整个要塞都处于警备的状态。哨兵加成三岗,谁也不得擅自进出,他们会被命令止步,同时被火枪对准了脑袋。但是,这时我和韦布反不及以前那样担心了,因为那阴谋集团必然已经几乎陷入瘫痪状态,既然它有那么多的主要人物都已落进了我们的掌中。

我决定及时赶往 166 号,逮住 B. B.,堵住他的嘴,然后再对付其他随后来到的人。半夜里,大约一点一刻,我悄悄地离开了要塞,由六名身强力壮、十分骁勇的美国正规兵紧跟在后面——此外再有威克洛那孩子,背绑着双手。我对他说,我们现在去 166 号,可别让我再发现他向我们撒谎,引我们走错路;他必须领我到应该去的地方,否则他可要承担一切后果。

我们悄悄地走近那家客栈,开始窥探那处地方。小酒吧间里闪出灯光,其他的屋子里都是黑糊糊的。我试着推那前门;门随手开了,我们蹑脚走进屋子,随手掩上前门。这时我们都脱了鞋,我带头去那酒吧间。德国人店主坐在那里,已在一张椅子上睡熟。我轻轻地把他唤醒,叫他脱了皮靴,在我们前面领路;同时警告他不许出声。他一声不响地依了我们的话,但明明可以看出他已被吓坏了。我吩咐他领路去166号房间。大家登上两三段楼梯,轻巧得像是一队猫儿;然后,走近一个长长的过道尽头,我们到了一扇门口,从玻璃门窗外面可以看到里面朦胧的亮光。店主在黑暗中摸索到了我,悄悄地告诉我,说那就是166号房间。我试着推那扇门——门已经从里面反锁了。我悄声向一个最魁梧的士兵发出命令;我们用自己宽阔的肩膀去顶那门,一下子猛撞,就使门挣断了铰链。我影影绰绰瞥见床上一个人影——只见那人把头冲向蜡烛;烛光灭了,我们顿时陷入一片黑暗。我猛的一蹿,跳上了床,用双膝压住床上的人。那被我捉住的人拼命地挣扎,但是我用左手卡住他的脖子,这样就使我的双膝得以有力地紧压住他。然后,毫不怠慢,我拔出我的手枪,拉开扳机,并且,为了警告他,把那冷冰冰的枪管抵住他的面颊。

"喂,谁来擦一支火柴!"我说,"我已经把他牢牢捉住了。"

命令得到了执行。火柴光突然闪亮了。我向被抓住的人一看,哎呀,我的天哪,原来那是一个年轻妇女!

我放开了她,跳下了床,感到有些局促不安。每一个人都呆呆地瞪着他身边的人。大伙都茫然不知所措,因为这样意外的事发生得这样突然,年轻妇女放声大哭,用被子蒙住了脸。店主温和地说:

"这是我女儿,大概,她犯了什么错吧,不是吗①?"

"这是您的女儿?她是您的女儿?"

"哦,可不是,她是我的女儿。她今天晚上刚从辛辛那提回到家

---

① 原文为德文。

里,有点儿不舒服。"

"真该死,那孩子又撒了谎。这间房并不是那真正的 166 号;这个人并不是 B. B.。喂,威克洛,你必须给我们找到那间真正的 166 号,否则——哎呀!那孩子哪里去了?"

逃了,毫无疑问,他逃走了!而且,我们连个影子也没法再找到他了。这可是令人难堪的处境。我恨得直骂自己太笨,竟然没派一名士兵将他拴在身边;但是,这会儿再去为那种事烦恼也无济于事了。在目前的情况下,我该怎么办是好呢?——这可是一个亟待解决的问题。不管怎样,也可能那姑娘就是 B. B. 呀。我虽然不能相信这一点,但也不能单凭不相信就据此作出结论呀。于是最后我派我的士兵都待在 166 号房间外过道尽头的那间空屋子里。吩咐他们,无论是谁,只要他一走近那姑娘的房间,就立即将他拘捕,并将那店主留在他们一起,严加监视,暂时等待下一步的命令。然后我急忙赶回要塞,看那里是否仍然一切正常。

还好,一切都很正常,而且此后仍保持正常。为了确保平安无事,我这一宵没睡。什么事故也没发生。我有说不出的高兴,看见天光又大亮了,我可以拍电报给部里了,说星条旗仍在特朗贝尔要塞上空飘扬。

一块无比沉重的石头从我心头落了地。然而,我当然仍不放松警惕或有所懈怠;因为当时的局势太严重了,不容许我稍有疏忽。我把那些拘捕的人一个一个传了去,一小时又一小时对他们逼供,试图使他们从实交代,但是,毫无成果。他们只是咬牙切齿,只顾扯自己的头发,什么也没吐露。

中午前后,传来了有关那失踪的孩子的消息。有人看见,清晨六点钟,他在大约八英里以外的公路上向西步行。我立即派了一位骑兵中尉和一名士兵去追赶他。他们在二十英里以外的地方看到了他。他已翻过一道栅栏,这时正疲乏地拖着沉重的脚步穿过一片满是残雪泥泞的田野,走向村边一幢老式的大住宅。他们骑马穿过一片小树林,绕道过去,从对面逼近那幢住宅;然后,他们下了坐骑,急匆匆地走进那间厨房。那里一个人也没有。他们再悄悄地走进隔壁那间屋子,那里面也没有人；从那间屋子通前厅或起坐间的那扇门敞开着。他们正打算通过那道门走进去，忽听见低沉的人语声；那是什么人在祈祷。于是，他们满怀虔诚地止住步，中尉把头伸进去，只见一个老头子和一个老太婆跪在那起坐间的屋角落里。是那老头子在祈祷，就在他刚要做完祈祷时，威克洛那孩子推开了前面那扇门，走进了屋子。那两个老人就一起朝他直扑过去，紧紧地把他搂得喘不过气来，一面叫喊道：

"我们的孩子！我们的宝贝儿！感谢上帝。丢失的又找到了！死去的又复活了！"

哈哈，先生，您倒猜猜那是怎么一回事！原来那个小鬼头就是在那个庄园里出生和长大的，他有生以来就不曾离开那地方五英里，直到两星期前，他一路间逛到了我的营房那儿，编造了那一串伤心的故事，哄骗了我！这可是千真万确的事。那个老头子是他的父亲——是一位饱学之士，一位已经退休的老牧师；而那个老奶奶则是他的母亲。

这里我要插上几句，说明一下那孩子的大概来历以及他的特殊表现。原来他最爱读那些廉价小说，以及那些专登荒唐故事的刊物，老是如饥似渴地翻阅它们——因此，那些在暗中进行的诡秘活动，以及绘声绘色的英雄行为，恰巧合他的胃口。后来他读了报纸上的报道，它们描绘的是那些潜伏在我们队伍当中的叛军间谍如何出没无常，再有他们那些骇人听闻的企图，以及他们两三次曾经轰动一时的壮举，到后来他在这方面的想象力变得极度地活跃了。有几个月，一个北方青年人一直是他的忠实伙伴，那人伶牙俐齿，富于幻想，曾在几艘往返航行于新奥尔良和密西西比河上游二三百英里的码头之间的班轮上当过两年"烂污泥职员"（也就是内河轮船上的事务长助理）——因此，你如果问到那一带的地名以及有关的一些细节时，他能应对如流。再说，战前我曾经在那一带地方生活过两三个月；我所掌握的那点儿见闻，恰巧足以使我受那孩子的骗；如果我是一个土生土长的路易斯安那人，也许在他还没谈完一刻钟，我就会发现他的漏洞了。您知道他为什么说宁死也不肯说明他阴谋中某些难以解释的情节吗？那是因为他自己也没法说明——它们是毫无意义的；他是全凭想象脱口而出，事先既未经仔细考虑，事后当然无法自圆其说；因此，一经被突然盘问，他就没办法想出如何解释它们了。比如，他没法说出那封用"隐形墨水"写的信中含有什么深意，这实在是由于那信里并没隐藏任何秘密；那只是一张空白纸。他并不曾将任何东西放进一尊大炮里，甚至根本没想到要那样做——因为他的信都是写给他想象中的人物，他每次把一封信藏在那马厩里，总是随后将前一天放在那里的信取走了；所以他认不出那一根打了结的麻线，因为，我拿出那根线给他看时，他还是第一次看到它；然而，我一让他知道了那是打哪里来的，他就毫不迟疑，立即按照他那传奇故事中的做派，承认那是他放在那儿的，并因此收到了一些动人的效果。他捏造了一位"盖洛德"先生；当时那地方并没有一个邦德街十五号——那幢房子早在三个月前就被拆了。他捏造了那位"上校"；他信口开河，为那些不幸的无辜者编造了一篇又一篇故事，害得我拘捕了他们，并迫使他们跟他对质；他捏造了一位"B. B."；也可以说，他甚至捏造了一个166号房间，因为，直到我们去那里之前，他并不知道老鹰客栈里确实是有那么一间屋子。只要他需要，他就能随时捏造一个什么人或一件什么事。如果我要他供出"外面"的间谍，他就会毫不迟疑地描绘他曾经在那家客栈里见过的一些陌生人，只因为他偶尔听到了那些人的姓名。啊，在那人心惶惶的几天里，他却生活在一个绚丽多彩、神秘莫测、传奇式的世界里，我认为那一切对他倒是真实的，而且他打心底里觉出自己从中获得了极大的乐趣。

然而，他给我们招来的麻烦可真不少，而且叫我们简直丢尽了面子。您瞧，为了他，我们逮捕了一二十个人，把他们都关押在要塞里，并派哨兵守在他们门口。被捕的人当中有许多是士兵或这一类的人，我无需向他们赔礼道歉；但其他的人则是来自全国各地的体面人物，不论你怎样赔礼道歉，也不能获得他们的宽恕。他们就是那样愤愤不平，火冒三丈，跟我们没完没了地找麻烦！再说那两位女士——一位是俄亥俄州众议员的妻子，另一位是西部某主教的妹妹——咳，她们向我表示的那种轻蔑、重复的那些讥嘲、以及流下的悲愤的泪水，足可以形成一份令我长期难将她们忘怀的纪念品——可不是，我会永远记住了她们。那位戴风镜的瘸腿老先生，原来是一位费城的大学校长，他是来这儿参加他侄儿葬礼的。当然，此前他从来不曾见过小威克洛。咳，他不但错过了那次葬礼,而且被当作叛军的间谍关押起来,可是威克洛却公然站在我的营房里,一本正经地将他形容为一个出没于加尔维斯顿最为劣迹昭彰的流氓团伙里的伪造信件者、黑奴贩子、盗马贼和纵火犯;看来这件事那位可怜的老先生是根本无法忘怀的。

　　再说那陆军部吧!可是,我的天哪,咱们就别再去提那些事啦!

　　　　附注——我给少校看我写的这篇稿子,他说:"您由于对部队里的事情不熟悉,所以里面出现了一些小小的差误。尽管如此,那些地方仍旧写得活灵活现的——所以,您就随它们去吧;部队里的人会觉得它们可笑,但外行人是不会觉察出的。您将这篇故事中的主要情节都说对了,而且,叙述得恰恰和实际情况相同呢。"——马·吐

一八八一年

一位病魔缠身者的故事*

我们在百慕大待了四天——有三个晴天,大伙一起外出;一个雨天,都待在屋子里,因为没能租到游艇出航而感到很失望;现在我们的假期已结束,于是大伙又登上了船,一同返回家乡。

乘客中有一个身体极其瘦长、神情显出愁郁的病人,他那憔悴的面容、忍受痛苦的眼光和郁郁寡欢的神态,引起了所有人的同情,也激发了所有人的怜悯。每当他说话时——他是难得开口的——平时他很文静,而这就使所有的听众都对他产生了好感。起航后第二天晚上——当时我们都在吸烟室里——他逐渐加入了众人的谈话。从一个话题扯到另一个话题,就这样,经过一段时间,不知怎的,他谈起了他本人的经历,最后谈了以下这则离奇的故事。

看上去我像是一个六十岁的已婚的人,其实,这是由于我在某种情况下遭受的苦难所造成的,因为我并没结过婚,而且只有四十一岁。你们很难相信,像我这样瘦得像个鬼似的,短短两年前却是一个体格健壮、精力充沛的人——一个铁打的汉子,一个身强力壮的人哪!——这说的只是简单的事实。但比这更离奇的却是:我是如何把身体拖垮了的。我之所以变得这样虚弱,是因为有一次在一个冬天的夜里,坐火车赶二百英里路,去护送一箱枪支。这可是一件千真万确的事;现在就让我说给你们听听吧。

我家住在俄亥俄州克利夫兰市。两年前,一个冬天的晚上,天刚黑,我在狂风大雪中回到家;一走进门,我首先听到的是我最要好的童

---

* 最初在《大西洋月刊》上发表"浪游随笔"时,我抽出了这篇故事,因为怕它是出于虚构,而一时又无法证明它是否属实。——马·吐

年友伴和同学约翰·B.哈克特前一天死了。他的最后遗嘱,是要我把他的遗骸送回到威斯康星州他可怜的年迈双亲那里。我十分震惊和悲痛,但再没时间去哀悼了;我必须立刻上路。我带着那张上面注明有"威斯康星州伯利恒市利瓦伊·哈克特执事"字样的卡片,在风暴呼啸中匆忙赶往火车站。到了那里,我找到了人家向我描绘的那口白松木长棺材;我用几只图钉把卡片钉在棺材上,眼看着它被安全地搬上了快车,然后跑进一家饮食店,吃了一些三明治,并吸了烟。不一会儿,我回到站台上,我托运的那口棺材好像又被人搬下来了,一个年轻人正在旁边仔细地看它,手里拿着一张卡片、几只图钉和一把榔头!我吃了一惊,对这困惑不解。趁他开始钉卡片,我就奔向那列快车,一时心慌意乱,要去打听一个究竟。但是,不用去打听了——我托运的那口棺材仍在车上,它并没被人移动。(实际情况是:当时我没料到,已经铸成大错。我正在运走一箱枪支,是那年轻人来车站给运往伊利诺伊州皮奥里亚一家来复枪公司的,而他却换走了我运送的尸体呀!)就在这时,列车员高呼"都上车呀",我就跳上快车,很舒适地坐在一张圆背座位上。捷运公司收发货物的工人正在那里卖力地干活——那是一个普普通通的工人,年龄约五十岁左右,看来是那么朴实、诚恳、和蔼,处处显得轻松活泼、劲头十足。车开出后,一个陌生人闯进了车厢,把一包早已发了酵、气味特别浓的软干酪放在棺材(我运的那箱枪支)横头盖上。也就是说,如今我才知道那是林堡软干酪①,但当时我从未听说过那玩意儿,当然也就完全不知道它的特色了。再说,我们的车在茫茫黑夜中疾驶,强烈的风暴越吹越猛,我逐渐产生了一种愁闷苦恼的感觉,我的情绪开始低落,不断地低落!老工人轻松地谈了一两句有关暴风雪和严寒的天气,砰地关上了他那边的推拉门并且闩好,把窗子也给关紧,然后四下里忙来忙去,把一些东西整理好,一边自得其乐地哼着小曲儿"美好的未来",轻声轻气,音调很平板。过了不多一会儿,我开始觉出寒冷的空气中飘来一股极其刺鼻难闻的气味。这使我变得心情更加抑郁,因为我当然把这一切都归咎于我那可怜的亡友。他是在用

---

① 一种气味极强烈的干酪,原产于比利时林堡省。

这种凄恻无声的方式使我想念到他呀,此中含有无限的悲哀,于是我忍不住要落泪了,我因为那老工友在一旁而感到不安,我怕他会注意到这一点。但是,他继续悠闲自在地哼着小曲儿,一点儿没什么表示;我对此感到宽慰。宽慰吗,是的,但仍然心神不定;又过了不久,每过一分钟,我就变得越发心神不定,因为每过一分钟,那气味就变得越发浓烈,也就越发臭得令人难以忍受。又过了一会儿,工人把所有的东西都按自己的意思整理停当,然后取了一些木柴,在他的炉子里把火烧旺。这使我说不出的苦恼,我只能认为那样做是一个大错。我肯定那会给我可怜的亡友带来有害的影响。汤普森——工人叫汤普森,我是那天后半夜才知道的——这时在车里到处搜寻,凡是他能无意中发现的隙缝,他都给堵塞起来,一面说,这一来,不管车外面是什么样的黑夜,都对我们无所谓了,他无论如何要让我们感到舒适。我没说什么,但相信他所采取的措施是不对的。同时他仍像刚才那样哼着小曲儿;同时那炉火也越烧越旺,车厢里也越来越闷。我觉出自己面色苍白,开始恶心,但是一句话不说,只默默地伤心。不久,我留心听到"美好的未来"的歌声逐渐变弱了;随着就完全停止了,四周笼罩着预兆不祥的一片死寂。过了一会儿,汤普森说:

"呸!我想它该不是我生火炉用的玉桂皮树枝吧!"

他咳呛了几声,然后朝那口棺……那口枪支箱……走过去,对着下边那包林堡干酪停下,站了一会儿,又走回来,在我身边坐下了,显得深有感触。经过一阵沉思,他向那箱子做了个手势说:

"是你的朋友?"

"是呀。"我叹了口气。

"他已经摆得烂熟①了,对吗?"

此后,大约有两三分钟,谁也不再说话,都在专心思考什么;后来汤普森提心吊胆地压低了声音说:

"有时候,吃不准他们究竟是真的死了还是没死——你瞧,好像是死了——身体还是温暖的,关节还是可以弯曲的——结果呢,虽然你以

---

① 原文"ripe"可解释为时久烂熟,也可解释为发出臭气。

为他们死了,但实际上并不知道他们可曾死了。我车上就有过这一类的事情。这确实可怕呀,因为你不知道,他们什么时候会坐起来直瞪着你!"接着,稍停了一会儿,他微微抬起胳膊肘对那口棺材说:"但他不是在显灵!不是的,老兄,我可以为他担保!"

我们坐了片刻,一面默默地沉思,一面留心听那狂风在呼啸,火车发出隆隆响声;后来,汤普森感慨万千地说:

"咳,我们都得走的,这可是没法回避的。人为女人所生,日子短促,①像《圣经》里所说的。是呀,不论你怎样看待这件事,它是十分严肃的、奇怪的:没人能回避它;所有的人都得走——你可以说,确实是每一个人。今天一个人还是精神抖擞,身强力壮……"刚说到这里,他急忙站起身来,砸碎了一块窗玻璃。把鼻子伸出去了一会儿,然后又坐下了。而我也使大劲站起身,在同一个地方把我的鼻子凑了出去,每隔一会儿工夫,我们就这样重复一次……"第二天他就像草那样被割下,②而那些地方的人,原先知道他的,此后就永远不再知道他了,正像《圣经》里所说的。是呀,真的,这是十分严肃的、古怪的;但是我们都得走,迟早总有那么一天;这可是没法回避的。"

他又停顿了好半响,接着说:

"他是生什么病死的?"

我说不知道。

"他死了多久了?"

为了迎合他可能的想法,更识时务的办法看来应当是夸大其词,于是我说:

"有两三天了。"

但是这一说反而弄巧成拙;因为汤普森听后露出了一副受骗的神情,那明明是在说:"你意思是说两三年吧。"接着他只管自顾自地说下去,若无其事地不去理会我所说的话,反而长篇大论地发表自己的看法,说日久不安葬死者,这有多么愚蠢。然后他懒洋洋地向那箱子走过

---

① 《圣经·旧约·约伯记》第 14 章第 1 节:人为妇女所生,日子短少。
② 《圣经·旧约·诗篇》第 37 篇第 1 节:因为他们如草快被割下。

去,在那里站了一会儿,突然小跑步回来,跑到那破玻璃窗前面,说:

"如果早在去年夏天就把他运走,那在各方面都是一件大好事。"

汤普森坐下了,用他那块红绸手绢儿紧捂住他的脸,左右摆动着身体,像一个人正在竭尽全力忍耐着那几乎无法熬受的痛苦。这时那股香味——如果你可以管它叫香味的话——尽你所能想象的程度,正要使你窒息而死。汤普森脸上现出一片死灰;我知道自己已面无人色。稍停,汤普森把脑门子磕在左手掌里,胳膊肘撑在膝盖上,另一只手把他那块红手绢向棺材那面挥了挥说:

"这样的人我运过许多——其中有的也是摆得太久了——可是,我的老天爷,这个人胜过了所有其他的那些人!——轻易地胜过了他们。上尉,跟他相比,那些人只能算得是根缬草①!"

他这样器重我那可怜的朋友,即使在那愁苦的情况下我也感到快慰,因为听来那完全是出于一种赞赏的口气。

稍后不久,显然我们必须采取一个办法了,我提议吸雪茄。汤普森认为这是个好主意。他说:

"这也许可以把他的气味冲淡一些。"

我们兢兢业业地抽了一会儿烟,极力想象那情况已经好转。但是,毫不济事。过了不多一会儿,两人不约而同,两支雪茄同时从我们已经麻木的手指间悄悄落下。汤普森叹了口气说:

"不成,上尉,一点儿也没把他的气味冲淡。事实上这样一来反而更加糟了,因为看来是招恼了他。现在你认为我们该怎么办好?"

我想不出任何办法;真的,当时我只顾大口地咽气,不敢张开嘴说话。汤普森心烦意乱,无精打采,开始东拉西扯地谈论这一夜可恼的遭遇;提到我可怜的朋友时,他用了各种头衔——有时候是军衔,有时候又是文职称呼,我注意到我朋友的影响在很快地增强,而汤普森就将他的级别相应地提升——授予他一个又一个更高级的头衔。最后他说:

"我有一个主意了。咱们是不是拼一次命,把上校推动一下,推到车厢的另一头?——假如说,移过去大约十英尺。那一来他就不会再

---

① 一种多年生草,夏季开白色或蔷薇红小花,有强烈气味。

有这样大的劲头了,你以为怎样?"

我说这是一个好办法。于是我们在破玻璃窗前深深地吸了一口新鲜空气,打算憋着那口气,直到把这件事做完;接着我们就走到那里,朝那包害人的干酪俯下身子,紧扳住棺材。汤普森点了点头,意思是"准备好了",然后我们使足了力气向前推;可是汤普森滑了一下,一跤栽倒,鼻子磕在那干酪上,一口气再也憋不住了。他一下子哽住了气,直作呕,挣扎着爬起,向门口直冲过去,双手在空中乱抓,沙哑着嗓子说:"别挡着我!——给我让开路!我要死了;给我让开路!"到了外面寒冷的连廊①上,我坐下来,有一会儿工夫搂着他的脑袋,他清醒过来。紧接着他说:

"你以为那是因为咱们稍稍惊动了将军吗?"

我说没惊动他,我们并没移动他。

"嘻,这样看来,那主意又泡汤了。咱们必须另想一个办法了。我看,现在这个地方对他挺合适;如果他认为是那样,而且已打定主意,不愿意被人家干扰,你就必须按照他的主意行事。是呀,最后还是让他待在现在的地方,爱待多久就待多久吧;因为,你总知道,所有的王牌都掌握在他手里,所以,照理说,谁要是打算改变他的计划,那是会碰一鼻子灰的。"

但是,在那狂烈的雪暴中,我们不能老待在外面;那样我们会被冻死的。所以我们又回到车厢里,关上了门,再一次去受那活罪,轮流走到那窗玻璃破碎的地方。过后不久,当我们的车在一个车站上停了片刻再开走时,汤普森喜洋洋地跳进来,激动地说:

"这一来咱们可好了!我想这一次咱们可要把准将给制服了。照我看,有了这玩意儿,就可以杀一杀他的威势了。"

那是石炭酸。他拿来了一大瓶。他把它四下里洒;确切地说,他浸湿了每一件东西,枪支箱,干酪,所有的一切。然后,我们坐下了,满以为情况就会好转了。然后好景不长。你瞧,两种气味开始混合在一起,然后——哎呀,紧接着我们就冲向车门口;跑到了外边,汤普森用他的

---

① 车厢进出口处的通过台。

大手帕擦脸,灰心丧气地说:

"这没用呀。咱们对付不了他呀。他是借助咱们要用来冲淡他那气味的东西,加上了他本身的气味,来回敬咱们。我说,上尉,你总知道,这会儿要比他早先发出的气味更难闻一百倍。我从来没见过一个家伙像他这样顶真,干得他妈的这样起劲。不,老兄,我在铁路上干了这么多年,从来没见过;我曾对你说,我已经运送过好多人了。"

我们已完全冻僵,于是又走进车厢;哎呀,可现在我们再不能在那里老待下去了。我们有气无力地来回走动,受一会儿冻,再取一会儿暖,接着又被憋得透不过气来,就这样轮流交替着。过了大约一小时,我们的车在另一个站停下;车离开时,汤普森捧着一包东西进来,说:

"大尉,我要再对他冒一次险——就这一次;如果这一次咱们不能把他玩儿完,那咱们就只好抛了海绵,离开那铺帆布的地方①了。我就是这个主意。"

他拿来的是许多鸡毛,再有苹果干、烟叶、碎布、旧鞋、硫磺、肉桂,以及诸如此类的东西;他把这些都堆在地板当中的一大片铁板上面,点燃了它们。火烧旺后,连我也不知道那尸体是如何经受得起的。跟那气味相比,所有以前叙述的那些情景,可以说都像是富有诗情画意的描写了——但是,请注意,原来的那股气味仍然死赖在那里不散开,跟刚才一样地强烈——实际上其他的气味似乎为它提供了更好的藏身之所;啊呀,那气味够多么浓啊! 以上这一切,当时我并没想到——当时我没时间去想到它们——这都是我在连廊上想到的。再说,向连廊冲过去的时候,汤普森透不过气,一跤摔倒了;我还没来得及揪住他的衣领把他拖出去,自己差点儿闷死。等到我们俩清醒过来时,汤普森垂头丧气地说:

"咱们不得不留在这儿了,上尉。咱们必须这样。没别的办法了。总督是要独个儿旅行,他已经打定主意,他能打败咱们。"

接着他又说:

"难道你还不知道,咱们已经中了毒。这可是咱们俩最后一次上

---

① 在拳击比赛中,扔掉擦身的海绵是表示认输,拳击或摔跤的竞技台上铺有帆布。

路，对这一点你可以十拿九稳，这就要染上伤寒了。我这会儿已经感觉到它要发作了。是呀，老兄，咱们被选中了，这是毫无疑问的了。"

一小时后，到了下一站，已被冻僵的我们神智昏迷，被人从连廊上抬下去，我立即发病毒性高烧，接连三个星期人事不省。此后我才知道，那个可怕的夜晚和我待在一起的是与人无害的一箱枪支和代人受过的一些干酪；但真实情况知道得太晚了，它再不能挽救我了；虚幻的想象起了作用，我的身体就此永远垮了；不论是百慕大或是其他地方，再也没法恢复我的健康了。这是我的最后一次旅行；我这是在回老家去等死呀。

一八八二年

德国萨根费尔德传奇*

I

　　早在一千多年前,这小片地区原是一个王国——可以说,它是一个小不点儿王国,一个玩具般小巧玲珑的王国。在那远古时代,干戈扰攘的岁月中,它却远离开了一切忌妒、纷争与尘嚣,因此它那里的生活是简单的,它那里的人民是善良而诚朴的;它永远沉睡在平静的梦乡中,笼罩在安息日宁谧的气氛里;那地方不存在什么怨毒,不存在什么嫉恨,更不存在什么野心,因此那儿没有人感到不满意,更没有人生活得不幸福。

　　一年又一年过去,一天老王晏驾,他的小儿子胡贝特登了基。此后百姓对幼主的敬爱与日俱增;因为他为人非常善良,非常纯洁,非常高贵,所以百姓对他的敬爱不久就演变成为狂热,几乎形成一种崇拜。再说,他诞生的时候,那些臣仆早已潜心研究星象,并发现那灿烂的天书上显示了这样一条预言:

> 胡贝特十四岁那年,将发生一件影响重大的事;那个被胡贝特认为是歌声最悦耳的动物,将拯救他的性命。只要国王和全国人民能因为该动物立了这一殊功而给予其所有的同类以荣宠,这古老的王朝就可以世代相承,这国家就不会出现战争、疫病或穷困。可是,要当心呀,可别选择错了呀!

　　国王十三岁了,在那整整的一年里,卜人百官、小小的议会,以及全

---

* 本篇未列入《流浪汉出国记》,因当时篇中似仍存在某些疑点,其可靠性尚未能全部证实。——马·吐

国的百姓,大家都议论纷纷,但谈的只是一个话题。那就是:应当如何理解预言中最后的一句?预言前面一部分好像是说,只要到了适当的时刻,那救驾的动物自己会出来效忠国王;然而结尾的一句又好像是说,必须由国王事先挑选,说出他认为动物中哪一个唱得最好,而且,如果他挑选的恰巧正确,那入选的动物就会拯救他的王朝、以及他的百姓,可是,万一他选择错了,哎呀……那可得当心呀!

一直到那年年底,人们对这件事所持的不同见解仍旧如同在那年年初时一样多;但是在一般人当中;聪明的也罢,愚钝的也罢,多数都认为,最可靠的办法还是应当由小国王事先进行选择,而且要越早越好。于是,降下了一道诏书,命令凡是饲养会唱歌的动物的人,都要在来年元旦清晨把它们带到宫内的大殿上。于是臣下领旨奉行。等到比试的一切手续都准备就绪后,国王就率领贵族大臣,盛装吉服,庄严临朝。国王已登上他那镂金御座,准备作出决定了。但是,他随即说道:

"如果让这些动物同时一起唱歌,那声音会叫人没法忍受;谁也不能在那样嘈杂声中进行选择。还是先把它们一起带下殿去,然后一次领上一个来吧。"

臣民遵旨。幼主听得心醉神驰,鸟儿一个又一个娇音呖呖地唱,然后被带了下去,让另一个候选者应试。宝贵的时间很快地逝去;置身于这许多歌声靡靡动人的鸟儿当中,他很难作出选择,尤其使他感到为难的是,想到万一选择错了,受到的惩罚将是那么可怕,以致他评判时犹豫不决,甚至再不敢相信自己的耳朵。他越来越紧张激动,他露出烦恼神气。他的大臣都看出来了,因为他们的眼光一刻也没离开他。于是他们开始心里嘀咕:

"他的胆子变小了——他的头脑不那么冷静了——他会选错了——这一来他的王朝和他的人民都毁了!"

一小时过去,国王又默默地坐了一会儿,然后开口道:

"再把那只红雀带上来。"

红雀唱出欢畅的歌曲。它刚唱到一半,国王已经准备举起他的节杖,表示他作出的选择,但接着就停下了,说:

"还是让我们慎重一些。再把那只画眉带上来;让它们俩一起唱吧。"

画眉又被带上去,于是两只鸟齐声唱出它们美妙的歌曲。国王起先拿不定主意,但后来他的喜爱变得明确了,决心逐渐增强了——这一切人们都可以从他的表情上看出来。年迈的大臣心中突然有了希望,他们的脉搏开始跳得更快了,权杖开始缓缓地往起升,可就在这时候……

真叫人恨死啦,这件事被什么给打断了!那是这样的声音——而且那声音就在宫门口:"哇呜……嘿!——哇呜……嘿!——哇呜……嘿!——哇呜……嘿!哇呜……嘿!"

大伙儿惊恐万分——同时又深恨自己不该让感情流露出来。

紧接着,一个十分可爱、娇憨俏丽、刚满九岁的农村小姑娘轻快地跑了进来,她那双棕色眼睛里闪出儿童的急切神情;但是,一看见那伙人威风凛凛的势头和怒气冲冲的脸色,她就止住了步,低垂了头,用她那条寒碜的粗布围裙捂住眼睛。没一个人欢迎她,没一个人怜惜她。稍停,她胆怯怯地含着泪抬起眼睛说:

"国王陛下,求求您宽恕我吧,我可不是来捣乱的。我没爹没妈,可是有一只山羊和一头驴子,只有它们俩是我最疼爱的。我的山羊给我喝最甜美的奶;再说,我那头可爱的好驴子叫起来呀,我觉得什么音乐也比不上它那样好听,所以,国王陛下的小丑①说,歌唱得最好听的动物能救陛下和全国人,撺掇我领它到这儿来,我就……"

廷臣们粗鲁地哄堂大笑,小姑娘还没敢把她的话说完,就哭哭啼啼地逃走了。宰相下了一道密谕,命令在宫门外附近赏她和她那头倒霉的驴子一顿鞭子,以后再不许他们走近那地方。

接着,又开始比试那些禽鸟。两只鸟儿唱出它们最悦耳的歌,但是国王手里的权杖一动也不动。所有人的希望都慢慢地变得黯淡了。一小时过去;两小时过去;仍旧不能作出决定。天色已近黄昏,等候在宫外的人群焦急忧虑得要发狂了。暮色增浓了,阴影越来越暗了。国王和他的廷臣已经彼此看不清楚对方的脸了,没一个人说话——没一个

---

① 指宫廷中供帝王取乐的弄臣。

人唤掌灯。一场重大的比试已经开始；但最后它已经失败；所有的人都想把自己的脸避开灯光，把自己的烦恼深深地藏在心底里。

最后——听呀！最嘹亮醉人的歌声像仙乐般远远从大厅另一头飘荡过来——那是夜莺的啼声！

"比试结束！"国王大喊，"吩咐钟声齐鸣，向百姓宣布，就说现在已经作出决定，我们没选择错。君主、王朝、全国人民都得救了。从今天开始，让夜莺永远在全国各地受到荣宠。要向所有的人公布，谁侮慢了夜莺，或者伤害了它，必将处以死刑。这是国王的旨意。"

那个小小的天地，整个儿被快乐所陶醉。城堡里、都市里，通宵达旦，被焰火照得灿烂通明，百姓跳舞、痛饮、唱歌，胜利的钟声震天动地，响个不停。

从那天起，夜莺成为圣鸟。家家户户都听到它的歌声；诗人写诗赞扬它；画家作画描绘它；它的雕像装饰了每一个拱门、塔楼、喷泉、公共建筑。它甚至被带到召开御前会议的地方；如果没让卜人把讨论的事项向国鸟夜莺汇报，并将它对该事所唱的歌翻译给内阁大臣们听，对任何国家大事都不能作出决定。

II

年轻的国王最爱打猎。夏天到了，一天他由一群英姿飒爽的贵人护卫着，架鹰纵犬，一起骑马出发。不久，在一片大森林中跟众人失散了，他就挑了一条自己想象中的捷径去找他们，但是路走错了。他驱马继续向前，最初满怀希望，但终于心灰气馁。苍茫暮色自远而近，但是他仍旧盲目四投，窜到了一片荒凉陌生的地方。不幸的事终于发生了。昏暗中，他把马赶到了陡坡危崖边一片柯枝纠结的丛林里。等到马匹和马上的人坠落到谷底时，马摔断了脖子，人跌断了一条腿。可怜的小国王熬着痛苦躺在那里，觉得每一个小时都缓慢得像一个月那样难过。他支起耳朵，听有什么声音会给他带来获救的希望；但是他听不见任何人的呼唤、号角的轰鸣、猎犬的吠叫。他终于放弃了一切希望，说："就让死亡到来吧，反正它是一定要来的。"

就在这时候,一只夜莺低沉、美妙的歌声在深夜静寂的荒野中回荡。

"有救了!"国王说,"有救了!这是圣鸟呀,预言应验了。多亏神灵保佑,我没选择错。"

他抑制不住满腔的喜悦;他无法用言语表达自己的感激心情。他想,只要再过几分钟,就会听到有人来救驾的声音了。然而,每一次都给他带来失望:并没有人来救他。沉闷的时光过得很慢。仍旧没有人来救他——但是那只圣鸟却继续歌唱。他开始怀疑自己的选择了,但是他克制着自己,不去多想。天将破晓,鸟声静息。又是一个早晨,这时他又饥又渴,但是没有人来救他。午后接着是黄昏。最后国王开始诅咒夜莺了。

紧接着,从森林外传来画眉的歌声。国王心里想:"这才是真正的圣鸟——从前我挑选错了——现在可有救了。"

然而,仍旧没人来救他。此后他昏昏沉沉,躺了好久。当他清醒过来,一只红雀正在歌唱。他听了听——这时他已漠然无动于衷了。他的信心已经完全丧失了。"这些鸟呀,"他说,"都不能够救我;我和我的王室、我的人民全都完了。"他翻来覆去,准备就死,因为他又饥渴,又疼痛,现在身体已经十分虚弱,觉得自己将不久于人世了。说真的,他只求早一点儿死了,倒可以解除痛苦。经过很长的一段时间,他没有思虑,没有感觉,就那样一动不动地躺在那里。后来,他的感觉又恢复了。第三天清晨,天刚破晓,啊,从他那双疲倦的眼睛里望出去,这个世界太美了。突然,年轻人胸中产生了强烈的求生欲望,从他心灵深处涌现出热忱的祝愿,祈求上苍垂怜,让他能重新看到自己的家人和朋友。就在那一霎时,从遥远的地方飘来一阵声音,那么轻柔,那么飘渺,可是,哦,在他急切的耳朵听来,又是那么难以形容地美妙啊——

"哇呜……嘿!——哇呜……嘿!——哇呜……嘿!——哇呜……嘿!——哇呜……嘿!"

"这一支,哦,这一支歌比夜莺的、画眉的,或者红雀的歌更美妙,更美妙一千倍,因为它不仅带来希望,而且带来肯定可以获救的信心;现在我真的得救了!像神谕所说,那神圣的歌唱者自己来应选了;预言应验了,我的性命、我的王室、我的人民全都得救了。从今以后,驴子将成为神圣的动物!"

仙乐越来越近,声音越来越响——在这个已接近死亡的受难者的耳中,也越来越美妙了。那头温顺的小驴,漫步走下斜坡,一面啃那浅草,一面唱着歌;最后,当它看见那匹已死的马和受了伤的国王时,它就走过去,带着天真和惊讶的神情嗅他们。国王爱怜地拍着它,它像小女主人每次要骑它时那样习惯地趴下去。年轻人费了很大力气,熬着痛苦攀到牲口背上,借助于它那双慷慨大方的耳朵,在它背上骑稳了。驴子一路唱着歌离开了那地方,把国王驮到农村小姑娘的茅屋门口。小姑娘把自己的草垫让给他当床睡,让他喝山羊奶恢复精神,然后飞也似的赶去把这条重大消息告诉了她第一个遇到的寻找国王的巡逻队。

国王痊愈了。他要做的第一件事,就是宣布驴子为神圣不可侵犯的动物;他要做的第二件事,是让这头驴进入他的内阁,委任它为王室的总理大臣;他要做的第三件事,是摧毁全国各地所有的夜莺塑像和雕刻,代之以圣驴的塑像和雕刻;他要做的第四件事,是正式宣布,等到那个农村小姑娘年满十五岁,他将册封她为王后——后来,这一切都照他所说的办了。

以上所讲的就是那则传奇。它说明,为什么一些陈旧得已经发了霉的驴像仍旧装饰着所有这些古老的拱门和断垣残壁;这说明,为什么许多世纪以来,正像现今多数国家的内阁一样,那个王国的内阁总理大臣永远是一头驴子;这更说明,为什么许多世纪以来,在那个小王国里,所有重要的演词,所有重要的典策,所有公开的仪式,以及所有王家的宣言,总是用以下这些扣人心弦的语句开头的:

"哇呜……嘿!——哇呜……嘿!哇呜……嘿!——哇呜……嘿!——哇呜……嘿!"

一八八二年

被偷走的白象[*]

I

以下这篇离奇的故事,是我在火车上由一位萍水相逢的朋友说给我听的。他是一位七十开外的绅士,他那十分善良而又和蔼的外表,以及热切而又诚恳的态度,使我相信他亲口叙述的每一件事肯定都是千真万确的。他说:

您总知道,暹罗国人[①],对王室饲养的白象是如何奉若神明。您总知道,白象是专供君主用的,也只有国王能拥有它,它在某种程度上的确比国王更为崇高,因为它不仅受人尊崇,而且受人崇拜。再说,五年前,大不列颠和暹罗两国之间发生了边界纠纷,不久事态就说明,错误显然是在暹罗一方面。因此很快就划定了每一处的分界线,英国代表说他感到满意,双方应捐弃前嫌。这使暹罗国王如释重负,于是,一半是为了要表示感谢,但一半也许是为了要消弭英国可能仍留下的少许旧恨,仍对他耿耿于怀,于是他打算送英国女王一份礼品——照东方人的想法,这是取悦于一个敌人的最可靠的方法。这份礼品应当不只是高贵的,而且是比一切都更高贵的。那么,还有什么礼品能比一头白象更为合适呢?当时我正在印度文职部门中担任那样的职位,被认为是特别有资格受那份殊荣,即护送那件礼品去进贡女王陛下。于是,为我以及我的仆役、随员和照护白象的服务人员装备了一条船,我在预定的日期抵达纽约港,然后将皇家托运的东西安顿在泽西城内最佳的地区。

---

[*] 本篇未载入《海外浪游记》,因当时作者惟恐其中某一些细节失之夸大,另一些则不符事实。在未及证明这些顾虑是不必要的之前,该书已付印了。——马·吐

[①] 暹罗于一九三九年改名泰国。

必须在那里逗留一个短暂时期,以便让这动物在重新开始航海之前恢复它的体力。

两星期里,一切安然无事——突然,我遭到了飞来横祸。白象被偷走了!深夜里有人给我打来电话,将这惊人的消息通知了我。好半晌,我在恐怖与焦急中失去了理智;我不知如何应付是好了。随后,我逐渐镇静,终于定下神来。我很快考虑到自己应当采取什么行动——可不是,对于一个有理智的人来说,也只有采取那一行动。虽然时间已经那么晚,但我仍飞往纽约,找到一个警察,由他把我领到侦缉队总部。很幸运,我及时赶到那里,总部的第一把手,大名鼎鼎的布伦特总探长正准备回家去。他是一个中等身材、体格壮实的人;每当他深思时,他总是习惯地蹙起眉头,沉吟着用一个手指轻轻地敲他的脑门子,而这些表现立即给你留下一个印象,相信你是站在一位不同凡响的人物面前。单是他那副形象,就为我增强了信心,给我带来了希望。我说明了自己的来意。这些话丝毫也不曾打动他;对他那钢铁般的沉着态度并没产生更多显著的影响,就好像我是在说有人偷走了我的一条狗。他招呼我坐下了,然后若无其事地说:

"请让我思考一下。"

他一面说这话,一面在办公桌前坐下,将脑袋伏在一只手上。几个办事员正在屋子的另一头工作,在此后的六七分钟里,只听见他们的笔擦在纸上的沙沙声。同时,总探长坐在那里,坠入沉思。最后,他抬起了头,就在他脸上那些坚定的纹路间,我看出他的脑子已经完成了任务,他的行动计划已经制定。他说——他的语声听来是那么低沉,但又是那么激动人心:

"这可不是一桩寻常案件。每采取一个步骤时,都必须谨慎小心;每做出下一步行动时,都必须对前一步行动感到踏实,而且,必须保密——要绝对严加保密。不可以对任何人提起这件事——哪怕对记者们也不要提起。我会去对付他们;我会注意,让他们只能打听到那些我存心要让他们知道的事。"他按了按铃;一个年轻人走进来。"阿拉里克,对记者们说,叫他们暂时留下。"年轻人退下了。"现在让咱们继续谈这件事——要系统地谈。干我这一行的,不采取严格和细致的方法,什么也办不成。"

他取过一支笔和一些纸。"好吧——象姓什么?"

"哈桑·本·阿利·本·塞利姆·阿布达拉·莫哈默德·莫伊塞·阿尔哈玛尔·贾姆塞特杰阿布霍伊·杜利阿普·苏丹·埃布·布德普尔。"

"很好。名字呢?"

"江博。"

"很好。出生地点?"

"暹罗首都。"

"父母都健在吗?"

"不——都死了。"

"除了这一个,它们还有其他子息吗?"

"没有——它是独生子。"

"很好。在这一项目下,这些材料已经足够了。现在请把那象描绘一下,不要漏掉一个细节,不论那是多么微不足道的——我的意思是说,在您看来是微不足道的。对干我这一行的人来说,根本没有什么微不足道的细节;微不足道的细节是不存在的。"

我一面描绘;他一面记录。等我描绘完毕,他说:

"喏,听好。如果我有什么地方记错了,就给我更正。"

以下就是他宣读的:

"身高,十九英尺;身长,从前额顶到尾巴根,二十六英尺;鼻长,十六英尺;尾长,六英尺,全长,包括鼻子和尾巴,四十八英尺;牙长,九英尺半;耳朵大小与这些相称;脚印和一只桶倒立在雪地里留下的印迹相似;象的颜色是灰白的;每只耳朵上有一个碟子大小的洞,可供嵌饰珠宝;它有一个相当引人注意的习惯,那就是爱把水向观众们喷射,并用它的鼻子粗暴地对待人们,不光是它的熟人,甚至所有的陌生人;它的右后腿微微有点儿跛,左腋下有一个小疤,那是从前生疖子留下的;它被偷走的时候背上驮有一座塔楼①里面设有十五个座位,披着一块普

---

① 战象背上的塔楼,平时可供人乘坐。

通地毯大小的织锦缎鞍坐垫。"

没有记错的地方。总探长按铃,将描绘的特征交给阿拉里克,说:

"立刻把这通知印五万份,寄给美洲各地每一个当铺和侦缉队办事处。"阿拉里克退了出去。"瞧——到目前为止,一切都进行得很顺利。下一步,我必须有一张失物的照相。"

我交给他一张。他一丝不苟地验看了它,然后说:

"也只好用这一张了——既然咱们没有更好的;可惜它卷起了鼻子,塞在嘴里。这很令人遗憾,它这是存心要叫人作出错误的判断呀,因为,它通常当然不会把鼻子放在那儿。"他按了按铃。

"阿拉里克,明天一早你先把这张照片添印五万张,然后把它们和那些描绘特征的通告一起发出去。"

阿拉里克出去执行他的命令了。总探长说:

"当然,必须悬赏才行。嗯,至于那笔赏金的数目呢?"

"您看应该出多少?"

"首先,我应当说——嗯,就出它两万五千元吧。这是一件既复杂又困难的工作。有千万条逃走的道路和千万种隐藏的可能。这些盗匪到处都有他们的朋友和同伙——"

"天哪,您可知道他们是谁吗?"

练就了隐瞒内心思想与感情的那副谨小慎微的表情,以及那从容不迫的答话,没让我听出一点儿言外之意——

"且别去管那个。我可能知道,也可能不知道。我们一般是看他作案的方式,以及他要偷的东西的大小,从而获得精细巧妙的线索,推测出我们要追捕的人是谁。我们现在要对付的可不是一个扒手,或者串门子顺手牵羊的小偷,瞧,您必须承认这一点。这件失物可不是一个初出茅庐的生手所能'举起'的①。但是,正像我刚才所说,考虑到办这件案子我们势必要跑许多地方,而那些贼也势必会一路上尽力掩蔽他们的行踪,这样看来,悬赏两万五千元也许是太少了一点儿,但是我想,开始时不妨出这个数。"

---

① 原文是"lifted",这字可解释为"偷窃",也可解释为"举起"。

于是我们决定一开始先出这么多赏金。然后，这位任何可能作为线索的疑点都不能逃过他的先生说：

"在侦探史中，有的案例说明，某些罪犯是由于我们掌握了他们特殊的胃口而被发现的。那么，这头象吃些什么，它吃多少？"

"这个吗，要问它吃些什么——它什么都吃。它能吃人，它能吃《圣经》——它能吃下人和《圣经》二者之间的任何东西。"

"好——这确实非常好，可惜太笼统了。需要的是具体细节——对于干我们这一行的，只有具体细节才是有价值的。好吧——就说人吧。每一顿——或者，如果您愿意这样计算，就说一天吧——它能吃多少人，如果是新鲜的？"

"它倒不在乎他们是不是新鲜的；仅一顿它就能吃下五个普通的人。"

"很好；五个人；我们把这记下。它更爱吃哪一些国家的人？"

"对哪一些国家的，它倒是一视同仁。它更欢迎那些熟悉的，但并不歧视那些陌生的。"

"很好。那么，再谈到《圣经》，它一顿能吃下几本？"

"它能吃下整整一版出的那么多本。"

"这说得不够简单扼要。您的意思是指普通的八开本，还是家庭用的插图本①？"

"我想，它对插图并不在意；意思是说，我认为它并不把附有插图的看得比单有文字部分的更贵重。"

"不，您没懂我的意思。我指的是体积。普通的八开本《圣经》，每本大约重两磅半，而那附有插图的四开本重十磅到十二磅。它一顿吃多少本多雷版②的？"

"要是您早已认识这象，您就不会提出这问题了。你有多少它就吃多少。"

"啊，那么就用钱数来计算吧。咱们总得想个办法把这一点弄明

---

① 家庭用《圣经》，指大本《圣经》，内附空页，供记录家庭成员出生与婚丧等大事。
② 保罗·屈斯塔夫·多雷(1833—1883)，法国插图画家，擅长木版画，曾为《圣经》作插图。

白。多雷版,那种俄国皮子包书角的,每本卖一百元。"

"它需要吃大约五万元的——比如说,一版出的约五百本。"

"瞧,这样就更为明确了。让我把它记下。很好;它爱吃人和《圣经》;到现在为止一切都令人满意。此外它还要吃些什么?我需要细节。"

"它会丢下了《圣经》,去吃砖头;会丢下了砖头去吃瓶子;会丢下瓶子,去吃衣服;会丢下衣服,去吃猫;会丢下猫,去吃牡蛎;会丢下牡蛎,去吃火腿;会丢下火腿,去吃食糖;会丢下食糖,去吃馅饼;会丢下馅饼,去吃土豆;会丢下土豆,去吃麦麸;会丢下麦麸,去吃干草;会丢下干草,去吃燕麦;会丢下燕麦,去吃大米,因为它是用大米喂养的。没一样东西是它不要吃的,除了欧洲黄油,但是,如果肯品尝一下,它也会吃的。"

"很好。每顿一般的食量是……大约是……"

"这个吗,是从四分之一吨到半吨吧。"

"那么它喝的是……"

"凡是流质都喝。牛奶,水,威士忌,糖蜜,蓖麻油,松节油,石炭酸……这里没法一一细举;不论是什么流质的,您想到什么就记下什么吧。凡是流质的它都要喝,除了欧洲咖啡。"

"好极了。至于数量呢?"

"就写五到十五桶吧——它口渴的程度不一样;吃其他东西,它的胃口倒是不变的。"

"这些细节很不寻常。它们肯定能为追踪它提供很好的线索。"

他按铃。

"阿拉里克,去请伯恩斯探长来。"

伯恩斯来了。布伦特总探长把全部案情逐条向他解释清楚。然后,他用胸有成竹、习惯于发号施令的人那种清晰而又果断的声调说:

"伯恩斯探长,派琼斯、戴维斯、哈尔西、贝茨和哈克特几位探员去跟踪那象。"

"是,长官。"

"派摩西、达金、墨菲、罗杰斯、塔珀、希金斯和巴索洛梅尤几位探员去跟踪窃贼。"

"是,长官。"

"派一队实力雄厚的警卫队——包括三十名精选人员,再加上三十名换班人员——分布在象被偷走的地方,在那里日夜严加监视,必须持有我签署的命令,否则谁也不准走近那里——除了新闻记者。"

"是,长官。"

"派便衣侦探去火车上、轮船上和渡口仓库里,以及所有从泽西城通往外地的大路上,奉令搜查一切可疑的人。"

"是,长官。"

"让所有这些人员都带着那张照片,连同有关大象特征的描绘,命令他们搜查所有的火车,以及去往外地的渡轮和其他船只。"

"是,长官。"

"如果发现了象,就捉住它,拍电报通知我。"

"是,长官。"

"立即通知我,如果发现线索——诸如畜生的脚迹,或者那一类的东西。"

"是,长官。"

"命令水上警察严加戒备,巡逻临江一带地方。"

"是,长官。"

"派便衣侦探分守各条铁路:北到加拿大,西到俄亥俄,南到华盛顿。"

"是,长官。"

"派一些专家到所有的电报局里,去监听所有的电讯;要责令电报局将所有的密码急电都译出来。"

"是,长官。"

"所有这一切,都要在极度保密的条件下办妥——注意,绝对不能让任何人识破。"

"是,长官。"

"准时向我汇报,仍旧是那老时刻。"

"是,长官。"

"去吧!"

"是,长官。"

他走了。

有一会儿工夫,布伦特总探长一语不发,在琢磨什么,这时他眼光中的热情火花在逐渐暗淡,终于消失。然后,他转过身面对我,以平静的口气说:

"我这个人可不爱自吹自擂,那不是我的作风,可是——咱们准会找到那头象。"

我热情地和他握手,向他道谢;再说,我对他确实是衷心地感谢。我对他越看越喜欢,也越加崇拜,并对他那行业中的神秘奇迹感到惊讶。于是,那天夜里我们暂时分手;回到自己的下处,我的心情远比先前去他办公室时痛快多了。

II

第二天早晨,这桩案件全部见了报,报上将它描写得淋漓尽致。甚至添了一些细枝末节——谈到了这一位某某探员、那一位某某探员,以及其他另一位某某探员的"推测",并作出了种种假设:盗窃是如何进行的,窃贼是一些什么人,他们又携赃潜逃到了什么地方。这类推测一共有十一种,它们罗列了所有可能的估计:单是这一点就说明探员们是多么了不起的独立思想家。没有两种推测相同,甚至是很相似,除了其中一条引人注目的细节;有关那一条,所有十一种推测都是绝对一致的。那就是:虽然我的房屋后墙被捣毁,但惟一的那扇门却仍旧锁着,而象并不是从墙缺口偷出去的,是从其他出口(至今尚未查明)偷走的。大家一致认为,窃贼之所以要打开那个缺口,只是为了要使探员作出错误的判断。我和任何其他外行也许再也不会想到那是一条诡计,然而它一点儿也蒙骗不了那些探员。比如,我原来认为某件事纯属理所当然的,但实际上却恰恰作出了最错误的判断。十一种不同的见解都指出了假定的窃贼姓甚名谁,然而没有两种指出了同一个窃贼;涉嫌的总共达三十七人之多。所有报上的报道,结尾都引述了最重要的一条意见——也就是布伦特总探长的意见。以下是这类叙述的一部分：

"总探长知道两名主犯是谁，他们是'硬汉子'达菲和'红头发'麦克法登。在这次盗窃案发生的前十天，他已经察觉出他们要下手，就悄悄地跟踪这两个著名的歹徒；但不幸的是，在出事的那天晚上，他们的踪迹突然消失，而就在重新找到它之前，那鸟儿已经飞了——也就是说，那象已经不见了。

"达菲和麦克法登是他们那一行中最为剽悍的恶棍；总探长有理由相信，去年冬天，一个严寒的夜晚，从侦缉总部偷走了火炉的就是他们——结果是，还没有等到第二天早晨，总探长和所有的探员，都去请医生诊疗了，有的冻坏了脚，其他的冻坏了手指、耳朵和身体其他部分。"

我刚看完报道的前半段，就对这位不平凡人的高超机智更感到惊奇。他不但对现在的每一件事一目了然，对未来的一切也不会被它瞒过。不多一会儿，我到了他的办公室，说我一心希望他立即去拘捕那些人，这样可以预防发生其他麻烦，避免再遭到损失；但他的回答是那么明白简短而又无可辩驳：

"我们的职责不是预防犯罪，而是惩罚犯罪。但我们又不能事先惩罚犯罪，必须等到有人已经犯了罪。"

我指出，我们一开始就保守的秘密已遭报界破坏；不但是我们所有的底细，而且是我们所有的计划和意图，都被泄露无遗；甚至所有可疑的人的姓名也都被公布；现在这些人肯定会乔装改扮，或者销声匿迹。

"随他们去。他们会发现：只要我一准备逮捕他们，我的手就会像万无一失的命运之神的手，在他们隐蔽的场所落在他们身上。至于那些报纸吗，我们必须和他们融洽相处。名誉、声望，要经常受到公众的表扬——这些是一个探员赖以生存的因素。他必须公布他的底细，否则人们就会认为他全无事实根据；他必须发表他的推测，因为没有任何其他东西比探员的推测更为新奇，更能吸引人们的注意，更能激起人们对他的奇妙的敬佩；我们必须公布我们的计划，因为报刊一心要掌握它们，而我们又不能加以拒绝，那样就会得罪他们。我们必须经常让公众明白，我们是在做一些什么，否则他们就会相信，我们什么事都没干。

让报纸上说：'布伦特总探长机智过人的高见如此这般，'这要远胜于让它说一些刻薄话，或者，更糟的是，让它说一些冷嘲热讽的话。"

"我知道您这些话确实是有道理的。但是我注意到，在今天晨报上发表您的一部分谈话中，您拒绝发表您对某一小问题的看法。"

"是的，我们总是那样拒绝回答；这会收到好的效果。再说，不管怎样，反正我对那一问题还没有什么具体的看法。"

我预付给总探长一大笔钱，以备支付日常开销，然后坐下来等候消息。现在我们期盼随时都有电报来到。就在这时候，我又去看那些报纸，以及我们描绘失物的通告，注意到我们那二万五千元的奖金好像是专为奖赏探员的。我说，我原以为它准是奖赏任何一个逮到象的人的呢。总探长说：

"找到象必须靠探员，所以奖金应当花在刀口上。如果是其他人找到了那畜生，那也只是由于他们留心观察那些探员，利用从探员那里窃取到的线索与迹象，而凭这一点看，毕竟是探员有资格获得奖金。奖金的正确作用，是鼓励那些把自己所有的时间和锻炼出的机智全部用在这种工作上，而不是让那些单凭运气的人去沾光受惠，他们获得失物，只是偶尔碰巧，并非凭借自己立了功劳。"

可不是，这番话说得合情合理。这时候屋子角落里的电报机开始咔嗒作响，收到的是以下这份急电：

获得线索。发现一连串很深的脚印，穿过此地附近农场。向东跟踪二英里，并无结果；猜想象已向西逃逸。现在将朝那一方向跟踪。

探员**达利**
纽约弗劳尔站
上午七点三十分

"达利是我们队上最精干的人员之一，"总探长说，"咱们不久就会再接到他的报告。"

刚到此地的玻璃厂，夜间遭破门盗窃。八百只玻璃瓶被洗劫一空。这里只在附近五英里外有大量积水。将改朝那方向追踪。

象可能是渴了。瓶子都是空的。

探员**贝克**
新泽西巴尔克镇
上午七点四十分

"看来这也很有希望,"总探长说,"我早就对您说过,那畜生的胃口会提供有利的线索。"

第三号电报:

　　昨天夜里,这里的一大垛干草不翼而飞。大概是被吃了。已获得线索,立即出发。

探员**哈伯德**
长岛,泰勒维尔
上午八点十五分

"瞧它这一阵四面乱窜!"总探长说,"我知道我们手头的任务艰巨,可是我们总会逮住它的。"

　　朝西随脚印跟踪三英里。脚印又大又深,轮廓模糊不清。刚遇到一个农民,他说那不是象的脚印。说那是去年冬天地冻时,他为种遮阳树,掘树苗留下的。请指示下一步如何进行。

探员**达利**
纽约弗劳尔站
上午九点

"哈哈!这是那伙贼的同党!快要接近目标了。"总探长说。

他口授了以下发给达利的回电:

　　拘捕这人,逼他供出他同伙的姓名。继续追踪——如需要,一直追到太平洋岸。

总探长**布伦特**

接着来的是这份电报:

　　昨天夜里,此地煤气公司营业所被谁破门而入,三个月的煤气账单统被带走。已获线索,立即出发。

探员 墨菲
宾夕法尼亚柯尼角
上午八点四十五分

"我的天哪!"总探长说,"难道它连煤气账单也要吃不成?"

"由于缺乏知识嘛——是会吃的;可是这样它是难以维持生命的。无论如何,至少单吃这一些是不够的。"

这时来了这份激动人心的电报:

> 刚到。村里人一片恐慌。今天凌晨五时,象经过这村。有人说它向东去了,有人说它向西去了,有人说是向北,又有人说是向南——但是所有的人都说他们没来得及仔细注意。它击毙了一匹马;我们取得一块残骸,作为线索。它是用鼻子把马击毙的;用的是挥击式,看来鼻子是从左边甩出的,根据马横倒的位置来看,估计象是沿伯克利铁路线向西北去了。它已离开四个半小时;但我将立即穷追。

探员 霍斯
纽约艾恩维尔
上午九点三十分

我欢呼起来。总探长却声色不动,那样子好像是一尊雕像。他镇定自若地按了按铃。

"阿拉里克,请伯恩斯探长来。"

伯恩斯来了。

"一声紧急集合令下,可以立即出动多少人?"

"九十六名,长官。"

"立即派他们向北出发。叫他们集中在艾恩维尔以北伯克利铁路沿线一带。"

"是,长官。"

"叫他们极度保密,指挥一切行动。一等到有其他人可以分身,就留下那些人候令。"

"是,长官。"

"去吧!"

"是,长官。"

紧接着另一份电报到了:

> 刚到。八时十五分,象经过此地。镇上人全部逃走,除了一名警察。看来象并不是要攻击警察,而是要攻击路灯柱。但二者都被击中。我已取得警察的部分残骸,作为线索。
>
> 探员 斯图姆
纽约塞奇角
上午十点三十分

"原来象已转向西逃跑了,"总探长说,"但它是逃不脱的,因为我的人已经遍布在那一带地方。"

下一份电报:

> 刚到。村里人已逃避一空,只留下了病人和老年人。三刻钟前,象经过此地。当时反禁酒者正在开群众性集会;它把鼻子伸进窗口,吸了蓄水池里的水把大伙冲散。有的人大口吞水——后来死了;好几个人都被淹死。探员克罗斯和奥尚内西正经过那镇,但他们是朝南走——这样就错过了象。周围许多英里以内的人都陷入恐怖——他们纷纷离家出走。可是,不论向哪面逃,他们都碰上了象,好多人都丧了命。
>
> 探员 布兰特
格洛弗村
十一点十五分

我对这场灾难感到十分悲痛,几乎哭出来。但是总探长只说了这么几句:

"您瞧——我们正在迫使它陷入重围。它觉出我们临近;它又转向东逃了。"

但是我们还要接到更多叫人烦恼的消息。以下电报带来的消息是:

> 刚到。象半小时前经过这里,造成无比的恐慌和骚动。象在马路上到处逞凶;两个管子工路过,一个惨遭横死,另一人逃了。不胜痛惜。
>
> <u>探员</u>**奥弗莱厄蒂**
> 霍甘波特
> 十二点十九分

"这下子它可深陷在我们的包围圈里了,"总探长说,"它再没法解救自己了。"

探员们发来了一连串电报,他们分布在新泽西和宾夕法尼亚各地,正根据各条线索追踪,包括被彻底破坏的谷仓、工厂、以及主日学校的图书馆,大家都满怀希望——可不是,几乎是那种必胜无疑的希望。总探长说:

"我希望能和他们联系上,命令他们向北,但这是办不到的。探员只能去电报局发来报告;紧接着他又离开了那儿,你不知道在哪里能找到他。"

接着,这份急电到了:

> 巴纳姆①愿出每年四千元的代价,取得使用大象做流动广告的专利权,从现在起,直到探员找到那象为止。准备在象身上张贴马戏团海报。盼即答复。
>
> 探员**波格斯**
> 希里奇波特
> 中央标准时间:十二点十五分②

"真是荒谬透顶!"我惊喊起来。

"当然荒谬,"总探长说,"巴纳姆先生虽然以为自己精明过人,可他对我却心里没底——而我对他倒是心里有底的。"

于是他口授以下回电:

---

① 见本书第7页。
② 指用于美国与加拿大中部的时间。

不接受巴纳姆先生出的价。应将价提高到七千元,否则作罢。

总探长**布伦特**

"好啦。咱们用不着再等多久,就会有回电来了。巴纳姆先生这会儿不在家里;他在电报局里——每当他做交易的时候,他老是这样。不出三……"

电报机响起咔哒声,谈话就此中断。

"成交。——菲·泰·巴纳姆。"

我还没来得及对这件不平常的事件发表看法,以下这份急件使我想到另一桩十分悲痛的事:

象从南方来到,于十一时五十分穿越本镇,直奔森林,路上冲散了一列出殡队伍,淘汰了两个送丧的。居民向它发射了几枚小炮弹,然后逃走。十分钟后,我和伯克探员从北面赶到,但是把地下挖的一些坑错当作脚印,这样就耽误了好多时间;但我们终于找到应走的路线,追踪到森林。然后我们趴下来膝行,继续紧紧跟踪,就这样尾随着它进入一片小树丛。伯克在前面爬。不幸那畜生已停下来休息;因此,伯克耷拉着脑袋,一心只顾注意脚印,还没来得及发觉象已在他的近处,就一头撞在它后腿上。伯克立即站起,揪住它的尾巴,激动地欢呼:'我要去领奖——'但没来得及叫下去,因为那大象鼻子只一挥,就让英勇的小伙子粉身碎骨,倒下去死了。我向后逃,象转过身,一直把我紧追到森林边,它跑得飞快,要不是老天保佑,有剩下的那些送殡的人又从横地里插出,转移了它的注意力,那我肯定要完蛋了。我刚获悉,现在那列送殡队伍已无一人幸存;但这倒算不了是什么损失,因为这为举行另一次出殡提供了充分的资料。就在这时候,象又逃得无影无踪了。

探员**马尔罗尼**
纽约玻利维亚
十二点三十分

我们只从分布在新泽西、宾夕法尼亚、特拉华以及弗吉尼亚等地那些不辞辛劳、满怀信心的探员那里获得一些消息——他们正在跟踪新

发现的、令人鼓舞的线索——直到下午二时刚过不久,这份电报到了:

> 象曾来此地,满身都贴着马戏团的广告,冲散了一场奋兴布道会,击倒并重伤了许多正准备去过一种更美好的新生活的人。居民将它圈在围栏里,并布置了守卫。我和探员布朗稍晚一些时候到达,进入栏圈,开始根据照相和描写的细节去认明那象。所有的特征都已核对相符,除了一处我们没法看清——那腋下的疖子疤痕。为了确实无误,布朗爬到它底下去看,立即脑子开花——也就是说,脑袋被压烂了,虽然那些碎片里什么也没发现。所有的人都逃散;象也逃了,一路上左冲右突,造成极大的破坏。它虽然逃了,但由于受了炮伤,一路上留下了醒目的血迹。肯定会再发现它。它穿过密林,突围向南跑了。
>
> 探员**布兰特**
> 巴克斯特中心
> 两点十五分

那是最后一份电报。傍晚大雾四合,浓雾中三尺以外的东西都无法看清。这情况持续了整整一夜。渡轮停航,甚至连公共汽车也不得不停驶。

Ⅲ

第二天早晨,报纸仍像以前那样登满了探员的推测;它们也详细报道了我们的全部悲惨遭遇,此外更有许多是它们各自的外电记者发回的信息。一栏栏全被登满,并向下连续了三分之一的篇幅,用的是醒目的大标题,我读时连心都揪起来了。它们的一般口气是这样的:

> 白象逍遥自在!它一路行凶杀人前进。惊魂不定的村民已逃避一空!前面为它开路的是白色恐怖,后面跟随的是死亡与破坏!而这一切的后面则是那些探员。谷仓被冲毁了,工厂被彻底破坏了,庄稼被吃光了,群众集会被冲散了,与这一切同时发生的则是笔墨无法形容的大屠杀!侦缉队中三十四位最杰出的探员的推

测！总探长布伦特的推测！

"您瞧！"布伦特总探长说，无意中差点儿露出了他的激动心情，"这可太妙啦！这是任何一个侦缉组织从来不曾有过的意外收获。它的名声将传遍海内外，持久不衰，而我也可以指望附骥成名了。"

然而我可高兴不起来。我觉得，仿佛所有的那些血腥罪行都是我犯的，而那象只不过是我的一个不负责的代理人罢了。瞧那一连串惨案有增无减！在某一个地方，它"混搅了一次选举，害死了五名重复投票者。"此后它继续作恶，杀害了两个可怜的人，这两人叫奥多诺霍和麦加弗拉尼根，"前一天刚在各地受压迫者所向往的乐土找到一个避难之处，准备到投票站去首次行使美国公民光荣的权利，竟惨遭这暹罗煞神的毒手。"在另一个场合，它"碰上了一位名噪一时的狂热传道士，他正在准备下一季如何用豪言壮语对跳舞、演戏，以及其他事物进行无法反驳的抨击，而就在这时候它踩死了他。"更有一个场合，它"杀害了一个推销避雷针的经纪人。"惨案的记录就这样一连串延续下去，血腥味越来越浓，你看了越来越伤心。六十人惨遭杀害，二百四十人负伤。所有的报道都毫不夸张地证实了探员们的努力与献身精神，所有的报道都在结尾说，"三十万市民和四位探员亲眼目睹了那可怕的畜生，探员中有两位已被它杀害。"

我怕听见电报机再开始咔哒作响。过后不久，电讯又开始纷至沓来，但它们的性质却令我在失望中感到快慰。不久大家都明白了，象已完全失踪。雾已让它找到一个没被人发现的安全藏身之所。从远得极为荒诞的地点拍来的电报说，某时某刻，透过浓雾，在那里瞥见一个模模糊糊的庞然大物，"毫无疑问，它就是那象。"瞥见这一模模糊糊的庞然大物的地方，有纽黑文，有新泽西，有宾夕法尼亚，有纽约州内地，有布鲁克林，甚至有纽约市区！然而，在所有的情况下，那模模糊糊的庞然大物很快就消失得无影无踪。分散在这幅员辽阔地区的大队探员，每人每小时发来报告，每人都获得一条线索，而且正在跟踪什么，正在紧追不舍。

然而，一天过去了，毫无其他下文。

第二天也是如此。

第三天仍然如此。

报纸上的报道开始变得单调了,登载的事例无一实质,那些线索毫无意义,而那些推测简直不再有什么令人惊奇、喜悦和赞叹的成分了。

我听取总探长的意见,将奖金提高了一倍。

又是沉闷的四天。然后则是那些可怜的辛勤工作的探员遭到一次沉重打击——新闻记者谢绝发表他们的推测,都冷冷地说:"让我们休息吧。"

象失去踪迹两星期后,我听取了总探长的意见,把奖金提高到七万五千元。这可是一笔巨款,但是我觉得,我宁可倾家荡产,也不愿失去政府对我的信任。这时探员们的处境是狼狈的,报纸转而向他们攻击,开始用最刻毒的语言取笑他们。这就给那些滑稽演员出了点子,于是他们打扮成探员,用极端夸张的方式在舞台上追捕那象。漫画家则画了一些探员,用小型望远镜向野外瞭望,而象则躲在他们背后,从他们口袋里偷苹果吃。他们还把探员的警徽画成各式各样逗笑的图画——你们肯定见过那种警徽,用金色印在一些侦探小说书脊上——那是一只睁大了的眼睛,题有警徽上镌刻的文字:"**我们永不合眼。**"每当探员去喝酒时,存心开玩笑的酒店伙计就重新用那句早已过时的套语说:"您要来杯睁眼酒①吗?"四周密布着讥讽的气氛。

然而,经过整个这一段历程,有一个人却举止镇定,声色不动,行若无事。这就是那位铁石心肠的总探长。

他那坚定的信心从不摇动。他老是说:

"让他们去嘲笑吧;谁笑在最后,谁笑得最好。"

我对这人的钦佩,已变为一种崇拜。我和他形影不离。他的办公室已经成为令我难堪的地方,而现在这情况更一天天变本加厉。但是,既然他能忍受它,我也要去忍受;至少要坚持到我力不能胜任时为止。于是我经常去那里,并且留在那里——在一般局外人中,看来我是惟一能做到这一步的。所有的人都感到惊奇:我怎么能够这样;而我也常常觉得自己必须开小差了,但每逢这种时刻,我就注视那安详的、显然无

---

① 一早醒来时喝的空腹酒。

动于衷的脸,然后又坚守着我的阵地。

大约是在象失去踪迹三星期后,一天早晨,我刚打算说必须离开岗位,退出阵地时,那位伟大的总探长阻止了我的意图,又提出了一个巧妙绝顶的高招。

那就是去和盗贼取得妥协。这人的足智多谋,超越了我所见过的所有的人,而我和世间最富有机智的人是有着广泛的交往的。他说,他有把握能用十万元作出妥协,使那象物归原主。我说,我相信能凑齐那数;可是那些可怜的探员,忠心耿耿地苦干了一场,他们怎么办呢?他说:

"如果作出妥协,他们照例能分到一半奖金。"

这一说打消了我惟一的异议。于是总探长写了以下两张便条:

敬爱的夫人,——您先生能赚到一大笔钱(同时绝对保证他不受法律制裁),只要立刻为我安排一次约会。

总探长**布伦特**

他派他的密使将一份通知送交硬汉子达菲"远近驰名的老婆",另一份送交红头发麦克法登远近驰名的老婆。

不到一小时,收到了以下两封咄咄逼人的回信:

你这老本(笨)蛋:硬汉子麦克达菲两年前就窍(翘)了卞(辫)子。

布坦克奇特 · 马奥尼

棒槌总探长,——红头发麦克法登十八个月前就被绞死,进了天糖(堂)。除了那伙探员,哪个笨驴都之到(知道)这件事。①

玛丽 · 奥胡利甘

"这些事我早就料到了,"总探长说,"这证明我的直觉是准确无误的。"

他一计不成,登时又生二计。他立即拟了一则登在晨报上的广告,我还保存着一份以下原稿;

---

① 马奥尼和奥胡利甘她们的回信中写了不少错别字。

A.——xwblv. 242N. Tjnd——fz328wmlg. Ozpo,——; 2 Zm! Ogw. Mum.

他说,如果那贼还活着,他见了广告就会去那经常约会的地点。他还解释道,每逢探员和罪犯打交道,总是在那经常约会的地点进行谈判。这次的约会定在第二天夜间十二点钟。

那个时刻还没到来之前,我们无事可做,于是我不多耽搁,径自离开了办公室,由于能享受到这份权利,心里着实感激。

第二天晚上十一点,我带去十万元现钞,交在总探长手里,不一会儿他就离开了那里,仍像原先那样眼光里闪出无所畏惧、信心十足的神情。几乎难以忍受的一小时终于慢慢地挨过去:接着就听到那众人切盼的脚步声,我站起身,气喘吁吁、跌跌撞撞地赶过去迎他。瞧他那双敏锐的眼睛里闪耀着胜利的光芒! 他说:

"我们妥协了! 那些窝囊废明天就会唱出不同的调子了! 跟我来!"

他拿着一支点燃了的蜡烛,大踏步走进下面那间有拱顶的大地下室,那里经常有六十名探员安歇,这会儿有二十来位正在玩纸牌消磨时光。我紧跟在他后面。他快步走向室内远处光线暗淡的尽头,正当我突然感到一阵透不过气,要晕倒时,他一下子绊倒,跌在一个大家伙伸出的腿上。我只听见他往下倒时欢呼:

"这证明我们高贵的行业是无懈可击的。瞧这儿就是你们要找的象!"

我被抬到上面办公室里,嗅了石炭酸清醒过来。全侦缉队蜂拥而来,接着是又一次我从未见过的庆祝胜利的狂欢场面。将新闻记者召唤来,打开了一筐又一筐的香槟酒,一次又一次敬酒干杯,不断地热情握手祝贺。不用说,总探长成为一时的风头人物,他快乐到了极点,而他享受那份快乐也是功有应得,是由于他那坚忍不拔、无所畏惧的精神赢得的,所以我也为之高兴,虽然我在那里已成为一个无家可归的穷光蛋,我所受托的无价之宝死了,我在本国政府部门中的职位丢了,而这一切只是由于我在执行重大任务时,似乎总要犯要命的粗心大意的老毛病。一双双富有表情的眼睛,向总探长流露出极度的钦佩,许多探员都在窃窃私语:"瞧他呀——简直就是这一行中的大王——你只要给他一条线索,他不需要其他帮助,没有任何隐藏起来的东西不会被他找到。"大伙分那五万元奖金时,皆大欢喜;钱分完后,总探长把他的那一份揣进腰包时发表了简短的讲话,他说:"哥儿们,去享受它吧,因为这是你们挣来的;而且,不但如此——你们还为侦探行业赢得了不朽的荣誉。"

来了一份电报,电文如下:

  三个多星期来,我首次找到了一个电报局。我跟随着那些脚印,骑马穿过森林,历程一千英里,来到此地,脚印一天天变得更深、更大,也更清晰。不必着急——不出一星期,我会找到那象。这是十分肯定的。①

探员达利
门罗,密执②
晚十点

总探长吩咐大伙为"全队中最富机智者之一达利"欢呼三声,然后发出一份回电,叫他回来领取他那份奖金。

被偷走的象的那段奇迹般经历就此结束。第二天报纸又登出悦耳的颂词,除了其中一个你不屑去置辩的例外。那份报纸说:"探员真伟大呀!在寻找一个如丢失了的象这样的小玩意儿,他也许稍许慢了一点儿——尽管他白日里整天追寻它,三星期整夜和它那腐烂的尸体睡在一起,他到底找到了它——其实,只要他能找到那个将象错放在那里的人,给他指出那地方就行了嘛!"

我再也看不到可怜的哈桑了。那几发炮弹给它造成了致命的创伤。它在雾中悄悄地走到了那凶险的地方;陷入了敌人的重重包围,经常有被人发现的危险,它在饥饿与苦难中逐渐耗尽体力,直到死神给它带来了安宁。

---

① 原文为 This is dead sure. 是一句双关语,它可以释为"这是十分肯定的"。也可以释为"这肯定是死了的"。
② 指美国密执安州。

这次妥协花费了我十万元；侦探的费用又花费了我四万二千元；此后我再没有在我国政府中谋求一个职位；我是一个丧失了一切的人，在世间是一个流离失所的人——但是，直到今天，我对那位先生的钦佩心情仍旧不曾变得淡漠，而且永远不会变得淡漠，我始终相信他是全世界空前未有的最伟大的探员。

一八八二年

一则鬼故事

我租了百老汇大街尽北头的一间大屋子,在我搬进去之前,那幢古老大厦的上面几层已多年没人住了。那地方早已湮没在灰尘与蛛网中,湮没在一片荒凉与静寂中。头一天晚上,我爬上楼到我的宿舍时,像是在坟墓间摸索,像是在侵入一片死者的禁区。有生以来第一次,一种迷信的恐惧控制了我;我在楼梯的黑暗中拐了个弯儿,一缕看不见的蛛网的粘丝飘到我脸上,并紧粘在上面,我打了个冷战,好像撞上了幽灵。

我到了我那间屋子里,一下子将霉垢和黑暗都关闭在外面,这才感到相当快慰。壁炉里的火烧得正欢,我冲着火坐下,觉得轻松舒畅了。我在那里坐了两个小时,重温往事;我回想起当年的一些情景,竭力使那些已经半遗忘的面庞从迷茫的往昔岁月中重新浮现;我在幻想中留心听那些早已沉寂了的语声,留心听那些一度熟悉,但如今已再无人去唱的歌曲。当我的幻想变得越来越暗淡,那情调变得越来越忧伤时,外面风的呼号也逐渐低沉,好像是一片凄厉的哭声,那猛烈打在窗上的雨减弱了,听来是均匀的啪嗒声,街上的各种声音变得更低沉了,到后来,最末一个晚归的行人的脚步声也在远处消失了,此后再没有声息了。

炉火已快烧尽。我逐渐有一种孤寂冷落感。我站起身,脱了衣服,踮着脚在屋子里来回走,悄悄地做我要做的事,好像四周都是已经入睡的敌人,只要一惊醒他们,我就会招来杀身之祸。我盖好了被,躺在床上听风雨声,以及远处百叶窗的吱嘎声,直到这些声音催我进入梦乡。

我睡得很熟,至于睡了多久我却不知道。突然,我醒了过来,浑身颤抖,担心会发生什么事。一切静寂。一切,除了我自己的那颗心——我能听见它在搏跳。过了不一会儿,毯子开始慢慢地向床脚那头滑过去,仿佛什么人在扯它!我不能动弹了;我不能开口了。毯子仍旧满不在意地溜开，直到我的胸部袒露在外面。于是，我奋不顾身，一把揪住了毯子，拉过来蒙住我的头。我等待，我留心听，我等待。是谁又一次开始那样毫不放松地扯，我又一次半死不活地躺在那里，不知过了多久，一秒钟一秒钟地挨过，直到我的胸部又敞露在外面。最后，我鼓起勇气，把毯子拉回到原先的地方，使大劲紧揪住它不放。我等待。又过了一会儿，觉出毯子被轻轻地扯了一下，我又使劲揪住它。它被扯得更加有力，最后是毫不放松地硬扯——而且越扯越有劲。我手松开了，第三次毯子又溜开了。我哼哼了一声。是谁从床脚头应了一声！我脑门子上冒出大颗汗珠。我被吓得魂不附体。立刻，我听见我屋子里响起沉重的脚步声——我觉得那好似一头大象的脚步声——它完全不像是人的脚步声。但是它正在从我跟前离开——这使我的紧张有所缓解。我听见它移向房门——穿过门口出去，并没拨插销或开门锁——然后在阴森的过道里游荡开，一路沉重地压着地板和托梁，于是它们又咕喳咕喳地响——然后，又恢复静寂。

一阵紧张激动平息后，我对自己说：" 是一场梦——只是一场噩梦。"于是我躺在那里思考这一件事，最后自己相信，这的确是一场梦，这时随着宽慰的笑，我紧闭着的唇松开了，我又感到快慰了。我爬下了床，点亮了灯；我发现门锁和插销跟我刚才关门时一样纹丝未动，这时又一阵宽慰的笑从我心坎中涌起，在我唇边泛开。我取过我的烟斗，点燃了它，刚在炉火前坐下，这时候——烟斗从我麻木的手指间落下，我的脸一下子变得煞白，平静的呼吸突然被一声喘息打破！就在壁炉前砖地上的炉灰里，和我的赤脚印迹并排，是另一个脚印，那样硕大无朋，我的脚印和它相比之下好像是婴儿的！这样看来，我这里是来过一位不速之客，而这就说明了那大象的脚步声。

我熄了灯，回到床上，吓得瘫软了。我躺了很长时间，偷偷地向黑暗中窥探，一面留心去听。接着我听见头顶上空传来刺耳的声音，好像是谁将一个沉重的东西在地上拖过去；接着那东西被推倒了，随着那一下强烈的震撼，我的窗户发出颤动的回响。我听见大厦中远处一些地方隐隐传来砰砰的关门声。每隔一会儿我就听见偷偷摸摸走着的脚步，是谁在那些过道中掩出掩进，沿楼梯爬上爬下。有时候，这些发出

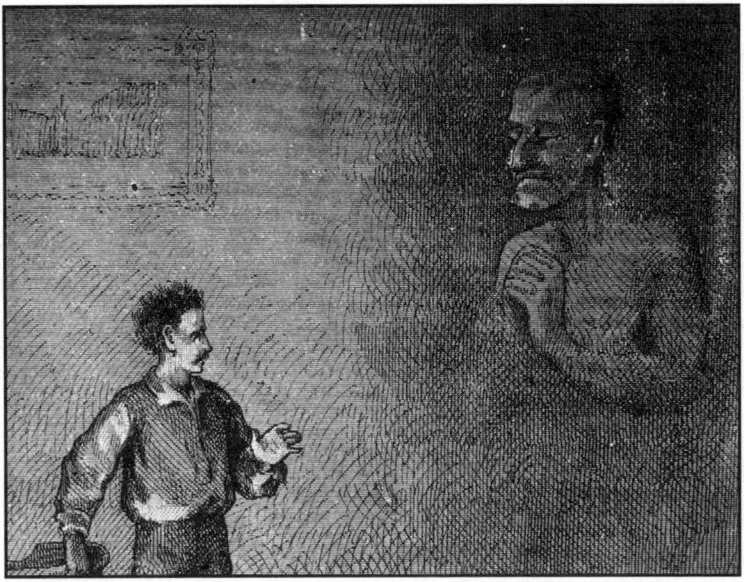

声响的东西移近我的房门,犹豫了一下,又离开了。我听见远处走廊里轻轻地传来锁链的郎当声,留心听着那郎当声越来越近——那是拖着锁链的鬼怪在向前走,疲乏无力地登上楼梯,每登上一级楼梯,那锁链过于长的部分搭拉下来,就响起刺耳的碰撞声。我听见嘟哝不清的人语声;我听见断断续续的、好似被强行压下去的厉号声;我听见肉眼无法看见的衣服传来的窸窣声,肉眼无法看见的翅膀发出的猛烈扇扑声。这时我意识到,我的屋子已被谁侵入——我不是单独一个人。我听见我的床近旁有叹息声、呼吸声,以及神秘的悄语声。就在头顶上空天花板上,现出了三个磷光不太耀眼的小球,有一会工夫它们在那里紧凑在一起闪着光,然后向下坠落——两只落在我脸上,一只落在枕头上。它们像液体般迸溅开,我觉得它们暖洋洋的。我的直觉告诉我,就在下坠的时候,它们已变成一滴滴血水——我无需借灯光证实这一点。接着我就看见一些惨白的面孔,模糊地闪着磷光,再有一些脖子上没脑袋的,就那样高举起苍白的手,在空中浮荡——浮荡了一会儿,接着就消失了。悄语结束,其他声响也停息,然后是一片肃静。我一面等待,一面留心听。我觉得,我必须有灯光,否则我非死不可。我吓得身体都软了。我慢慢地往起坐,这时我的脸碰上了一只冷冰冰、湿腻腻的手!显然我全身所余的气力都消失了,我像受到打击的病残人向后倒去。接着我就听见衣服的簌簌响声——猜想它是冲门口那面穿过屋子,然后走了出去。

当一切又恢复寂静时,我爬下了床,病病歪歪的,用一只手去点煤气灯,手哆嗦得像我一下子老了一百年。灯光给我的精神上带来些微欢欣。我坐下来,迷迷糊糊地沉思,仔细琢磨那炉灰上的巨大脚印。不一会儿,脚印的轮廓开始闪动,变得模糊。我仰起头来望了一眼,原来很宽阔的煤气火焰正在慢慢地缩小。就在那时刻,我又听见那大象般的脚步声。我觉出它是向这里走过来,沿着那散发出霉湿气味的前厅,越走越近,而那灯光也越来越昏暗。脚步一直走到我的房门口,然后停下了——灯光已经昏暗成惨淡的青灰,于是我四周的一切都沉浸在阴森、微弱的光影中。房门并没开,但是我觉出一阵微风吹在我脸上,我立即意识到我面前是一个巨大的、模糊的鬼怪身影。我用中了魔的眼睛注视着它。一片灰白的光在那东西上面悄悄移过；逐渐地,那东西的模糊轮廓显露出形状——现出一只胳膊,然后是两条腿,然后是一个躯干,最后是一张巨大而悲哀的脸,从迷雾中向外望。它那层薄纱的掩蔽物被剥光了,身体裸露了,肌肉遒健,体态端正,那位威风凛凛的卡迪夫巨人呈现在我上方!

我的忧惧全部消失——因为,哪怕是小孩子也会知道,有着那样慈祥面容的人,是不可能给你带来伤害的。我立刻又心花怒放,而那煤气灯也与此相呼应,它的火焰也跟着腾起。从未有过一个孤苦伶仃的人,那样高兴地欢迎他的友伴,像我招呼这位表示友好的巨人。我说:

"怎么,难道那就是你不成?你可知道,刚才两三个小时里,我可被你吓坏了?我真高兴见到你。要是有一把合适的椅子就好了——这儿来,这儿来,千万别去坐那个玩意儿!"

但是我关照得太晚了,我还没来得及阻止,他已经坐下去——我有生以来从未见过一把椅子被那样压得粉碎。

"别坐,别坐,你会毁了所有……"

这一次又太晚了。又是哗啦一声响,又一把椅子被分解为它原来的组成部分。

"真该死,难道你一点儿自知之明都没有吗?你是要毁了这儿所有的家具吗?过来,过来,你这个石化笨蛋……"

但这也是徒费唇舌。我还没来得及拦住,他已经坐上了床,那是一次伤心触目的破坏。

"喂,这样取闹,你究竟是怎么一回事?先是跑到这儿来,四下里磕磕撞撞走来走去,还带来了一大伙孤鬼游魂,我可被你们搅得烦死了,后来,我并不介意那些很不雅观的衣着,那是任何其他地方有教养的人士都不能容忍的,除了在一些大戏院里,可即使是在那里,如果属于你这样的性别,赤身裸体,也是不允许的,可是你报答我的方式却是破坏所有你能找到可以坐上去的家具。那么,你为什么要这样?你给我和你自己带来了同等的损害。你跌坏了你的尾脊骨,在地上洒满了你屁股上落下的碎片,把这地方糟蹋得像一个大理石采石场。你该为自己害臊——你已经不是一个小孩儿,你该更懂事了。"

"好吧,我不再压坏任何家具了。可是,那我怎么办呢? 我已经一个世纪没机会坐下了。"说到这里,他眼泪汪汪的。

"可怜的人,"我说,"我不该这样苛责你。再说,你肯定又是一个孤鬼。那么就在这儿地板上坐吧——没其他东西承受得了你的重量——再说,咱们也不能这样相互交朋友,让你高高地凌驾在我上首;我要你降低你的位置,我可以坐在这张账房里用的高凳子上,和你面对面闲聊。"

于是他坐在地板上,点燃了我递给他的烟斗,把我的一条大红毯披在肩上,把我的坐浴浴盆像头盔那样戴在头上,显得既别致又舒坦。接着,趁我去把炉火重新烧旺时,他盘腿坐好,在舒适温暖中展露出他那双硕大无朋的脚,以及平坦的、蜂窠般的脚底。

"你的脚底和腿肚子上是怎么一回事,瞧它们被凿得那样坑坑洼洼的?"

"那是在地狱里生的冻疮——我的冻疮一直溃烂到后脑勺,当时我睡在纽厄尔农场的地底下。但是,我爱那地方;我爱它,就像一个人爱他的老家。没任何其他地方,像我在那儿感到安宁。"

我们闲聊了半个小时,后来我注意到他好像疲倦了,就提醒他。

"倦了吗?"他说,"可不是,我也是这样想。那么现在我要把一切都告诉你,因为你待我这样好。我就是对街博物馆里那个石化人的鬼魂。我是巨人卡迪夫的鬼魂。只要人们一天不把那可怜的躯壳重新埋葬好,我就一天得不到安宁。那么,要使人们实现我这愿望,我必然要做的又是什么呢? 是吓得他们去采取这一步骤! ——是到安放那躯壳的地方作祟! 于是我天天夜里都去那博物馆里作祟。我甚至集合了其他的鬼魂去协助我。可是这没用,因为从来没人半夜里去博物馆。于是我想到了这个主意,跑到这儿来小闹一场。我以为,只要是有人肯听我申诉,我一定会达到目的,因为我有的是地狱里最能为我效劳的伙伴。一夜又一夜,我们都在这些散发出霉气的过道里到处发出颤抖声,拖着锁链,一路呻吟,悄声说话,踏着沉重的脚步上下楼梯,直到后来,老实对你说,我几乎累瘫了。可是,今天夜里,看见你屋子里的灯光,我又一次抖擞精神,重新鼓起干劲,着手大闹它一场。但是现在我精疲力竭——完全累垮了。给我,我恳求你,给我一线希望吧!"

我在一阵热情冲动下,突然离开了我的位子,激动地说:

"这一手可高极了!再没比这更高明的了!嗐,亏你这个可怜的呆笨老化石,你呀完全是庸人自扰——你一直去跟你本人的一个石膏模型纠缠不清——可那真的卡迪夫巨人却在奥尔巴尼①!真荒唐,难道你连自己遗骸的下落都不知道吗?"

我从未见过谁那样明显地表示羞愧,满脸是一副无地自容的可怜相。

石化人慢慢地站起,说:

"老实告诉我,那是真实可靠的吗?"

"和我坐在这里同样地真实可靠。"

他从嘴边摘去烟斗,把它放在壁炉台上,然后犹豫不决地在那里站了一会儿(由于老习惯,不知不觉地将两只手向原先有灯笼裤口袋的地方插去,若有所思地让下巴低垂到胸口),最后说:

"是呀——我从来不曾认识到原来自己是这样荒唐。石化人蒙骗了所有其他人,现在这卑鄙的骗局终于出卖了它自己的鬼魂!我的孩子,如果你对我这样一个可怜的孤鬼游魂还存有一点怜悯心,就别把这件事泄露出去吧。想一想,如果你让自己大出洋相,你又会作何感想?"

我听见他大模大样踏着沉重的步伐走远,一步一步走下扶梯,到了外面荒凉的街道上。我感到很难过,想到他走了,可怜的家伙——我感到更难过,因为他把我那条红毯子和那只浴盆也带走了。

一八八八年

---

① 这是实事。原先哄人的东西,被巧妙地加以复制,用来进行诈骗,将其陈列在纽约,冒充"惟一真正的"卡迪夫巨人(拥有真巨人像的主人对此表示无比的愤慨),就在同时,那真的却在奥尔巴尼一所博物馆里吸引了大批的观众。——原注

一张百万英镑钞票

我二十七岁那年,在旧金山给一个矿山股票市场经纪人当雇员,熟习了股票交易的详细情况。我虽然在社会上是孑然一身,但有的是灵活的机智和诚实的信誉,而这些特点将会使我踏上最后成功之路,因此我对自己的前途满怀信心。

每逢星期六下午收市后,那时间就可以由我自己支配,我总习惯于驾驶一条小帆船,在海湾里遨游,以此消磨空闲时光。有一天,我冒险行驶得太远,被风浪带到了大海上。后来夜幕降临,我正陷入绝望时,一艘驶往伦敦的小双桅横帆船搭救了我。此后是一次历经风暴的长程航行,船上的人让我充当一名普通水手,以劳动代替旅费。等我抵达伦敦时,我的衣服已经又脏又破,口袋里只剩下一块钱。这点儿钱仅够我支付二十四小时里的膳宿费。再往下的二十四小时里,我就没东西吃,也没地方住了。

第二天早晨,十点左右,我衣衫褴褛,腹内饥饿,沿波特兰街一路往前蹭,这时一个由保姆牵着的小孩经过那里,把一只甜美多汁的大梨——已经咬掉了一口——扔在一条明沟里。我当然止住步,一双贪婪的眼睛直瞪瞪地盯着那泥污的宝货。它引得我馋涎欲滴,饥火中烧,恨不得要为它向人进行乞讨。但是,我刚走过去,要拾起它,一个过路人的眼睛已觉察出我的用意,这时我当然挺直了身体,装出一副满不在意的神气,表示自己压根儿没去转这只梨的念头。此后同样的情形一再出现,但我到底还是不能拾起那只梨。最后我刚准备不顾一切,将羞耻置之度外,去把它捞到手里,可就在这时候,我身后面的一扇窗推开了,一位先生向窗外说:

"请进来。"

一个衣冠楚楚的男仆将我让进去,领到一间富丽堂皇的房间里,那儿坐着两位年长的绅士。他们打发开仆人,让我坐下,原来这时他们刚用完早餐,我一看到那些剩下的茶点,几乎无法克制自己。面对着那些美味,我简直难以保持自己的理智,但没人请我去品尝它们,我只得竭力熬住那难以忍受的食欲。

原来,不久前那里刚发生一件事,那件事当时我一点儿也不知道,直到此后又过了许多日子我才获悉;但是,就让我这会儿先说给诸位听了吧。原来那两位老弟兄两天前曾经对一个问题争论得相当激烈,最后同意采取打赌的办法来决定谁是谁非,这种办法正是英国人用来解决一切争端的。

诸位总记得,有一次英格兰银行发行了两张钞票,每一张的面额是一百万英镑,那是为了特地用来与某国进行一笔政府间的交易的。后来,由于某种原因,只用了其中的一张,并将其注销,另一张仍保存在银行的金库里。这弟兄俩一次闲谈,无意中忽然想到:如果有一个十分诚实而又聪明的外乡人,一时流浪到了伦敦,当地没一个朋友,身边没一文钱,但有了那一张百万英镑的钞票,可又没法说明那张钞票是属于他所有的,那他此后的遭遇又会怎样呢。哥哥说,他会饿死;弟弟说,他不会那样。哥哥说,他不可能到银行或任何其他地方去兑现,因为那样他当场就会遭到拘捕。于是他们继续争论不休,直到后来兄弟说,他愿拿出两万英镑来打赌,保那个人至少能靠那一张百万英镑钞票维持生活三十天,而且不会因此坐牢。哥哥同意跟他打赌。弟弟去到银行,兑回了那张钞票。你瞧,英国人就是那种作风,他们豪迈到了极点。接着,他就口授了一封信,由他的一位文书用优美的书法端端正正地写好了,然后弟兄俩在窗口坐了一整天,等待发现一个合格的人选,好把那信交给他。

他们看到许多人走过去,其中有的外貌很是诚实,但显然不够聪明,有的看来是聪明的,但又不够诚实,也有许多人,看来既诚实又聪明,但他们又不像是穷到那个地步,或者,虽然是够穷的了,但又不像是外乡人。总有一点不足之处,直到我走过来,他们这才一致同意我符合所有的要求;于是他们不谋而合,都认为应当选用我,就这样,我才会去到那里,在那里等着要知道为什么被召唤了去。他们开始向我提出一些有关我的问题,很快就知道了我的来历。最后他们告诉我,说我符合他们的要求,能帮助他们达到某一目的。我说我对此由衷地高兴,问那是什么任务。于是他们其中的一位递给我一个信封,说我可以在它里面找到说明。我刚要拆开信封,他又叫我不要拆开,要我把它带回我的住所,再仔细地去看,不必匆忙和轻率。我迷惑不解,想要再和他们稍许讨论一下这件事情,但是他们不肯;于是我只得告辞,感到自己受了委屈和侮辱,分明是做了他们开玩笑的对象,然而又不得不捺下这一口气,在这种情况下我无法对有钱有势的人物的轻蔑表示愤慨。

这时我真想再去拾起那只梨,当着众人给吃了,可是它已经不见了;所以,由于这件倒霉的事,我终于丧失了它,于是,一想到这件事,我对那两人的恶感就无法缓和下来。一走到再也看不见那幢房子的地方,我就拆开了那信封,看到了那里面的钱!可以对你说,这时候我对那两个人的看法就改变了!我毫不怠慢,立即把里面那张便条和钱揣进我的坎肩口袋,直奔最近的一家廉价饭店。哎呀,瞧我那一顿吃呀!最后,直到我再也吃不下了的时候,才掏出了我那张钞票,展开了它,只朝它瞥了一眼,我差点儿昏倒过去。那是五百万美元①呀!哎呀,我一下子晕头转向了。

我愣坐在那里,眨巴着眼瞅那张钞票,足足有一分钟之久,然后才又清醒过来。那时我第一个注意到的就是那位饭店老板。他注视着那张钞票,已被吓呆。他显出那副极度崇拜的神气,但看来他的手脚都已没法动弹。我立即见机行事,做出当时我惟一能够做的合乎情理的事。我把那张钞票向他递过去,漫不在意地说:

"请给我找一找零头吧。"

这时他才恢复正常,再三再四地向我道歉,说他没法兑开那张钞票,而我更无法使他碰一碰它。他只是要看它,而且要继续地看它,好像怎么也没法把它看一个畅快,只想能饱一饱他的眼福,但同时又竭力躲开了它,害怕碰到了它,好像它是十分神圣的,是可怜的尘世间凡人不配用手拿它的。我说:

---

① 当时一英镑约合五美元。

"很对不起,如果这样会给您带来不便;可是我非麻烦您不可。请给我找一找吧;除了这个,我没零的啦。"

但是他说这没关系;他非常乐意把这小数目挂在账上,等下次再付。我说我可能有好长一个时期不来他这一带地方;但是他说这无关紧要,他可以等下去,而且,我可以点我要吃的任何菜肴,随我任何时刻光顾,随我把账挂上多久。他说他绝不会因为我生性喜欢取乐,爱故意不修边幅,为了给人们开玩笑,他就不信任像我这样的一位大阔佬。这时另一位顾客走进来了,饭店老板暗示我藏起那个怪物;然后一路鞠躬将我送出了门,于是我就去找那所住宅和那两位弟兄,以便趁警察来追捕我之前,纠正刚才他们造成的错误,帮助我解决这一问题。当时我相当紧张;其实我那样惊慌是多余的,因为错误并不出在我这一方面;然而,我最了解一般人的习性,知道他们发现自己把一张面额百万英镑的钞票当作一英镑的钞票付给了一个流浪汉时,他们是不会按理责怪自己看花了眼,而是会向那流浪汉大发雷霆的。当我走近那所住宅时,我的紧张心情开始缓和下来了,因为那里一切都很平静,这使我感到心里很踏实,相信那错误还没被发现。我按了门铃。仍旧是那个仆人走出来。我要见那两位先生。

"他们走了。"口气既高傲又冷漠,恰像他那一类的人物所说的。

"走了?上哪儿去了?"

"去旅行。"

"可是,到底是去哪里了?"

"我想,是去大陆吧。"

"去大陆?"

"是呀,先生。"

"是向哪一面去的——走的是哪一条路线?"

"这我可说不上来,先生。"

"他们什么时候回来?"

"过一个月,他们说。"

"过一个月!哎呀,这可糟了!你多少要让我知道怎样寄封信给他们。这件事太重要了。"

"这我真的办不到。我不知道他们去了哪里,先生。"

"那么我无论如何要见他们家里的人。"

"家里的人也都走了;去国外几个月了——我想,是到埃及和印度吧。"

"朋友,出了一个极大的错误。我想他们天黑前会回来的。是不是请您告诉他们,说我已经来过这里,而且以后还要继续来这里,直到这件事被完全处理好了,叫他们不必为它担心?"

"如果他们回来了,我会告诉他们的,但是我估计他们不会这样快就回来。他们说一小时内您会来这儿打听一件什么事,说我必须告诉您:那件事并没闹错,他们会准时回到这里,等候您来。"

这样,我只好不再往下打听,终于离开了那里。这一切是一个多么令人难解的谜啊!我简直被它闹糊涂了。他们会"准时"回到这里。这会是什么意思?哦,也许那封信里会说明这一切。我已经把那封信忘了;我取出了信,开始读它。信里是这样写的:

> 您是一位既聪明又诚实的人,这可以从您脸上看出。我们设想,您很穷,而且是一个外乡人。信内附有一笔钱。我们把它借给您三十天,不计算利息。到期请到这里来谈谈事情的经过。我是借用您来打一次赌。如果我赢了,您就可以获得任何一个在我权力以内所能授予的职位——所谓任何一个职位,意思是指您证明自己通晓并能胜任的那种职位。

信上没有签名,没有地址,没有日期。

哎呀,这一来麻烦可大了!现在诸位已经了解此前事情的原委,但是当时我并不知道。对我来说,那完全是一个深奥难解的谜。我对人家所玩的把戏一无所知,也不知道这将对我带来危害,还是怀有善意。我走进了一个公园,在那里坐下来,试图思索出一个答案,考虑应当如何对付它。

思考了一个小时,我的推理终于得出以下的结论。

也许那两人是要向我行好,也许他们是要对我使坏;这一点没法断定——就随它去吧。他们是要要一个什么花招,或者使一条什么诡计,或者进行一次什么试验；没法断定那是什么——就随它去吧。他们拿我来打一次赌；没法知道那是怎样赌法——就随它去吧。这样一来，就排除了那些无法肯定的因素；这件事剩下的部分倒是明确的，是有根有据的，可以看做是置定无疑的。如果我要英格兰银行将这张钞票存入所有者的账户，他们是会照办的，因为，我虽然不知道那个人，但他们应当知道他；可是他们会问我，我是怎样得来这张钞票的，如果我说了实话，他们必然会把我送进疯人院，而如果我撒谎，他们就会把我关进监牢。如果我试图去任何地方把那张钞票存进银行，或是用它抵押借款，也会落到同样的下场。不管我是否情愿，我不得不肩负这一无比沉重的负担，直到那两个人回来。钞票对我毫无用处，就像一撮尘土那样对我毫无用处，然而，在我乞讨为生的时候，我必须好好当心它，必须保管好了它。即使我想脱手，我也不能把它赠送给人，因为，不论是正直的人士也好，是拦路抢劫的强盗也好，凭什么他们也不肯接受它，或者沾惹它。那两个弟兄却不愁会遭到任何损失。即使我丢了他们的钞票，或者把它烧了，他们仍然不会受到损失，因为他们可以吩咐止付，而银行就会不让他们缺少了一个钱；然而我同时却既领不到工资，又得不到其他什么好处，必须白白地受一个月的活罪——不管他们赌的是什么，我必须帮着其中一个人赢了那一场打赌，并像他们答应我的那样，去担任那个职位。那种职位我倒是乐意担任的；像他们那样的人物，有权委任的那种职位总是值得接受的。

我开始反复思考那个职位。我的奢望越来越高。那薪金肯定是优厚的。再过一个月，我就开始领薪金了；此后我就有好日子过了。不一会我已感到心情十分愉快。这时我又踏着沉重的脚步在街上闲荡。我一眼看见一家服装店，不禁渴望剥去身上的破烂，重新穿上一套整齐像样的衣服。我买得起衣服吗？不成；除了那一张百万英镑的钞票而外，我身边根本不名一文。于是我无可奈何地走了过去。但是不久我又不由自主地踱回来。那一阵诱惑痛苦地折磨着我。在一场激烈的思想斗争中，我肯定在那家店门口来回走了六趟。

最后，我再也无法坚持下去了；再说，我也不得不如此。我进去问一个店员，店里是否有做得不合身、待处理的衣服。被我问到的那个人并不答我的话,只向另一个人点了点头。我朝那个所指的人走过去,他又把他的头向另一个人点了点,也是一语不发。我向那个人走过去,他说:

"我这就来。"

我一直等到他把手头的事处理完毕,他这才将我领进一间后房,去翻那一堆客人拒收的衣服,给我挑出了其中一套最差劲的。我穿上了那套衣服。它并不合身,而且一点儿也不好看,但它是新的,而我又急于要有一套衣服;所以我并不挑剔,只吞吞吐吐地说:

"是不是可以通融一下:稍许再等几天付款。我身边没带零钱。"

那家伙做出一副最鄙笑的神情,说:

"哦,你没带吗?啊,那还用说,我就没想到你会带。我早就知道,像你这样的绅士总是带大票的呀。"

这句话可把我招恼了,我说:

"朋友,你不该老是单凭一个外乡人穿的衣服来判断他的身份。我完全付得起这套衣服的价;我只是不愿意叫你兑开大票,给你添麻烦。"

他听了这话,稍许改变了他的态度,虽然仍旧带着那么一点儿自信的神气说:

"我并没有存心开罪你的意思,但是,如果是为了这种事情受到指责,那么,我敢说,你不该轻易作出这样的结论,认为我们的店不能兑开你身边带的什么大票子。恰恰相反,我们能够兑开它。"

我把那张钞票递给他,一面说:

"哦,那很好;我这里向您道歉啦。"

他接过钞票时一笑,是那种大幅度的笑,笑容在整个脸上泛开了,内中包含有褶痕、皱纹和螺旋形,那样儿就好像是你把一块砖扔进池塘后的水面;而紧接着,就在他向钞票一瞥的时候,那笑容就僵滞住了,面色泛了黄,就好像你在维苏威火山坡的小片平地上看到的那些四下散布开了、已经凝固起来的波纹状的、蛆虫般的熔岩。我此前从来不曾见过笑容会那样停滞住,而且永远僵化在脸上。那人站在那儿,手里拿着那张钞票,就那样紧瞅着它,店主人忙赶过来,看发生了什么事故,一面轻松自在地说：

"喂，发生了什么事呀？有什么问题？缺少了什么？"

我说："没什么问题。我在等我的找头。"

"喂，喂；把他的找头给他呀，托德；把他的找头给他呀。"

托德回应道："把他的找头给他！说得倒轻巧，老板；你倒来瞧瞧这张钞票。"

老板只一看，就轻声打了个唿哨儿，这充分表达了他的感情，接着他就朝那一堆顾客拒收的衣服扑过去，开始把它们四面一阵翻动，一面仿佛是在自言自语，不住激动地说：

"把那样一套糟透了的衣服卖给一位古怪脾气的百万富翁呀！托德是一个笨蛋——一个十足的笨蛋，老是做这样的事。把所有的百万富翁都打这儿赶走了，因为他不能分清一位百万富翁和一个流浪汉，永远也别想能分清他们。啊哈，这一套才是我要找的。请脱了这些衣服，大人，把它们扔到火里烧了吧。请穿上这一件衬衫，再有这一套衣服；这才是配您穿的，这正是您需要的——又朴素，又气派，又大方，穿上身简直像一位公爵那样高贵；这原来是一位外国亲王定做的——也许您也认识他，先生，就是哈利法克斯国的尊贵的殿下；他不得不把这套衣服留在我们店里，另外制了一套丧服，因为他的妈快死啦——可是，结果她又没死。那没关系；我们不能叫所有的事情都按照我们的……我的意思是说，都按照他们的意思安排——您瞧！裤子完全合适，配称得漂亮极了，先生；再试试这件坎肩；啊哈，又是恰巧合适！再试试这件上衣——我的天哪！你瞧瞧，好极啦！真是十全十美呀——全身的衣服！我干了一辈子这行当，没一次像这样成功。"

我表示满意。

"好极啦，先生，好极啦；我敢肯定说，它可以暂时让您凑合着穿了。可是，您再等着瞧我们怎样照您的尺寸给您做上一套。喂，托德，准备好了簿子和笔；赶紧记下来。腿长，三十二……"再有其他的尺寸。还没等我插话，他已经给我量好了尺寸，吩咐定制燕尾服、晨礼服、衬衫，以及其他各式衣服。后来，一候到了机会，我就说：

"可是，好掌柜，我不能定下这些衣服，除非您能没限期地等我付现钞,或者这就给我兑开那张钞票。"

"没限期地!这话说得太委婉了,先生,太委婉了。应当说永远等下去——那才是您该说的,先生。托德,快把这批定货赶制好了,然后把它们送到这位先生的公馆里去。可别耽误了时间。就让那些小主顾等着吧。记下了这位先生的住址,然后——"

"我这就要搬家了。还是让我以后再来,留下我的新地址吧。"

"那敢情好,先生,那敢情好。等一等——让我送您出去,先生。好吧——再见啦,先生,再见啦。"

嗐,难道你们还会想象不到此后必然要发生的事情吗?我当然会那样不由自主地去买任何我要买的东西,然后叫人家兑开那钞票找钱。不到一星期,我已不惜重价,备置了所有舒适生活中所需的各式用具和奢侈装饰,住进了汉诺佛广场一家高级的豪华旅馆。晚饭我在那里吃,但是早餐我仍去自己念念不忘的哈里斯的那家小饭店,我曾经在那里用我那张百万英镑钞票吃我的第一顿饭,而这一来我就让哈里斯交上了好运。因为这一条新闻四下里传播开,说什么那个坎肩口袋里揣着一张百万英镑钞票的外国怪人是那家饭店的保护神。单凭这一条新闻就足够了。原来那么一个寒酸可怜的、难以维持的、朝不保夕的小买卖,一下子就名气大振,顾客们蜂拥而来。哈里斯十分感激,于是就死乞白赖地要借钱给我花,并不许我拒绝,于是,我这样一个穷光蛋就有钱可以随意挥霍,过着富豪和大人物的生活。我明知道这件事迟早要败露,然而现在我已经落了水,势必一路游了过去,否则就会淹死。你瞧,我的处境原来完全是滑稽可笑的,但只是由于我存有那种大难即将临头的预感,它就呈现出严峻的一面,惊心的一面,悲惨的一面。于是,每到夜里,在黑暗中,那悲剧的一部分总是会占了显著的地位的,总是在警告我,恫吓我;于是我就痛苦地呻吟,翻来覆去,没法入睡。可是,一到了令人欢欣的天亮,那悲剧的成分就暗淡和消失,而我又变得趾高气扬,可以说是快乐到了晕头转向、如醉如痴的程度。

再说,这也是出于自然;因为这时我已成为世界第一大都会里的头号风头人物,这就使我变得得意忘形,并且不是那么一丁点儿得意,而是十分地得意。你只要拿起一份报纸,不论那是英格兰的,苏格兰的,或是爱尔兰的,你就会看到一两则有关那"坎肩口袋里揣着百万英镑的人"的报道,介绍他最近的行动或谈话。起先,在这些报道中,我是被列在《人物琐闻》栏的最后面;后来,我被列在勋爵们以上了,再后来,我被列在从男爵以上了,再后来,被列在男爵以上了,就这样,随着我出风头的程度递进,不停地逐步上升,直到我升到了最高的地位,而且从此保留在那个地位,超越了所有非王族的公爵,以及除英格兰大主教而外所有的宗教界人士。可是,请注意,这并不是什么美好的声誉;直到那时为止,我只不过是一个风头十足的人物。后来发生了一件令我一举成名的事情——有如骑士受封号的盛典——一刹那间它将易遭毁弃的废料般虚名幻化成为永不变质的黄金般荣誉:《笨拙周报》①上刊登了形容我的漫画!可不是,这一来我是真正地成名了;我的地位稳固了。虽然我仍旧会被人们取笑,但那种取笑却是含有敬意的,不是肆无忌惮的。不是粗野无礼的;人们只会向我粲然一笑,再不会向我嘻嘻哈哈大笑了。我受那种待遇的时代已经一去不复返了。《笨拙周报》把我画成了一个身上破布烂巾飘飘荡荡的人物,正在讨价还价跟伦敦塔的看守做一笔小交易。哎呀,你可以想象一下,一个年轻人,以前从未被人注意到的,现在,突然间,只要说出一句什么话,就会被人们到处引用和再三重复;只要一动身外出,就会听到人们互相转告,说什么,"瞧呀,他走过去了;那就是他呀!"只要一吃早餐,就会有大群的人瞅着他;只要一在歌剧院的包厢中露面,就会有千百只长柄眼镜式的望远镜的火力集中在他身上。哎呀,我简直是整天都沉浸在一片颂扬声中——总之,就是这么一个情况。

要知道,我甚至仍保留着我那一身破烂的旧衣服,时不时穿着它外出,为的是要再享受一次以前的那种乐趣:去买一些小零碎,遭到人家的侮慢,然后取出那张百万英镑的钞票,把那家伙吓得半死。但是,我不能继续耍那一招。画报让人们都熟悉了这一身打扮,我一穿着它出门,人们就会立即认出了我,于是就成群结队地尾随着我,如果我要买什么东西,还没等我向店主掏出那张钞票,他已经请我赊购整个店里的

---

① 一份伦敦幽默刊物。

货物了。

大约就在我一举成名后的第十天,我按照常规去履行一个外侨的职责,去拜会美国公使。他以符合于我当时的身份的热情接待了我,怪我不该去得那么晚,说我只有一个办法可以获得他的谅解,那就是,在那天晚上去赴他的宴会。原来有一位客人病了,空出了一个席位。我接受了邀请,然后我们开始闲谈。原来他和我父亲是童年时代的同学,后来又是耶鲁大学里的同学,直到我父亲去世前,两人一直是最好的朋友。于是他要我一有闲空就去他家,我当然非常愿意去。

说真的,我不仅是愿意去而已;我真的是高兴去。一旦事情坏了;也许他有办法使我不致彻底毁灭;我不知道他能怎样挽救我,但是也许他会想出一个办法。现在看来已经为时过晚,我不敢把所有的经过全部告诉他,我在伦敦干下的这件离奇古怪的事,应当在一开始的时候就赶快向他和盘托出的。不,现在我可不敢冒险向他吐露真情了;我已经陷得太深了;我的意思是说,陷得十分深,以致我不能冒险向一个新交的朋友吐露一切,尽管,照我自己看来,并没完全陷到我无力自拔的那种深度。因为,你瞧,虽然我一再借贷,但是我总是很谨慎地量入为出——意思是说,并不超过我的薪金所得。我当然还没法知道将来我的薪金究竟会有多少,但是我有充分可靠的根据,估计它大概会有多少,那就是:如果我让人家赢了那场打赌,我就可以选择任何一个那位老富翁能委派的职位,只要那是我能胜任的——而我肯定能表现出自己能胜任;对于这一点我可是毫不怀疑的。至于那一场打赌吗?我也不必为它担心;我一向都是走好运的。再说,我估计那薪金是每年六百到一千英镑;比如说,第一年是六百英镑,此后逐年增加,直到后来由于我能力的表现而加到一千英镑。虽然人们都竭诚地要借钱给我,但是我都用种种借口向多数人婉言谢绝了;所以,在我所欠的债务中,只有三百英镑是借来的现款,其余三百英镑则是我支付生活费用和赊账购买物品所欠的钱。我相信,靠我第二年的薪金,就足够我度过这一个月其余的日子,只要我小心在意,节省地花费,而我是准备十分小心地注意到这一点的。只要我那一个月的期限一结束,我的后台老板从外地归来,我又一切恢复正常,因为那时我就可以马上将两年的薪金分期摊还给我的债主,然后立即开始我的工作。

那天共有十四个人参加的晚宴是很愉快的。肖尔迪奇公爵和公爵夫人、他们的女儿安妮—格雷斯—埃莉诺—赛莱斯特……德·波恩夫人、纽盖特伯爵和伯爵夫人、奇普赛德子爵、布莱斯凯特爵士和爵士夫人,几位没有头衔的男女来宾,公使跟他的夫人和小姐,以及他女儿的一位来做客的朋友,那是一位二十二岁的英国少女,名叫波琪娅·兰厄姆,我在两分钟内对她一见钟情,而她也爱上了我——这一点我没戴眼镜也能看出。此外再有一位客人,一个美国人——瞧这里我把原先打算留在后面说的故事倒先给说出来了。当时大伙仍在客厅里,一面准备放开肚皮大吃一顿,一面冷眼旁观那些后到的客人,佣人来回说:

"劳埃德·黑斯廷斯先生到。"

刚做完那些例行的客套,黑斯廷斯就一眼看见了我,立即热情地伸出了手;但是,刚准备和我握手时,又突然愣住了,露出一副窘促的神气问:

"对不起,先生,我还以为我认识您呢。"

"啊,你当然认识我了,老朋友。"

"不。难道您就是那个——那个——"

"就是那个'坎肩口袋里揣着钱的怪人'吗?我就是他,没错儿。你就尽管叫我的绰号吧;我已经习惯了。"

"嗯,嗯,嗯,这可是一件意料不到的事情。我有一两次看到你的名字和那个绰号并列在一起,可是我怎么也不会想到,你就是人家提到的那个亨利·亚当斯。哎呀,不到六个月前,你还在旧金山给布莱克·霍普金斯当雇员,除了拿那固定的薪水,还要熬夜加班。领一点儿额外津贴,帮着我一同整理和核对古尔德与柯里矿业扩展公司的单据和统计资料。真没想到你会到了伦敦,成为一位头号百万富翁,一位红得发紫的知名人士呀!啊呀,《天方夜谭》里的故事又重演了。伙计,这种事叫我根本没法理解;叫我根本没法相信那是真的;给我一些时间,让我平息一下脑子里的这一阵乱吧。"

"实际上,劳埃德,你并不比我更糊涂。我自己也没法相信那是真的。"

"哎呀,这真叫人惊奇,你说是吗?哎呀,离开今天刚三个月,那一天咱们去矿工饭店——"

"不对;是喜临门饭店。"

"对,正是喜临门饭店;是夜里两点去到那里,是为了整理矿业扩展公司的那些单据,苦干了六个小时,然后去那里吃了排骨和咖啡,当时我竭力劝你和我一起去伦敦,我愿意去为你请假,并为你支付所有的费用,而且,如果我生意能成功,再分给你一些利润;可是你不肯采纳我的主意,说我不会成功,你不能中断了那里的工作,等到将来回去后,不知道再要花上多少时间,才能重新熟习那些业务。可是,瞧你现在来到了这里。这件事够多么奇怪!你怎么会来到这里的,究竟是什么使你交上了这样令人难以置信的好运呀?"

"哦,完全是出人意料的事情。说来也话长——可以说,它好像是一部传奇。我会从头到尾说给你听的,但不是现在。"

"那要等到什么时候呢?"

"要等到这一个月结束了。"

"那还得再等两个多星期哩。这样说得我这好奇的人热辣辣地扔不下它。提前到一星期吧。"

"那不行。过后你会知道的。现在且谈谈那桩买卖做得怎样了?"

他那喜滋滋的神情一下子就消失了,他叹了口气说:

"当时你真是未卜先知呀,哈尔①,你真能未卜先知。我真希望没到这儿来。我不想再去谈这件事了。"

"可是你必须谈它。今天晚上,咱们等这儿散了以后,你一定要去我那儿,在那儿过夜,把全部经过都告诉我。"

"哦,我可以这样吗?你当真要我这样吗?"说到这里,他不禁热泪盈眶。

"这真叫我感激不尽呀!在此地经历了一切后,我居然又一次从人家的语气里,从人家的眼光里,发现了人情味,他表示关心我和我的私事——天哪!为此我能拜倒在地!"

---

① 亨利的昵称。

他紧握住我的手,而这一来,就又显得精神奕奕,又显得心情舒畅、兴致勃勃,准备去就餐了——但是,筵席并没有摆出来。没有;常常会出现这种情况,按照那种可恶的、恼人的英国陋规,它常常会出现——那就是,你无法解决安席的次序问题,因此也就无法摆好筵席。英国人每逢赴宴之前,总是自己先吃饱了再去,因为他们知道自己可能要冒的风险;然而谁也不去警告外乡人,于是那些外乡人就会心中无数,落进圈套。这一次当然没人吃到那种苦头,因为我们此前都赴过宴,除了黑斯廷斯而外,我们都是一些过来人;幸亏公使在邀请他的时候,已向他说明,由于考虑到英国的习惯,主人并没有准备什么筵席。于是每一位男士挽着一位女士,列队走向餐厅,原来这是例行的一套程序;可就在这当儿发生了争执。肖尔迪奇公爵要领头走,要去坐首席,一口咬定,他的头衔甚至高于公使,公使所代表的是一国的国民,而不是一国的国王;但我坚持我的主见,怎么也不肯让步。在报纸的杂谈栏中,我被列在所有非王族的公爵之上,既然如此,我就坚持要排在这一位的前面。这场争执当然无法解决,我们都各持己见,他最后(在这一点上,他可是缺乏自知之明)试图耍出他的出身和祖辈那一招,而我已经"看准了"他的那一位征服者①,于是就"举出了"亚当②来将他压倒,我的姓氏说明我是亚当的直系后代,而他的姓氏,以及那些近代的诺曼底血统,则说明他是出自一个旁系;于是我们大伙又列队回到客厅里,来了一次立餐——一盘沙丁鱼和一份草莓,各人找一个伙伴;一同站着吃。在这种情况下,恪守身份等次的信条并不十分严格;地位最高的两个人各自抛一枚先令,赢了的先去吃他的草莓,而输了的则收下了那枚先令。接下去是另两个人抛先令,再后来又是另两个人,就这样一路顺序地抛了下去。用完便餐后,摆开了桌子,我们一起玩克里比奇③,每盘

---

① 征服者威廉一世(1028?—1087),法国诺曼底公爵(1035—1087),英国国王(1066—1087)。
② 亚当:《圣经》故事中人类的始祖。
③ 一种纸牌游戏,一般由两人,有时也可由三四人玩,庄家发给每人六张牌,赌客将手中的牌配成可以记分的一副,每打出一张牌,庄家即配上一张,并叫出两张牌应得的分数,然后各将记分枚插在凿有小孔的记分牌上。

赌六便士输赢。英国人是从来不为取乐而玩牌的。如果他们不能赢到几个钱，或者输掉几个钱——同时对输赢倒又是一件无所谓的事——他们是不会去玩牌的。

那天过得十分愉快；至少我们俩，兰厄姆小姐和我肯定是如此。我已为她神魂颠倒，以致一手牌里如果有了两个以上的顺子，我连它们的分数都计算不清；而当我打出了一张分数多的好牌时，我竟然会没能发现它，又翻出了入局前的第一张牌，几乎每次都是这样输了，幸亏那姑娘也是如此，你瞧，她的情况完全与我相同；结果是我们俩谁也不能杀出局，同时我们也无心考虑到为什么两人会如此；我们只知道自己感到愉快，此外更不想知道其他的事，同时也不要受到别人的干扰。我对她直说——可不是，我对她说——说我爱她；而她呢——哎呀，她羞得连头皮都红了，但是她喜欢听我那样说；她说她喜欢。哦，从来没有像那天晚上那样快乐！每次我插上一只记分枚时，我总是要像写信那样加上一句附言，每次她插上一只记分枚时，她总像回信那样说来函收悉，而给手中的牌记分时也是如此。哎呀，我甚至说完"再多加两分"后，总要再这样找补一句："哦，瞧你多么可爱呀！"而她只说："十五点得两分，再十五点得四分，再十五点得六分，再有一对得八分，再加八分满十六分——你真是这样想的吗？"——你瞧，她一面说一面让那双眼睛在睫毛下斜瞟着我，有多么娇媚和调皮啊。哦，那简直是太美啦！

再说，我对她是绝对诚实和坦率的；我告诉她，除了她听说的那一张被传说得沸沸扬扬的百万英镑钞票而外，我身边竟然不名一文，而且连那张钞票也不是属于我所有。这话引起了她的好奇。于是我压低了声音告诉她，将整个经过情况从头到尾说了一遍，这几乎使她笑坏了，究竟有哪一点会使她觉得好笑，我并不明白，但当时就是那个情形；每隔半分钟，就会有另一个情节将她招乐，而我就必须停下长达一分半之久，好让她能重新安静下来。啊呀，瞧她都把自己给笑瘫了——真的，当时她就是那样；我从未见过像这样的事情。我的意思是说，我以前从来没见过，像这样一篇痛苦的故事——一篇有关个人的困难、烦恼和恐惧的故事——竟然会产生那种效果。但这一来我却更加爱她了，看到在没有任何事值得你高兴的时候，她却能这样高兴；因为，你瞧，照现在的情况看来,我不久以后是会需要这样一个妻子的。当然,我对她说,我们必须再等上两年,等到我的薪金足够应付我们的开支;但是她对这一点倒并不在意,她只希望我在开支上要尽量地留意,千万不可以在花费上用亏了我们第三年的薪金。这时她开始显得有点儿担心,不知道我将第一年的薪金一开始就定得那么高,那是不是过高了,这件事是不是做错了。这想法很有见地,我也感到不再像以前那样信心十足了;但这却使我转到了一个切合实际的主意,当即坦率地把它说出来。

"波琪娅,亲爱的,我去会晤那两位老先生的时候,你是不是可以和我一同去呢?"

她迟疑了一下,但接着说:

"可—以,如果跟你一同去,可以给你壮壮胆量。可是——你以为那样做合适吗?"

"不,我也不知道那样做是否合适——老实说,我恐怕那不太合适;可是,你瞧,反正这件事还得大大地仰仗你,所以……"

"那么,不管它是否合适,反正我就去一趟吧。"她热情感人地说,"哦,我真高兴,想到我能为你出一点儿力。"

"出一点儿力,亲爱的?哎呀,这件事全部要依靠你。瞧你有多么美丽,多么可爱,多么迷人,有了你一同去那里,我能把我们的薪金要求再提高,直到那两个好心肠的老家伙破了产,他们是绝对不忍心拒绝我们俩的。"

哟,真希望你能看到当时她脸上泛开的一片红润,眼睛里闪出的幸福光芒。

"瞧你这张会骗人的嘴够多么甜!你说的话里没一句是真的,可是我仍旧要跟你一起去。也许这样可以让你知道,以后别再指望别人也会用你的眼光看待人。"

难道我已消除了疑虑吗?难道我已恢复了信心吗?单看这一件事,你就可以得出结论:我暗自计划,要将第一年的薪金要求提高到一千二百镑。但是我没把这主意告诉她!我要把它留到以后给她一个惊喜。

回去时,一路上我心神恍惚,黑斯廷斯说些什么,我一句也没有听进。我和他走进了我的客厅,他一眼看见我那些形形色色的舒适用具和奢侈陈设,发出了那种热情的赞叹声,这才使我重新清醒过来。

"就让我在这里站上一会儿,把它们看一个够吧。我的天哪!这是一座宫殿呀——完全是一座宫殿呀!一个人所能想要的东西,这里都齐全了,包括令人感到舒适的炉火,再有已经摆好了的夜宵。亨利,这环境不但使我具体地意识到你有多么富,更使我深刻地意识到我有多么穷——瞧我有多么穷,多么苦恼,就这样被击败了,被打垮了,彻底地完蛋了!"

多么叫人丧气!这种话我听了不寒而栗,它把我吓得完全清醒过来,让我意识到,当时我自己正站在一片半寸厚的地壳上,它下面就是一个火山口。我没有觉察到,以前我是在做梦——意思是说,不久以前,我还不曾让自己意识到这种处境;可是现在——哦,天哪!欠了一身的债,自己一个小钱也没有,一个可爱的姑娘的幸福或悲哀都掌握在我的手中,而我所指望的只是一笔薪金,它也许永远也不会——哦,看来它就是不会——不会到手!哦,哦!我可是毫无指望了!再也无法挽救我了!

"亨利,只要从你的日常收入中随便省下那么一丁点儿,就可以……"

"咳,我的日常收入!现在且干了这杯热威士忌,给你提提神。我跟你干了这一杯!哦,不成——你饿了;坐下,先……"

"我一口也吃不下;没法再吃了。这些天一直吃不下东西;但是我要和你一起痛饮几杯,直到我醉倒了。喝吧!"

"真是一对难兄难弟,我和你同样有麻烦要说!你准备好了吗?我说,劳埃德,先把你的经过统统说出来,让我想齐了自己要说的。"

"统统说出来?什么,要我再重说一遍吗?"

"再重说一遍?你这是什么意思?"

"哎呀,我的意思是说,你是要再听一遍吗?"

"我要再听一遍?这可把我给闹糊涂了。慢着,别再去喝那酒了。你不能再多喝了。"

"喂,亨利,你真怪。我上这儿来,不是一路上把我全部的经过都告诉你了吗?"

"你告诉我了?"

"是呀,我告诉你了。"

"要是我听到了一句,就叫我不得好死。"

"亨利,这可是一件严重的事件。它使我感到很不安。你是在公使那里着了什么魔吧?"

这时我突然醒悟过来,于是老实说出了那缘故。

"世上最可爱的姑娘被我给——俘虏了!"

这时他激动地朝我扑过来,我们相互握手,握手,再握手,直到我们把手握痛了。他不再责怪我:在我们一起走了三里路的那段时间里,他所说的事情经过,我竟然一句话也没听进。这时他只管坐下了,像一个病人那样,瞧这个好朋友,接着他就把他的事全部重叙了一遍。长话短说,事情的经过是这样:他来到英国,原以为这是一次大好机会;他已获得一项"限期优先购买权",可以将古尔德与柯里矿业扩展公司出售给"勘矿者",可以将价高于一百万美元的部分归他所有。于是他多方招揽,走遍了所有他知道的门路,试尽了所有合法的手段,也几乎花光了他所有的钱,仍找不到一个资本家理会他,但是一到这个月底,他那购买权的有效期就要满了。总之,他是完全毁了。这时他跳起来大喊道:

"亨利,你能救我!你能救我,全世界只有你一个人能救我。你肯救救我吗?难道你就不肯救救我吗?"

"告诉我怎样一个救法。你就尽管直说了吧,朋友。"

"给我一百万美元,外加我回国的路费,我把那限期优先购买权转让给你。不要拒绝我呀,千万不要拒绝呀!"

我感到有些难受。我这几句话已经进到舌尖,我要说:"劳埃德,我自己是个穷光蛋——完全不名一文,而且还欠下了债。"可就在这当儿,一个激动人心的念头突然在我脑海中闪过,于是我咬紧牙关,让自己镇定下来,直到我冷静得像一个资本家。然后我以生意人的沉着口气说:

"我愿意救你,劳埃德……"

"这一来我就得救了!上帝永远保佑你!如果有朝一日我……"

"让我把话说完呀！劳埃德。我是要救你，但不是像你所说的那样；因为那样做对你不公平，你已经出了那么大的力气，冒了那么多的风险。我并不需要买下那些矿山；我不用那个办法，也能叫我的资本在伦敦这样一个商业中心里起推动作用；这就是我在此地一直采用的办法；而我现在要做的也是这样。我当然熟悉那个矿山的情况；我知道它那巨大的价值，如果有谁要买它的话，我敢为它担保。你可以不受任何拘束，去利用我的名义，以三百万现金的价格在两星期内把它卖出去，然后咱们平分那赚来的钱。"

你真难以想象当时的情景，他在一阵狂喜中那样乱蹦乱跳，要不是我把他绊倒在地，捆了起来，他真会把那些家具都捣毁成引火的木柴，把所有的那些东西都给砸烂了。

于是他就那样躺在那里，心满意足地说：

"我可以用你的名义！你的名义——这简直是无法想象呀！老兄，他们会成群结队，蜂拥而来，这些阔绰的伦敦佬；他们会抢购那股份！这一来我可走运了，我从此走运了，只要有一天我还活着，我永远忘不了你！"

不出二十四小时，伦敦已经闹翻了天！一天又一天，我什么事也不做，只是待在家里，对所有的来人说：

"是的；是我叫他要你们来向我查询的。我了解那个人，我熟悉那座矿。他的人格是无可指责的，那矿远比他开的价更值钱。"

同时，我每天晚上都和波琪娅在公使家里度过。有关矿山的事，我一句也没向她提起；我要给她一个惊喜。我们谈到的是薪金，不去谈任何其他的事，只谈到薪金和爱情；有时候谈的是爱情，有时候谈的是薪金，也有时候既谈到爱情，又谈到薪金。哎呀，瞧公使的夫人和小姐是那样关心我们的区区小事，并想出无数巧妙的方法，以免我们受到外界的干扰，同时把公使蒙在鼓里，不致让他怀疑我们玩什么花招——啊，瞧她们俩够多么可爱！

当那一个月的限期终于结束时，我已有一百万美元存在伦敦郡银行，而黑斯廷斯也作出同样的安排。我尽量将自己打扮得十分雍容华贵，乘车驶过波特兰街上那幢房子，看了看那情景，断定了我那两位老朋友已经回到家里，于是我一径赶往公使的住处，找到了我那心爱的人，然后我们俩的车再顺原路往回行驶，一路上尽兴地谈论那薪金问题。她是那样激动和兴奋，而这一来就显得无比地美丽。我说：

"亲爱的，单凭你这样美丽，如果要向人家提出年薪比三千镑少一个便士，那可是罪过呀。"

"亨利，亨利，你这样会把咱们毁了的！"

"千万别担心。你只要保住那副神气，同时只管依赖我好啦。一切都会如愿以偿的。"

就这样，到后来一路上我不得不竭力鼓励她。她不停地央告我，说：

"哦，请你记住，如果咱们把薪金要求得过高，说不定结果什么都得不到；那时根本没法谋生，咱们会落到什么地步？"

仍是原来的那个仆人把我们领进去。他们都在那里，那两位老先生。他们看到那位伴同我一起去的天使般的人，当然很是吃惊，但是我说：

"请别见怪，先生们；她是我未来的内助和终生的伴侣。"

我把他们介绍给她，并直呼他们的名字。这并没使他们感到惊讶；他们知道，我只要一查那人名地址录，就可以一清二楚了。他们请我们坐好，对我很是客气，并且十分体贴入微，使她不致受到拘束，竭力使她感到舒适自在。于是我说：

"两位先生，我现在准备谈事情的经过了。"

"我们很高兴听，"我的那一位先生说，"因为现在我们能够判定我哥哥艾贝尔和我打的那场赌的输赢了。如果您为我赢了那场赌，您就可以担任我权力以内所能委任的职位。您带来了那张一百万英镑的钞票吗？"

"这就是那张钞票，先生。"我把它递给了他。

"我赢了！"他大喊，在艾贝尔的背上拍了一下，"现在你还有什么可说的，老兄？"

"我说，他居然安然无恙，而我却输了那两万英镑。当时我再也不会相信有这种事情。"

"我还有一些事情要谈,"我说,"可是说来话长。请你们让我以后再来,详细地谈这一个月里的全部经过;我向你们保证,那可是值得一听的。现在再请看这个。"

"啊,怎么!二十万英镑的存单,这是您的吗?"

"是我的。是我在三十天内巧妙地利用了你们给我的那一小笔贷款挣来的。我只用那张钞票去买一些价钱不大的东西,然后要人家兑开它。"

"哎呀,这可是一件惊人之举!真是令人难以置信呀。老兄!"

"这算不了什么,我会用事实来证明。别以为我是在信口开河。"

可是这会儿却轮到波琪娅吃惊了。她睁大了眼睛,说:

"亨利,那真是你的钱吗?难道你是一直在向我撒谎吗?"

"我的确是撒了谎,亲爱的。但是你会原谅我的。这一点我知道。"

她把嘴一噘,说:

"你可别这样肯定。瞧你真会淘气,这样骗我!"

"哦,你这就会把它给忘了的,宝贝儿,你这就会把它忘了的;你瞧,这只是在开一个玩笑罢了,咱们走吧。"

"可是,等一等,等一等!还有那职位的问题哩。"我的那位先生说。

"这个吗,"我说,"我非常感谢您,但是我实在不想再要一个职位了。"

"可是,您可以担任我所能委派的最好的职位。"

"再一次向您表示衷心的感谢;但即使有那样好的职位我也不想要了。"

"亨利,我为你感到害臊。你不好好地向这位以助人为乐的先生表示感谢。可以让我为你代劳吗?"

"当然可以,亲爱的,只要你比我更能表示谢意。现在倒让我瞧瞧你是怎样一个谢法。"

她朝那位老先生走过去,一下子坐在他的怀里,搂住了他的脖子,对准了他的嘴亲吻。这时两位老先生都纵声大笑,而我却被吓呆了,可以说是僵在那里了。波琪娅说：

"爸爸，他说不要担任您能委派的职位，我听了感到很难受，就像……"

"宝贝儿，他是你的爸爸吗？"

"是呀，他是我的继父，是世上最可爱的继父。现在你总该明白了，难道你还没明白吗，那次在公使家里，当时你还不知道我的家族关系，你告诉我爸爸和艾贝尔大伯的计划给你带来了那些困难和烦恼，我居然会乐得哈哈大笑？"

当然，这时我该把正经话直说出来，不再开玩笑了，于是我把话说到了点子上。

"哦，我最亲爱的先生，我要收回我刚才所说的话。您的确有一个我要填补的空位子。"

"说出来吧。"

"当您的女婿。"

"好吧，好吧，好吧！可是你要知道，既然你从来没当过这类差事，你当然没法推荐你这方面的优点，以符合那合同上的要求，所以……"

"那么就试用我吧——哦，就试用一下吧，我请求您啦！只要试用我三十年，或四十年，如果……"

"哦，也好，就这样办吧；这只是一个小小的要求，把她带去吧。"

快乐吗，我们俩？在最全的大词典里，你找不到任何一个足以形容那份快乐的词语。过了一两天，当伦敦人获悉我如何带着那张钞票在一个月内所经历的奇遇，以及那些奇遇如何结束的全部经过时，他们是不是把这事作为街谈巷议的话题，是不是为这事感到高兴呢？我应当说，是的。

我的波琪娅的爸爸把那张助人为乐、成人之美的钞票交还给了英格兰银行，把它兑了现；然后由银行将它注销，并将它作为一件礼品送给他，而他又在我们举行婚礼时赠给了我们。此后我们为它配了一个镜框，一直挂在我们家里最神圣的地方。因为它让我有了我的波琪娅。要不是亏了它，我当时就不可能留在伦敦，就不会去到公使家里，也就不会遇见她。因此，我总是这样说："是呀，它是一张百万英镑钞票，这没错儿；但自从发行以来，它总共只有一次被用来购买物品，然后你仅仅出了那物品大约十分之一的价就将它买下了。"

一八九三年

他究竟是已死或仍活着？

一八九二年三月，我去里维埃拉的芒东①度假。在这个僻静的地方，你可以单独享受所有那些到远在几英里以外蒙特卡洛和尼斯的人需要共同享受的乐趣。那就是说，在芒东你既享有充沛的阳光，清香的空气，以及那亮闪闪的蔚蓝色的大海，同时又避开了那种热闹的盛会，扰人的喧哗，浓艳的服装，恶俗的炫耀。芒东是一个清幽、朴素、宁静、毫不炫露自己的地方；那些阔佬阔少和花花公子是不去那儿的。我的意思是说，有钱的人通常都不去那儿。但偶尔也会有一两个阔人去到那里，于是我就很快地和其中的一位交了朋友。这里我就管他叫史密斯吧，这是为了隐讳他的部分底细。一天，在英人旅馆里，正在进第二道早餐时，这人突然激动地大声说：

"快！快看那个正在门口要走出去的人。把他仔细看清楚。"

"这是为什么？"

"您知道他是谁吗？"

"知道。您来之前，他已经在这里住了好几天了。听人家说，他是里昂一个很富有的丝绸厂厂主，现在已经告老退休。我猜想，他这人是很孤苦的，因为他老是显得那样愁郁，那样神思恍惚，从来不和任何人交谈。他名叫泰奥菲尔·马尼昂。"

我原以为这位史密斯先生此刻会继续把话扯下去，解释他为什么会对马尼昂先生这样深感兴趣；但是他没再往下说，却突然坠入深思，在那几分钟内，显然已将我和世间的其他一切都抛在脑后。他不时用手指掠那松软的白发，这样可以帮助自己思索，也不去管自己的早餐就那样冷却了。最后他说：

---

① 里维埃拉在法国东南部，临地中海，为假日游憩胜地。芒东是小镇名。

"咳,都给忘了;什么也回忆不起来了。"

"什么回忆不起来了?"

"是汉斯·安徒生的一篇动人的小故事呀。但是我想不起来了。它的一部分内容是这样的:一个小孩养了一只关在笼里的鸟,他很爱那只鸟,但常常粗心大意,忘了去照管它。鸟儿欢唱时,没人去听它,也没人去注意它;到后来,这个小动物又饥又渴,它的歌声越来越凄凉,越来越微弱,终于停止了——鸟儿死了。孩子来了,他心里懊悔得什么似的;于是,含着悲泪,号啕大哭,唤来了他的那些伙伴,他们给鸟儿举行了隆重的葬礼,表示了无比的悲哀,但是,这些可怜的小家伙呀,他们不知道:不仅是孩子们会让那些诗人饿死,然后又不遗余力地去为他们举行葬礼,竖立纪念碑,既然如此,何不早一些让他们活下去,让他们的生活过得优裕舒适一些呢。再说……"

刚讲到这里,我们的谈话就被打断了。那天晚上,大约十点钟,我又遇见了史密斯,他邀我去楼上他的会客室里,陪他一起吸烟喝热苏格兰威士忌。那是一个很舒适的地方,摆着舒适的椅子,闪耀着灿烂的灯光,晒干了的橄榄木在火盆里燃着令人感到亲切的文火。好像是为了要使当时的气氛尽善尽美,你还可以听到外面那低沉的海涛澎湃声。喝完了第二杯威士忌,自顾那样悠闲自在地谈话,史密斯最后说:

"这会儿咱们的兴致都挺不错——就让我说一则离奇的故事给您听听吧。这是我多年来严守的一件秘密——是我和其他三个人之间的一件秘密;可是现在我要把它如实地说出来了。您这样舒适吗?"

"非常舒适。请说下去吧。"

以下就是他说给我听的故事:

很久以前,我是一个年轻的画家——实在是非常年轻——我在法国农村里四下浪游,到处写生,不久就和两个可爱的法国青年合了群,他们也是从事我所干的那行的。要说我们有多么快活,我们也就有多么穷困;或者,要说我们有多么穷困,我们也就有多么快活——随你高兴怎样说就怎样说吧。克洛德·弗雷尔和卡尔·布朗热——这就是那两个小伙子的姓名;多么可爱的一对啊,性情十分开朗,总是那样蓦视穷困;不管处境如何,总是那样扬扬自得。

最后,在布列塔尼的一个村子里,我们穷到了走投无路的境地,一个和我们一样的画家收留了我们,真可以说是救了我们的命,没让我们饿死了——他就是弗朗索瓦·米勒①……

"什么!就是伟大的弗朗索瓦·米勒吗?"

伟大吗?他当时并不比我们更伟大。他连在自己的村里也是默默无闻的;他穷到了那个地步,甚至除了萝卜而外,没有其他的食物可供我们充饥,有时候我们连萝卜也吃不上。我们四个永远忠实的朋友,相互友爱的朋友,平时总是形影不离。我们一起不停地拼命地画,画出的作品越积越多,越积越多,然而却极难得有一幅能脱手。我们在一起过着愉快的日子;但是,我的天哪!我们的日子有时候真难熬啊!

我们就这样生活了两年多一点儿。最后,有一天克洛德发话了:

"哥儿们,咱们已经到了山穷水尽的地步了。你们明白我的意思吗?——完全到了山穷水尽的地步了。所有的人都不理睬咱们了——他们串通了一气来抵制咱们。我走遍了整个村子,那情形就和我对你们说的一样,他们一分钱也不让咱们再赊欠,非得要先结清了所有的欠账。"

听了他这一席话,我们的心都冷了。每个人都显出茫然无主,陷入一片绝望。我们意识到,当时的处境确实非常严重。大家沉默了好半响。最后米勒叹了口气说:

"我什么办法也想不出——完全没有办法可想。你们倒出个主意吧,哥儿们。"

没人做出反应——除非你把那悲伤的沉默称之为一种反应。卡尔站起来,紧张地来回转了几圈,然后说:

"真叫人丢脸!你们瞧瞧这些画:一堆又一堆,画得和欧洲任何人画得同样地好——我不管那画画的人是谁。可不是,有许多在街上闲逛的陌生人也都是这样说——反正人家差不多都是这种看法。"

---

① 让·弗朗索瓦·米勒(1814—1875),法国名画家,他的作品多取材于农民的劳动生活。《晚钟》为其名作之一。

"可就是没人买呀。"米勒说。

"没关系,反正人家都是这样说;并且说得对。瞧瞧你那幅《晚钟》!难道有人会对我说……"

"嘻,卡尔——我的那幅《晚钟》!有人要出五法郎买它。"

"什么时候?"

"是谁出的那价?"

"他在哪里?"

"你为什么不把它卖了呀?"

"哎呀——你们别同时一起插话呀。我以为他会出更大的价钱——我肯定他会——看他那副神气是会的——我就向他讨价八法郎。"

"那么——后来呢?"

"他说会再来找我。"

"真倒霉!嗨,弗朗索瓦……"

"咳,我明白了——我明白了!我犯了错。我当时是一个笨蛋。哥儿们,可我也是出于一片好意;你们可得承认这一点,再说我——"

"啊,那还用说,我们知道这一点,上帝保佑你这个好心肠的人;可是下一次你可别再做笨蛋了。"

"我吗?我希望再来一个人,他愿意用一棵大白菜换那一幅画——你们等着瞧吧!"

"一棵大白菜!哎呀,别再提它啦——它叫我的口水都淌下来了。还是谈谈其他不那么吊人胃口的东西吧。"

"哥儿们,"卡尔说,"难道这些画都是毫无价值的吗?回答我这个问题。"

"是有价值的呀!"

"难道它们不是具有很高的价值吗?回答我这个问题。"

"是具有很高的价值。"

"像这样具有很高价值的画,如果在它们上面题上一个名画家的名字,它们就能售极高的价。是不是这样?"

"肯定是这样。谁也不会怀疑这一点。"

"可是——我这并不是在开玩笑——究竟是不是这样?"

"嗐,当然是这样——再说我们也并不是在开玩笑。可是,这又怎样呢?这跟咱们又有什么关系呢?"

"这样办,朋友们——咱们就给它们题上一个红得发紫的画家的名字!"

活跃的谈话顿时静止。一张张带着探询神情的脸转向卡尔。他这是打的什么谜呀?从哪里去借一个红得发紫的画家的名字?再说,又由谁去借它?

卡尔坐下来,接着说:

"好吧,我现在要提出一个十分严肃认真的办法。我认为只有这个办法可以使我们不至于进救济院,而且我相信这是一个绝对可靠的办法。我提出的这个意见,是根据人类历史中无数早已被确认了的事实为根据的。我相信我的计划会使咱们所有的人都发大财。"

"发大财!你疯了。"

"不,我没疯。"

"是疯了,是疯了——你是疯了。你所谓的发大财指的是什么?"

"是每个人赚进十万法郎。"

"他真的是疯了。这我能肯定。"

"是呀,他已经疯了。卡尔,你再也受不了这种穷苦,于是……"

"卡尔,你需要服点儿药,然后立即去睡。"

"先给他包扎起来——把他的脑袋包扎起来,然后……"

"不,还是包扎他的脚后跟;几个星期以来,他的脑子就在向下沉——我已经注意到了这一点。"

"闭嘴!"米勒说,装出了一副严肃的神情,"让这家伙把他要说的话说完嘛。喂,我说——这就谈谈你的计划吧,卡尔,是什么计划?"

"好吧,那么——作为一篇开场白,我要先请你们注意历史上的这一事实,那就是:有无数伟大的画家,一直要等到自己饿死了以后,他们的才艺才会被普遍地公认。这种事情是屡见不鲜的,因此我敢大胆地为它下一条定律。那就是:每一位不出名和被忽视的伟大画家,在他去世以后,他必然会得到公众的赏识,他的画必然会百倍地增值。我的计划是这样:咱们必须拈阄儿——咱们当中必须有一个人死了。"

他的话说得那样从容不迫,又是那样出人意料,以致我们一时都忘了为之惊讶得跳起来。而接着就是一片乱哄哄叫嚷,又纷纷提出了忠告——治病的忠告,劝卡尔去医治他的头脑;但是他耐心地等着大伙那一阵欢腾平息下来,然后又继续谈他的计划:

"可不是,咱们当中必须有一个人死了,这是为了要救活其他的人——同时也是为了要救活他自己。就让咱们来拈阄儿吧。被选中的人将一举成名,咱们所有的人都将大发其财。保持安静,喂——保持安静;不要打岔——告诉你们,我对自己所说的话胸有成竹。我打的是这个主意。在此后三个月内,那个准备死的人要尽力地画,尽可能增添他的存货——不是成幅的画,不是的!那画的只是一些轮廓,一些习作,习作的一部分,习作的片断,每一幅上只要用画笔涂上几下——当然是全无意义的,然而那却是他画的,上面题有他的名字;一天里画它个五十来幅,每一幅都具有一些他个人的特点和风格,很容易被看出那是他画的——你们瞧,就数这种画能畅销,而等到这位伟大人物去世后,世界各地的博物馆还会用惊人的高价收购它们;那时候咱们有大量的这种存货——大量的!在这段时间里,我们所有其余的人都必须全力以赴,为这位即将去世的画家大肆宣扬,对巴黎人和那些画贩子做宣传工作——你们知道,这是为那件即将发生的事作准备;等到一切已经闹得沸沸扬扬,到了最为有利的时刻,咱们就突然向外界宣布他的死讯,并为他举行一次故意大肆张扬的葬礼。你们明白这个意思了吗?"

"不——不;至少是不十……"

"不十分明白吗?你们还不懂吗?那个人并不是真地死了;他只是改名换姓,然后销声匿迹;我们埋葬一个假人,然后为他痛哭,让全世界人士都为我们帮腔一同哭。于是我就……"

可是并没让他把话说完。大伙突然发出激动人心的喝彩和鼓掌声;所有的人都一跃而起,在屋子里到处乱蹦乱跳,然后,在感激与狂喜的强烈冲动下,彼此紧紧搂抱。此后的几小时里,我们都在谈论那伟大的计划,不再觉出饥饿了;最后,等所有的细节都安排妥当后,我们就开始拈阄。米勒被选中了——选中了像我们所说的那样去死。然后将大伙在用它们作为发财赌注之前绝对不肯舍弃的东西拼凑起来——那些作为纪念品的小玩意和诸如此类的东西——把它们典当了一些钱,足够让我们办一次便宜的饯别晚餐和早餐,匀出了几个法郎供我们做路费,再给米勒留下了一份萝卜和这类食物,供他维持几天生活。

第二天一大早,我们三个人一起吃完早饭就出发了——当然是徒步赶路。我们每人都随身带了十几幅米勒的小画,准备去兜售它们。卡尔直奔巴黎,他要在那里竭力为米勒树碑立传,给即将来临的那个不寻常的日子作好准备。我和克洛德分道扬镳,去往法国各地。

哎呀,让你知道我们进行的工作是那样容易和顺当,准会叫你感到惊奇。我步行了两天,然后开始工作。当时我是在一个大市镇的郊区画一座别墅的素描——因为我看见那位屋主人正站在上面的阳台上。他走下来看我作画——我是料到他会来看的。我画得飞快,企图引起他的兴趣。偶尔他脱口而出,激动地说了一两句表示赞赏的话,后来他越说越起劲,夸我是一位大画师!

我放下画笔,把手伸进我的背包,取出了一幅米勒的画,指指那角上的署名。我高傲地说:

"我想您总认得出这个吧?哼,就是他教我的呀!我应当认为,本人干这一行还是能胜任的!"

那人好像是由于抱歉而显出惶窘,不再开口了。接着我又惋惜地说:

"您总不会说,连弗朗索瓦·米勒的署名都认不出吧!"

他当然认不出那署名;但是,由于能这样轻易地摆脱困境,他自然对我表示不胜感激。他说:

"认得的!哎呀,那是米勒的署名呀,肯定是的!我不知道我刚才在想些什么。现在,我当然认出它来了。"

接着,他就要买下那幅画;但是我说,尽管我并不富有,可也没穷到那个地步。不过最后还是让他用八百法郎把它买下了。

"八百法郎!"

可不是,当时米勒曾经要用它去换一块猪排。可不是,我用那个小玩意儿,卖了八百法郎。如今我想把它讨了回来,再卖它八万法郎。但是那个时机已经过去了。后来我给那个人的住宅画了一幅极好的画，原来我想向他讨价十个法郎，但是一想到自己是这样一位大师的学生，这和我的身份不大相称，于是我终于把它卖了一百法郎。我立即把八百法郎从那镇上汇给了米勒，然后第二天又出发了。

但是这次我不步行了——不再步行了。我乘车了。此后我总是乘车。我每天只卖出一幅画，从来不卖出两幅。我总是对我的顾客说：

"我出卖弗朗索瓦·米勒的画，这根本就是一个傻瓜干的事，因为那个人再活不到三个月了，等他一死，你无论出多大的价钱，凭多大的面子，也别想能把它弄到手了。"

我故意地将这件小事尽量地向远地方传播，为举世的人作好思想准备。

我要将这次卖画的计划归功于我——这都是我的功劳。最后的那一天晚上，我们筹划如何进行宣传活动时，是我提出了这一办法，我们所有的三个人都同意，在采用其他办法之前，首先要好好地试一试我这个办法。结果我们三个人都成功了。我只步行了两天。克洛德步行了两天——因为我们俩都怕让米勒在离本乡太近的地方一举成名——但是卡尔只走了半天的路，瞧这个精灵过人的、不存好心眼儿的坏蛋，此后他旅行时，阔绰得就好像是一位爵爷。

有时候我们跟一位地方报纸的编辑拉上了关系，然后通过报纸发布一条消息；那条消息并不是报道人们发现了一位新画家，而是在口气里故意装作大家早已熟悉弗朗索瓦·米勒这个人；那则新闻根本不是在歌颂他，而只是简略地谈到这位"大师"目前的病情——它有时候令人感到乐观，有时候又令人感到失望，但每次都隐约地令人意味到他的情况已十分不妙。我们总是勾画出了这些短讯，然后将报纸寄给所有那些向我们买过画的人。

卡尔不久就回到了巴黎，只管肆无忌惮地搞他的那一套。他和一些通讯记者交了朋友，将米勒的病情传播到英国和欧洲大陆各地，此外还有美洲，还有所有其他的地方。

这样活动了六个星期后，我们三人又在巴黎会合，决定暂时停止宣传，并不再写信回去催米勒寄出更多的画。现在他的名声已经登峰造极,一切条件俱已成熟,我们认为不可错过这个时机,现在就该立即下手,不要再拖延时间。于是我们写信给米勒,叫他躺在床上,开始很快地消瘦下去,因为我们希望,如果来得及准备好,他要在十天之内死去。

然后我们总结了一下,发现我们三个人一共卖出了八十五幅小画和习作,值得夸耀的成绩是六万九千法郎。卡尔卖出了最后一幅画,也是作成的最精彩的一笔交易。他将那幅《晚钟》卖了二千二百法郎。瞧我们已将他的声望提到多么高的地位啊!——可当时还没料到,不久将来会有一天,全法国的人都抢购这一幅画,一个外地人愿意花五十五万现钞将它据为己有。

那天晚上我们准备了香槟酒,举行了一次最后庆功的晚宴。第二天我和克洛德整理好行装,踏上了征途,去为弥留中的米勒充当看护,同时谢绝那些多管闲事的记者们来采访,并将每天的病情寄给在巴黎的卡尔,以便在各大洲的报纸上发表,让各地悬念的人知道这件事。噩耗终于公布,卡尔及时赶回那里,帮助料理丧事。

您总记得那次盛大的丧礼吧,它是如何在世界各地轰动一时,东西半球的知名人士都去参加葬礼,表示哀悼。我们四个人——仍旧彼此寸步不离——抬着那口棺材,不让其他人参与此事。再说,我们这样做是对的,因为那棺材里除了一具蜡制的假人而外,什么也没有,如果换了其他的人抬棺材,他们就会给那重量找麻烦了。可不是,还是我们四个老搭档,一度曾经那样亲密无间地共同渡过那艰难岁月的四个人,一同抬那口棺……

"哪四个人?"

"就是我们四个人呀——因为米勒本人也帮着抬他自己的棺材,您瞧,他化了装。假扮成一个亲戚——一个远房亲戚。"

"这真是奇闻!"

"可那是真事,就是那么一回事。再说,您总记得那些画怎样涨了价。至于那钱吗?多得叫我们不知道把它如何处理。现在巴黎有一个人,他收藏了七十幅米勒的画。他给我们出了两百万法郎,买下了它们。至于米勒在我们上路时那六个星期里胡乱涂抹出的大量的速写和习作,哎呀,如果您知道我们如今给它们开的价,您会大吃一惊——我意思说,开那价也只有在我们同意卖出一幅的时候!"

"这可是一个闻所未闻的故事,真是闻所未闻!"

"是呀——也可以这样说嘛。"

"米勒后来怎样了?"

"您能为他保密吗?"

"我能。"

"您还记得今天在餐厅里,我叫您注意的那个人吗?那就是弗朗索瓦·米勒。"

"我的——"

"——天哪!可不是。这一次总算人们没让一位天才饿死了,然后把他应得的报酬揣进另一些人的口袋。总算没让这只鸟儿拼死拼活地唱,可没人去听,然后,作为报答,为它举行一次酬醉性的丧礼。我们当时就是留心防范着有这一遭。"

一八九三年

与移风易俗者同行

去年春天我去芝加哥参观博览会①,虽然结果没参观成,但是我在那次旅程中却不无收获——可以说,我得到了一些补偿。在纽约,经人介绍,我结识了一位正规军队中的少校,他说要去看博览会,于是我们约好一同上路。我必须先去波士顿,但这并不碍事,他说愿意一道去,不妨多花上一些时间。这人仪表堂堂,体格魁梧得像一位斗士,但举止温和,谈话娓娓动听。他为人十分可亲,但又显得很沉着。可不是,他是完全缺乏幽默感的。他对四周的一切都深感兴趣,然而他那宁静的神态却始终不受外界的影响;任何事物都不能干扰他,任何事物都不能激动他。

但是,过了不到一天,我已经发现,尽管他外表是那么冷静,但在他内心深处什么地方却蕴藏着一股热情——热衷于破除那些在琐细行为中表现出的种种陋习。他要维护公民的权利——这是他的癖好。他的想法是:共和国的每一位公民都必须把自己看做是一个非官方的警察,不受任何报偿,经常监视维护着守法与执法情况。他认为,要维护保障公众的权利,惟一有效的方法就是要求每个公民都尽自己的一份力量,去防止或惩罚他本人看到的那些违法乱纪行为。

这可是一个很好的设想,但是我认为一个人这样做会经常卷入麻烦;我觉得,一个人这样做,无异于试图开除一个犯了过失的小公务员,而结果他也许会招来人家嘲笑。可是他说事实并非如此,说我的想法是错误的;说他那样做从来也不会使任何人被开除;而且,实际上你绝不可以让任何人被开除了;因为你那样做本身就是一次失败;不,我们

---

① 美国芝加哥万国博览会于一八九二年五月一日开幕,翌年十月三十日结束,本文写于一八九三年。

必须改造那个人——要把他改造过来,要使他成为一个称职有用的人。

"是不是我们必须先去告发那犯了过失的人,再请他的上级不要开除他,只要训斥他一顿,然后仍旧留用他呢?"

"不,我不是那意思;你根本不要去告发他,因为,如果那样做,他就会有打碎饭碗的危险。你可以做得像是要去告发他——那也只是到了任何其他方法都不起作用的时候。那是极端的例子。那样就是使用威力,而威力是有害的。有效的方法是运用权术,喏,如果一个人富有机智——如果一个人肯运用权术——"

我们在电报局的窗口足足站了两分钟,少校一直设法引起一个年轻报务员的注意,几个报务员都只顾逗乐取笑。这时候少校发话了,他唤其中一个报务员接受他的电报。可是他得到的答复却是:

"我想您可以等一会儿,行吗?"这句话一说完,他们又把笑话说开了。

少校说他可以等,并不着急。接着,他又拟了一份电报:

西联电报公司经理:

  今晚请过来和我共餐。我可以把你某分局如何经营业务的情况告诉你。

稍停,那个不久前说话那样傲慢无礼的年轻人伸出手来接过了电报稿,他刚读完电文,脸色就变了,他开始又是道歉又是解释。他说,如果这份害人的电报发出去,他就要被辞退,也许永远找不到另一个这样的职位。如果能饶恕他这一次,他以后再也不做人家会提意见的事情了。少校接受了这一表示让步的请求。

我们走开后,少校说:

"喏,您明白了吗,我就是这样运用权术——而且,您明白那是怎样发挥作用的了。一般人总是爱进行恫吓,那种做法没好处——因为那小伙子总是会唇枪舌剑,跟你针锋相对地来上一套,结果你几乎总是会输给他,让自己出丑。可是,您瞧,权术这玩意儿他可是对付不了的。温和的语言加上权术——这就是我们应当使用的工具。"

"是的,我明白了,然而,并不是每个人都有您那样的机会呀。并不是每个人都和西联电报公司经理那样有交情呀。"

"哦,您误解了我的意思。我并不认识那位经理——我只为运用权术而利用了他一下。这是为了他的好处,也是为了公众的好处。这样做是没害处的。"

我不肯随声附和,只闪烁其词地说:

"可是,难道说谎也是正当的,或者高贵的吗?"

他并不注意这句问话中那种委婉含蓄的,但自以为是的意味,他只是不动声色、稳重而简单地回答道:

"是呀,有时候是的。为损人而说谎,为利己而说谎,那是不正当的,然而,为了有助于别人而说谎,为了有利于公众而说谎——瞧,那就完全是另一回事了。这是一条谁都知道的道理。不必计较所采用的手段怎样:你只要看收到的效果如何。刚才那样一来,那小伙子就会成为一个有用的人,就会变得循规蹈矩。他是一个要面子的人。像他那样的人是值得挽救的。可不是,即使不是为了他本人,单是为了他母亲,也是值得挽救他的。他肯定有母亲在——还有姊妹们,该死,那些人老是忘了这一点!您可知道,我这辈子从来就没进行过决斗——一次也没有过——虽然像其他人一样,我也曾遇到过挑衅。我每一次都能看到那个人的无辜的老婆和小孩儿站在他和我之间。他们并没招谁惹谁——你瞧,我可不能伤了他们的心。"

就在那一天里,他纠正了许多人在小动作中所表现的陋习,但始终没引起摩擦——总是运用巧妙而漂亮的"权术",事后别人并没感到难堪,而他本人却从那些行为中得到了很大的快乐和满足,最后我不禁羡慕他所干的这一行——心想:如果需要时我也能够很有把握地在言语上偏离开事实,就像我自信经过一些练习后能够在印刷品的掩护下用笔墨所做到的那样,或许我也要采用这些办法哩。

那天夜晚,很晚了我们才离开当地,乘铁轨马车①去市区,三个喧闹粗暴的家伙登上了车,开始在一群胆小怕事的乘客中(他们有的是妇女和儿童)左顾右盼,任意地嘲笑,说的都是些污秽轻薄的语言。没

---

① 一种旧式的马拉有轨车。

一个人敢反抗或者劝阻他们,列车员试图好言以理相喻,但是那些恶棍只顾辱骂和嘲笑他。我很快就看出,少校已经意识到这是属于他所管的事情;显然,他是在盘点自己脑子里储存的权术,正在进行准备。我想,在这个场合,只要是一句玩弄权术的话说出了口,他就会招来劈头盖脸一大堆嘲笑,也许还会导致比这更加难堪的后果;然而,为时已经过晚,我还没来得及悄声劝阻他,他已经开口了。他用平缓而冷静的口气说:

"列车员,您必须把这些猪赶下去。让我来帮助您。"

这可是我没料到的。一眨眼工夫,三个恶棍已经向他扑过来。但是他们一个也没能接近他。他挥击了三拳,你真想不到会在拳击场以外看到那样猛烈的打击,只打得那三个人一个也没力气再从倒下的地方站起身。少校拖开了他们,把他们赶下了车,我们的车又继续前进。

我感到惊奇,惊奇的是看到一个温驯得像头羔羊的人竟然会做出这样的事情;惊奇的是他显示出那样强大的力量,取得了那样全面的、彻底的胜利;惊奇的是他把整个这件事情做得利落而又有条不紊。由于想到整天里都听到这个"打桩机"侈谈应当怎样进行委婉的劝导和运用温和的权术,我就觉得现在的情形具有它幽默的一面,于是我想促使他注意到这一点,并且就此说上几句嘲笑的话,然而,我再向他一打量,就知道那样做将是徒劳的——因为他那副怡然自得的神情并不含有丝毫幽默感;他是不会理解我的话的。我们下车后,我说:

"那可是一套精彩的权术呀——实际上是三套精彩的权术。"

"那个吗?那不是什么权术。您根本没弄懂。权术完全是另一码事。对那种人你不能运用权术;他们对权术不会理解。不,那不是权术,那是威力。"

"瞧您提到了它,我……可不是,我想您这话大概说对了。"

"说对了?我当然说对了。那就是威力。"

"我也认为,从外表上看来它是威力。您常常需要用那种方式改造人吗?"

"绝对不是。那种情形极少发生。半年里不会多于一次。"

"那几个人受了伤会复原吗?"

"会复原？这还用说，他们肯定会复原的。他们绝对不会有危险。我知道应该怎样揍，应该揍在哪儿。您注意到，我并没揍他们颚骨底下。那样会要他们命的。"

我相信这话是实。我说（我认为自己说得挺俏皮），他整天里一直像只羔羊，可是这会儿突然变成一头公羊——一头撞角的公羊；但是他却显得那么诚挚可爱，一本正经地说我讲得不对，说什么撞角羊完全是另一样东西，现在人们已经不再使用它。① 他这话叫人听了生气，我差点儿脱口而出，说他像个傻子，一点儿也不会欣赏俏皮话儿——说真的，这句话已经到了舌尖，但是我没说出口，因为知道现在不必急，还是等以后什么时候在电话里说吧。

第二天下午，我们出发去波士顿。特等客车吸烟室里已经客满，于是我们走到普通吸烟室里。过道那边顺座上坐着一个态度温和、样子像农民的老人，他面色苍白，正用一只脚钩住那扇开着的门，想要透点儿新鲜空气。过了不一会儿，一个身材高大的司闸员闯进车厢，走到门前停下，恶狠狠地瞪了农民一眼，然后猛地把门一拉，差点儿把老人的皮靴给带走了。接着他又匆匆地赶着张罗他的事情去了。有几个乘客笑起来，老先生露出一副又羞又恼的可怜神气。

停了不多一会儿，列车员走过，少校拦住他，用习惯的客气态度提出这个问题：

"列车员，如果司闸员的举动有不对的地方，乘客该去哪儿报告？是向您报告吗？"

"如果要告他，您可以到纽黑文站去告。他做错什么事了？"

少校把事情的经过说了一遍。列车员好像被逗乐了。他温和的口气中微含讥嘲地说：

"您的意思好像是说，那个司闸员并没说什么。"

"是的，他没说什么。"

"可是您说，他恶狠狠地瞪了一眼。"

---

① 在英文中"battering ram"的一个意思是"撞角羊"，另一个意思是古代用的一种冲撞城门或城墙的攻城槌。

"是的。"

"后来就粗鲁地拉开了那扇门。"

"是的。"

"全部经过就是这些,对吗?"

"对,那就是全部经过。"

列车员乐呵呵地笑了,他说:

"好吧,如果您要去告他,那是可以的,可是我不大明白,这究竟算得了什么呢。您会说——我这是根据您说的话猜想的——那个司闸员侮辱了这位老先生。那么,他们就会问您,他说了一些什么。您说,他根本什么也没说。那么,我估计他们就会说,既然您自己承认他一句话也没说,那您又怎么能断定那是一次侮辱呢?"

列车员这一席无懈可击的说理,引起了一片赞许之声,这使他感到很高兴——这一点你可以从他脸上看出来。但是少校并不介意。他说:

"瞧,现在您正好接触到提意见的制度中存在的一个明显的缺点。铁路公司的职员们——不但公众有这种想法,而且看来您也有这样想法——都没注意到:除了口头的侮辱以外,还有其他类型的侮辱。所以,也就没人到总办事处去申诉他受到人家在态度上表示的侮辱,包括用手势、表情等方式进行的侮辱;然而,这样的侮辱有时候会比任何口头的侮辱更加使你难以忍受。它会使你感到非常难堪,因为它并不留下任何实质的东西,可以让你抓住它的把柄;那进行侮辱的人,即使被召唤到铁路公司职员面前,也尽可以说他连做梦也没想到要得罪别人。我认为,铁路公司的职员们必须特别重视,必须迫切要求公民报告那些非言语表示的侮慢态度和无礼举动。"

列车员大笑起来,他说:

"哎呀,说真的,这样求全责备,未免太认真了吧!"

"可是我认为并不是过分地认真。我到了纽黑文站,要去报告这件事,而且相信我会由于这样做了而受到感谢。"

列车员好像有点儿不大自在了;的确,他离开的时候,神情显得相当严肃了。我说:

"您总不至于真为了这件小事去劳神吧?"

"这可不是一件小事。像这样的事必须随时报告。这是公众的责任,凡是公民,谁都不能规避责任。但是,这件事无需我报告。"

"为什么?"

"我没必要这样做嘛,运用权术就可以解决问题。您瞧着吧。"

过了不多一会儿,列车员又巡视来了;他走到少校跟前时,俯身凑近他说:

"得啦。您不必去告他了。他是归我负责的,如果下次他再敢那样,我会训他的。"

少校的回答是很恳挚的:

"瞧,这正合我的意!您千万别以为我这是出于什么报复心理,实际上并不是那样。这是出于责任心——纯粹是出于一种责任感,完全是这么一回事。我的妻舅是铁路公司的董事,如果他知道:假如您手下的司闸员下次再野蛮地侮辱一位根本没招惹他的老先生,您就要劝告那司闸员,那我的妻舅会感到高兴的,这一点您可以相信。"

列车员并没像一般人所预料的那样表示高兴,反而显得惴惴不安了。他在一旁站了一会儿,接着说:

"我认为必须现在就对他进行惩处。我要开除他。"

"开除他?那样能带来什么好处?您是不是认为,更聪明的办法是教他如何更好地对待乘客,以后仍旧留用他呢?"

"对,这话有道理。您认为应该怎么办?"

"他当着所有这些人侮辱了那位老先生。是不是应该叫他来,当着大伙儿赔礼道歉呢?"

"我这就叫他来。而且,我要在这儿声明:如果所有的人都肯像您这样做,也都肯向我报告这一类的事,而不是当时一声不吭走开了,事后在背后说铁路公司的坏话,那么,不久情况就会改善的。我非常感谢您。"

司闸员来道歉了。他走后,少校说:

"喏,您瞧这件事做起来够多么简单容易。普通老百姓什么事都办不到——董事的妹夫要怎么做都能行。"

"可是,您真有一位当董事的舅子吗?"

"永远说有这么一位。当公众的利益需要的时候,我永远说有这么一位。在所有的董事会里——在所有的地方,我都有一位舅子。这样就省了我一大堆麻烦。"

"这可是十分广泛的亲戚关系。"

"是呀。像他们这样的人我有三百个以上。"

"难道列车员就不会怀疑这种关系了吗?"

"这种情形我还没遇到过。毫不掺假——我从来没遇到过。"

"为什么您不随他去处理,随他去把那个司闸员开除了,反而使用那怀柔的办法呢?您瞧,他这样的人是罪有应得的呀。"

少校回答时,那口气里的确稍许含有一种不耐烦的意味:

"如果您能静下来,稍许思考一下,您就不会提出这样的问题了。难道司闸员是条狗,只能用对待狗的方法去对待他不成?他是一个人,需要像人那样去谋生呀。再说,他总有姊妹,或者母亲,或者妻子儿女,要他去养活。永远是这样的情形——这是毫无例外的。如果你剥夺了他的生计,那你也剥夺了那些人的生计——可是,他们哪点儿招你惹你了?根本没有呀。开除了一个举动无礼的司闸员,另去雇一个跟他完全相同的,那好处又在哪里呢?这种做法是不明智的。难道您没认识到,先对这个司闸员进行改造,然后留用着他,那才是一个合理的办法吗?肯定是的。"

接着他就用赞赏的口气叙述统一铁路公司某区段一位监督的故事,说有一次一个已有两年经验的扳闸工疏忽大意,让一列车出了轨,死了几个人。群众十分愤怒,去要求开除那个扳闸工,但是监督说:

"不,诸位错了。他这一来得到了教训,此后再不会让车出轨了。他变得比以前倍加顶用了。我要留用他。"

此后在那次旅游中,我们只遇到一件不寻常的事。在哈特福德站和斯普林菲尔德站之间,火车上的侍应生抱着许多广告印刷品,一路高声吆喝着跑进来,把一册样本落在一个正在酣睡的先生膝上,一下子惊醒了他。那人十分恼怒,和他两个朋友气愤不平地诉说这件冒犯了他的事。他们把特等客车里的列车员唤了来,向他叙述这件事,一定要开除这孩子。那三个进行控诉的乘客都是霍利奥克的富商;显然,列车员对他们望而生畏。他试图平息他们的怒气,向他们解释说,那孩子并不归他管,而是属于一家报刊公司的;然而,他怎么劝解也没用。

这时候少校自告奋勇提出证明,为孩子进行辩护。他说:

"事情的经过我都看在眼里。诸位并没存心夸大,但是结果仍然言过其实。那孩子所做的,只不过是所有火车上侍应生所做的,如果你们要他此后举动更稳重,态度更和蔼,那我也同意你们的观点,并且准备帮你们说话,但是,如果不给他一个改过的机会,就要把他开除,那是不公道的。"

但是他们很气愤,都不肯听取妥协的办法。他们说熟识波士顿—奥尔巴尼铁路公司的总经理,明天宁可暂时摆开了其他的事,一定要先去波士顿解决侍应生的问题。

少校说他也去那里,要尽自己的一切力量搭救那个侍应生。有一位先生向他打量了一下,说:

"看来,这件事要取决于谁能对总经理施加最大的影响了。您是跟布利斯先生有私交的吗?"

少校声色不动地说:

"是的;他是我舅舅。"

这一下取得的效果是令人满意的。窘促的沉默持续了一两分钟;接着几位当事人就开始在谈话中"留有余地",都含糊其辞地承认自己过于火躁偏激,不久一切趋于平静友好,彼此间显得相当融洽,终于决定丢开了这件事不提,让那个侍应生保住了他的饭碗。

结果不出我所料:铁路公司总经理根本不是少校的舅舅——少校这一天只是在列车上利用了他一次。

在归途中,我们没遇到什么值得记述的事情。也许那是因为我们乘的是夜车,一路上我们都在睡觉。

星期六晚上我们离开纽约,取道宾夕法尼亚州铁路。第二天清晨早餐后,我们走进特等客车,但是发现那儿很冷清沉闷,车厢里只寥寥几个人,没有任何活动。于是我们步入那节车厢的小吸烟室,看见那儿坐着三位绅士。其中两个人正在抱怨铁路公司所订的一条规则——星期日禁止在车上玩牌。原来他们刚才已经开始玩那照说无需禁忌的"大小杰克"纸牌戏,但后来却被阻止了。少校对此表示关切。他对第三位绅士说:

"是您反对他们玩牌吗?"

"根本不是。我是耶鲁大学的教授,虽然相信宗教,但并不是对许多事情都存有偏见。"

接着少校就对其他两个人说:

"你们尽可以继续玩下去嘛,先生们;既然这里没人反对。"

其中一人不肯冒险,但是另一个人说,如果少校愿意跟他玩,他很想再来一次。于是他们俩把一件大衣铺在膝上,开始玩起来。过了不久,特等客车的列车员来了,他粗暴地说:

"喂,喂,先生们,这是不可以的。把纸牌收起来——玩牌是不准许的。"

少校正在洗牌。他只顾洗着,一面说:

"禁止玩牌,这是奉了谁的命令?"

"是我的命令。我禁止玩牌。"

这时候开始发牌了。少校问:

"这主意是您想出来的吗?"

"什么主意?"

"星期日禁止玩牌这个主意呀。"

"不——当然不是。"

"是谁想出来的呢?"

"是公司。"

"那么,这根本不是您的命令,而是公司的命令。对吗?"

"对。可是,你们仍旧不停止玩牌,那我必须强迫你们立刻停止了。"

"急躁办事不会带来什么好处,它常常只会造成很大损失。是谁授权给公司颁行这样一道命令的?"

"我的好先生,那和我没关系,再说……"

"可是您忘了,它关系到的不只是您。它可能是一件关系到我的重大的事。的确,它是一件对我十分重大的事。我不能破坏了我国的一条法规,同时也不能让自己蒙上耻辱;我也不能容许任何人或者公司利用非法的规章来妨害我的自由(这一点也是铁路公司一向试图做到的),同时不玷污了我的公民权利。所以,现在让我再回到刚才那个问题上:公司究竟根据谁授的权颁行这道命令的?"

"这我可不知道。这是他们的事。"

"也是我的事。我怀疑公司拥有什么权利公布这样一条规章。这条铁路要经过好几个州。您知道我们现在是在哪一个州里,那个州在这方面制定的又是什么法律吗?"

"它的法律跟我不相干,可是公司的命令我必须执行。我的职责就是禁止这样玩牌,先生们,它必须受到禁止。"

"也许是这情况;然而,办事情还是不必急躁的好。在一般旅馆里,他们都把一些规则张贴在屋子里,但是照例要援引该州的法律条文,作为那些要求的根据。我看这儿并没张贴这类文告嘛。请您出示您的凭证,然后可以让我们作出决定,因为,您总可以看到,人家玩牌的兴致都叫您给破坏了。"

"我没这一类的凭证,但是我奉了命令,单凭这一点就够了。命令必须服从。"

"咱们别轻易作出结论。最好还是让咱们平心静气,仔细地探讨一下这件事情,看咱们究竟坚持的是什么原则,以免任何一方犯了错误——因为,剥夺美国公民的自由,这件事看来远比您和铁路公司想象得更为严重,在剥夺他人自由者能证明他有权这样做之前,我不容许他当着我这样肆无忌惮,再说……"

"我的好先生,您到底要不要放下纸牌?"

"这件事也许不会耽搁多久。但要看情况而定。您说这命令必须遵守。必须。这是一个强硬的措词。您自己可以意会,它有多么强硬。当然,一个明白事理的公司,不会既授权您执行这样严厉的命令,又不制定一个处罚违反规章者的办法。那样它就会变成一纸空文,只会惹得人家好笑。对违反这条规章的应当怎样处罚?"

"处罚?我从来没听说过什么处罚。"

"不用说,这您肯定是弄错了。您的公司会命令您上这儿来,很粗鲁地打断了一场无需禁忌的娱乐,但并不教您在执行这道命令时应当采取的手段吗?难道您不认为这种做法是荒谬可笑的吗?如果乘客拒绝遵守这条命令,那您又打算怎样对付他们?您打算抢走他们的纸牌吗?"

"不。"

"您打算到了下一站把违反规章的赶下车吗?"

"这个,不——我们当然不能这样做,如果他有车票。"

"您把他送交法院吗?"

列车员无言答对,显然感到为难了。少校又开始发牌,他接着说:

"您瞧,您毫无办法,公司让您处于很狼狈的境地。您接受了一道狂妄的命令,您虚张声势,要去执行它,可是,等到把这件事仔细一分析,您就发现自己根本没办法强迫人家服从。"

列车员端着架子说:

"先生们,你们已经听到那道命令,我已经尽了自己的责任。至于是不是遵守它,那你们就瞧着办吧。"说完这话,他转身要走。

"可是,等一等。这件事还没完。您说已经尽了自己的责任,我认为您这话说错了;即使您真的已经尽了自己的责任,那么我还有一项责任要尽哩。"

"您这是什么意思?"

"您是不是准备到了匹兹堡站,去总办事处控告我违反了规章?"

"不是的。那样会有什么好处呢?"

"您必须去控告我,否则我就要去控告您。"

"控告我什么呀?"

"控告您不禁止这次玩牌,没遵守公司的命令。作为一个公民,我有责任协助铁路公司监督它的职工照章办事。"

"您这话是认真的吗?"

"是的,是认真的。我觉得您做人并没错儿,可是我认为,作为一个工作人员,您这样做事做得不对——您没执行那道命令;如果您不去控告我,我一定去控告您。我要去控告。"

列车员显得迷茫了，他沉思了一会儿，后来突然激动地说：

"这倒像是我在找麻烦嘛！完全是一篇糊涂账；瞧我都被闹昏了；这可是从来没遇到的事；人家一向依着你，从来不说一句话，所以我就从来没注意到，那道没处罚办法的愚蠢的命令有多么荒谬可笑。我不要控告任何人，我也不要被任何人控告——瞧，那样会给我招来无穷的麻烦！现在你们就继续玩牌吧——如果高兴的话，就玩上它一整天吧——咱们别再为了这种事情找麻烦了！"

"不，我只是为了要维护这位先生的权利，才坐在此地——现在他可以回到自己的位子上来了。但是，您在离开这儿之前，是不是可以告诉我，您认为公司制订这条规章是为了什么吗？您能为这件事想出一个借口，——我的意思是说，一个合理的借口——一个至少表面上不是愚蠢的借口、一个不像是白痴想出来的主意吗？"

"这个，我当然能够。问到为什么要制订它，那道理很明白。那是为了不要伤害其他乘客的感情——我的意思是说乘客中那些虔信宗教的人。星期天在车上玩牌，亵渎了安息日，那会使他们不高兴的。"

"我本来也有同样的想法。可是，他们愿意自己在星期日旅行，亵渎安息日，却不愿意别人……"

"我的老天爷，您这可说到了点子上！以前我就从来没想到这一点。事实是，如果你开始仔细分析一下，就知道它是一条愚蠢的规章。"

就在这当儿，另一节车上的列车员走过来，打算很专横地禁止玩牌，可是特等客车的列车员拦住他，把他拉到一边，向他解释。此后再听不到他们谈起这件事了。

我在芝加哥卧病了十一天，结果没能看到博览会，因为，刚刚能够上路，我已经需要立即启程回东部去了。在我们出发的前一天，为了让我有个宽敞的地方，可以睡得舒服一些，少校已经订了一间卧车特别包厢；可是我们抵达车站时才知道，由于调配员一时疏忽，我们的那节车没被挂上。列车员给我们留下了一对卧铺——他说，这样办他已经尽了最大的力了。可是少校说，我们并不着急，尽可以等着把那节车给挂上。列车员和颜悦色，但是含嘲带讽地说：

"也许,像您所说的,你们并不着急,可是我们却非着急不可呀。来,上车吧,先生们,上车去吧——别让我们尽等着啦。"

可是少校非但不肯上车,也不许我上去。他要乘他所订的车,说他非那样不行。这一来那个急得直冒汗的列车员可不耐烦了,他说:

"我们这样做,已经尽了最大的努力——我们没法做那种不可能做到的事。你们要么就是用这套卧铺,要么就索性不用它吧。由于出了一个差错,现在时间太晚,已经来不及纠正,只好将就点儿,就这样凑合一下吧。别的乘客都是这样。"

"咳,您瞧,事情就坏在这里。如果他们也都要维护自己的权利,并且坚持到底,现在你们就不会这样满不在乎地试图践踏我的权利了。我根本没意思要给你们带来不必要的麻烦,但是我有责任保护下面一位乘客不再这样受骗。所以我一定要乘我订的车。否则我就要在芝加哥待下去,控诉你们公司破坏了合同。"

"控诉我们公司?——单单为了这样一件事!"

"当然。"

"您真的要这样做吗?"

"可不是,我就是要这样做。"

列车员向少校怀疑地打量了一会儿,然后说:

"这可把我给闹糊涂了——这可是新鲜花样——我以前从来没碰到过这样的事儿。可是,我完全相信,这样的事您会做出来的。这么着,我找站长去。"

站长刚来的时候十分恼怒——恼的是少校,而不是那个造成差误的人。他态度相当粗暴,也像列车员开始那样;但是他怎么也没法说服这位措词委婉的炮手,后者仍旧坚持要乘他所订的车。但是,事情很明显,在这种情况下只有一方能占上风,而结果占上风的一方当然是少校。站长只好收起恼怒的神色,做出和蔼的样子,甚至表示了歉意。这给和解提供了良好的开端,于是少校作出妥协。他说情愿放弃已订的特别包厢,但必须有另一间包厢。经过一番寻觅,终于找到了一间特别包厢,那包厢的主人是个好说话儿的,肯用他的包厢调换我们的卧铺,我们终于出发。那天晚上列车员来看我们,他亲切客气,十分殷勤,和我谈了很久,最后我们结成好友。他说希望公众更常常给他们多添一些麻烦——因为那样只会产生有益的影响。他说,旅客不能指望铁路公司尽他们的一切责任,除非他们自己也多少关心那些事情。

我希望我们已经结束了这次旅行中移风易俗的工作,然而事实并非如此。第二天早晨,少校在餐车里要一客烤鸡。侍者说:

"菜单上没这道菜,先生;我们只供应菜单上有的。"

"瞧那位先生在吃烤鸡。"

"对,可是那情形不同呀。他是一位铁路公司监督。"

"那我就非要烤鸡不可。我不喜欢这种有区别的待遇。请您赶紧去——这就给我来一客烤鸡。"

侍者把管事的找来了,管事的低声婉言解释,说这件事是不可能办到的——这违反规章,规章是很严格的。

"那么,好吧,您必须一律执行这条规章,或者一律取消这条规章。您必须要么就拿走那位先生的鸡,要么就给我来一客。"

管事的惶惑无主,有点儿不知所措了。他开始东拉西扯地辩解,可就在这时候,那个列车员走过来,问发生了什么争执。管事的说,这里有位先生,他一定要点一客鸡,可这是绝对违反规章的,而且菜单上也没这菜。列车员说:

"你照章办事嘛——没其他办法。等一等……是这位先生吗?"接着他就大笑起来,说:"别去管你们那些规章吧——这是我给你的忠告,听我的话没错儿;他要什么就给他什么——别让他又在他的权利问题上大发议论啦。他点什么就给他什么吧;如果你们手头没鸡,那么就停下了车去买吧。"

少校吃了鸡,但是说,他之所以这样做,只是出于责任感,为了要维护一条原则,因为他是不爱吃鸡的。

可不是,我没看到博览会,但是我学到了一些怎样运用权术的手段,将来这些手段也许对我和读者们都是方便有用的哩。

一八九三年

腐蚀了哈德利堡镇居民的人

一

那已是多年前的往事了。当时,在所有的邻近地区,要数哈德利堡镇的居民是最诚实和最公正的。过去三代以来,他们始终不曾让这一声誉受到玷污,这声誉要比自己所有其他的一切更令他们感到骄傲。可不是,他们为此感到十分骄傲,一心要永远保持这一荣誉,于是,从孩提时起,就由做家长的向他们灌输为人要诚实的思想,并在此后的全部教育过程中,让这类的指导成为他们处世之道的基本内容。此外,在青年人成长的岁月中,一直不让他们受到诱惑,这样,他们诚实的品德就极有可能在思想上扎下了根,成为身心中的一部分。那些邻近市镇的人开始妒忌这一光荣的崇高地位了,于是就自我解嘲地讥笑哈德利堡镇居民在这方面的自豪感,说这是一种虚荣的表现;然而,尽管如此,他们也不得不承认,哈德利堡镇的居民确实是不会受腐蚀的;如果你再向他们追问下去,他们就不得不承认:你只要提到一个青年人是来自哈德利堡镇,是从他家乡来外地寻找一个负责的职位的,那他就更无需再提供其他什么有力的推荐了。

但是,随着时光的流逝,哈德利堡镇的居民终于不幸地开罪了一个过路的外国人——这可能只是出于无意,但他们肯定对此事并不在意,因为哈德利堡镇的居民并不仰仗他人,压根儿就不在乎什么外国人,更别提理会他们的意见了。然而,如果当初对这个人另眼相看,那就好了,因为这是一个心狠手辣、一意要复仇的人。此后他又在外流浪了整整一年,心中始终牢记住所受的侮辱,一空闲下来就处心积虑,思考一个报仇雪恨的计谋。他想出了许多办法,这些办法都很厉害,但其中没有一条是十分全面的;最不高明的方法是伤害许多个别的人,而他想要实行的计划,却是要将全镇的人一网打尽,连一个也不让他幸免。他终于想出了一个绝妙的主意,这主意在他脑海中一出现,就让他心底里充满了恶毒的喜悦。他立即开始运筹决策,心想:这才是我要做的——我要腐蚀全镇的居民。

六个月后,他启程去哈德利堡镇,乘了一辆小马车,大约是在晚上十点钟,找到了一个银行老出纳员的家。他从车上取下一麻袋东西,扛在肩上,跌跌撞撞地穿过庭院,去敲那宅门。只听见一个女人的声音说"请进",他就走了进去,把那一麻袋东西放在客厅内火炉后面,对正坐在屋里就着灯光读《布道先驱报》的老奶奶礼貌周到地说:

"请坐着别动,夫人,我不多打搅您。好啦——这下子可把它藏好了;人家不会知道它被藏在哪儿。我可以见一见您的先生吗,夫人?"

"不行,他去布里克斯顿了,明天早晨之前大概不会回来。"

"也好,夫人,这没关系。我只要把那一袋东西留在这里,托他照管一下,等找到了合法的所有人,就把它交付给他。我是一个外国侨民;那人并不跟我相识;今天晚上我只是经过这个镇,是来了却一个长久没了却的心愿。现在我的任务终于完成,我离开这里的时候,不但感到高兴,而且相当满意,此后您不会再见到我了。那个麻袋上附带了一张便条,它会说明一切。再见啦,夫人。"

老奶奶害怕这位神秘的大个子外国人,见他走了感到很高兴。但这件事引起了她的好奇,于是她立即走向那个麻袋,取下了那张便条。上面写的是:

可公开招领,或通过私下查询,找到他本人——可采用二者中任何一种办法。麻袋里装有重一百六十磅零四盎司金币——

"我的天哪,门没锁上!"

理查兹太太一路战战兢兢地跑到门口,锁上了门,然后拉下了遮帘,就那样呆站在那里,又是害怕,又是着急,不知道还有什么其他办法更可以保证自己和那些钱的安全。她侧耳听了一会儿,怕有贼来,接着,禁不住好奇,又回到灯前,去读完那张便条:

我是一个外国人,这就要回本国,此后就永远留在那里了。我感谢美国,在我长期侨居时,承蒙当局多方面照顾;同时我要感谢她的一位公民——一位哈德利堡镇的居民——我尤其感谢他一两年前施予我的莫大恩惠。实际上那是双重莫大的恩惠。现在让我说明一下。我曾经是一个赌徒。我是说,**我曾经是的**。我曾经赌得倾家荡产。一天夜里我来到这镇上,腹中饥饿,身上不名一文。我求人资助——那是在黑地里;我不好意思在光天化日下乞讨。那一次我可找对了人。那人给了我二十元——那就是说,他使我获得了新生,我是那样认为的。他还给了我大量的财富;因为我用他所给的钱在赌桌上发了财。再说,他对我讲的那句话我至今仍牢记在心,它终于破除了我那恶习;而由于破除了那恶习,也就挽救了我留下来的那点儿道德观念;此后我再也不去赌博了。现在我仍不知道那个人是谁,但是我要找到他,我要他得到这笔钱,由他赠送人也好,把它扔了也好,自己留下也好,一切都随他的便。我这只是要表达我对他的感激之情。要是我能留在这里,我原可以自己去找到他;但是这没关系,他会被找到的。这镇上的居民都是诚实的,是不会受腐蚀的,我知道,我尽可以放心大胆,把这些钱交给他们。可以根据当时他对我说的那句话,将他识别出来;我相信他会记得那句话的。

现在我的计划是:如果您认为更好是私下进行查询,那么就这样办吧。任何人,只要他可能是那位我要找的本人,就将手头这封信的内容说给他听。如果他回答:"我就是那个人;当时我讲的那句话是如此这般。"那么您就进行一次测验——那就是:打开那麻袋,您会在它里面找到一个密封的信封,它内中附有那一句话。如果那句话与认领者所说的相符,就将那笔钱交付给他,更无需向他提出更多的问题,因为那肯定就是他本人。

但如果您认为更好是进行一次公开招领,那么就将手头这封信刊登在本地的报纸上——另加上这些有关程序的说明,那就是:在本文公布后的三十天内,请认领者于晚间八点钟(星期五)亲临镇公所,将他所说的那句话密封在一个信封里,交给伯吉斯牧师

（如果牧师惠允代劳）；然后由伯吉斯先生当场拆去麻袋外的封铅，打开信封，看那句话是否与密封的相符；如果相符，就将那笔钱交付给他，同时代我向我那位被认出的恩人致以衷心的感谢。

理查兹太太坐下来，激动得微微颤抖，不久就陷入深思——她在这样想："瞧这件事够多么奇怪！……那位积了阴德的善人，得到了多么大的一笔财富！……如果那件事当初是我丈夫做的，那该有多好！——瞧我们俩是这样穷，这样又老又穷呀！……"接着，她叹了一口气——"可惜那不是我的爱德华；不是的，当初不是他给了那外国人二十元。这太可惜；现在我才明白……"接着，她打了一个冷战——"可那是一个赌徒的钱呀！那是有了它就不得好报的钱呀：我们可不能接受它；我们可不能接触它。我不要靠近它；它好像是会腐蚀人的。"她坐到离开它远一点儿的椅子上……"希望爱德华这就回来，去把它交给银行；随时都会有贼来；独个儿和那些钱呆在这里多么可怕。"

十一点，理查兹先生回来了，他的妻子说："我真高兴你这会儿回到家里了！"他却接着说："可把我给累坏了——已经精疲力竭了；人穷真可怕，已经到了我这个年纪，还得干这种倒霉的跑码头的差事。老是干这样的苦差事，这样的苦差事，这样的苦差事，只是为了那点儿工资——你当人家的奴隶，而人家却趿拉着拖鞋，过那种富裕舒适的生活。"

"我真替你难受，爱德华，这一点你也知道；但是，你还是看开点儿吧：咱们总算能维持生活；咱们有着很好的名声——"

"是呀，玛丽，这比什么都重要。别去理会我刚才说的那些话——那只是出于一时的愤愤不平，算不得什么。吻我吧——好啦，一切都丢开了，我再不去埋怨了。你一直在做些什么？那个麻袋里装的是什么呀？"

这时他妻子将那件不平常的秘密说给他听了。有一会儿工夫，他直发愣；接着他说：

"重一百六十磅？哎呀，玛丽，那折合四—万—美元呀——简直不能想象——那可是一大笔财富！在这个村里，有这么多钱的人总共不满十个。把那封信给我看看。"

他草草地看了一遍,接着说:

"这可是一次奇遇呀!哎呀,这简直是一篇传奇小说嘛;它像是我们在书上看到的那种不可能发生的事,在现实生活中是看不到的。"这时他大为激动;他显出欢欣,甚至喜出望外。他用手指轻轻地点了点老妻的面颊,带开玩笑地说:"哈哈,这一来咱们可发财了,玛丽,发财了;现在咱们所要做的,只是把那钱埋在土里,然后把那信烧了。如果那赌徒以后来追查,咱们只要不动声色地向他看一眼,说:'瞧你胡说一些什么呀?我们从来没听说过你这个人和你那袋金币;'这一来就把他说傻了眼,然后……"

"可是这会儿,你只管没完没了地说笑话,那钱却仍旧留在这里,很快就要到贼来偷的时候了。"

"这话对。好吧,那么咱们怎么办呢——是私下里去查询吗?不,那样做不妥,那样就会破坏了那种浪漫色彩。还是公开招领的办法比较好。这样就会把这件事情张扬得沸沸扬扬!它会使所有其他镇上的人听了眼红;因为没一个外国人会把这样一件东西托其他镇上的人保管,只有托哈德利堡镇上的人,这一点他们都清楚,这是在为我们大做广告宣传呀。我必须现在就把它送到报社印刷间去,否则就会太晚了。"

"可是你别走呀——别走呀——可别把我一个人和这些钱留在这儿,爱德华。"

但是他已经走了。幸而只是离开了一会儿工夫。在离开家不远的地方,他遇见报社的老板兼主编,于是就把那份信件交给了他,说:"这儿有一份好材料给你,考克斯——让它见报吧。"

"也许现在太晚了,理查兹先生,但是我会看着办的。"

回到家中,他和妻子一同坐下,开始谈这件有趣的神秘事件;而这一来他们就怎么也没法睡了。要谈的第一个问题是:那个给外国人二十元的居民究竟是谁呢?看来这是一个简单的问题;两口子不约而同地说:

"那是巴克利·古德森。"

"对,"理查兹说,"这件事会是他做的,是像他这种人所做的,此外镇上再没有另一个这样的人了。"

"在这一点上,每个人都会承认,爱德华——至少在私下里会承认。再说,这六个月以来,村里人又原形毕露了——对人老老实实,遇事斤斤计较!自以为是,一钱如命。"

"他一向就是这样批评他们,要一直这样批评到死——而且是毫不顾忌地公开批评。"

"可不是,因此他就被人仇恨了。"

"哦,这还用说;但是他对此并不在意。照我看来呀,在我们一般人当中,除了伯吉斯牧师而外,就数他最被人仇恨。"

"可不是,伯吉斯被人仇恨,那是活该——他在本地,再不会有另一帮教友去听他讲道了。这镇上的人尽管没眼光,但知道如何批评他。爱德华,看来这是不是有点儿古怪呢,怎么那外国人会指定伯吉斯转交那笔钱呢?"

"嗯,这个吗——看来是有点儿古怪,那就是说——那就是说——"

"你哪来的那么许多'那——就是——说'呀?你会选中他吗?"

"玛丽,也许那外国人比本村里人更了解他。"

"你老是说这些偏护伯吉斯的话!"

丈夫显得难以启齿;妻子一直目不转睛地瞪着他,等待他的答复。最后,理查兹犹豫不决,好像一个人要讲什么话,但又知道那话讲出来听的人可能不会相信它,他说:

"玛丽,伯吉斯并不是一个坏人。"

他的妻子肯定要大吃一惊。

"这可是胡说!"她吓得大喊。

"他并不是一个坏人。这我知道。他之所以不受人欢迎,完全是由于那一件事——那一件闹得沸沸扬扬的事。"

"那'一件事',真有你的!好像单是那一件事还不足够似的。"

"足够了。足够了。但是那件事可不能怪罪他呀。"

"你居然说出这种话来!那件事不能怪罪他!谁都知道,就是应当怪罪他。"

"玛丽,我敢向你保证——那次他是清白无辜的。"

"我没法相信这话,我就是不相信这话。你又是怎么知道的?"

"我这是在坦白。我感到羞耻,但是我仍旧要坦白。当时只有我一个人知道他是清白无辜的。我原来是能挽救他的,可是——可是——哎呀,你知道当时镇上的人是那样激动——我可没那胆量去救他。那样会让镇上的人对我群起而攻之的。我觉得自己卑鄙,非常卑鄙;但是我不敢;面对那种形势,我没勇气那样做。"

玛丽显得心事重重,有一会儿工夫一语不发。后来她才结结巴巴地说:

"我——我也不认为当时那样做对你是合适的,如果你去——你去——我们决不可以——呃——大家的意见——我们必须是十分慎重——十分——"谈话像是在走一条险路,她终于陷入泥沼;但是,稍停她又接下去说,"非常遗憾呀,可是——咳,咱们可承担不起呀,爱德华——咱们实在承担不起呀。哦,当时我是无论如何不会让你那样做的!"

"那样做咱们就会伤了许多人的感情,玛丽;那样一来呀——那样一来呀——"

"这会儿我担心的是:他对咱们有什么看法,爱德华。"

"他吗?他不会猜想到我原来是能挽救他的。"

"哦,"妻子松了口气,激动地说,"这可好!只要他还不知道你当时能挽救他,那么他——那么他——嗯,那情况就要好多了。咳,我早就应当觉察出他是不知道的,因为,尽管咱们对他表示冷淡,他却老是向咱们献殷勤。有些人还一再拿这件事挖苦我。这些人当中有威尔逊夫妻俩,有威尔科克斯夫妻俩,有哈克尼斯夫妻俩,他们都恶意地开玩笑,说什么'你们的好友伯吉斯,'因为他们知道怎样用这句话不断地干扰我。我倒希望他别这样一味地向咱们表示好感;我猜想不出,他为什么要这样。"

"这情况我倒能解释。这又是我的一次坦白。那件事完全出人意料,当它闹得热火朝天的时候,镇上人打算把他抬在木杆上,我于心不忍，实在按捺不住，悄悄地向他通风报信，他就逃离了这镇，住到外地去，直到事态平息以后才回来。"

"爱德华！当时要是镇上人发现了这件事——"

"你就别再去提它啦！一想到这件事，至今我仍心惊胆战。当时，我做了这件事就懊悔；我甚至不敢告诉你，惟恐你的神色会让人觉察出来。那天我一直在担心，整夜没合眼。可是，过了一些日子，我看到没人怀疑到我了，此后就觉得，当时我幸亏是那样做了。我至今心里感到安慰，玛丽——心里感到非常安慰。"

"我也感到安慰，可不是，那样羞辱他也太可怕了。真的，我感到安慰；因为，你瞧，当时你实在有必要为他那样做。可是，爱德华，万一有一天那件事竟然真相大白呢？"

"不会的。"

"为什么？"

"因为所有的人都认为那是古德森干的。"

"他们当然会那样认为。"

"这是毫无疑问的。再说他本人也不把这件事放在心上。一些人怂恿那倒霉的老索尔兹伯里去找他，要把那罪名强加给他，于是老头儿就气势汹汹地赶往那里，照人家嘱咐的说了。古德森把他上下仔细打量了一阵，好像是要在他身上找到一个他最鄙视的地方，然后说：'原来你是调查委员会里来的，对吗？'索尔兹伯里回答说，他差不离就是。'嗯哼。他们是要知道这件事的详情呢，或者，照你看来，得到一个一般的答复也行呢？''如果他们要知道详情，我会再来一趟，古德森先生；我要先把那一般的答复带回去。''那么很好，你就叫他们都去见鬼吧——我认为这也够得上是一般的答复了。我还要给你一些忠告，索尔兹伯里；你再来了解那详情的时候，得带一个筐子来，好把你那几根老骨头装回去。'"

"这正合古德森的口吻；这十足地显出了他的本色。他只是在这一点上自鸣得意：他总认为他提出的忠告比任何人的更为高明。"

"那件事就此结束，咱们也就得以幸免，玛丽。那问题不再被人提起了。"

"吉人天相,我想这一点是毫无疑问的。"

此后他们又显得兴致勃勃,开始讨论那一袋金币的奥秘。不久他们的谈话就不时中断——那是由于只顾专心思考而停顿的。停顿的时间越来越多了。最后理查兹完全坠入沉思。他好半天坐在那里,茫茫然直瞪着地板,又过了一会儿,他开始用一些神经紧张的小手势配合自己的内心活动,好像显出了他的烦恼心情。同时他的妻子也一语不发,又陷入沉思,而她的动作也开始显得烦躁不安。理查兹终于站起身来,漫无目标地在屋子里来回踱步,双手搔头,那举动很像是一个梦游者在做噩梦。后来,他好像打定了什么主意;于是,一句话也不说,就戴上帽子,很快地走出了屋子。他妻子仍旧坐在那儿沉思,神情紧张,好像不曾觉察出当时只留下了自己一个人。她偶尔咕哝道:"不叫我们遇见试——……①可是——可是——我们太穷了,太穷了啊!……不叫我们遇见……啊,如果这样做,谁又会受到损害呢?——再说,又有谁会知道呢……不叫我们……"语声在喃喃独白中逐渐消失。又停了一会儿,她抬起头来望了望,含糊不清地,又惊又喜地说:

"他已经去了!可是,哎呀,也许他去得太晚了——太晚了……也许,还不太晚——也许,还来得及。"她立起身,站在那里思索,双手紧张地一会儿十指交错紧攥起,一会儿又松开了。她微微地哆嗦了一下,接着就沙哑着嗓子说:"上帝宽恕我吧——居然会转出这种念头,太可怕了——我们是多么奇怪地造成的!"

她把灯扭暗了一些,然后悄悄地走过去,在麻袋边跪下了,用手碰了碰它那鼓鼓囊囊的外部,爱怜地抚摸了一阵;这时她那双可怜的老花眼里闪出了不怀好意的光芒。她有时候突然显得茫然无主;有时候又一下子清醒过来,叽里咕噜地说:"我们当时要是能稍等一一等就好了!——哦,我们当时要是能稍等一会儿,不那样匆忙就好了!"

也就是在这时候,考克斯已经离开了他的办事处,回到了家中,将所发生的那件怪事全部告诉了他的妻子,他们很关切地谈论这件事,猜

---

① "不叫我们遇见试探,救我们脱离凶恶。"引自《主祷文》,见《圣经·马太福音》第6章,又《路加福音》第11章。

测全镇上只有那已故的古德森才会拿出二十元这样一笔巨款,去救助一个落难的外国人。后来他们不再往下谈了,两人都显得思虑重重,一言不发。又停了一会儿,他们都紧张和烦躁起来,最后妻子好像是在自言自语:

"没人知道这个秘密,除了理查兹两口子……此外再有咱们俩……没其他人了。"

丈夫微微惊跳了一下,从沉思中清醒过来,急切地注视着他妻子那张变得十分苍白的脸;然后犹豫不决地站起身,偷偷地望了望他的帽子,又看了看他的妻子——那是一种可以意会的询问。考克斯太太用一只手捂着嗓子,干咽了一两次,然后,什么话也不说,只点了点头。不一会儿,只留下了她一个人,她在喃喃自语。

再说,这时理查兹和考克斯正从相反的两个方向急急忙忙穿过一条空寂无人的街道。他们气喘吁吁,在印刷间的楼梯口碰见了;借着夜晚的灯光,他们彼此窥察对方的神色。考克斯压低了声音说:

"除了咱们俩,没其他人知道这件事吗?"

对方悄声回答:

"没一个人——我敢担保,没一个人!"

"如果这会儿还来得及去……"

两人往楼上走;可就在这时候,他们突然碰上了一个工友,考克斯问:

"是你吗,乔尼?"

"是我,先生。"

"你不用去发送早班邮件——什么邮件都别发送出去;等我通知了你再说。"

"已经发送出去了,先生。"

"发送出去了?"话中有一种难以言传的懊丧意味。

"是呀,先生。去布里克斯顿和其他更远的城镇,行车时间表今天都给改了,先生——要发送报纸,必须比往常提前二十分钟送到。我非赶急不可;要是我晚到两分钟……"

两人没等听完以下的话,就转过身去,慢腾腾地离开了。在此后十

分钟内,谁也不再开口;最后考克斯用烦恼的口气说:

"是什么叫你鬼迷了心窍似的那样赶急,我真弄不明白。"

对方尽量低声下气地回答:

"这会儿我明白了,可是,你瞧,当时我不知怎的竟然没想到,后来已经太晚了。可是,下一次……"

"去你的下一次呗!一千年里也不会再来一个第二次了。"

后来两个朋友分手时,连晚安也没道一句,就迈开了受到致命打击时那种步伐,拖着疲乏的身子走回家去。一到了家,他们的妻子都跳起来,急巴巴地问"怎么样了?"——接着,用眼睛看出了答案,也不再等对方答话,就懊丧地坐下了。此后,在两家都发生了相当激烈的争执——这可是一件不寻常的事;以前也曾有过争执,但不是这样激烈,不是这样粗暴。在这一天晚上的争执中,两家人就好像是在彼此效仿。理查兹太太说:

"要是你再等一等,那该有多好,爱德华——要是你肯花点儿时间考虑一下,那该有多好;可是你不,一定要立即跑到那报馆印刷间去,把那件事四面八方张扬开了。"

"信上明明说,可公开招领。"

"这无关紧要嘛;那上面还说,如果你愿意的话,也可以私下查询。好啦,好啦——是不是这样说的?"

"嗯,是的——是的,是这样说的;可是当时我想,那样就可以引起一场轰动,再说,那样就可以让哈德利堡居民获得高度的赞扬,说什么,一个外国人会信托给他们那么多……"

"哦,当然啰,这些我都明白;可是,如果当时你能多考虑一下,你就会想到,你是没法找到那本人的,因为他已经不在人世,他又没留下子女或亲属;要是那笔钱落在一个迫切需要钱的人手中,那并不会因此让谁受到损害,再说——再说——"

她不禁放声痛哭。她丈夫试图想个方法安慰她,终于这样说:

"可是,无论如何,玛丽,这样做肯定是出于好意——肯定是的;这一点咱们都明白。再说,咱们必须记住,也是天意如此——"

"天意如此!咳,一个人做了蠢事,要找一些话为自己解脱,就会把任何事都说成是天意如此。同样也可以这样说：那笔钱在这样特殊的情况下落到了咱们手里，也是出于天意；是你偏要自作聪明，去阻挠上天的旨意——请问是谁授予你这权力的？这样做是罪恶的，实际上就是那么一回事——你这是在亵渎神圣，肆意妄为，这可是和一个外表温顺谦恭、公开表示信仰宗教的人身份不相称的……"

"可是，玛丽，你总知道，像全村人一样，我们有生以来一向是在受这种教育，直到所受的教育完全成为我们的习性，那就是，一遇到需要做一件诚实的事时，我们就会毫不犹豫地……"

"哦，这我知道，这我知道——那是一种无休止的诚实教育，教育，再教育——教那种虚有其表的诚实，从一出娘胎就教起，要抵制所有可能的诱惑；所以，那是虚伪的诚实，一受到了诱惑，就显出意志十分薄弱，就像咱们今天晚上所看到的。真是天知道，以前我从来不曾有丝毫怀疑我那坚贞不渝、永不变质的诚实品德，直到现在——现在呀，只第一次受到这样强烈的、真正的诱惑，我就——爱德华，我现在相信，这镇上居民的诚实，跟我的诚实一样卑劣；跟你的诚实一样卑劣。这镇上的居民都是冷酷的，吝啬的，他们根本不具有什么良好的品德，除了这沽名钓誉、自鸣得意的诚实；上天作证，我完全相信，如果有朝一日，他们的那种诚实承受不了强大的诱惑，那他们的赫赫名声就会像儿童用纸牌搭的房子那样一下子都垮了。好啦，好啦，我已经把心里的话都说出来了，我觉得舒服一些了；我是一个伪君子，我做了一辈子伪君子，可自己并不知道。大伙就别再说我诚实了——我可不敢当呀。"

"我吗——这个，玛丽，我颇有同感；我确实有这种感想。再说，看来这情况也很奇怪，十分奇怪。以前我也不可能相信自己会是这样——绝不可能。"

此后，沉默了好半晌；两人都坠入深思。妻子终于抬起头来，说：

"我知道你在想些什么，爱德华。"

理查兹露出一个人的隐情被人猜出时那副尴尬的神情。

"我真不好意思坦白，玛丽，可是……"

"这没关系，爱德华，我刚才也在思考同一个问题。"

"我巴不得会是这样。那么你就说出来吧。"

"刚才你是在思考,要是有人能猜出古德森对那外国人说的是一句什么话,那该有多好。"

"一点儿不错。我觉得我有罪,而且很可耻。你呢?"

"我的那种感觉已经消失。让咱们就在这儿搭一个铺吧;咱们必须守护好了它,等到明天早晨银行开了金库,好把这袋东西收了去……哎呀,哎呀——要是咱们当时没走错那一步,那该有多好!"

铺搭好了,玛丽说:

"那句开门咒①——它究竟是怎么说的?我真猜不出,那句话会是怎样说的呢?得啦;咱们这会儿该上床了。"

"去睡觉吗?"

"不;去猜想。"

"对,去猜想。"

这时候,考克斯两口子也拌完了嘴、又言归于好,正准备上床——去猜想,猜想,于是他们翻来覆去,不能入睡,心烦意乱,焦躁不安,怎么也猜不出古德森赠给那四处流浪、无家可归的人那句忠告可能是怎样说的;那句金玉良言;那句价值四万元现金的忠告。

村电报局那天晚上之所以比平时稍晚仍开着,是因为出了这样一件事,原来考克斯那家报社的领班是美联社的地方通讯员,也可以说他是一位名义上的通讯员,因为他所提供的消息,一年中难得有四次在报上发表三十个字。但是这一次情况可不同了。他将采访到的新闻用电报发出去,立即收到回电:

电告一切——全部细节——一千二百字。

这可是一次稀有罕见的通知!领班很认真地完成了这项任务;这一来他就成为全州最得意的人物。第二天早餐的时候,"不受诱惑的哈德利堡镇居民"这一称号已挂在美国每一个人的嘴边,从蒙特利尔到墨西哥湾,从阿拉斯加的冰川到佛罗里达的柑橘园;千百万人都在谈

---

① 念了"开门咒",可使强盗的洞门自动敞开,进内取得宝藏。故事见《天方夜谭》中"阿里巴巴和四十大盗"。

论这个外国人和他那一袋钱币,都想知道会不会找到那位物主,都希望能获悉更多有关这件事的报道——能立即获悉。

二

哈德利堡镇居民一觉醒来,已成为举世闻名的人物——都感到惊讶——幸福——得意。得意到了无法想象的程度。镇上的十九位头面人物,以及他们的妻子,都四处走动,彼此握手,容光焕发,满脸堆笑,互相祝贺,说这件事给词典里添了一个新的名词——"哈德利堡镇居民",成为"不受诱惑"的同义词——它必然将永远收入所有的词典里!那些稍次一等的、不太重要的人物,以及他们的妻子,也都到处走动,从事与此大致相同的一套活动。大伙都去银行里看那袋金币;那天中午前,那些又伤心又忌妒的人,都从布里克斯顿和所有其他邻近的村镇蜂拥而来;那天下午和第二天,记者开始从各地赶来核实那袋钱的来历,再一次把全部经过写成报道,并且以豪放的笔调,信手描绘了那个钱袋、理查兹的住宅、那家银行、长老会教堂、浸礼会教堂,再有街心广场,再有以后将在那里进行对证和交付那笔钱的镇公所;此外他们还摹绘了几幅很不高明的人物像,其中有理查兹夫妇,有银行经理平克顿,有考克斯,有报社领班,有伯吉斯牧师,再有邮政局长——甚至还有杰克·哈利戴。这是一个平时游手好闲,为人和蔼可亲、不受人们重视,对人放荡无礼的家伙,他又会捕鱼,又会打猎,是儿童的伴侣,是走失了的狗的朋友,也是镇上一位典型的"萨姆·劳森"①。那个俗不可耐、老爱假惺惺赔笑脸向人讨好的小矮子平克顿,领着所有的来访者,去参观那个钱袋,一面兴致勃勃地搓着他那双油亮亮的手掌,不厌其烦地大谈特谈镇上的居民如何以诚实久享盛名,这一切又如何由于这一惊人的事件进一步获得证实,他希望而且深信:现在这一范例将传遍全美洲,在道德复兴方面开创一个新纪元。再有如此这般,诸如此类的一套话。

---

① 美国女作家斯托(1811—1896)所写的一部小说《老镇上的人们》中的人物。

一星期过去,一切又安静如常;人们已从那种如醉如痴的矜傲与欢欣中清醒,感到一种柔和、甜美、闲静的愉快——一种深沉的、无可名状的怡然自得心情。所有的人,脸上都显出一种安宁、纯洁的快乐。

接着就出现了变化。那是一种逐渐的变化:它是那样逐步地形成的,以致人们不大觉察得出那是什么时候开始的;也许根本就没被人觉察出来,除了杰克·哈利戴而外,他一向注意到每一件事;而且总是拿这种事取笑人家,也不管那是哪一类的事。他首先取笑那些看来不大像前一两天那样快乐的人;然后他声称,这一新的现象正在每况愈下,他们完全显出一副伤心的样子;再后来,它逐渐形成一副病态;最后他说,每个人都变得闷闷不乐,心事重重,茫然失措,他尽可以从镇上最吝啬的人裤子后面口袋里偷走一文钱,而不会将他从幻想中惊醒过来。

在这个时期里——也可以说,大约是在这个时期里,——那十九位作为家长的头面人物,在临睡前,都会无意中顺口说出了这么一句——往往还要叹上一口气:"唉,古德森究竟说的是一句什么话呀?"

接着,那个人的妻子立刻回说——同时打了个冷战:

"哎呀,就别去想那个啦!你怎么老是转那可怕的念头?看在上帝分上,还是给我死了那条心吧!"

但是,第二天晚上,那些男人又一次吞吞吐吐地提出了那个问题——又一次被对方同样地驳回了。但这一次对方的口气已变得软化了一些。

第三天晚上,那些男人再一次发问——显得那样满腹愁闷,那样心神恍惚。这一次——以及下一天晚上——做妻子的也有点儿坐立不安了,都想要说一些什么。但结果并没说出来。

再后一天晚上,她们的嘴变得灵便了,开始答话了——口气是那样热切:

"哎呀,但愿咱们能够猜出来!"

哈利戴的闲话也一天天变得更加咄咄逼人,听了令人感到难堪。他不怕麻烦,四处奔走,嘲笑镇上的那些人,有时候是个别的人,有时候是所有的人。但镇上人只听到他独自的笑声:那笑声最后总是落在一片愁郁的空虚之中。在所有的地方,你更看不到一丝笑容。哈利戴带了一只雪茄烟盒,把它装在一个三脚架上,当照相机,拦住过往行人,用那玩意儿瞄准他们,说:"准备好! ——喂,请笑一笑。"然而,连这样别出心裁的玩笑,也不能出人意外地使那一张张愁眉苦脸显得轻松一些。

三个星期过去——只剩下一个星期了。那是一个星期六晚上——刚吃过晚饭。此时再不像以往星期六晚上那样人来人往,有去店里买东西的,有在家里玩笑的,如今街上是一片空荡荡的,四下静寂无人。理查兹和他的老妻在他们那间小客厅里,分开了独自坐着——满腹愁闷,心事重重。如今这已成为他们晚间的生活习惯:此前那种多年来的习惯,如看书,编织,怡然自得地闲谈,接待邻居们来访,或去看望他们,都已成为过去的事,已被遗忘的事,那是很久以前的事了——是两三个星期前的事了;如今再没有人聊天了,再没有人看报了,再没有人来串门儿了——全镇的人都在自己家里坐着,唉声叹气,心事重重,一言不发。他们都在苦苦地猜想那一句话。

邮递员留下了一封信。理查兹无精打采地瞥了它一眼,先看了看信封上投递人的姓名地址和邮戳——它们都是陌生的——然后把那封信往桌上一扔,又继续去思索那些未能遂愿的事情,以及那些令人失望、生厌和烦恼的问题。两三个小时过去了,他的妻子有气无力地站起身,准备去睡了,临走时也不道一声晚安——现在这已成为习惯——只是在离那封信很近的地方停下了,漫不经心地向它望了望,然后拆开信封,把那封信草草地看了一遍。这时理查兹坐在那面,让椅背后仰斜靠着墙,下巴耷拉在双膝之间,这时只听见什么东西倒下了。那是他的妻子。他一下子扑到她身边,可是她大声喊道:

"别来管我,我太高兴啦。快去看那封信——看那封信!"

他读那封信。他急切地读那封信,他的头脑在晕眩。那封信是从一个遥远的州里寄来的,信上写的是:

我和您素昧平生,但这并没关系;我有一件事要告诉您。我刚从墨西哥回到家乡,听到了有关那件事的传闻。您当然不知道当初说那句话的人是谁,可是我知道,世上只有我一个人知道。那人**就是古德森**。多年前,我跟他很熟。就在那天晚上,我经过你们的村镇,在夜车开到之前,我去他家里做客。我无意中听到他在黑暗中对那个外国人说了那句话——那是在黑尔巷里说的。此后我和他继续往他家走的时候，一路上就谈这件事情，在他家里吸烟的时候，仍在谈它。在谈话中，他提到您村镇里的许多人——对其中多数的人都很不客气地作了批评，但对其中的两三个人却表示赞许；这几个人当中就有您。我说"赞许"——口气没比那更重的了。我还记得他说，实际上他并不**喜欢**镇上的任何人——一个也不喜欢；但是您——**我想**他说的是您——我几乎肯定那说的是您——有一次曾经帮了他极大的忙，可能您并不知道那件事有多么重要，他希望自己有一笔财产，死后将它留给您，而留给其他的居民每人则是几句诅咒。所以，如果那次帮了他忙的是您，您就成为他的合法继承人，有权拥有那一袋金币。我知道我能信任您的节操与诚实，因为，作为一位哈德利堡镇的居民，这些美德永远是世代相传的，所以我这会儿准备向您透露他所说的那句话，确信如果您不是那个应领这笔钱的人，您当然会千方百计去找到那个合法的人，好让可怜的古德森能够偿清他为受到那次帮助而欠下的情。这就是他所说的那句话："你决不是一个不可救药的坏人：这就去改过自新吧。"

霍华德·L.斯蒂芬森

"哦，爱德华，那钱是咱们的了，我真快活呀，哦，太快活了——吻我吧，亲爱的，咱们这么久没接吻了——咱们早就需要它——需要钱——现在你可以离开平克顿和他的银行了，再也不必去当人家的奴隶了；我快活得要飞腾起来了。"

两口子互相拥抱，在那张靠椅上度过了快乐的半小时；早年的欢乐又重新恢复——那种日子，自从他们恋爱时开始，直到外国人带来那害人的钱，其间就从来不曾中断过。稍停，妻子说：

"哦，爱德华，真运道呀，那次你为他大大地出了力，可怜的古德森！以前我根本不喜欢他这个人，可是这会儿我觉得他可爱了。这件事你干得真漂亮，真出色，你从来不去提到它，从来不去夸耀它。"接着，她又带着一点儿责怪的口气说："可是，你早应当告诉我呀，爱德华，瞧，你早应当告诉你的妻子呀。"

"这个吗,我——哎——这个吗,玛丽,你瞧——"

"你就别再嗯嗯呃呃了,你就把那件事的经过说给我听听吧,爱德华。我一向爱你,现在更为你感到骄傲。所有的人都相信,以前这村里只有一个人是慷慨仗义的,现在发现,原来你——爱德华,你为什么不说给我听呢?"

"这个——呃——呃——嗨,玛丽,我不能说呀!"

"你不能说?你为什么不能说?"

"你瞧,他——这个吗,他——他要我保证不说出来。"

妻子向他打量了一阵,然后极其缓慢地说:

"要——你——保证不说出来?爱德华,可你现在告诉我这件事,这又是为什么?"

"玛丽,难道你以为我会撒谎不成?"

有一会儿工夫,她一语不发,显得很是为难,然后把一只手放在他手里,说:

"不……不。咱们把话扯得太远了——但愿上帝宽恕咱们!你一辈子从来不曾说过一句谎话。可是现在——现在那支持咱们信守道德准则的基础好像正在崩溃,咱们——咱们——"她有一阵子把话咽下去了,接着又结结巴巴地说:"不叫我们去受诱惑……我想,于是你就作出了保证,爱德华。话就谈到这儿为止吧。咱们就别再去提那个问题了。好吧——既往不咎;让咱们重新鼓起兴致来;现在别去自寻烦恼了。"

爱德华想要顺从她的意思,但又感到有些为难,因为他这会儿神思恍惚——一直在苦苦回忆当初自己曾经给古德森帮过一次什么忙。

那天,两口子有大半夜都不能入睡,玛丽又是快活,又是不停地转念头,爱德华也是不停地转念头,但是并不那样快活。玛丽一直在计划如何利用那些钱。爱德华一直在回忆他那一次是如何为人家效劳的。起先他感到内疚,因为想到他曾向玛丽撒了谎——如果那样也算是撒谎。但经过反复思考——就假定那确实是撒谎,可那又怎样呢?难道那是一件十分严重的事不成?我们平时不是一直在做骗人的事吗?那么,又为什么不可以说骗人的话呢?瞧瞧玛丽——瞧瞧她自己做了一些什么。当他正急不可待地去完成他那件高尚的任务时,她在做些什么?她在懊丧,懊悔不曾毁了那信件,然后留下那笔钱!难道盗窃比撒谎更好一些不成?

于是,那个问题不再刺痛人心了——说谎的事一旦不再受到重视,这就让人感到心安了一些。可下一个问题又变得突出了:他究竟可曾帮过那次忙吗?好啦,这儿有斯蒂芬森信里引述的古德森本人的证词;没有什么证词是比这更为有力的了。它甚至可以作为一份合法的证件,说明他确实曾经帮过人家那一次忙。这是无可否认的。所以,另一个问题也解决了……哦,不,并没彻底解决。他突然皱起眉头,想起这位素昧平生的斯蒂芬森先生的语气有点儿不肯定,好像不知道帮那次忙的究竟是理查兹还是其他什么人——而且,哎呀,他还说什么相信理查兹会尊重自己的人格哩!说必须由他自己来决定那笔钱应当归谁所有——同时斯蒂芬森先生毫不怀疑:他如果不是应领那笔钱的人,自然会光明正大地找到那个应该领钱的人。哦,这话说得够多么刁钻,它让人家处于这样的情况之下——哎呀,为什么斯蒂芬森不可以省略了那句模棱两可的话!他插进了那句话,又是为了什么?

他再进一步思考。斯蒂芬森怎么会单单记住了理查兹的名字,想到那是应该领这笔钱的人,而不是记住了其他人的名字,这又是怎么一回事呢?看来这件事很好。可不是,看来它非常好。实际上,当他不住地往下想时,这件事就显得越来越好——直到后来,它已成为确凿的证据了。于是理查兹立即将这问题丢在一边,因为他本人有一种直觉,认为一项证明一经被确认了以后,最好是不必再去理会它。

这一来他就感到相当地心安理得了,但是又有一个枝节问题继续引起他的关注:毫无疑问,他曾经帮过那一次忙——这是无可置疑的;可是,那究竟是帮的什么忙呀?他必须将它想出来——他一定要在将它想出来之后再去睡觉;这样他心里才会完全平静。于是他就反复不停地想。他想到了十多件事——其中有的可能是做过的,也有的甚至是或许做过的——但看来其中竟然没一件像是过硬的,没一件像是重大的,没一件像是值得受那一笔钱的——是值得承继古德森希望能在他遗嘱中留下的财产的。再说,他根本就没法回忆起他做了一些什么事情。你瞧,那么——究竟是帮了一次什么样的忙,才会令一个人那样感恩不尽呢?哎呀,有了——是因为曾经拯救了他的灵魂!肯定是为了这件事。可不是,现在他能记起那件事了。有一次,作为一项任务,他曾经去劝古德森信仰宗教,曾经不厌其烦地劝他,多达——他原来打算说长达三个月之久;但是,更仔细一想,就将那时间缩短成为一个月,然后缩短成为一星期,然后是一天,最后完全记不起那是多少时间了。啊,对了,现在他想起来了,但那情景却清晰得令人感到难堪,原来,当时古德森叫他滚蛋,叫他别多管闲事——说他可不高兴跟着哈德利堡镇的那些人一同进入天堂!

这样一来,那个解答也错了——他并不曾拯救古德森的灵魂。理查兹不免感到心灰意懒了。接着,过了一会儿,他又转到一个念头:他可曾保全了古德森的财产吗?不,那是不可能的——当时他是一无所有的呀。救过他的命!这一下可想到了!肯定是为了这个缘故。哎呀,他早就该想到这一点了。这一次他肯定想对了路。现在,一霎时,他那想入非非的脑筋就大转特转起来。

此后,在连续绞尽脑汁的两小时里,他竭力回忆曾经如何救了古德森的性命。那是在种种艰难和危险的情况下救他的。每一次他的救援工作总是做到了某种令人满意的程度;然后,他刚开始确信这事是真的时,突然想起一个很扫兴的枝节问题,这一来那全部的经过又都成为不可能的了。就比如说拯救那即将淹死的人吧。在那次事件中,他曾经一路游泳过去,将已经昏迷的古德森拖上了岸,当时大群的人正在观望和喝彩,但是,当他将所有的细节一一设想出来,正开始回忆那一切时,立刻又出现了一大堆令这些想法不攻自破的问题:镇上的人是不会不知道这件事的呀,玛丽是不会不知道这件事的呀,既然他本人对这件事记忆犹新,它就不可能是一件并不引人注意的好事,不可能是他做了但"并不意识到它的重要性的"好事。而且,想到这里,他记起了,自己根本不会游泳。

啊呀——还有那样一件事,他一开始就给忽略了:那肯定是他曾经做过的一件"可能自己并不曾意识到它那真正重要性的好事"。哎呀,对了,想出那件事应该是很容易的——比其他那些事更容易得多呀。

完全正确,不久他就想出来了。多年前,古德森差点儿要跟一个美丽可爱的、名叫南茜·休伊特的姑娘结婚,但是当时出于某种原因,并未成亲,而这姑娘就死了,此后古德森就打了一辈子光棍,不久就成为了一个性情乖张古怪、公开嫉恨人类的家伙。那姑娘死后不久,村里人就发现,或者,认为自己发现,她沾有一点儿黑人血统。理查兹煞费苦心,将这些经过思考了好久,最后认为,自己原来记得有关的细节,只是由于日久不去过问,竟然将它们忘得一干二净。他似乎模糊地回忆起,当时是他发现了她是黑人混血儿;是他告诉了村里人;然后由村里人转告了古德森,说他们是从哪里获得这一消息的;就这样,他挽救了古德森,使他免于和那个血统不纯的姑娘结为夫妇;他曾经为古德森做了这件大好事,但"并不知道那件事的重要性",甚至并不知道自己当时是在做一件大好事;然而古德森却知道那件事的重要性,他可算得是绝路逢生,因此他至死都感激他的恩人,希望自己留下一笔财产给他。现在这件事可真相大白了,他越去琢磨,这件事就越发显得清楚,毫无疑问;当他心情舒畅地去睡觉,感到又满意又快活时,他终于记起那件事的全部经过,就好像那件事是昨天发生的。他甚至隐隐约约地记起,有一次古德森曾向他表示感谢。就在这同时,玛丽已经花了六千元,为自己买了一所住宅,还为她的本堂牧师买了一双拖鞋,然后心情舒畅地睡熟了。

就在那同一个星期六晚上,邮递员送给其他每一位头面人物一封信——总共为数十九封。没有两只信封是相同的,信封上没有两个收信人的姓名地址是用同一笔迹写的,但里面信的内容却是完全一致的。它们和理查兹收到的那封信——不论是笔迹或是其他一切——都是一模一样,都是由斯蒂芬森署名,只是将理查兹的姓名换了其他收信人的姓名。

整个那一夜晚,那十八位头面人物都在从事与他们等级地位相同的伙伴理查兹同时所进行的活动——他们都殚精竭虑地试图回忆自己曾经无意中为巴克利·古德森做了一件什么不寻常的好事。无论如何这工作谈不上是轻松愉快的;然而他们在这方面都取得了成果。

当他们从事这项艰苦工作时,他们的妻子则将那一夜消磨在花费方面,这工作倒是轻而易举的。在那一个夜晚,十九位妻子平均每人花了那一袋里四万元中的七千元——总共为十三万三千元。

第二天,有一件事使杰克·哈利戴大为惊讶。他注意到那十九位头面人物和他们的妻子脸上都带有一种宁静而纯洁的神气。他不明白这是怎么一回事,再也想不出什么俏皮话,来扫一扫他们的兴致。因此,现在该轮到他对生活感到不满了。他私下里对他们快乐的原因作出种种猜测,但经过调查,发现都猜错了,他遇见威尔科克斯太太,注意到她那副心花怒放但又保持宁静的神情,就心里说:"是她的猫生了小猫了"——于是跑去向那厨娘打听,但结果并没那回事;厨娘也觉察出威尔科克斯太太的那份快乐,但不知道那是由于什么原因。哈利戴发现"瘪肚子"①比尔森(村里人给他题的绰号)也有完全相似的表情,他肯定那是因为比尔森的邻居摔断了腿,但经过一番调查,才知道也没有那回事。格雷戈里·耶茨脸上那副抑制着内心狂喜的神色,只可能是由于一个缘故——那就是,他的丈母娘没了:这又猜错了。"再有平克顿——平克顿——他是因为讨回了原以为是要赔账的一角钱。"形形色色,诸如此类的事情。他所猜的,有的尚待核实,有的则被证明是错误的。到最后,哈利戴对自己说:"不管怎样,总的来说,哈德利堡镇的十九户人家暂时都进了天堂:我不知道这是怎么一回事,我只知道老天爷今天是下了班了。"

邻州的一个建筑营造商,最近不顾冒险来到这不景气的村子里,开了一家小小的营业所,已将他的招牌挂出来一个星期。至今还不曾有一个顾客;他心灰意懒,懊悔自己不该来此地。然而,现在突然时来运转。那些头面人物的妻子,一个又一个的,悄悄地来对他说:

"下一个星期一到我家里来——但是暂时且别向别人提这件事。我们家打算造房子。"

那一天,有十一家人来请他。那天晚上他写了一封信给他女儿,撕毁了她和那个大学生的婚约。他说,她可以嫁一个地位远比那学生更高的人。

银行经理平克顿和其他两三位阔佬,计划造庄园——但他们仍在

---

① 基督教新教贵格会(又称教友派)教徒的绰号,因为他们常穿腰身极窄的外套。

等待。这种人在一件事尚未成熟之前,是不会对它指望过高的。

威尔逊夫妇筹划一次创新的盛举——打算开一个化装舞会。他们不曾正式邀请客人,只是私下里对所有的熟人说,正在考虑这件事,准备举行一次这样的舞会——"如果我们举行这样的舞会,那肯定要邀请你的。"人们都感到惊奇,开始纷纷议论,说:"哎呀,瞧他们都疯了,穷得可怜的威尔逊两口子,他们是请不起的呀。"十九家主妇当中,有几位悄悄地对丈夫说:"这可是一个好主意:咱们暂时且别声张,等到他们先开一个寒碜的宴会,然后咱们再开它一次,也好丢丢他们的面子。"

日子一天天过去,那些准备大肆挥霍的方案越来越庞大,越来越疯狂,也越来越愚蠢和荒唐。最后,照这情形看来,好像那十九家的每一个人,不但要在领到钱的那天花光了他所有的四万元,而且,在获得那笔钱之前,实际上就要举债了。有一些头脑简单的人,不但是在计划如何花钱,而且是当真地花了钱——是借了债去花的。他们买下土地,赎买抵押的产业,购置农庄,收进投机的股票,选购漂亮的服装、马匹以及其他各色各样的东西,先付清了利息,然后保证偿清欠款——答应十天之内偿清。可是过后不久,他们头脑清醒过来了,这时哈利戴就注意到,许多人都开始露出可怕的焦虑神情。这一来他又被闹糊涂了,猜不透这究竟是怎么一回事。"威尔科克斯家没死小猫,因为根本就没生下小猫;没人摔断了腿;并没缺少了丈母娘;什么事都没发生——这可是叫人无法解答的怪事。"

再有一个人也被闹得稀里糊涂——那就是伯吉斯牧师。接连好几天,无论他走到哪里,好像老是有人在跟踪他,或者在密切注意他;而且,只要他走到一个僻静的地方,就肯定会有那十九人中的一位出现,然后悄悄地把一封信塞到他手里,放低了声音说:"星期五晚上在镇公所里拆开它。"接着就像个罪犯似的一溜烟跑了。他原来猜想,可能会有一个人前来认领那袋钱——但这仍成疑问,因为古德森已经死了——然而他再也没料到,会有这么多人来认领。最后,那个不寻常的星期五到了,他发现已经收到了十九封信。

三

镇公所从来不曾装饰得这样漂亮。大厅尽头的讲台后面，悬挂着五彩缤纷的旗子；沿两边墙上，到处也都是上面结有花彩的旗子；楼座前面也披上了旗子；柱子上面也裹上了旗子；这一切都是为了要给外地人留下一个深刻的印象，因为从外地来这里的人一定为数不少，而且在很大程度上是与报界有关系的。大厅里座无虚席。四百一十二个固定席位已经坐满；增加的六十八把椅子，密密层层排在走道里，一起坐满了；讲台的梯级上也都坐满了人；给一些知名的外地来宾在台上安排了坐席；一大批来自各地的特派记者都坐在讲台上两侧和前边排列成马蹄形的桌子后面。镇上以前从来不曾见过一屋子衣装这样考究的人物。有一些盛装是相当昂贵的，有几位这样打扮的女士，看来对这种服装还不大习惯。至少镇上的人认为她们有着那么一副表情，而镇上的人之所以会有这种想法，乃是由于他们明明知道，这些女士以前就从来不曾穿过这样的衣服。

那袋金币被放在讲台前面的一张小桌子上，全厅里的人都可以看到它。厅里大多数的人都死盯着它看，露出欲火中烧的兴趣，馋涎欲滴的兴趣，恋恋不舍和动人感情的兴趣；十九对夫妇中一小部分人凝视着它时，则露出那种亲切、爱怜、"以物主自居的"神情，而这少数人中的一半男士，都在不住地默默记诵着答谢众人的喝彩和祝贺而发表的那篇动人的致词，准备等一会儿站起来发言。这些人中，不时会有一位从他的坎肩口袋里掏出一张纸条，偷偷地向它瞟上一眼，好将它记得更牢一些。

不用说，当时是一片嘈杂的谈话声——那是惯常的现象；但最后当伯吉斯牧师站起身，把手放在那钱袋上时，他能听出自己身上细菌的吞啮声，厅内是那样一片静寂。他说了那袋金币的离奇来历，接着就热情洋溢地谈到哈德利堡镇居民如何以他们纯洁的诚实而享有那悠久又应得的声誉，理当对这声誉感到自豪。他说，这声誉乃是一份无价之宝；而出于天意，现在它的价值已经无可估量地倍增，因为最近发生的这件事,已将这名气广为传扬,这一来,正像他所希望和相信的,全美洲人的目光都集中在这个村镇上,使它的名字永远成为"在钱财方面不受腐蚀"的同义词。(掌声。)"那么,由谁来监护这份贵重的宝藏呢——是由全社会来监护它吗?不!这责任是属于个人的,而不是属于全社会的。从今以后,诸位当中的每一个人都要亲自担当它的特殊监护工作,所有的人都要负责不让它受到损害。你们——是不是你们每一位——都肯接受这一重任?(一片闹哄哄表示同意。)那可好。要把这重任传给你们的子女,再传给你们的子孙后代。今天诸位的清高品德已经是完美无缺的——务必要使它永远如此。今天,你们这群人当中,没一个人会受到诱惑,去碰一下那不是属于你们的一文钱——务必要永远保有这一美德。("我们保证要这样!我们保证要这样!")我不必在此地拿咱们去跟其他地区的人相比较——他们有的人对咱们表示不满;他们有他们的作风,咱们有咱们的作风;还是让咱们我行我素吧。(掌声。)我的话完了。我手底下,朋友们,就是一个外地人对我们的品行最有说服力的表彰;通过他,今后所有的人都会永远了解咱们是一些什么样的人。咱们不知道那个人是谁,但是我要以诸位的名义向他表示感谢,并要求诸位高声支持我的意见。"

厅里的人全体起立,发出雷鸣般表示感谢的呼声,经久不息,墙壁都为之震动。后来大伙又都坐下了,伯吉斯先生从他口袋里掏出了一个信封。全厅的人都屏住呼吸,等着他拆开信封,从里面取出一张纸条。他读那信的内容——慢条斯理地,扣人心弦地——听众们全神贯注,像是着了迷,听那具有魔力的文件,其中每一个字代表一锭黄金:

> 我对那落难的外国人说的是这样一句话:"你决不是一个不可救药的坏人;这就去改过自新吧。"

后来他又接着说:

"咱们这就会知道,纸条上所引的这句话是不是和这袋里藏的吻合;如果确是那样——毫无疑问,会是那样的——这袋金币就是属于本镇一位居民所有;从此以后,他将在全国人面前成为使我镇闻名全国的那件罕有美德的象征——比尔森先生!"

厅里的人原准备报以照理应有的疾风骤雨般掌声；然而，这时他们并不鼓掌，好像一下子都麻痹了；有一会儿工夫，大伙都哑然无声，接着就是一片窃窃私语，像浪潮般泛过整个大厅——那话里的大意是："比尔森！哎呀，得了，这太不可信了！拿二十元赠给一个外国人——不论是赠给什么人——比尔森！鬼才会相信！"这时，就在这紧要关头，由于又出现了一件怪事，大伙都屏住了呼吸，因为发现教堂执事比尔森在厅里的一个地方站着，赔着笑脸，哈下了腰，而威尔逊律师则在另一个地方同样地站着。有一会儿工夫，大伙都感到惊奇，四下鸦雀无声。

所有的人都迷惑不解，那十九对夫妇又是惊讶，又是恼怒。

比尔森和威尔逊侧转了身，彼此直瞪瞪地对瞅着。比尔森话里带刺地问：

"您为什么站起来，威尔逊先生？"

"因为我有权利这样做。是否可以请您向大家解释一下，您为什么站起来？"

"我对此乐于从命。因为那张纸条是我写的。"

"这可是无耻的谎言！那是我亲笔写的。"

这时伯吉斯也僵住了。他站在那里，茫然无主，先看看这一个人，再看看那一个人，好像不知所措了。厅里的人都呆了。这时威尔逊律师发话了，他说：

"我请求主席宣读那张纸条上的签名。"

主席这才清醒过来，他宣读那名字：

"'约翰·沃顿·比尔森'。"

"好啦！"比尔森大喊，"现在你还有什么可以为自己辩解的？你试图在这方面耍弄花招，开罪了在座的诸位，你打算怎样向我和大众赔礼道歉？"

"没什么可以赔礼道歉的，先生；我还要当众指控你打伯吉斯先生那里偷走了我写的那封信，调换了一份由你署名的。不可能有其他的方法让你得到可以作证的那句话；现在世上只有我一个人掌握那没其他人知道的语句。"

如果这形势继续发展下去，它可能演变成为一件丑闻；大家都忧心忡忡地注意到,那些会速记的记者正在发了狂似的作记录;许多人都大喊:"主席,主席! 安静! 安静!"伯吉斯敲他的小木槌,说:

"咱们别忘了应守的礼节。这明明是在某一方面出了一点儿差错,但肯定是仅此而已。如果威尔逊先生曾经交给我一封信——可不是,这会儿我想起来他是交过给我的——它还在我身边。"

他从口袋里掏出一封信,拆开了它,向它草草地看了一遍,露出惊讶和烦恼的神情,一语不发地站了一会儿。然后,他神情恍惚,机械地挥了挥手,几次试图说什么,但最后却失望地停下了。只听见几个人大喊:

"把它读出来! 把它读出来! 写的是什么?"

于是他茫然无主,开始像一个梦游者那样宣读:

这就是我当时对那落难的外国人所说的话:"你决不是一个不可救药的坏人。(厅里的人一起瞪着他,都显出好奇。)这就去改过自新吧。"(一片窃窃私语:"真奇怪! 这到底是怎么一回事?")

"这封信上,"主席说,"署名的是瑟洛·G.威尔逊。"

"好了!"威尔逊大喊,"我认为这件事已经真相大白! 我明明知道我的那一张条子是被人偷走了。"

"被偷走了!"比尔森针锋相对地说,"我要让你知道,你,或者哪一个像你这样的坏种,胆敢……"

主席 "请安静,先生们,安静! 坐下,请你们两位都坐下。"

他们对此并没有违拗,但止不住摇头晃脑,气愤地抱怨。大厅里的人完全被闹糊涂了,他们不知道该如何应付这一离奇紧张的局面了。紧接着,汤姆森站起来了。汤姆森是那位帽商。他早就想挤进那十九位大人物的行列;但这件事没能让他如愿以偿;他的帽子存货还不够多得能让他占有一席地位。他说:

"主席先生,是不是可以让我提一个意见:这两位先生可能都是对的吗? 我倒要请教您,先生,难道这两位先生都曾经向那个外国人说了那同样的话吗? 照我看来……"

那个鞣皮工站起来,打断了他的话。鞣皮工早已憋了一肚子气;他自信有资格跻身十九位大人物之列的,但是他没能获得大家公认。这就使他在举止和辞令方面显得有点儿不大客气。他说:

"呸,这话被扯到哪里去啦!这种事是会发生的——一百年里也许会发生它一两次——但另一种事可不会发生。他们俩谁也不会给人家二十元!"

〔一片掌声。〕

比尔森 "我给了!"

威尔逊 "我给了!"

于是两人互相指控对方偷窃。

主席 "安静!请你们坐下——你们两位都坐下。这两张条子,都一刻也不曾离开我身边呀。"

一个人的声音 "好啦——这样,那问题就解决了!"

鞣皮工 "主席先生,现在有一件事是明确的了:这两人当中,有一个曾经在另一个人的床底下偷听,探听出了一些家庭隐事。如果我这样提醒大家一句,并不违反议会规则,那我就要说:这两个人的本领可称得是不分高下的呀。(**主席** "安静!安静!")现在我收回这句话,先生,我只提出这样的想法:如果他们当中有一个是偷听了另一个告诉那句可以作证的话,我们现在就能把他揪出来。"

一个人的声音 "怎样揪出来?"

鞣皮工 "这挺容易嘛。两个人引用的话不完全相同。如果刚才两次宣读,当中没隔开那么长的时间,又插进了一场激烈的争论,你就会注意到。"

一个人的声音 "你倒说说那不同的地方。"

鞣皮工 "比尔森的字条上有'决不是'几个字,另一张字条上没有。"

许多人的声音 "确实如此——他说得对!"

鞣皮工 "既然如此,只要主席检查一下袋里的那句可以作证的话,我们就会知道,这两名骗子当中——(**主席** "安静!")——这两个冒险家当中——(**主席** "安静!安静!")——这两位绅士当中——

（一片欢笑声和鼓掌声）是谁有资格系上荣誉饰带,作为本镇破天荒第一名狡猾的牛皮大王——他毁坏了本镇的名誉,如果他今后再留下来,这地方是会叫他坐立不安的!"（一片热烈掌声）。

许多人的声音 "打开它呀!——打开麻袋呀!"

伯吉斯先生划开了麻袋,伸手进去取出了一个信封。信封里折叠着两张字条。他说:

"这两张字条,一张上写的是:'必须等投给主席的信件——如果有信件的话——全部宣读后,方可进行核对。'另一张字条上写的是:'对证词'。现在就让我读吧。它上面写的是:

> 我并不要求将我恩人对我说的话前半部分引证得一字不差,因为它听来并不突出,可能已被忘了;但结尾的那十五个字却是很突出的,我认为它们会被很容易记住;除非将这些字完全正确无误地复述出来,否则那个认领者就可以被认为是一个骗子。我的恩人开头说,他是难得向任何人进忠告的,但是,如果向谁进忠告时,总有那几句极其宝贵的真心话。于是他就将它说了出来——它始终不曾从我的记忆中淡忘:"你决不是一个不可救药的坏人——"

五十个人的声音 "这一来问题可解决了——那钱是属于威尔逊的了!威尔逊!威尔逊!你说话呀!你说话呀!"

大伙一下子跳了起来,一窝蜂拥到威尔逊身边,跟他紧紧地握手,热烈地祝贺他——这时主席不停地敲他那小木槌,一面大喊:

"安静,先生们!安静!安静!请让我把它读完。"厅内又恢复安静,接下去读出的是:

> 快去改过自新——否则,记住我这几句话——有朝一日,由于你的罪恶,你将死亡,然后,或是下地狱,或是去哈德利堡镇——**你更好是选择前一个地方。**

接着就是一阵死一般的静寂。头里,一片愤怒的阴影开始暗沉沉地降落在居民们脸上;稍停,那阴影开始收敛,一种聊以解嘲的表情试图取而代之;由于这种表情竭力要显露出来,你想要抑制它倒是十分困难的;那些记者,那些布里克斯顿的居民,以及其他外地人,都低垂了头,用手遮住了脸,费了极大的气力,出于不寻常的礼貌,都竭力克制着自己。而就在这十分尴尬的时刻,静寂中突然爆发出孤零零一个人的吼声——那是杰克·哈利戴在吼叫:

"这才是一句真心话呀!"

这一来,厅里的人都纵声大笑,外地人和所有其他的人都笑。立刻连伯吉斯先生也无法再保持他的严肃,接着听众们认为自己已正式解除了一切约束,于是都尽兴地享受他们的权利。那是一阵长时间的欢笑,是一阵狂风骤雨般的恣情任性的狂笑,但是它后来终于平息——有一段时间,长得足够让伯吉斯先生得以勉强继续说下去,让大伙得以稍稍拭去眼泪;接着笑声又重新爆发;稍停,再一次爆发;最后,伯吉斯先生才能说出以下这篇性质很严重的话:

"如果试图掩盖这一事实,那将是徒劳的——现在我们看到,自己正面临一个意义重大的问题。它关系到你们镇的名誉,它毁坏了镇子的好名声。威尔逊和比尔森两位先生所提供的那几句对证词,其间的一字之差,本身就是一件严重的事件,因为它说明,这两位先生当中有一位犯了偷窃罪……"

两个人原来坐在那里,已经身体僵直,神经麻木,全部垮了;但一听到这几句话,都像触了电似的又开始活动,都试图往起站——

"坐下!"主席厉声说,他们都听从了,"这件事,像我刚才所说的,是严重的。但刚才说它严重——还以为它只牵涉到他们当中的一个人。可是现在问题变得更严重了;因为现在两个人的名誉都处于可怕的危险之中。我是不是可以更进一步说,那是处于无法摆脱的危险之中?两个人都漏掉了那关键性的十五个字。"他停顿了一会儿。在那几分钟里,他让普遍的静寂逐渐加剧,这就增强了它那感人的影响,然后他接着说:"看来,这件事的发生,只有通过一个方式。我现在要问这两位先生——这是串通一气的?——是彼此勾结的?"

低沉的窃窃私语,传遍了整个大厅;那些话里的意思是:"这一来他把两个家伙都揪出来了。"

比尔森不习惯于应付事起仓猝的局面;他一筹莫展地瘫在那里。但威尔逊是一位律师。他吃力地站起,面色死灰,心神不定地说:

"让我来说明这件令人十分痛心的事情的经过吧,请诸位耐心听下去。我感到很抱歉,不得不说出这一切,因为这样肯定会给比尔森先生带来无法弥补的伤害,而我此前一向是很尊重他的——正像在座的诸位一样——深信他这人是绝对不会受到诱惑的。但是,为了保全本人的名誉,我必须说——而且要毫不隐讳地说。这样直说,真叫人不好意思——现在只恳求诸位宽恕——我曾经向那个落难的外国人说过那全部可以作证的话,包括那污蔑性的十五个字。(全场轰动。)最近报上登出了那则启事,我就记起了那些话,于是我决定去认领那袋金币,因为我完全有权利去认领。现在我要请求诸位对这一点认真考虑一下,仔细思索一下:那天夜里,那个外国人对我表示了无限的感激;是他亲口对我说,他想不出任何语言,足以表达他的谢忱,他还说,如果能够的话,他将给我千百倍的报酬。那么,我倒要请问诸位:难道此前我会想到——我会相信——甚至会有丝毫的想象——他当时怀着那样的感激心情,竟然会做出那样无情无义的事情在他的对证词后面加上那根本就不需要的十五个字吗?——给我设下一个圈套吗?——要当着我本镇的自家人,当着聚集在大厅里的公众,被人看做是一个污蔑本镇的大坏蛋吗?这是不近人情的嘛;这是不可能的嘛。他的对证词,只能包含我所说的那开头几句措词恳切的话。对这一点我是毫无疑问的。诸位也会和我有同样的想法。诸位不会想到,一个你和他友好的人,一个你从来不曾得罪过的人,会这样恶劣地陷害你。因此,我满怀信心,毫不怀疑,就在一张纸条上写下了那开头的几句话——然后签上了名。我刚要把它放进一只信封,有人唤我到里间办公室,于是,我不假思索,就把字条摊在我的办公桌上。"说到这里,他停下来,慢吞吞地把头扭向比尔森,等候了一会儿,然后接着说:"我请诸位注意:稍停,等我回来时,比尔森先生刚巧从我那扇临街的门走出去。"(全场轰动。)

比尔森立即站起身,大喊道:

"这是谎言!这是无耻的谎言!"

主席 "请坐下,先生!威尔逊先生在发言。"

比尔森的几个朋友把他拉回到椅子上,劝他安静,于是威尔逊继续往下说:

"这是一些简单明了的事。这时候我那张放在桌上的字条不是在原先地方了。我注意到了这一点,但并不曾在意,以为它是被风吹过去的。不可能想到比尔森先生会偷看人家的私信;他以往是一位应受尊敬的人,是不至于干这类事情的。如果诸位容许我作出假设,我认为他那多余的'绝不是'几个字就足以说明一切了;那是由于他记错了。我是世上惟一能在这里一字不差地提供那可以作证的话——而且是通过正大光明的途径。我的话完了。"

世间没有任何事物,会像一篇娓娓动人的讲话,能使那些不熟悉演说的技巧与花招的听众受到影响:它冲昏了他们的头脑,否定了他们的信念,毒化了他们的情操。威尔逊得意扬扬地坐下了。厅里的人将他浸没在浪潮般表示赞扬的阵阵掌声中;朋友们拥到他身边,跟他握手,向他祝贺,而比尔森则被众人喝住了,不准他再说一句话。主席一再敲他那小木槌,不停地叫喊:

"可是,让我继续开会呀,先生们,让我继续开会呀!"

最后总算稍许出现了一些安静,于是那帽商说:

"还是交付了那笔钱吧,先生,此外还有什么可以继续谈的?"

许多人的声音 "说得对!说得对!走向前去呀,威尔逊!"

帽商 "我提议为威尔逊先生三声欢呼,他象征那特殊的美德,它……"

他没来得及把话说完,欢呼声随之爆发;就在这一片欢呼声中——同时在那小木槌乱敲声中——一些热心人将威尔逊托到一位身材高大的朋友肩上,准备庆祝胜利,将他送上讲台。这时主席的声音压倒了那一片喧哗……

"安静!都回到你们的座位上!你们忘了,还有一份文件要宣读。"等厅内恢复平静,他才拿起那份文件,准备宣读,但接着又把它放下了,说:"我忘了;要等所有我收到的信都已读完了,才可以宣读它。"他从口袋里掏出一个信封,取出里面的信,朝它瞥了一眼——好像吃了一惊——把信伸远一点儿,盯着它看——瞪着它看。

二三十个人大喊:

"写的什么?读出来!读出来!"

于是他读了——那样慢条斯理地,迷惑不解地读着:

我对那外国人说的几句话——(许多人的声音:"喂!是怎样说的?")——是这样的:"你决不是一个不可救药的坏人。(许多人的声音:"我的天哪!")这就去改过自新吧。"(许多人的声音:"哦,这可把我给闹糊涂了!")

后面署名的是银行经理平克尔顿先生。

狂欢中的混乱,一发不可收拾,当时的情景可以使一般有见地的人都为之下泪。而那些没被触及要害的人,更是笑得涕泪交流;报社记者们,在剧烈的笑声中,都放下了他们潦草的记录,那上面的字叫人根本没法辨认;一只正在打呼噜的狗被吓糊涂了,一下子跳起来,向骚乱的人群狂吠。喧闹中可以听到五花八门的叫喊:"这一来咱们可富啦——有两位不受诱惑者的代表人物了!——比尔森还不算在内!""有三位!——如果把瘪肚子也算在内——反正多多益善嘛!""好哇——比尔森榜上有名!""哎呀,倒霉的威尔逊呀——他被两个贼害苦了!"

嘹亮的喊声 "安静!瞧主席又打口袋里掏出了什么。"

许多人的声音 "好哇!又是新的吗?把它读出来!读出来!读出来!"

主席(宣读) "'我说的那些话是,'以及其他等等:'"你决不是一个不可救药的坏人。快去,"'以及其他等等。署名的是'格雷戈里·耶茨。'"

旋风般呼喊声 "有四位代表了!""耶茨万岁!""再往下掏呀!"

这时厅里的人哄堂大笑,都一心要趁此获得最大的乐趣。十九位头面人物中的几位,面色苍白,神情苦闷,站起身来,试图向走道挤过去,但是一些人一迭声叫喊:

"那几扇门,那几扇门——关上那些门;不准那些不受诱惑的人离开这儿!坐下,所有的人!"

那些人只得服从了。

"再掏呀!读呀!读呀!"

主席又一次去掏，又一次读出那些众人已经听熟了的句子——"'你决不是一个坏人。'"

"名字呢！名字呢！他叫什么名字？"

"'L.英戈尔兹比·萨金特。'"

"现在五个人榜上有名了！把这些代表人物往上加！再读呀，读呀！"

"'你决不是一个坏……'"

"名字！名字！"

"尼古拉斯·怀特沃思。"

"好哇！好哇！今天可是一个有象征性的日子呀！"

有人开始带着哭腔地配着那支悦耳的《天皇颂》曲调的韵脚唱（这里他省略了一个"有"字）："一个男人心里慌，看见一个好姑娘……"；众人高兴地跟着合唱；然后，就在这当口，有人编出了另一句：

你们可别忘个干净——

厅里的人齐声高唱。立即有人凑上了第三句：

受诱惑的决不是哈德利堡镇的居民——

厅里的人轰地一声也唱出了这一句。最后的一个乐音刚落，只听见杰克·哈利戴洪亮的嗓子补足了最后一句：

可是这儿有他们的代表，我敢担保！

大伙满怀热情，激昂慷慨地唱出了这一句。然后，厅里欢欣鼓舞的人群开始两次从头到尾唱了那四句，歌声像浪潮汹涌澎湃，最后是为"不受诱惑的哈德利堡镇居民和他们的全体代表，我们认为是今晚配接受真实的荣誉称号的三次欢呼，再大吼一声。"

接着，整个厅里，人群又开始向主席七嘴八舌地嚷嚷：

"继续读！继续读！读呀！再读几封！把您所有收到的信都读出来！"

"说得对——继续读！咱们要获得不朽的名声！"

这时有十几个人站起，提出抗议。他们说这出闹剧是某些无耻的恶棍在开玩笑,他们是在对全镇居民进行侮辱。肯定这些签名都是伪造的……"

"坐下!坐下!闭上你们的嘴!你们这是在不打自招。我们要在那批信里也发现你们的名字。"

"主席先生,那样的信您一共收到了多少封?"

主席点查那些信。

"连同那些已经检看过的,一共是十九封。"

爆发出一阵暴风雨般嘲笑的掌声。

"也许它们里面都提到了那句秘密话。我提议您把它们都拆开了,宣读所有这一类信上签的名——再读出信上开头的八个字。"

"我附议!"

动议被提付表决,并获得通过——在一片喧闹声中。这时可怜的老理查兹站起,他的妻也起立,在他身边站着。她低垂了头,这样就不致让人看见她在哭。她丈夫向她伸出胳膊,搀扶着她,开始颤巍巍地说:

"朋友们,你们都了解我们俩——玛丽和我——完全了解我们的为人,我想,你们是一向喜欢我们的,一向看重我们的……"

主席打断了他的话:

"请原谅。这话很对——您说的这些很对,理查兹先生:本镇居民是了解你们两位的;他们确实喜欢你们;他们确实看重你们;再说——他们——更钦佩你们,而且热爱你们……"

只听见哈利戴大喊:

"这说的也是真实的心里话呀!如果主席说得对,就让厅里人都公开发言吧。起立!喂,听好——希普!希普!希普!——大家一起来!"

厅里的人全体起立,都热切地把脸转向这老两口子,一时将手绢挥舞得像暴风雪在空中飘扬,满腔热情地欢呼。

于是主席接着说:

"我刚才要说的是:我们都了解您的一片好意,理查兹先生,可是这会儿不是对那些违法者表示宽容的时候。(只听见人们高呼:"说得对！说得对！"）我从您的脸上看出，您是宽大为怀。可是我不能让您为这伙人求情……"

"可我是要……"

"请坐下，理查兹先生。我们必须检看一下其余的这些信——这样做只是为了要公平对待那些已经被暴露了的人。一等到做完了这件事——我向您保证——就会听您的发言。"

许多人的声音 "说得对！主席说得对——这会儿谁都不许打岔！继续宣读！读出那些名字！那些名字！按照提议的办法！"

老两口子无可奈何地坐下了，丈夫悄悄地对妻子说："再要这样等候下去，真叫人难受啊；等到他们发现咱们只是要为自己求情，那就更丢脸了。"

一宣读那些名字，厅里的欢闹又一发不可收拾。

"'你决不是一个坏人——'署名的是'罗伯特·J.蒂特马希'。

"'你决不是一个坏人——'署名的是'伊利法莱特·威克斯'。

"'你决不是一个坏人——'署名的是'奥斯卡·B.怀尔德'。"

读到这里，厅里的人突然想出了这个主意：由他们代主席读出那八个字。主席也乐得如此。此后他只依次拿起一封信，然后等候着。厅里的人用整齐的、有节奏的、和谐的、低沉的声调唱出了那八个字（他们大着胆极力模仿教堂里吟诵的一首家喻户晓的圣歌）——"'你呀决——呃——呃——不是一个坏哎——哎——哎——人哪。'"接着主席就说："署名的是'阿奇博尔德·威尔科克斯'，"这样一而二，二而三，一个名字接另一个名字，所有的人都听得越来越高兴，越得意，除了那狼狈不堪的十九位头面人物。不时读出一个特别显赫的名字，于是厅里的人就要求主席稍等一等，让他们把那可以作证的话全部从头到尾吟诵一遍："或是下地狱，或是去哈德利堡镇——你更好是去前——一——个——地——方！"每逢到这种特殊的情况，他们就要缀上一个声调庄严、感情沉痛、气势雄伟的"阿——阿——阿——门！"

余下的人名继续在减少，减少，减少，可怜的老理查兹在不停地计数，每次说出了一个和他相似的名字，他就惊慌失措，痛苦地感到紧张，等候那时刻到来，他就要蒙受耻辱，那情形会有他们好受的，他就要和玛丽一同起立,说完他求情的那些话,他原来是打算这样说:"……因为,直到现在,我们从来不曾做过什么坏事,一直安分守己地生活,从来不曾受到指责。我们很穷,我们都老了,没有儿女照应;我们受到了极大的诱惑,我们就堕落了。刚才我站起,原来是打算坦白交代,恳求不要当着大庭广众宣读我的名字,因为我们觉得,那样我们会受不了的;可是我被阻止了。这是公正的;我们应当同其他人同样蒙受耻辱。我们感到很难堪。这是我们第一次听到人家说出我们的——可耻的名字。请发发善心吧——看在过去那些更美好的日子的分上;请发发慈悲,尽可能让我们少受一些耻辱吧。"他设想到这里时,玛丽见他心神恍惚,就用胳膊肘轻轻地碰了碰他。厅里人正在唱:"你决——呃——呃不是……"

"准备好,"玛丽悄声说,"现在该轮到你的名字了;他已经宣读了十八个。"

吟诵结束。

"下一个!下一个!下一个!"厅里四下连珠炮似的发出喊声。

伯吉斯手伸进了他的口袋。老两口子哆嗦着往起站。伯吉斯在口袋里掏了一阵,接着说:

"原来,我已经全部宣读了。"

两口子惊喜交集,几乎昏厥过去,一起坐倒在自己的位子上,玛丽悄声说:

"老天保佑,这一来咱们可得救了!——他把咱们的那封信遗失了——现在哪怕有人用一百袋那样的黄金向我调换这件事,我也不答应!"

厅里的人纵声歌唱他们模仿《天皇颂》改编的滑稽歌词,反复唱了三遍,越唱越有劲,第三次唱到结尾的这句时都站起来……

可是这儿有他们的代表,我敢担保!

最后是为"哈德利堡镇居民的清白和我们那十八位光荣的代表"三次欢呼,再大吼一声。

接着,马具商温盖特起立,提议"为镇上最清白的、惟一值得重视的、不曾企图窃取那笔钱的人——爱德华·理查兹"欢呼。

欢呼声中洋溢着强烈的感人气息；紧接着，又有人提议：推选理查兹为现今神圣的哈德利堡镇传统的惟一捍卫者与代表，他能经受考验，可以尽管不去理会所有那些爱讥讽的人。

提议在欢呼声中被通过；接着大伙又唱起《天皇颂》的曲词，那结尾的一句是：

可是这里还留下了一位代表，我敢担保！

静息了片刻；接着是：

一个人的声音　"喂，那么让谁来领这袋金币呢？"

鞔皮匠（恶毒的讥讽口吻）　"这容易解决嘛。那袋钱必须由那十八位不受诱惑的人平分。他们每个人都给了落难的外国人二十元——并且向他进了一番忠告——每次每一个人都那样说上了一遍——这样，一队人挨次走过去就得花二十二分钟。他们是在利用那外国人投机——一共贷出了三百六十元。他们现在只要收回那笔贷款——再加上利息——本利总共变成了四万元。"

许多人的声音（含嘲带讽）　"说得对！那么就分摊吧！分摊吧！就可怜可怜这些穷鬼吧——别让他们干等着啦！"

主席　"安静！现在我要宣读那外国人的最后一份文件了。它上面写的是：'如果没人出面认领（一场哼哼哈哈的大合唱），我要求您打开这只麻袋，当着你们镇上的头面人物点清那些钱，让他们保管好了它们（一片啊唷！啊唷！啊唷！），并由他们斟酌决定如何使用它们，以便宣扬和保持你们公众在不受诱惑的诚实品德方面所赢得的高贵名声（又掀起一片喊声）——而他们的名字和他们的功劳，更能使那声誉永保长存，发扬光大。'（强烈地爆发出表示讥嘲的掌声。）好像，就是这一些了。不——这里还有一条补充说明：

再启　哈德利堡镇居民们　并没有什么可供作证的话——根本没有人说过那些话。（全场大为轰动。）没有什么穷苦的外国人，没有什么二十元的救济，没有什么同时说的谢词和赞语——这一切都是虚构的。（一片又惊又喜的叽叽喳喳、哼哼哈哈噪声。）

这里请允许我说一说我的故事吧——这只需要三言两语就够了。有一回，我路过你们镇上，无缘无故地遭到了一场极大的羞辱。换了任何其他的人，只要是杀死你们一两个人，也就会感到满足，认为那冤仇已一笔勾销了，然而，对我来说，那样只能是一次微不足道的报复，那是远远不够的；因为，人一死了就不会再感到痛苦了。再说，我总不能杀了你们所有的人呀——而且，无论如何，一个生性像我这样的人，即使是那样做了，我仍然不会感到满足。我要毁坏当地的每一个男子，连同每一个女人——而且，毁坏的不是他们的肉体，也不是他们的财产，而是他们的虚荣心——那是意志薄弱、头脑愚蠢的人最容易被击中的要害。于是我就乔装打扮，回到这里，调查你们的情况。原来你们是一伙容易上钩的猎物。你们早就享有为人诚实的悠久而崇高的声誉，你们当然对此感到骄傲——那观念早就成为你们的稀世之珍，成为你们的无价之宝。我一发现你们是那样小心在意地、兢兢业业地谨防你们自己和你们的子女受到诱惑，我就知道如何设计行事了。瞧，你们这些头脑简单的家伙，世上最脆弱的东西，就是那未经烈火锻炼的品德。我定下了一条计策，罗列了一些姓名。我的计划是要诱惑那些不受诱惑的哈德利堡镇居民。我的主意是要使四五十个生平从未说过一句谎话或偷过一文钱的无可指责的男女成为骗子和窃贼。我所顾虑到的是古德森。他并不是在哈德利堡镇出生的，也不是在这里长大成人的，我所顾虑到的是，如果我开始照计行事，先将我的信寄给你们，那你们就会开始琢磨："在我们这些人当中，惟有古德森会把二十元施舍给一个可怜的人"——那样，你们就可能不会上我的钩了。幸亏上帝召去了古德森；于是我知道自己可以稳操胜券，我就设下圈套去勾引他们。也许我不能全部揪出那伙人，那些收到我寄去的所谓可以作证词的秘密的人，但是我会揪出他们当中的多数人，只要我了解哈德利堡镇居民的本性。（一片叫嚷声。"说得对——他揪出了他们所有的人，一个也不剩。"）我相信，这些人连一笔类似赌注的钱也要窃取，不肯错过了它，瞧这些可怜的、容易受诱惑的、被教育坏了的人啊。我一直希望将你们那块虚荣招牌永远砸个粉碎,另给哈德利堡镇居民题一个新的名称——一个可以长久保留的——四海传扬的名称。如果我已经达到这一目的,就请打开这只麻袋,召集一个宣扬和维护哈德利堡镇居民声誉委员会吧。

一阵旋风般喊声 "打开它!打开它!十八位先生都到前面去!宣扬传统委员会委员都到前面去——瞧这些不受腐蚀的人哪!"

主席大大地划开了麻袋,掏出了一把亮灿灿的、黄澄澄的大块钱币,握在手里摇了摇,然后开始验看它们……

"朋友们,原来它们是一些镀金的圆铅板!"

一听到这一新发现,顿时爆发出一片惊人的欢呼,闹声刚平息,鞣皮工就喊道:

"既然威尔逊先生显然在这方面是资历最深的,他当然是宣扬传统委员的主席。我提议他代表他的哥儿们到前面去,接受保管那些钱的重任。"

百来个人的声音 "威尔逊!威尔逊!威尔逊!说话呀!说话呀!"

威尔逊(恼怒得声音直发抖) "让我老实不客气地说一句:去他妈的那些钱!"

一个人的声音 "哎呀,亏他还是一位浸礼教徒哩!"

一个人的声音 "现在剩下十七位代表了!都上台去,先生们,这就去承担你们的重任吧!"

停了一会儿——没有反响。

鞍具商 "主席先生,在以前的上流人物当中,我们至少还留下了一位清白的人;他缺钱,而且也应当得到那笔钱。我提议您指派杰克·哈利戴上台去,拍卖掉那一袋二十元一枚的镀金钱币,把所得的钱都赠给那位应得的人——那位哈德利堡镇居民都乐于向他表示敬意的人——爱德华·理查兹。"

提议被十分热烈地采纳了,这时那只狗也出来凑了热闹;鞍具商开价一元,布里克斯顿人和巴纳姆的代理人激烈竞争,每一次喊价抬高了,大伙就发出欢呼,兴奋的情绪时刻随着喊价的不断哄抬而上升,喊价的人越来越起劲,越来越大胆,也越来越主意坚定,卖价从一元抬高到五元,然后是十元,然后是二十元,然后是五十元,然后是一百元,然后是……

拍卖刚开始,理查兹就发起愁来,他悄悄地对妻子说:"哦,玛丽,咱们能让目前这情况再发展下去吗?这——这——你瞧,这本是一次对诚实不欺的光荣奖赏,是对为人清白的有力证明,那么——那么——咱们能让目前的情况再发展下去吗?我是不是应当站起来——然后——哦,玛丽,咱们该怎么办是好呢?——你认为咱们——(哈利戴的声音:"我开价十五元!这一袋开价十五元!——二十元!——啊,谢谢!——三十元——再一次谢谢!三十元,三十元,三十元!——是谁在喊四十元?——有人在喊四十元!继续往上加呀,先生们,继续往上加呀!——五十元!谢谢,高贵的天主教友!加到五十元了,五十元了,五十元了!——七十元了!——九十元了!好极啦!——一百元!——往上加呀,往上加呀!——一百二十元——一百四十元!——这是关键时刻了!——一百五十!二百!——太好啦!是不是有谁喊二——,谢谢!二百五十!——")"

"这又是一次诱惑呀,爱德华——我紧张极了——可是,哎呀,咱们已经逃避了一次诱惑,它该叫咱们引以为戒——(是谁出价六百吗?——谢谢!六百五十,六百五——七百!")可是,爱德华,当你一想到——没人会怀……("八百元!好哇!给凑成九百!——柏森斯先生,我是听您说的吗——谢谢——九百!这一袋贵重的纯铅,只要出九百元就卖了,包括镀金在内——喂!我可是听谁——一千!感谢您啦!——是不是有人喊价一千一?——这一袋东西将成为各地最热门的话……")哦,爱德华(她开始啜泣),咱们多么穷呀!可是——可是——那么你就瞧着办吧——我说你就瞧着办吧。"

爱德华再也无法自拔了——意思是说,他一动不动地呆坐在那里了;坐在那里,只感到良心不安,但已被当时的形势所制服。

就在这时候,一个陌生人,那模样像是一个业余侦探,那打扮又像是一个令人难以置信的英国伯爵,刚才他一直注视着当晚的一切经过,露出很感兴趣和十分满意的神情;同时他一直在暗自琢磨什么。这会儿他正在自言自语,仿佛在说:"怎么那十八个人当中,一个也不喊价呢;这可叫人扫兴;我必须把这出戏改编一下——三一律①需要我改编它;他们必须买下那一袋自己曾经试图偷窃的金币;而且他们必须出一笔大价钱——他们有的人是阔佬嘛。再有一件事,我评断哈德利堡镇居民的性格时,出了一个差错,那个使我出差错的人倒应当获得一笔很高的酬金,而有的人则必须为他支付那一笔钱。这个穷老头理查兹使我在判断方面丢了脸;他可是一个诚实人;——这件事我不理解,但是必须承认。可不是,他翻看了我的二点,自己手里却有一副同花顺子,照规矩这笔赌注是该由他赢了去。而且,如果我有办法,还得赢上一大笔钱。他打乱了我的计划,但是现在我别去理会它了。"

他一直在注视拍卖时的出价。喊到一千元后,行情开始暴跌;喊价迅速下降。他等候着——仍旧在观察。一个竞争者退出了;接着是另一个,接着又是一个。这时他参加了一两次出价。当出价降到十元时,他就多喊了五元;又有人比他多出三元;他等候了一会儿,然后突然一下子多喊了五十元,于是那一袋东西就归他所有——他出的价是一千二百八十二元。全场爆发出欢呼——接着噪声随着静息;原来看见他站起了身,举起了手。他开始发言。

"我现在要说几句话,请诸位留意听。我是一个从事倒卖稀罕物品的商人,我和各地喜爱收藏钱币的人都有交易关系。我买下了这些钱币,像它们现在这样的,就能赚一笔钱;但是,如果我能获得诸位的许可,我就有一个办法使这些面值二十元一枚的铅质钱币变成同样面值的金币,也许还要更昂贵一些。如果诸位同意我的办法,我就把我赚的一部分钱分给你们的理查兹先生;他那恪守不渝的诚实品德,今晚已经被你们公正地、热情地公认了;他应得的份儿是一万元,这笔钱我明天就交给他。(厅里响起一片热烈的掌声。只是"他那恪守不渝的诚实品德"一句话却使理查兹两口子脸上泛出了可爱的红晕;幸而那表情被人们认为是由于他们不好意思,所以它没有造成不好的影响。)如果你们大多数赞成,通过我的建议——我希望有三分之二的人赞成——

---

① 欧洲古典主义戏剧中的情节、时间、地点三者必须完整一致的创作规律。

那我就认为这镇上的居民已经同意,这就是我所要求的。稀罕的物品,一向借助于一种能够挑动人们好奇和引起他们注意的做法。现在是不是能获得诸位的认可,让我在每一枚所谓的金币上压印出那十八位先生的名字,他们——"

厅里十分之九的人一下子都起立——其中甚至有那只狗——提议在一阵旋风般表示赞同的鼓掌和欢笑声中通过了。

大家都坐下了;除了克莱·哈克尼斯"博士"之外,所有其他的代表一同起立,都强烈反对陌生人这一存心侮辱人的提议,并威胁要……

"请你们别威胁我,"陌生人说时声色不动,"我对自己的合法权利心里有底,一向不会被大话给吓唬倒。"(掌声。)他坐下了。这时哈克尼斯"博士"看到有机可乘了。原来他是当地两位富豪中的一位,而另一位则是平克顿。哈克尼斯生财有道;意思是说,他专卖一种流行的成药。当时他作为一个党的候选人,正在参加议会竞选,而平克顿则作为另一个党的候选人。两人旗鼓相当,竞争得很激烈,而且一天比一天更激烈。两人都财迷心窍;每人都别有用心地买下了大片的土地;原来当时正要修建一条新的铁路线,于是两人都想进入议会,设法划定一条对自家有利的路线;一票之差会决定高下,而这一来自己就能发上两三笔财。投下的赌注是巨大的,而哈克尼斯又是一个大胆的投机者。那时他正坐在那陌生人身边。当其他的一两位代表正在向厅里的人提出抗议和呼吁时,他就斜靠向陌生人,悄悄地对他说:

"你给那袋东西开什么价?"

"四万。"

"我给你两万。"

"不行。"

"两万五千。"

"不行。"

"那么就三万吧。"

"要价四万;少一文都不成。"

"好吧,我就给你那个数。明天早上十点,我到旅馆里来。别让外人知道这件事:我要私下里来看你。"

"好吧。"接着,陌生人就站起身来,向众人说:

"时候不早了。这几位先生的谈话并不是不含有深意的,并不是没有趣味的,也并不是不得体的,但是请诸位原谅,现在我可得告辞了。承蒙诸位应允我的请求,在这方面给了我极大的帮助,我向诸位致谢。我请主席代我把这袋东西保管到明天,并把这三张五百元的钞票转交给理查兹先生。"这些都被递上去交给主席了。"明天九点我来取这袋东西。然后十一点亲自去理查兹先生家,把那一万元余数交给他本人。再见啦。"

然后他悄悄地离开了,让厅里的人发出震耳的喧闹,其中混杂着欢呼,《天皇颂》,狗愤愤不平的吠声,以及那吟唱般的话语:"你决——呃——呃不是一个坏——唉——唉人——阿——阿——阿门!"

四

回到家里,理查兹两口子不得不耐着性子去接待客人的祝贺和赞扬,一直忙到午夜。最后只剩下了他们俩。两人显得有点儿愁闷,都悄没声儿坐在那儿想心事。到后来,玛丽叹了口气说:

"你认为这件事该怪咱们吗,爱德华——完全怪咱们吗?"说到这里,她斜着眼睛去看桌上那三张好像是在指控他们罪行的大面额钞票,记得刚才那些来道贺的人还曾经贪婪地盯着它们,并且一本正经地用手指去触碰它们。爱德华没立即回答;过后他才叹了口气,支吾其词地说:

"咱们——咱们也是没办法呀,玛丽。这件事——嗯,它也是注定了的。所有的事都是注定了的。"

玛丽抬起头,呆呆地瞅着他,但是他不朝她看。她紧接着说:

"以前我认为,祝贺和赞扬的话总是很中听的。可是——现在我觉得——爱德华,你呢?"

"这个吗?"

"你打算仍旧留在银行里吗?"

"不——再去了。"

"辞职吗?"

"明儿早晨——写张条子送去。"

"看来这办法最好。"

理查兹双手捧住低垂的头,小声含糊不清地说:

"以前,我不怕有大堆人家的钱经过我的手,可是——玛丽,我这会儿很疲劳,很疲劳——"

"咱们去睡吧。"

第二天清晨九点钟,陌生人来取那袋东西,叫了一辆马车把它带往旅馆里去了。十点钟,哈克尼斯去和他密谈了一次。陌生人向他索取并拿去了五张由一家大城市银行承兑的支票——抬头开的都是付"持票人"——四张是一千五百元的,一张是三万四千元的。他把一张一千五百元的放在自己的皮夹子里,把其余的,总数为三万八千五百元,都放在一个信封里,等哈克尼斯走后,他又写了一张字条,给一起装进了信封。十一点钟,他到了理查兹家,去敲那扇门。理查兹太太从百叶窗里望出去,接着就跑去接过了那个信封,陌生人一语不发就走了。她回到屋里,脸涨得通红,腿有点儿站不大稳,气喘吁吁地说:

"我肯定是认出了他!昨儿晚上我就觉得以前在什么地方见过他。"

"他就是上次送那袋东西来的人吗?"

"我几乎可以肯定就是他。"

"那么他也就是那个冒名斯蒂芬森的人啰,他用胡编的那一套秘密玩弄了本镇所有的头面人物。现在,如果他送来的不是现金,而是支票,那么,咱们原以为侥幸不曾中计,可这一来就要受骗了。我昨天休息了一夜,刚开始感到又舒服了一些,可是一看那信封的样子,心里又烦乱起来。信封里装得不够厚实;八千五百元,即便是放进大面额的钞票,也会装得比那更满。"

"爱德华,你为什么不要收支票呀?"

"收斯蒂芬森签的支票呀!如果交来的是现钞,那我就听之任之,收下了那八千五百元——因为,看来这确实是命中注定的,玛丽——可是,我可没那勇气,没那胆量,试图去兑现签了那惹祸的名字的支票,那会是一个圈套。那家伙是要设法拿住我;不知怎的,咱们总算侥幸不曾中计;现在他又在想另一个新花招。如果那是支票——"

"哦,爱德华,这太可惜了!"她抓起了那些支票,哭了起来。

"把它们扔进火里!快扔!咱们决不能受诱惑。这是一条诡计,是要让大伙都取笑咱们,同时取笑其他那些人,然后——把它们交给我,既然你下不了手!"他一把夺过了支票,试图把它们紧紧握在手里;直到他能勉强走近火炉;然而,他毕竟是一个凡人,又是一个出纳员,他停了片刻,去认清楚那签名。紧接着他差点儿没晕倒。

"给我扇扇,玛丽,给我扇扇!它们等于是黄金呀!"

"哦,那可太好了,爱德华!是怎么一回事?"

"是哈克尼斯签的名呀,这葫芦里究竟卖的什么药,玛丽?"

"爱德华,你认为——"

"你瞧这儿——瞧瞧这一张!一千五百——一千五百——一千五百——三万四千。三万八千五百!玛丽,那一袋东西还不值十二元,而哈克尼斯——分明是——几乎为它照真的金币付出了那十足的价钱。"

"那么,你是不是认为,所有这些钱都该归咱们,而不仅仅是那一万元?"

"这个吗,好像是这样。再说这些支票的抬头开的是'持票人'。"

"这是出于好意吗,爱德华?这是为了什么?"

"我认为,这是向咱们暗示,可以去一个远地方的银行兑现。也许,哈克尼斯是不愿让这件事公开。那是什么——是一张字条吗?"

"是。是附在几张支票一起的。"

那是"斯蒂芬森"的笔迹,但是没署名,字条上写的是:

> 我很失望。您那诚实的品德竟使人无法对您进行诱惑。对这一点,我曾有过不同的想法,然而,在这方面,我可是冤枉您了,现在我请求您宽恕,这是出自真心。我要向您致敬,这也是出于至诚。这镇上的居民,连给您提鞋也不配。亲爱的先生,我曾经跟自己很公道地打了一次赌,相信你们镇上伪善的居民中有十九位是

会被诱惑堕落的。可我赌输了。现在把这全部赌注都给收去吧,这是您应得的份儿。"

理查兹一声长叹,接着说:

"这话像是用烈火炼出的——它烫痛了我。玛丽——我又感到痛苦了。"

"我也是的。啊,亲爱的,我宁愿——"

"你倒想想看,玛丽——他竟然会相信我。"

"哦,别这样说,爱德华——我受不了啦。"

"如果我是配受那些好话称赞的,玛丽——天知道,我以前确是相信自己配受那样的称赞的——我能拿这四万元去调换那些称赞。我要保存这张字条,让它代表比黄金和珠宝更宝贵的东西,把它永远保存起来。可是如今——在受它当着面指责的一片阴影中,咱们再没法生活下去了,玛丽。"

他把它扔进了火里。

这时,一个信使到来,递交了一只信封。

理查兹从它里面取出了一张字条,开始读它;那是伯吉斯送来的。

你曾经在一个困难的关头救了我。我昨晚救了你。我为这事不惜撒了谎,然而,作出这一牺牲,我心甘情愿,而且满怀感激之情。这村镇里,没一个人像我这样清楚地了解你的为人,知道你是多么英勇,多么善良,多么高尚。你不可能在心底里敬重我,像你那样明知道我被人指控的那件事,而为那事大家异口同声地定了我的罪;但是我请求你无论如何要相信,我是一个会感恩图报的人;这样可以使我承受精神上的痛苦。

伯吉斯(签名)

"又一次得救了。而且能这样保持好双方的关系!"他把字条扔进了火里,"我——我真希望我还是死了的好,玛丽,我真希望能摆脱了这一切。"

"哦,这真是痛苦难熬的,痛苦难熬的日子呀,爱德华。他这是出于极度的宽洪大量,这样的报答却深深地刺痛了咱们——再说,它们来得又是多么快啊!"

举行选举的前三天,两千选民中的每一个人都突然收到了一份贵重的纪念品——一枚妇孺皆知的双鹰金元①复制品。它的一面沿边缘刻印了这些字:**我对那穷苦的外国人说的是——**;另一面沿边缘刻印了这些字:**快去改过自新吧。(署名)平克顿**这样一来,这次精彩的恶作剧留下的污秽就被全部倾倒在一个人的头上,并给他带来了灾难性的后果。它又一次激起近来喧闹的嘲笑,而且是集中在平克顿一人身上;于是哈克尼斯就轻而易举地在竞选中获胜。

理查兹两口子收到他们的支票后,没出二十四小时,他们的内疚心情已开始缓和,只是感到心灰意懒;老两口子已开始体会到应如何对自己的罪行安之若素了。但他们此后更会切身体验到,每次觉得那过失可能被发现时,它就会形成另一种真正的恐怖感。而这样就出现了一种前所未有的、十分现实而又严重的情景。在教堂内,清晨的布道仍是那老一套;一切都是旧调重弹;那些话他们已经听了千百遍,已经觉得十分乏味,几乎是毫无意义,听了很容易令人昏昏入睡;但现在情况就有所不同了:布道词好像全都是在指控他们;它好像是在直接地、特意地针对那些正在隐瞒自己弥天大罪的人。一做完礼拜,他们总是抢先躲开了那些向他们道贺的人,急急忙忙往家里赶,不知怎的会感到寒气逼人——那是一种模模糊糊的、影影绰绰的、不可名状的恐怖感。偶尔伯吉斯先生拐过街角,他们瞥见了他。他竟不理会他们向他点头致意!其实他是不曾看见他们在打招呼;可是他们不知道。他这种态度会意味着什么呢?这可能意味着许多可怕的事呀。会不会是他知道,当初理查兹原可以证明他是无辜的,却一直悄悄地等待时机,准备以后再跟他算账呢?在家里,他们满腹愁闷,就开始想入非非:当初理查兹向妻子吐露真情,说他知道伯吉斯清白无辜,那时他们的佣人可能在隔壁屋子里偷听了;后来,理查兹又开始幻想,当时他听见那里有妇女宽大的长外衣窸窸窣窣的声音;后来,他肯定曾经听见了。于是他们就找了一个借口把萨拉唤去,观察她的神色:如果她已将他们俩出卖给伯吉斯先

---

① 一种美国旧金币,每枚值二十美元。

生，她就会在神态上显露出来。于是他们向她提出一些问题——一些乱七八糟的、东拉西扯的、好像是毫无意义的问题，那女佣肯定认为两个老人的头脑是受了暴发致富的影响；他们那样严厉地、警惕地紧盯着她，可把她给吓坏了，讯问终于到此结束。她涨红了脸，神经紧张，举止失常，而在两个老人看来，这更说明她是犯了什么罪——什么可怕的罪——毫无疑问，她是一个暗探和叛徒。等到他们又单独在一起时，就把一些各不相干的事贯串在一起，而一经这样东拼西凑，就得出了可怕的结论。当前景显得十分严重时，理查兹突然大口地喘气，他的妻子问：

"哎呀，这是怎么啦？——这是怎么啦？"

"那张字条——伯吉斯的那张字条！它的措词是讽刺的，现在我明白了。"他引述那些话："'像你那样明知道我被人指控的那件事情，你就不可能在心底里敬重我。'哎呀，现在事情完全明白了，求上帝保佑我！他知道我晓得那件事了！你瞧这措词够多么巧妙。这是在设一个圈套呀——可我却像一个傻子，钻了进去。那么，玛丽——？"

"哎呀，这可坏了——我知道你要说什么——他没退回你抄的那封冒充可以作证的话的信。"

"没退回——他留下了它，要用它毁了咱们。玛丽，他已经向一些人揭发咱们了。我知道有这种事——我明明知道有这种事。做完礼拜的时候，我在许多人的脸上看出来了。啊，咱们向他点头打招呼，他连理都不理——他那种做法是故意的！"

那天晚上，请来了医生。第二天清晨，这件新闻就四下传播开了：两个老人病得很厉害——据医生说，这是由于他们大发横财后过度兴奋，要忙着接待那些道贺的客人，再加上睡得太晚，这样就把身体拖垮了。镇上的人确实为他们担忧，因为现在两位老人是硕果仅存，能让他们引以为荣的。

两天后，消息更坏了。老夫妇神志昏迷，作出种种古怪的事情。据那些目击的护士们说，理查兹给她们看几张支票——总数好像是八千五百元吧？不——那是一笔巨款——是三万八千五百元！你怎样解释这一笔巨大财富的来历呢？

第二天,护士们又传来更多的新闻——而且是令人惊讶的新闻。她们决定藏好了那些支票,惟恐它们会出什么差错;但是,当她们去找那些支票时,它们已经不在病人的枕头底下——已经无影无踪。病人说:

"别去碰那枕头,你们这是要干什么呀?"

"我们想,最好是把那些支票——"

"你们再也不会看见它们了——它们已经被毁掉了。它们是撒旦送来的。我看到它们上面盖了地狱的标记,我知道它们是送来引诱我犯罪的。"接着他就开始急促和模糊地说了一套离奇可怕、叫人听不明白的话。医生嘱咐她们不要把这些事说出去。

理查兹说得对:人们再也不会看见那些支票了。

肯定有一个护士说了梦话,因为,不出两天,那些禁止外传的呓语已成为镇上人的谈话资料;而它们又都是性质惊人的。它们好像是说明,理查兹本人也曾认领那袋金币,但是伯吉斯隐瞒了这件事,然后又恶意地暴露了它。

伯吉斯为此事备受批评,但是他矢口否认。他说大家不应该这样认真对待一个病危的老人神志不清时所说的胡话,尽管如此,猜疑的事仍被四处传扬开,惹得人们说长道短。

又过了一两天,传来消息,说理查兹太太的呓语开始变得跟她丈夫所说的一模一样。这一来大家就由极度狐疑,开始信以为真,而镇上人对他们惟一无可厚非的重要人物的清白所抱的自豪感也随之逐渐暗淡,奄忽垂尽。

过了六天,传来了更多的消息。老夫妇俩都已病危。理查兹在最后一刻,神志又清醒过来,他叫人请来了伯吉斯。伯吉斯说:

"让屋子里的人都出去吧。我想,他是要单独和我谈几句话。"

"不!"理查兹说:"我要有人作见证。我要你们都听我的忏悔,这样我才可以死得像一个人,而不是像一条狗。我过去是清白的——是伪装清白——像其他人一样;而且,也像其他人一样,一受到诱惑,我就堕落了。我亲笔写了一封欺人的信,去认领那袋害人的钱。伯吉斯先生记得我当初为他出过力,于是,出于感激(也是由于糊涂),他就压下了我那封认领钱的信,从而挽救了我。你们都知道多年前大家控告伯吉斯的那件事。我的证明,当时只要有我作证,就可以为他洗清冤枉,但当时我是个胆小鬼,竟然让他蒙受了不白之冤……"

"不——不——理查兹先生,你……"

"我的用人把我的隐情泄漏给了他……"

"没有谁向我泄漏什么……"

——"于是他就理所当然地,也是无可非议地做出了这种事情:他懊悔不该那样好意挽救了我,于是就暴露了我的秘密——这也是我罪有应得……"

"绝对没有!——我发誓——"

"现在我真心诚意地宽恕他了。"

伯吉斯激昂慷慨地辩解,但是对方始终充耳不闻;奄奄一息的人,终于溘然长逝,但死时尚不知道,他又一次冤枉了可怜的伯吉斯。他的老妻也在当天晚上死去了。

备受尊重的十九位人士中,最后的这一位也深受了那可怕的一袋钱的毒害;镇上人被剥夺了他们世代相传、如今仅存的一点儿光荣。他们的哀悼并不十分显著,但那意味却是很深长的。

议会通过一条法案——经过恳求和请愿——批准将哈德利堡镇的名字改为……(就别去管那是什么名字啦——我可不愿把它说出来)。并将多少世代以来一直刻在它官印上为它增光的箴言磨去了一个字。它又成为一个诚实居民的镇,谁想要拿住他们,发现他们又在睡大觉,那可得赶一个大早去呀。

一八九九年

狗说的故事

一

我爸爸是一只圣伯纳德种狗①,我妈妈是一只柯利种狗②,而我则是一个长老会教友③。这些都是我妈妈告诉我的;我本人可并不清楚这些名字在意义上的那点儿差别。在我听来,它们只是一些漂亮的时髦字眼,但都是毫无意义的,可是我妈妈就是爱这一类的玩意儿;她最爱数说它们,同时很注意其他的狗那样显出惊讶和羡慕的神气,不明白她怎么会受过这样高深的教育。其实,那并不是什么真正的教育;那只是她在卖弄自己罢了:那些字眼都是她在饭厅里或客厅里,趁有客人的时候听来的,或者是跟孩子们去主日学校时,在那儿听来的;每次听到了一个时髦的字眼,她就要向自己念叨上许多遍,这样就能牢牢地记住了,一等到附近什么地方有家庭聚会,她就把"聚会的"给抖搂出来,让所有的狗,从小幼犬到大驯犬,都为之吃惊和感到自卑。这样一来,她所费的那番功夫,总算得到了报偿。如果那里有一只陌生的狗,那狗几乎肯定会为之惊疑不定,而等到又喘过气来时,他就会问她,那单词是什么意思。她总是解释给他听。他再也没料到她能那样解释,原以为可以难倒她;所以,她向他说明了以后,他反倒露出了惭愧的神气,他原来还以为可以让她当场出丑哩。其他的狗总是等待着她要出这一招,

---

① 一种红棕色或白色的大狗,最初为阿尔卑斯山圣伯纳德济贫院驯养,用来救护雪地遇难的旅客。
② 指柯利牧羊犬,是一种长毛尖头的大狗。
③ 波美拉尼亚狗,是一种尖嘴、竖耳和长毛的小狗,英文的发音和长老会教友一词有些相似。

于是都为此感到高兴,为她感到骄傲,因为他们都知道会出现这种情况,他们已经有过这种经验了。每当她解释了一个炫耀的字眼时,他们都交口称赞,没一个狗会怀疑那解释究竟是不是正确的;而这也出于自然,因为:第一,她那样对答如流,就好像是一部活词典;第二,他们又怎能查明那解答是不是正确的呢?因为,在那一群狗当中,她是惟一有教养的嘛。又过了一段时间,我长大了一些,有一次她把"同义词的"这一单词学到了家,于是,整整一个星期里,在不同的集会上,她着实很卖力地运用了它一番,但结果是使大家感到十分不愉快而又失望。这一次我才注意到,在那一星期里,在八个不同的集会上,她被人家问到了这个词的意思,而她每一次都亮出了一个不同的解释,从这一点上我就看出,她那沉着应变的能耐,要高过她所有的文化程度,但是我当然什么也不说。她经常准备好了说一个词,一个救急的词,那词就好像是一个救生圈,当她可能冷不防被从一条船上撞下了水,就可以把它套在身上——那就是"无知的"这个单词。有时候她会耍出一个很长的单词,这单词几星期前曾经用得挺顺当,但此刻它的意义早已被忘得一干二净,如果那儿有一个陌生人,那解释肯定会把那人闹得晕头转向,必须一两分钟后才能清醒过来,而她则趁这会儿工夫,顺风转向,不必担心再出什么其他的岔子;所以,等那人再请她说出一个究竟时,我(惟一知道她那场把戏内幕的狗)可以看出,她的帆摇晃了一下——只是那么短暂的一会儿——紧接着就张了满帆,这时她又会像在顺当的时刻那样说:"它是'分外工作'的同义词,"或者诸如此类的,乱七八糟一长串字母拼成的词,然后不动声色,悠然自得地抢风行驶,飞快地溜之大吉。你瞧,她会那样完全心安理得,反倒使那位生客显得十分粗野庸俗、惶窘不堪,而那些熟悉此道的狗则一致用尾巴抽那地板,脸上露出洋洋得意的神气。

　　有关那些乐句①,你也可以看到同样的情况。如果乐句声调悦耳,她就会将整个一句带回家来,然后将它演奏上六七个夜场和两个早场,每一次都给它作出一种新的解释——再说,她也不得不如此,因为她所

---

① 乐句:长短不一的旋律单位。

感兴趣的只是那乐句本身；她对它的意义并不感兴趣，同时她知道，反正那些狗也没有足够的脑力去理解她所作的解释。可不是，她真不愧为一位英物呀！她就是这样变得对任何事物都无所畏惧，她完全相信，那些狗都是愚蠢无知的。她甚至将她听到的那些主人和饭桌上的客人被招得哄堂大笑的有趣故事也带了回来；她照例要将一个老掉了牙的笑话当中的精彩部分拉扯到另一个笑话里，这样当然会将它们拼凑得牛头不对马嘴，叫人听来莫名其妙了；可是她一讲到那地方，自己就笑得倒了下去，在地上直打滚儿，就好像发了疯一样，又是哈哈大笑，又是汪汪乱叫，这时我可以看出，她又好像是感到有些诧异：怎么那故事似乎不再像她第一次听到时那样可笑呀。但是，这也没关系；好在其他的狗也都在四下乱滚，汪汪大叫，暗中也由于听不懂那妙处何在而感到不好意思，绝不会猜想到：听不懂它并不是他们的错，它根本就没什么意思可供他们理解的。

你从这些事情中也可以看出，她那性格是很爱虚荣又很轻浮的；尽管如此，我以为她仍有许多优良的品德，足可以弥补她的缺点。她心地善良，举止文雅，从来不对伤害过她的人怀恨在心，而是将那些事淡然处之，随即完全忘记它们；她还教她的孩子效法她那宽厚的行为，我们还从她那里学会了如何在危难中见义勇为，不逃避，正对威胁我们的朋友或陌生人的危险，并竭尽全力去帮助他们，不去考虑那样会给自己招来多大的伤害。她教导我们时，不是单凭口头说教，而是以身作则，那才是最好的方法，而那效果也是最可靠和最持久的。啊，瞧她那些英勇的行为和她那些辉煌的事迹！她完全是一位战士；再说，她对这一切又是那样谦虚——可不是，你不禁要赞美她，你不禁要效法她；即使是一只查尔斯王长耳狗和她在一起时，也无法总对她表示高傲。所以，你瞧，除了她受的教育而外，她还有更多的优良品质哩。

二

后来我长得很大了，就被卖了，并被人家带走，从此以后我再也见不到她了。当时她非常伤心，我也如此。于是我们俩都号啕痛哭；但是她极力安慰我,说:把我们送到这个世界上来,就是为了要我们尽力做一些明智和美好的事情,所以我们必须在尽自己的责任时不去怨天尤人,要在什么样的情况下过什么样的生活,在生活中为他人谋求最大的福利,不必去关心后来如何,那些并不是我们的事情。她说,能够这样生活的,将来就会在另一个世界上获得至高无上的酬报,虽然我们做畜生的不会到那儿去,然而,只管好好地正当地生活,不去计较任何酬报,这样就会使我们短暂的生命变得更有价值,更为高贵,而这本身就是一种酬报。她从前和孩子们去主日学校,随时收集这些至理名言,然后就比记其他那些单词和乐句更为认真地把它们牢牢记在心里;并且,为了让自己和我们受益,她更专心致志地研究了它们。人们从这一点上也可以看出,尽管她脑海中潜伏有不少轻浮与虚荣,但同时也蕴藏有智慧与深思。

于是我们相互道别,最后泪汪汪地看了对方一次。她临别时说的那几句话是(我想,之所以留在最后说,是为了要我更深刻地记住):"如果别人遇到危险,那时候,为了纪念我,你别只想到自己,要想到你的妈妈,可要按照她的做法去做呀。"

你以为我会忘了那些话吗?不会的。

三

那是多么可爱的一个家呀!——我那个新的家;一所漂亮的大住宅,里面有图画,有精美的装饰品,有富丽堂皇的家具,没一个地方是阴暗的,到处都有充足的阳光,把所有的东西照耀得五彩缤纷;再有住宅四周宽敞的空地,以及那座大花园——哦,瞧那片平坦的草地,那些高大的树木,那些花卉,真叫人说也说不完呀!我就像是那个家中的一员;他们都喜欢我,都爱抚我,并没有给我另起一个新名字,而是用我原来的名字唤我,我爱那名字,因为那是我妈妈给我起的——那名字是艾琳·马沃尔宁①。她是从一首歌里挑出来的;格雷家两口子也熟悉那

---

① 原文为 Erin, mavourin,意思是"爱尔兰,我亲爱的",摘自苏格兰诗人托马斯·坎贝尔(1777—1844)所写的一首歌,《爱尔兰的流放》。

首歌,都说那是一个美丽的名字。

那年格雷太太三十岁,你没法想象,她有多么和蔼可亲;莎迪十岁,那苗条可爱的身材完全和她妈一样,是她妈的一个缩影,背后垂着赭色的辫子,身上穿着短短的连衫裙;那个小毛头才一岁,长得肉乎乎的,脸上有着酒靥,他喜欢我,总是没完没了地揪我的尾巴,紧紧地抱着我,笑得那样快活,那样天真可爱;格雷先生三十八岁,身材瘦长,长相漂亮,额角上微微有点儿秃,性子机警,举动灵活,做事很有条理,遇事总是那样当机立断,显得那么不容易动感情,那种轮廓鲜明的脸上就仿佛闪耀出一种冷峻的理智的表情!他是一个著名的"科学家"。我不懂得那个字眼是什么意思,可是我妈知道怎样使用那个词,并且知道怎样使它发挥作用。她知道怎样用这个词使一个捉耗子的狗感到沮丧,使一只叭儿狗听了后悔自己不该来。但那还不是最有威力的词;最有威力的词该数"实验室"。我妈妈可能会为了它去组织一个可以信托的机构,由那机构去摘除所有狗类身上系的纳税牌照的颈圈。再说那"实验室"并不是一本书,也不是一幅画,也不是你洗手的地方,那种地方照那位大学校长的狗所说,是"盥洗室"①;而"实验室"完全不同,那里摆满了罐子,还有瓶子,还有电灯,还有电线,还有一些稀奇古怪的机器;每星期都有其他的科学家去到那里,坐在那地方,使用那些机器,讨论什么问题,做他们所谓的实验和发现;我也常常去那儿,站在一旁,留心地听,竭力去了解,这是为了我妈妈的缘故,为了要怀着爱心去纪念她,尽管这样做会感到痛苦,因为我想到,她一生中为我耗尽了多少心血,我却没获得任何成就;因为,我虽然竭尽全力去学,然而始终什么也没弄明白。

平时我总是趴在女主人的活动室里睡觉,她总是温存地把我当作一只脚凳,知道这样做会使我感到高兴,这是一种爱抚的表示;其他的时间我总是和艾迪一起在空地上和花园里蹦蹦跳跳,四下奔跑,直到我们玩累了,我就在树荫里的草地上小睡,而她则看她的书;也有时候,我去分别走访邻近的那些狗——因为,离得不远的地方,有一些最讨人喜

---

① 英语中"实验室"(Laboratory)和"盥洗室"(Lavatory)二词发音相近。

欢的,有一个非常漂亮的,非常殷勤和大方的,一个鬈毛的爱尔兰种猎狗,名叫罗宾·爱戴尔,他和我一样,也是一个长老会友,是那个苏格兰牧师饲养的。

我们宅院里的佣人都对我很好,都喜欢我,因此,你瞧,我的生活是愉快的。其他的狗,不可能有哪一个比我更幸福,比我更知道如何感恩图报。我要为自己这样说,因为事实就是如此:我竭力使我的举动在各方面都是合理的,都是正确的,这样才可以表示我是如何尊重我回忆中的妈妈和她给我的教训,竭力去争取更多我已获得的幸福。

不久,我的小狗娃娃出世了,这一来我可是心满意足了,我的生活可是十全十美的了。那是一个摇摇摆摆走动着的最可爱的小东西,身上是那样光滑、柔软、好像披着天鹅绒,有着那样精巧但又怪模怪样的小脚爪,那种讨人喜欢的眼睛,再有那天真可爱的脸蛋儿:我感到很得意,每当我看到孩子们和他们的母亲那样宠爱它,逗弄它,对它作出的每一个美妙的小动作赞不绝口。我确实觉得,生活真是美满极了……

后来,冬天到了。有一天,我正在育儿室里"守卫"。也就是说,我正睡在大床上。小娃娃则睡在小床上。小床的一面靠拢着大床,是在近壁炉的那一边,床上面罩着一顶高高的薄纱帐篷,你能看到它的里面。保姆出去了,只留下了我们俩睡在那里。柴火里迸出了一颗火星,把帐篷的斜面燃着了。我想,有一会儿工夫没有动静,忽然小娃娃的一声尖叫惊醒了我,再看那帐篷的烈焰正腾向屋顶。我没来得及思考,就吓得跳到了地上,刹那间已经跑近门口;但紧接着,在下一时刻,我耳朵里回响起我妈妈的临别赠言,我又回到了大床上。我把脑袋伸进火焰,咬着那根腰带拖那小娃娃,连拖带扯,我们在一团烟雾中一同摔倒在地;我叼住了另一个地方,把那尖声哭喊着的小家伙一路拖出了房门,绕过了走道的拐角,不停地把它拖过去,又是兴奋,又是快活,又是得意,可就在这时候,只听见主人大喊:

"给我滚开,这个该死的畜生!"我向一旁躲闪;但他的动作神速,他赶上了我,用他那根手杖狠狠地打我,吓得我两边躲来闪去,最后一手杖重重地落在我左前腿上,痛得我惨叫了一声就倒下了,片刻间我茫然无主;手杖又举起,准备再打,但是它没来得及落下,因为这时只听见保姆没命地叫喊:"育儿室失火了!"主人向那面奔去,这样我总算保全了其他的骨头。

我痛得难以忍受,但是,没关系,我必须抓紧时间;他随时都会再回来;于是,我凭那三条腿一瘸一拐地向过道的另一头蹭过去,那面有一道黑暗的小扶梯,通往上面的一间顶楼,我以前听说那里面堆着一些旧箱子和那一类的东西,难得会有人去那里。我好不容易爬到那上面,在黑暗里一堆堆东西当中找路,最后躲在我能找到的一个最隐秘的地方。躲在那里仍感到害怕,这未免有些傻气,然而我仍旧害怕;怕得我竭力忍住不敢出声,甚至连抽抽咽咽地哭泣几声都不敢,虽然那样哭几声会使我舒服一些,因为,你瞧,那样会使我疼得好一些。但是我仍可以舔舔我的腿,那样也可以使我感觉好一些。

又过了半小时,只听见楼下一阵骚乱,是众人的叫嚷声,还有奔跑的脚步声,然后一切又沉寂了。这样安静了几分钟,我觉得精神上舒服了一些,因为这一来我的恐惧开始逐渐消失;而那种恐惧要比疼痛更加可怕——哦,更加可怕得多。接着,我听到的那些声音可把我给吓呆了。是他们在唤我呀——在唤我的名字——那是在追捕我呀!

声音由于离得远了而听来模糊,但并不能因此就消除了我的恐惧,我觉得那是我以前从未听过的最可怕的声音。那声音向四下传播开,响彻楼下所有的地方:回声沿着过道,响彻所有的屋子,楼上和楼下,地下室和地窖里;然后那声音又一直喊到房子外边,越来越远——最后又回来了,又在住宅里到处喊,我以为它再也不会止住了。然而,它终于停止了,那已是好几个小时以后,那时顶楼的模糊影子早被一片黑暗吞没。

此后,在那甜美的静寂中,我的恐怖逐渐减轻,我在安宁中睡熟了。那是一次很舒畅的休息,但是我在那曚昽光影没再出现之前就醒了。我感觉到很舒服。现在我可以打定一个主意了。我想出了一个极好的办法,那就是:我要爬下去,一路爬下那后扶梯去,躲在地窖的门后面,等天亮送冰的人来了,进去把冰放进冰箱,那时我就悄悄地溜出去逃走;然后我就白天里一直躲着,等天黑了再开始上路;我的行程是去……咳,去任何地方都行,只要那里没人会认得出我,会把我捉了去献给我的主人。这时我几乎感到一阵高兴;可是接着我又突然想到:哎呀,如果丢了我的小狗娃娃,那日子可叫我怎样过下去呀!

这一来我又灰心丧气;我毫无办法;我明白了这点;我必须留在原来的地方;留下来等着,去接受任何可能发生的事情——那一切可不是由我做主的;生活就是如此——我妈就这样说过。后来——再说后来我又听到人们叫喊起来! 无数愁绪又涌向我的心头。我心里想:主人绝不会饶恕了我。我不知道自己究竟做错了什么事,会使他这样痛恨我,他绝不会对我甘休,但是我敢肯定那是一件狗不能理解,但人却分明知道,而且是很可怕的事情。

他们不停地叫唤——好像是叫唤了几天几夜。日子长了,我又饥又渴,差点儿疯了,我知道自己已经十分虚弱了。人们在这种情况下都会很贪睡,我就是这样。有一次我在极度恐惧中惊醒——我觉得有人一直叫唤到了顶楼里! 可不是吗:那是莎迪的声音,她正在哭着;一面断断续续地喊出我的名字。那可怜的小家伙,我简直不能相信自己的耳朵。当时我听到她说这些话时,她给我带来的那一阵快乐:

"回到我们家里来吧——哦,回到我们家里来吧,原谅我们吧——大伙真感到难受,缺少了我们的……"

我忍不住发出那样一声表示感激的尖叫,紧接着莎迪就朝黑暗中的旧杂物堆跌跌撞撞地扑了过来,大声叫喊着让全家人都听见:"找到她了,找到她了!"

此后的那几天里——哎呀,那些日子可太美啦。莎迪和她妈,再有那些用人——哎呀,他们就好像是在崇拜我似的。为了我睡的床,他们无论怎样整理,好像总觉得还不够舒适;至于饲料吗,他们一定要让我吃野味和那些不当令的精致食品;每天都有朋友和街坊成群结伙地来听有关我的"英勇行为"——那就是他们谈到我干的那件事时所用的一个名词,它的意思是"农业"。我记得我妈妈曾经对一群狗大谈这一词语,也是这样解释的,但并没有说明"农业"又是什么意思,只说那是"夹层墙里供热"的同义词①;再说,格雷太太和莎迪每天都要把这则故

---

① 这里是将一些形音略微近似,或意义上稍有联系的字混淆一起,并称之为"同义词"。

事向新来的客人说上十多遍,说我怎样冒着生命危险去救小娃娃,我们俩的烧伤可以为这件事作证,这时候那帮人就轮流地把我传递过去,一面爱抚我,大声称赞我。这时候你可以看到莎迪和她妈妈眼睛里闪出了得意的神情;当这些人想要知道我怎么瘸了腿时,她们就露出羞愧的样子,当即扭转了话题,而有时候人们反复追问她们这件事时,我觉得她们差点儿要哭出来了。

这还不是我的全部光荣;不是的。男主人的朋友到了,整整有二十来位最著名的人士,他们把我带到实验室里,大家一起讨论我,好像是在我身上发现了一些什么;其中有人说,一个哑口畜生会有这种表现,这可是神奇的,这可是他们所知的最为精彩的本能的表现;但是主人激动地说:"这远远超过了本能;这是理智,有许多人,必须赋有理智,才能和我们一同享有得救的特权,并进入一个更美好的世界,可是他们反而不及这只注定了要毁灭的可怜的无知的四足动物具有更多的理智。"接着他就哈哈大笑,说:"喂,你们倒瞧瞧我——这对我是一个讽刺!上帝保佑,尽管我具有过人的智力,但当时我只猜想到,那狗是发了疯,是在害死那孩子,可是,要不是亏了这畜生的智力——亏了它的理智,我可以肯定地说——孩子早就完蛋了!"

他们不停地争论,而我则成为争论的焦点和主题。这时候我真希望我妈妈能知道我受到这份极大的荣宠;这会使她感到骄傲的。

后来他们又讨论什么光学,还研究头脑受了某种伤害后会不会导致失明,但他们对这问题意见不能一致,说以后必须做一次实验来测试;接着他们就讨论植物,我对这问题倒很感兴趣,因为夏天里我和莎迪撒下了种子——你瞧,我还帮她刨坑——过了好几天,那儿就长出了小树,还开了花朵,那真是一个奇迹呀。但确实有那种事情,我真希望自己能说话——那样我就会把这件事说给那些人听,让他们知道我懂得多少,对这个问题懂得多少;可是我对光学却不大在意;听来它很是沉闷,他们再谈到这方面的事情,我感到很厌倦,就睡着了。

不久春天又到了,天气是那么晴朗、舒适、可爱。一天,慈祥的母亲和她的孩子轻轻地拍着我和小狗娃娃,向我们道别,他们出远门去亲戚家;此后,男主人可不来陪我们俩。我们俩一起玩,日子过得很愉快。

用人都对我们很和气和友好,所以我们相处得很融洽,大家都在计算日子,盼望女主人和孩子们归来。

一天,那伙人又来了,说是来做实验的,他们把小狗娃娃带到实验室里,我也凭三条腿一瘸一拐地跟着跑,心里感到很得意,因为,只要有谁关心我的小狗娃娃,当然会使我感到高兴。他们讨论了一阵,就开始做实验,后来小狗娃娃突然一声尖叫,他们就把它放在地上,它跌跌撞撞地四面乱转,头上满都是血,这时候主人拍掌大喊:

"瞧呀,我胜利了——你们都承认吧!他已经什么都看不见了!"

于是那些人都说:

"可不是吗——你证明了你的理论,此后那些受苦受难的人都要对你感恩不尽了。"于是他们把他团团围住,热烈地表示感谢,跟他紧紧握手,一起夸赞他。

可是这一切我几乎都没听真切,也没看清楚,因为我立即赶到我的小宝贝跟前,在它躺着的地方紧紧地偎依着它,舔他那鲜血,他把他的头紧挨着我,小声儿抽抽咽咽地哭。我心里明白,他虽然再不能看见我了,但在痛苦和折磨中觉出他妈妈在这样温存他,他也会感到一种安慰。紧接着他就扑倒下去,他那毛茸茸的小鼻子磕在地上,他安静了,他再也不动弹了。

不久,主人停下了一会儿,不再去讨论问题,然后按铃叫听差进来,说:"把它埋在花园里远处的角落里。"接着又开始讨论问题了,我跟在听差后面小跑,感到很快慰,因为我知道小狗娃娃这会儿已经脱离痛苦了,因为它已经睡熟了。我们一直走到花园那边最远的尽头。夏天里,我总是带着小狗娃娃,跟孩子们和保姆一起,在那棵大榆树的树荫下面玩耍,这时听差在那里掘了一个坑,我看见他准备把小狗娃娃种下去,我很高兴,因为他会长出来的,长成一只像罗宾·阿戴尔那样漂亮可爱的狗,等到女主人和孩子们回到家里时,那会使他们惊喜的;所以我也准备帮着他掘土,可是我那条瘸腿不顶用,你瞧,它是僵硬的。必须使用两条前腿,否则就不济事。等听差干完了活儿,把小罗宾掩埋好了,他就拍拍我的脑袋,这时他眼睛里含着泪花,说:"可怜的狗儿,是你**救活了**他的孩子呀。"

我整整守候了两星期，可他并没有长出来！这样又过了一星期，我逐渐开始觉出恐怖。我意识到，这情况会是由于发生了什么可怕的事情。我不知道那会是什么事情，但是疑惧使我心烦意乱，尽管用人给我最美味的饲料，但是我再也无法下咽；他们是那样爱抚我，甚至夜里也来看望我，一面哭，一面说："可怜的狗儿呀——你就别再守在这儿啦，还是回家去吧；就别再叫我们为你心里难受啦！"这一切更使我感到恐怖，使我更肯定那是由于发生了什么事故。我已十分虚弱；打昨天起，我再也站不起来了。现在，这一小时里，那些仆人都遥望着太阳逐渐下沉消失，夜里的寒气正在掩袭过来，他们说了一些什么，我不明白它们的意思，但是它们含蓄的那种意味使我的心都冷了。

"那几个可怜的人啊！他们是不会猜想到的。明天早晨他们回到家里，急切地问到那只曾经立下英勇功劳的小狗时，咱们谁能硬起心肠，向他们说出这些真话：'那个低人一等的小朋友，已经去那些畜类死后所去的地方了。'"

一九〇三年

三万元的遗产

一

湖滨镇是一个拥有五六千居民的可爱的小镇,就远西地区①的市镇而言,它也算得是一个相当出色的小镇。也像远西地区和南方那样,镇上有足够三万五千人做礼拜的地方,因为那里所有的人都虔信宗教,而每一个新教宗派都有它各自的信徒,并有它本派的一切设施。在湖滨镇,阶级是不存在的——至少人们不承认它的存在;每一个人都熟识另一个人,甚至包括那人所养的狗,那里普遍存有一种合群的友好气氛。

萨拉丁·福斯特是那家最大商店里的记账员,也是湖滨镇上干这一行当中惟一领高薪的。那年他三十五岁;他已在那家店里工作了十四年;刚结婚时,年薪是四百元,此后一年年逐步递增,每年增加一百元,接连四年;从那时起,他的薪金就一直保持一年八百元——在当地那确是一份优厚的薪金,而所有的人也都认为那是他理所应得的。

他的妻子伊莱克特拉是一位贤内助,虽然,和他一样,也是一个沉醉于幻想中的人,每逢没有外人的时候,就去看那些凭空虚构的故事。她结婚后——虽然当时还是个大孩子,只有十九岁——第一件事就是在市镇边上买下一亩地,即时付了现钞——那是她的全部积蓄,总共为二十五元。萨拉丁的积蓄要比她的少十五元。她在那里开辟了一片菜园,按分享利益的办法,让那位近邻去从事种植,她在这方面一年里获得了对本的利润。她从萨拉丁头一年的工资中存进储蓄银行三十元,

---

① 指美国落基山脉至太平洋沿岸间地区。

从第二年的工资中存进六十元,从第三年的工资中存进一百元,从第四年的工资中存进一百五十元,后来丈夫的工资增加到每年八百元,同时两个孩子先后出世,家用也增加了,然而此后她仍每年从工资中存进银行二百元。在她婚后的第七年里,她在菜园的那亩地上盖了一幢房子,一幢漂亮的房子,并将它布置得十分舒适,费用总共需要两千元,当即付了一半现款;一家人搬进了新居。七年后,她还清了所有的欠款,还多余下几百元,用来投资赢利。

由于地产价格上涨,投资就赚了钱;原来她已买下另一两亩地,后来把大部分卖出去赚了钱,合买那地的是几个知己朋友,他们想要盖房子,这样将来就会成为她的好邻居,并可以跟她本人以及她日益扩大的家庭建立友好关系。她从稳妥的投资中,每年独自享有大约一百五十元的收入;她的孩子一年比一年长得更加漂亮;她是一个自己感到满意和幸福的女人。她由于她的丈夫而感到幸福,由于她的孩子而感到幸福;而她的丈夫和孩子也由于她而感到幸福。本篇故事就是打这个时候说起的。

小女儿克莱坦内斯特拉——简缩的爱称是克莱蒂——那年十一岁;她的姐姐格温多伦——简缩的爱称是格温——那年十三岁;都是好姑娘,都长得很可爱。她们的名字显露了潜伏在父母血统中那种传奇小说的色彩,而她们父母的名字则说明那种色彩也是得自遗传的,那是一个充满深情热爱的家庭,因此全家四口人各自都有爱称。萨拉丁的爱称很古怪,而且辨不出性别——叫萨利;伊莱克特拉的爱称也是如此——叫亚历克。萨利一天到晚都那样一丝不苟、勤勤恳恳地记账和售货;亚历克一天到晚都在尽她那贤妻良母的职责,并显出她是一个会动脑筋的、很有算计的女商人;但是一到晚上,在那舒适的起居室里,他们就脱离了那单调乏味的现实世界,进入了另一个更有趣味的天地,互相朗读那些传奇故事,经历那些虚幻梦境,在那些宏伟的宫殿内,在那些阴森的古堡里,在那些变幻无常和纷纷扰扰的环境中,跟那些帝王和王子,跟那些高贵的王族和贵妇人相周旋。

二

终于传来了一条重大的消息！那是一条惊人的消息——说真的，那是一条令人喜出望外的好消息。那是从邻近的一个州里传来的，他们家惟一在世的一个亲戚住在那里。那是萨利惟一的亲戚——是一个关系不大明确的大叔，或者是一个远亲，名叫蒂尔伯里·福斯特，年已七十岁，仍旧是一个单身汉，一般认为他家境很富裕，但脾气也相当暴躁和别扭。萨利一度曾去信给他，试图跟他攀亲，但此后就再不去自讨没趣了。如今蒂尔伯里给萨利来了一封信，说自己将不久于人世，打算将三万元现款的遗产传给他；说此举并非出自偏爱，而是由于他一生中多半的不幸与烦恼都是金钱给他带来的，因此他要把那笔钱送到自己指望它能继续发挥害人作用的地方。遗产的分配将记载在他的遗嘱中，并将如数支付。条件是：萨利必须能向遗产执行人证明，他以前从来不曾在口头上或函件中表示自己关心这份馈赠；他以前从来不曾去探听有关这垂死者病逝的经过；他不曾参加葬礼。

亚历克刚从这封信造成的强烈的感情激动中清醒过来一些，立即去信到那亲戚居住的地区，订了一份当地的报纸。

接着夫妻俩就郑重其事地约法三章：当那位亲戚还活着的时候，他们决不要向任何人提到那条重大的消息，以免不知内情的人会将这件事传给临终的人，再经过一番歪曲，听来就好像是他们故意违反他的意愿，以此来表示对承受遗产的感激心情，而这简直无异于公然反对他的禁令，不但把这件事直说了出来，而且把它张扬了出去。

那一天此后的时间里，萨利把他的几本账记得错误百出；亚历克做事心不在焉，哪怕是端起一盆花，拿起一本书，或是捡起一根柴火，都会忘了她拿那些东西是干什么用的。原来他们俩都已沉醉在幻想中了。

"三——万——元呀！"

那几个激动人心的字眼，整天像乐曲般在两人脑海中回响。

自从结婚开始，亚历克就一直将钱袋握得紧紧的，萨利难得明白自己有权在那些非必需品上花一个大钱。

"三——万——元呀!"那乐曲继续响个不停,那可是一个庞大的数目,一个无法想象的数目呀!

亚历克整天都在一心一意地计划如何用这笔钱去投资;而萨利却在一心一意地计划如何把它花了。

那天晚上,他们不再去谈那传奇小说了。孩子们很早就离开了,因为父母都一语不发,心神不定,不知为什么那样显得不再惹人喜爱了。道晚安时的亲吻像是投在了空虚中,她们没得到任何反应;父母都没察觉出她们的亲吻,孩子已离开了一小时,他们方才察觉到。在那最后的一小时里,两支铅笔都在忙着写——都在做记录;像是在计划什么。最后还是萨利打破了沉寂。他兴高采烈地说:

"哦,那可太好了,亚历克!咱们先拿出一千元,可以买一匹马和一辆轻便马车,备夏季用,再买一辆雪橇和一条护膝毛毯,备冬季用。"

亚历克口气坚定而又沉着地回答道:

"要动用本钱吗?那绝对不行。哪怕是有了一百万也不行!"

萨利大失所望;脸上的喜色顿时消失。

"哦,亚历克!"他用责怪的口气说,"咱们一向工作得这样卖力,用钱这样手紧;现在咱们富了,好像应该——"

他一句话没说完,因为这时看到她的眼光变得柔和了;他的恳求终于打动了她。她温存而又具有说服力地说:"咱们绝对不能动用本钱呀,亲爱的,这样是不够精明的。从它生出的利息里……"

"那也好,那也好,亚历克,瞧你有多么可爱呀,有多么好呀,那可是一笔大数目,如果咱们可以动用那一笔……"

"可不是全部的,亲爱的,但是你可以动用它的一部分。也就是说,动用适当的一部分。可是所有的本钱——哪怕是其中的一分钱——必须立即让它发挥作用,而且要继续让它发挥作用。你明白这个道理了,对吗?"

"这个吗,明——白了。当然明白了。可是,那咱们必须等候很长的时间。要等到第一期结算利息,还得六个月呀。"

"是的——也许还要更久一些。"

"更久一些,亚历克?怎么?不是每半年结算一次利息吗?"

"那种投资吗——是的;但是我可不要那样投资。"

"那么又怎样投资呢?"

"要能赚大钱的。"

"赚大钱的。那可好。说下去吧,亚历克。在哪方面投资?"

"煤。新开采的煤。烛煤①。我要投进一万元。认购优先股②。等咱们的公司一成立,咱们那一股的钱就变成了三股啦。"

"我的天哪,这可太好啦,亚历克!那么那些股票要值——值多少?这要等多久?"

"大约一年吧。它们每半年为咱们挣得百分之十的利润,合计达到三万元。详细情形我都一清二楚;瞧这份辛辛那提的报纸上登的广告。"

"我的主呀,一万元变成了三万元——只要一年工夫!咱们这就赶快把全部本钱一起投入,好拿到手九万元!我这就写信去认股——等到明天也许就晚了。"

他飞奔向写字台,但是亚历克拦住了他,让他回到自己的椅子上,然后对他说:

"别这样被冲昏了头脑。咱们必须先拿到了那笔钱,才能去认购股票;难道这一点你也不知道吗?"

萨利的热情降低了一两度,但是他并不是完全心悦诚服。

"哎呀,亚历克,反正那笔钱已经是咱们的了,这你知道——而且就快到手了。说不准他现在已经脱离苦海了;十分可能,就是这个时刻,他正在装裹入殓。再说,我猜想——"

亚历克打了一个冷战,说:

"你怎么能这样,萨利!别说这种话,它实在引人反感。"

"嗯,好吧,如果你高兴的话,就给他戴上一个光圈吧,我可不计较他怎样装殓,我只是这样随便说说罢了。难道人家说话你也不准吗?"

"可是为什么你要故意说得那样可怕呢?你高兴人家趁你尸骨未

---

① 又称烛焰煤,黑煤的一种,以其燃的发光似烛,故名。

② 优先股:指公司在筹集资本时,给予认购者某些优先条件的股票。

寒的时候也那样谈到你吗？"

"也许不大高兴，但我想那也只会经历一会儿工夫，如果我生平最后做的一件事，是拿出一笔钱，为了要用它去害一个人。可是，别再去管蒂尔伯里的事啦，亚历克，还是让咱们谈一些切合实际的问题吧。我确实认为，应当把全部三万元一起投入那采煤业。这有什么不妥当的吗？"

"这是孤注一掷——这样不大妥当。"

"好吧，如果你这样认为的话。那么另两万元呢？你意思要怎样利用它们？"

"这倒不必匆忙从事；在使用它们之前，我还要通盘筹划一下。"

"那么好吧，既然你已打定了主意，"萨利叹了一口气。他沉思了一会儿，接着说：

"再过一年，就可以从那一万元里获得两万元的利润。咱们就可以花那一笔钱了，对吗，亚历克？"

亚历克把头一摇。

"那可不行，亲爱的，"她说，"在咱们领到第一次半年股息之前，股票的行情是不会看涨的。你只能花那笔利息的一部分。"

"什么，只有那么一丁点儿——而且还要整整等上一年！真倒霉，那我……"

"咳，千万耐心点儿！也说不准三个月后就会宣告结算股息，这也是很可能的。"

"哎呀，这可太好了！哎呀，谢天谢地！"萨利一下子跳了起来，不胜感激地吻他的妻子。"那就有三千元了——整整三千元呀！咱们可以花上多少，亚历克？你就慷慨一些吧——千万慷慨一些吧，亲爱的，瞧你这个好人。"

亚历克高兴了；她十分高兴，以致再也经不起他那样纠缠不清，最终同意匀给他一笔钱，虽然她认为那是一次愚蠢的挥霍——总共是一千元。萨利吻了她五六次，而且，即便是这样，仍不能表达他喜悦和感激的心情。这一次，由于感激与温情的重新迸发，亚历克那道审慎的防线被突破，以至在能够克制自己之前，她又授予了他一笔补助金额——

为数两千元,那是她打算利用那笔遗产的其余两万元,从它们在一年内赚到的五六万元中匀出来的。萨利眼里涌出了快乐的泪水,他说:

"哦,我要拥抱你!"一说完这话他就照做了。接着他又取过了他的记录,坐了下来,开始核对第一批他急于最早得到的奢侈品。"马——轻便马车——雪橇——毛皮护膝——漆皮鞋——狗——硬礼帽——教堂包厢①——挂表——装新牙齿——喂,亚历克!"

"怎么?"

"你是在盘算什么,对吗?应当这样。你已经想好了怎样投资另两万元吗?"

"还没有,那不用赶忙;我首先必须从事多方调查,进行全盘考虑。"

"可是你正在盘算;你是在盘算什么呀?"

"这个吗,我总得筹划一下怎样利用从煤上赚来的三万元,对吗?"

"我的天哪,多么灵活的脑袋瓜子!我就没想到这些。你考虑得怎样了?你已经预算到什么时候了?"

"时间并不太长——只考虑到两三年。我把资金周转了两次;一次是做油生意,一次是做小麦生意。"

"哎呀,亚历克,这可太好啦!赚到的总共有多少?"

"我估计——呃,估计得保守一些,大约是整整十八万,不过可能还要多一些。"

"哎呀!这不是太好了吗?我的天呀!咱们辛辛苦苦干了这么多年,到底交上好运了,亚历克!"

"那么?"

"我要捐给教会整整三百元现金——咱们再有什么理由不舍得花一些钱!"

"你这件事做得再高贵也没有了,亲爱的;这正合你那慷慨大方的性格,瞧你这个舍己为人的君子。"

这几句赞扬的话只说得萨利心花怒放,但是他这人通情达理,只说

---

① 指教堂里供一家人专用的席位。

那不只是出自他的好意,而应归功于亚历克,因为,要不是全仗了她,他也不会有那一笔钱。

然后,他们上楼去就寝,在狂喜中忘了那支蜡烛,就让它在厅里点着。直到脱了衣服,他们才想起来;这时萨利就打算让它去点着;他说,哪怕是多花它一千元,他们也付得起。但是亚历克还是走下楼去,把蜡烛灭了。

再说,这件事做得好,因为,就在走回去的时候,她偶然想到了一个主意:要趁那十八万元还没呆滞下来,就将它变成五十万元。

三

亚历克订的那份小报,是一张每逢星期四出版的单张周刊;它从蒂尔伯里的村里寄出,要历程五百英里,然后于星期六寄到。蒂尔伯里的那封信是星期五发出的,它要比这位施主死的日期晚了一天,所以没能把这条消息在那一期的报上刊出,但是报社仍有充分的时间,可以作出安排,让它在下一期上发表。就这样,福斯特夫妇必须等候几乎整整一个星期,才能得知蒂尔伯里那儿是否发生了那件让他们俩如愿以偿的事。那是一个十分漫长的星期,它令人感到太紧张了。夫妇俩要不是由于能想出一些排遣的好方法,那他们将难以承受那份压力。我们已经看到,他们倒是具有那种好方法的。女的不停地把财富向上积累,男的不停地花掉——至少是花所有他妻子会让他能有机会花的钱。

星期六那一天终于到来,《萨加摩尔周刊》也送到了。当时埃弗斯莱·贝内特太太来访。她是长老会牧师的妻子,是为了劝福斯特为慈善事业捐款来的。这时谈话突然中断——福斯特夫妇不言语了。贝内特太太立刻发觉,她的主人一句也没听进她在说些什么;于是,她又是惊讶又是恼怒,站起身来就离开了。她刚走出屋子,亚历克就急不暇待地撕去了报刊外面的包纸,和萨利一同把眼光扫向各个专栏,先找那些讣告。他们大失所望!亚历克从小是一个基督徒,这时,出于责任感和习惯,不得不作出一些姿态。她重新振作起了精神,然后带着那么几分惯常出自虔诚的喜悦口气说:

"让咱们叩谢上帝吧,他还没被召了去;所以……"

"这个该死的反叛杂种,我真希望……"

"萨利!你真不像话!"

"这我可不在乎!"气愤填膺的丈夫反唇相讥,"你不也是这样的想法吗,要不是假惺惺装出一副虔诚,你也会这样直说了出来。"

亚历克的自尊心受到损伤了,她说:

"我不明白,你怎么竟然会说出这样冷酷无情、不讲公道的话。根本没有谁像你所说的假惺惺地装出虔诚。"

萨利感到难堪了,但是,为了掩饰自己的感觉,就试图支吾其词,想改变一个方式,来为自己辩解——就好像要改变一下外表,但同时又保留它的实质,这样就可以哄骗他正试图抚慰的这位通达人情世故的老手。于是他说:"并不是要说什么假惺惺地装出虔诚,我意思只是说——只是说——呃,你瞧,那种例行的虔诚;呃——那种有关本行的虔诚;那种——那种——我意思说,你总明白我指的是什么。亚历克——那个——那个——你瞧,当你拿出了那个镀金的货色,把它冒充作纯金的,你瞧,那并不是要做一件什么不正当的事情,那仅仅是由于一种干那一行的习惯,多年以来的办法,已经定型的风俗,那是在遵守——遵守——该死的,我竟然想不出一个适当的字眼了,可是你总知道我的意思是什么,亚历克,那话并不含有什么恶意。你瞧,它是这个意思。假如一个人……"

"你已经扯得够多了,"亚历克冷冷地说,"别再去谈这件事了。"

"这正合我的意思,"萨利热情激动地回答,一面拭去脑门子上的汗水,露出了一副无法用语言表达的感激神气。接着,他又若有所思地为自己辩护,"我手里肯定有一张三点——这我明明知道——可是,我吊出了人家的牌,自己却没能凑成功一副。我就是那样常常打不好牌。只要我能保住手里的好牌——可是我没能保住它们。我不会打牌。我懂得太少了。"

一经认输后,他这会儿就显得相当地柔顺和服贴了。亚历克用眼光宽恕了他。

立即,那件最令人感兴趣的事情,那个十分令人关心的问题,又占据了显著的地位，什么力量也不能使它连续几分钟被丢在一边。夫妻俩开始猜测，蒂尔伯里的讣告为什么不曾见报。他们就各个方面进行讨论，而且多少怀着一些希望，但最后总是回到了原来的想法，认为讣告之所以不见报，惟一真正合理的解释必然是——而且毫无疑问的是——蒂尔伯里仍然没有死。这情况可有点儿令人感到沮丧，也许甚至有点儿令人感到不平，然而实际情况就是如此，他们也只好耐心地等待下去。这是他们俩一致的想法。萨利觉得这件事是很离奇的，是非常无法理解的；他认为这比他所能想到的更加难以理解；说真的，凭他所能想得起的，这样叫人难以理解是出格的——于是他就有些愤愤不平地说出了他的想法；但是，如果他这是希望亚历克附和他的想法，那他可就错了；即使她也抱有这种想法，她也不会发表她的意见；她是习惯不在任何市场上采取鲁莽冒险行动的，不论是在人间的市场上，或是在其他的市场上。

夫妇俩不得不等着看下星期的报纸——显然蒂尔伯里是推迟了他与世长辞的日期。这是他们俩转到的念头，也是他们俩得出的结论。于是两人将此事暂时搁置在一边，又竭力打点起精神，去从事各自的活动。

咳，只怪他们没了解真情实况，原来他们一直是在冤枉了蒂尔伯里。蒂尔伯里恪守诺言，一丝不苟；他已经死了，他已按照预定的时间死了。现在他已经死了四天多，对死亡一事已经安之若素；他是彻底地死了，百分之百地死了，像任何一位在墓地里新入土的人那样死了；而且死的那天还留下了充分的时间，可以让这件事刊载在那星期里的《萨加摩尔周刊》上。那条消息只是由于出了一件意外事故而被挤了出去；像这类的意外事故不可能发生在一份大城市的报刊上，但在像《萨加摩尔周刊》这样一份村镇的小报上却是屡见不鲜的。这一次，正当刊载社论的那一页在进行铅字拼版的时候，霍斯泰特嘉宾冷饮室送来了一夸特冷糕，这一来，已经排好的那一盘挽蒂尔伯里的干巴巴的悼词就被挤了出来，以便腾出一些篇幅让主编表达他对那份馈赠的由衷感谢。

就在去保留版面的字架的途中,蒂尔伯里那篇讣告的铅字被弄乱了,否则那篇文告是会在下一期的报上刊出的,因为,像《萨加摩尔周刊》这样的报,是不肯浪费了"待用"材料的,字架上"待用的"材料一向是与世长存的,除非是中间插入了一件弄乱了铅字的意外事故。而一篇文章一经被弄乱了铅字,它就从此寿终正寝,你再也无法使其起死回生,要它重新见报的机会就没有了,永远没有了。所以,不管蒂尔伯里高兴也罢,或是不高兴也罢,就让他在坟墓里大发雷霆,折腾它一个痛快吧,那没关系——反正在《萨加摩里周刊》上是再也不会看到他逝世的消息了。

四

五个星期就那样平淡而又乏味地逝去。每逢星期日,那份《萨加摩尔周刊》总是按时送到,但是它上面一次也没有提到蒂尔伯里·福斯特。这时萨利实在忍不住了,他气愤愤地说:

"瞧这个该死的家伙,看来他是死不了的啦!"

亚历克狠狠地责备了他几句,接着就冷漠而又严肃地说:

"如果你刚脱口说出了这样一句骇人听闻的话,紧接着自己就突然之间断了气,此后你又会有什么感想?"

萨利不假思索地回答:

"我会感到很幸运,因为我没把那句话憋在心里。"

那是自尊心迫使他说上几句话,而他一时又想不出什么理由,于是就让这些话脱口而出。接着,像他自己所谓的,他"另找了一个落脚的地点",也就是说,从她面前溜之大吉,以免被她那一口能言善辩的伶牙俐齿嚼得稀烂。

六个月转眼过去。《萨加摩尔周刊》上仍然没有蒂尔伯里的消息。在此期间,萨利已经几次作出试探——意思是说,暗示他想要知道这件事的究竟。亚历克不去理会他的暗示。萨利终于打定主意,准备鼓起勇气,冒险发动一次正面进攻。于是他就直截了当地提议,要乔装打扮,去往蒂尔伯里住的那个村里,神不知鬼不觉地查明了这件事的真相。亚历克立即果断而坚决地制止了他这冒险的计划。她说：

"亏你怎么会想出了这样一个馊主意？你这样真叫我忙得再没法应付手头的这些事！一定要让人永远监护着你，像看管一个小孩子那样，以免你玩火烧身。你还是给我安分点儿吧！"

"哎呀，亚历克，我是能办好这件事情的，是不会被人发现的呀——我对这件事绝对有把握。"

"萨利·福斯特，难道你不知道，这样你就必须四下去打听吗？"

"那当然，可是那又有什么关系？谁也不会猜想到我是什么人。"

"咳，你倒听听这个人是怎么说的！将来有一天，你必须向遗产执行人证明，你从来不曾去打听过这件事情。那时候又将怎样呢？"

他忘了这一点。他无言对答了；再没什么可说的了。亚历克接着说：

"那么，你就给我死了那条心，别再在这件事情上纠缠不清了。蒂尔伯里给你设下了那个圈套。难道你还不明白那是一个圈套吗？他一直在暗中窥探，一心指望你钻进那个圈套。哼，他会大失所望的——至少是在有我提防着的时候。萨利！"

"那么？"

"只要你活在世上，哪怕是活上一百年，你千万也别去探听。你向我保证！"

"那么好吧。"他叹了口气，无可奈何地说。

这时亚历克又心软下来，她说：

"你不用着急。咱们正在一天天地富起来；咱们尽可以耐心等待；根本不用急于求成。咱们的收入虽然为数不大，但是十拿九稳，一直在增加；至于那些期货交易，我还从来没估错过一次——它们正在成千上万地赚进。国内没有哪一家能像咱们家这样兴旺发达。咱们已经开始过着豪富的生活。这一点你难道还不知道吗？"

"这我知道，亚历克，的确如此。"

"那么就应该感谢上帝赐予咱们的一切，再用不着去操心别的啦。难道你以为，没有上帝的特殊照顾和指引，咱们能获得这样惊人的成就吗？"

他吞吞吐吐地说:"不——不能,我想那是不能的。"接着又激动地带着钦佩的口气说:"可是,要讲到运用智谋,去给股票'掺水①',或者耍手段去华尔街找便宜,我肯定你在这方面更不需要一个场外的生手来帮助,如果我真的希望自己……"

"哎呀,你就给我闭上你那张嘴吧!我也知道,你并没存有什么害人的恶意,或是什么亵渎神灵的念头,你这个不懂事的孩子,可是,看来你只要一开口,就免不了会说出几句骇人听闻的话。你使我经常提心吊胆。为你也为我们所有的人提心吊胆。以前我是从来不怕打雷的,可是现在,一听到打雷,我就……"

她嗓子一下哽住,接着就号啕痛哭,再也没法说下去了。这情景使萨利感到十分难受。他把她搂在怀里,又是爱抚,又是安慰,保证以后要更好地做人,同时责怪自己,并悔恨交集地恳求她宽恕。他这是出自真诚,他为自己以前所做的事感到内疚,准备作出任何牺牲,来弥补自己的过失。

于是他私下里为此事作了一次长时间深刻的反省,决定做一些看来是最为合适的事情。口头说保证改过自新挺容易;可不是,他已经作出这样的保证。然而这样能收到真正的好效果吗,能收到持久的好效果吗?不能,那只会是暂时的——他知道自己的弱点,并且很遗憾地向自己承认这一点——他不能够使他的保证持久。他必须想出一件更为切实可行的、更为对人有益的事;最后他想出了一件事。他不惜动用长期以来一先令一先令攒起来的心疼的积蓄,在屋顶上安装了一个避雷针。

此后不久,他又故态复萌。

习惯能创造多么惊人的奇迹啊!而且习惯又是多么迅速和容易形成——这既包括那些无足轻重的习惯,又包括那些根本会改变了我们人生的习惯。如果我们偶尔连续两天夜里两点钟醒来,我们就需要为自己担心了,因为,再连续下去,偶然出现的情况就能转化成为一种固

---

① 指发行新股票,不合法地增加总票面价,即增加了公司名义上的股本、并不相应地增加实际资产,从而降低了股票的价值。

定的习惯；又如一个月里每天喝它两口威士忌……可是，这类惯常的事我们都知道，这里就不必多去谈它们了。

建造空中楼阁的习惯，做白日梦的习惯——它加剧得多么迅速！它给人带来多么大的乐趣；我们一有闲空，就会多么急不暇待地去从其中寻求陶醉，我们为了这些乐趣着了迷，会将我们的灵魂沉湎在它们的洪流之中，完全让它们那些迷人的幻觉给陶醉了——可不是，我们的梦幻生活和我们的现实生活是那么迅速而又容易地交织融合在一起，以致我们再也无法将二者划分开了。

又没过多久，亚历克就订了一份芝加哥的日报和一份《华尔街指示报》。她特别注意财经动态，整个星期都用心研究这些报纸，就像星期天研究《圣经》那样。萨利对她崇拜得五体投地，他注意到，她在预测和买卖证券方面，不论是物质市场上的还是精神市场上的，她那天才与判断力的进步与发展是那么迅速而又稳定。她经营尘世间的股票生意时表现出的魄力与勇气，使他见了为她感到自豪；而她从事精神上的交易时所持的那种保守的慎重态度，也同样使他感到自豪。他注意到，她在这两方面都始终保持着那种清醒的头脑；她常常以无比的勇气在尘世间的期货交易上做空头，但小心翼翼地在这里划定了一条界线——她在其他方面的交易上总是做多头。她的策略相当明智而又简单，正像她对他解释的：她之所以从事尘世间的期货交易，是为了投机，而她之所以从事精神上的期货交易，则是为了投资；她从事其中的一种投资时，宁愿赚到最低限度的利润，而且只是怀抱着一些希望，但从事另一种投机时，就不管它什么"最低不最低限度的利润"了——她一定要赚进对本利的大钱，而且要将股票"在登记簿上"过户。

只经过短短几个月，亚历克和萨利的想象力已大有进益。随着每一天的训练，这两台机器都扩大了它们的活动范围，增强了它们的工作效力。其结果是：亚历克赚进幻想中的钱，比最初赚进梦想中的钱更为迅速，而萨利大肆挥霍那些过剩的钱的本领，则一直与她尽情赚钱的能力并驾齐驱。最初亚历克估计，在煤矿方面投机，还需要十二个月的时间方可大功告成，不同意将那期限可能缩短九个月。然而，以前在有关财经方面的幻想中，她那工作效力还是很低的，工作方式还是幼稚的，没有指导,缺乏经验,更少实习。但不久她就在这些方面获得助益,接着九个月的时限也随之消失,那幻想中的一万元投资就载着三倍利润凯旋归来!

对于福斯特夫妇,那可是一个大喜的日子。他们都高兴得目瞪口呆了。再说他们那样目瞪口呆,还另有一个原因:经过长时期多方观察市场动态,亚历克最近提心吊胆,战栗不安,作了第一次尝试性的冒险,用其余两万元的遗产进行了"定金交易"①。在想象中,她已看到股票在上涨,一点又一点地往上涨②——可市场行情随时都有骤跌的可能——到后来,焦急的心情已经使她再也无法忍受——她在定金交易方面还是生疏的,还是不够老练的——她发出幻想的电报,向幻想的经纪人作出幻想的指示,叫他把股票卖出。她说赚进四万元已经够了。就在股票卖出后的那一天,采煤业方面的投资又带来了巨额利润。正如以上所说,夫妇俩高兴得连话都说不出了。那天晚上,他们坐在那里,茫然无主,喜气洋洋,极力玩味那件令人无比高兴的事,那件乐不可支的事,原来现在他们的实际身价已不折不扣达到十万元,幻想中的现金。他们的情况就是像以上所说的这样。

这是亚历克最后一次担心做定金交易,至少她不像第一次做时那样怕得夜里无法入睡,面色变得苍白了。

那的确是值得纪念的一个夜晚。逐渐地,那已经发财的意识渗透了夫妻俩的灵魂,接着,他们就开始考虑如何处理那些钱财。如果能通过两位梦想者的眼光望出去,我们就会看见他们那幢整洁的小木头房子已经消失,代替它的是一所砖砌的二层楼住宅,前面还有一道铸铁栅栏;我们会看见客厅的天花板下出现了装有三盏灯的枝形煤气吊灯;我们会看见那条破旧的普通地毯已换成每码价值一元五角的贵重的布鲁塞尔地毯③;我们会看见那个普通人家用的火炉已经不见踪影,代替它的是一个精致的大型自动加料火炉,上面装有白云薄片的炉门,显出一副威严的气概。我们还会看见其他物件;其中有那辆轻便马车,那条护

---

① 股票持有者与经纪人均提供资金的定金交易。
② 百分点,表示证券交易所价格涨落的最小单位。
③ 一种粗麻底层上有彩色羊毛线织成图案的地毯。

膝毛毯，那顶大礼帽，以及诸如此类的东西。

从那时候起，虽然女儿和邻居们看到的仍旧是那幢旧木头房子，但在亚历克和萨利的眼中已成为一所砖砌的二层楼住宅；没一天晚上亚历克不为幻想中需付的煤气账烦心，又总是从萨利那满不在意的答话中获得安慰："那又怎么样？反正咱们付得起嘛。"

就在他们发财的那第一天晚上，夫妻俩去睡觉时，决定必须庆祝一番。他们必须举行一次宴会——对，就是这个主意。可是怎样去解释这件事呢——怎样去向女儿和邻居们解释呢。他们不能宣布自己已经发财。萨利愿意，甚至急于这样做；但是亚历克保持镇静，不许他这样做。她说，虽然那笔钱几乎已经等于到手，但还是等它确实已经稳到了手时再说。她坚持这个主张，决不改变她的想法。必须保守那件重大的秘密。她说，要瞒着两个女儿和其他所有的人。

夫妻俩感到为难了。他们必须庆祝，他们决定要庆祝，但是，既然必须保密，那他们又能庆祝什么事呢？那三个月里没一个人过生日。蒂尔伯里的钱还不能派用场，他明明还要继续活下去；他们究竟能庆祝一些什么呢？萨利就这样左思右想；他已开始不耐烦，而且感到很苦恼。但是，他终于想出了一个主意——他认为那几乎是完全出自一种灵感——这一来他们的烦恼登时烟消云散；他们准备庆祝美洲的发现。这可是一个绝妙的好主意呀！

亚历克为萨利感到无法用言语表达的自豪——她说她本人就想不出这样一个主意。但是萨利，虽然为她的赞扬欢天喜地，对自己也惊讶不已，却竭力不将自己的心情显露出来，只说这实在不值什么，谁都能够想得出来。而亚历克在那一阵高兴之下却得意地把脑袋一扭，说：

"哦，真的！谁都能够呀——哦，谁都能够呀！单说霍桑纳·迪尔金斯吧！要不，也许还有阿德尔伯特·皮纳特吧——哦，哎呀——可不是！哼哼，倒要叫他们来试试，我就是这个主意。我的天，我甚至不相信他们能想出一个四十亩大的小岛的发现；至于整个一片大陆吗，哎呀，萨利·福斯特，你明明知道，哪怕是你要了他们的命，他们也照样想不出来呀！"

瞧这位可爱的人，她知道他有才能；如果说由于爱怜而稍许过高地估量了那才能,那也是出于一个令人可爱的、富有柔情的过失,单凭这一点就可以原谅她了。

五

庆祝会开得很是成功。邀请的朋友都到齐了,其中有年轻的,也有年老的。在年轻人中,有皮纳特家的弗洛茜和格雷茜姐妹,以及她们的哥哥阿德尔伯特,那是一个很有出息、已经满师的年轻锡匠,再有小霍桑纳·迪尔金斯,那是一个已满师的粉刷工。好多月来,阿德尔伯特和霍桑纳一直在对福斯特家的格温多伦和克莱坦内斯特拉表示好感,而两位姑娘的父母也注意到了这一点,都暗中感到满意。然而现在他们突然意识到,那种感觉已经消失。他们认识到,今非昔比的经济情况,已在他们女儿与两位年轻手艺人之间筑起一道社会地位的屏障。现在女儿不妨将眼光放得更高一些——而且必须如此。可不是,必须如此。她们必须嫁给不低于律师或商人阶层的人士;爸爸和妈妈要把这件事掌握在自己手里;必须结一门门当户对的亲事。

但这些都是他们私下里的想法和背地里的策划,对外并不显露出来,因此并没给那个庆祝会投上一片阴影。从外表上看到的,只是他们那种高傲自满的神态,那种雍容华贵的风度,而这一切就赢得与会者对他们的赞扬,同时也引起那些人的惊讶。所有的人都注意到了这一点,也都在议论这一点,然而谁也猜不透它的底细。那是一件令人感到惊奇而又难以理解的事。有几个人满以为自己一猜便中,他们评论道:

"看来他们是发大财了。"

对,正是如此。

多数做母亲的,都要按照那老一套的办法,去插手婚配的事;她们总要跟女儿进行一次严肃又呆板的谈话——像这样的训诫是注定要失败的,只会使听者淌眼抹泪、产生反感,这样的母亲还会进一步坏事,要求年轻手艺人别再上门来献殷勤。但是这一位做母亲的可不同,她倒是讲求实际的。她对上述的两个青年什么也没说,对其他任何人也只字不提,除了萨利而外。他听了她的话,明白了她的用意;不但明白了

她的用意,而且对她的见解大为赞赏。他说:

"我明白你的意思了。不要去挑剔那些陈列出的货色,那样只会给双方招来不快,平白无故地阻挠了一次交易,你只要人家很合适地提供一些更高级的货色,然后听任事态自由发展。这主意聪明,亚历克,聪明透顶,你把话说到了点子上。你相中谁了?你已经选定他了吗?"

没有,她还不曾选定谁。他们俩必须考察一下市面的情况——可不是,他们就照这样做了。起初他们考虑到而且评议了布雷迪希,他是一位很有希望的年轻律师,再有富尔顿,他是一位很有前途的年轻牙医。萨利一定要请他们来吃晚餐。但并不是立即就去请;用不着匆忙从事,亚历克说。留心好了这两个人,然后等待时机;办这样重大的事,从容点儿是不会出差错的。

后来发现,这又是明智的见解;因为,在三个星期内,她获得了一次惊人的成功,这使她幻想中的十万元一跃而达到幻想中的四十万元。那天晚上,她和萨利简直高兴得飘飘然了。第一次有人提议晚餐时喝香槟。那可不是什么真实的香槟,然而,由于添上了那么多的想象,它就变得十分像是真的了。这主意是萨利想出的,而亚历克也勉强地同意了。两个人都在心底里感到不安和羞愧,因为他是禁酒会的主要成员,每逢参加殡礼时都要穿上禁酒会会员的罩衫,以致连那条狗都不能向它看上一眼,而继续坚持自己的托词与偏见;①而她又是一位基督教妇女禁酒联合会会员,人们从各方面都可以看出她具有刚强的意志和超人的圣洁。然而,问题就在这里:那种对财富的光荣感,正在开始起腐蚀作用。他们的生活又一次证实了一条早已在这世上被多次证实的可悲的真理,即:虽说道德准则对防止自我炫耀与令人堕落的邪恶是一种强大而崇高的力量,但贫穷却具有六倍于它的力量。他们净赚了四十多万呀!于是他们又提起了那婚姻问题。牙医和律师都不再被提起了;根本没有再提到他们的理由了,他们都已退出追逐者的行列。都被取消了资格。他们评议了肉类包装批发商的儿子和村镇上银行总裁的儿子。但是最后,仍像以前那样,他们决定还是暂时等待和仔细考虑,

---

① 美俚。"快乐的狗"指喝得微醉的酒徒。

必须审慎和沉着从事。

他们又一次鸿运高照。亚历克经常留意市场动态,这时发现了一个值得冒险的大好机会,于是就大胆孤注一掷。此后那一个时期里,她一直是那样提心吊胆,疑虑重重,坐立不安,因为,如果这一次不能成功,那就意味着破产,彻底破产。结果终于揭晓,亚历克快活得差点儿晕倒,她说这话时几乎无法控制她的声音:

"焦急的时刻终于过去,萨利——现在咱们有整整一百万的家产了!"

萨利感激涕零地说:

"哦,伊莱克特拉,你这位巾帼英雄,我的心肝宝贝,咱们终于可以大手大脚地花钱了,咱们已经成为富豪了,咱们再不需要那样省吃俭用了。这下子可以来点儿克利科寡妇①了!"于是他取出一品脱云杉啤酒,不惜大大地破一次财,他说:"管他妈的,就多花它几个钱吧,"她湿润的眼里表示了谴责,但又含有喜意,口气温和地训斥了他几句。

他们把肉类包装批发商的儿子和村镇银行行长的儿子一起抛在脑后,然后坐下来考虑州长的儿子和国会议员的儿子。

六

从此以后,福斯特夫妇虚幻的财富不断飞速地增长,如果这里一一加以叙述,那将是沉闷无聊的。然而,那情形却是神奇的,那情形是令人晕头转向的,那情形是令人眼花缭乱的。每一件东西,只要经亚历克手指一点,就会变成神话中的黄金,金光灿烂地向天空中堆积上去。千百万元的财富已奔泻而来,那巨大的洪流仍在汹涌澎湃地隆隆作响,那财源的流量仍在继续增长。五百万——一千万——两千万——三千万——难道就永远没有尽头了?

两年的时光就在那无比的狂热幻想中飞也似地过去了,如醉如痴

---

① 香槟酒牌名。因普鲁士国王费雷德里克·威廉四世(1795—1861)最爱喝这名牌酒,于是英国"笨拙"杂志给他起了一个绰号,叫"克利科"。

的福斯特夫妇简直来不及注意时光的流逝。现在他们已经拥有三亿元的财富;他们已经是全国每一个庞大联合企业的董事;而随着时间的推移,成亿的财富仍在不断地递增,一次五百万,一次一千万,快得几乎使他们来不及合计。那三亿元翻了一番——再翻一番——接着又翻一番。

已经有二十四亿元了!

事情显得有点儿乱了。必须清点一下所有的财产、整理一下各项账目。福斯特夫妇知道这一点,他们意识到这一点,并且完全明白这是迫切需要做的事;然而同时他们也知道,如果要一丝不苟地彻底做好这件事,那必须从一开始就一气不停地做到结束。那工作需要十个小时;可是他们怎能找到连续十个小时的空闲时间呢?萨利每天从早到晚忙着卖别针和食糖,还有那花布;亚历克每天从早到晚忙着烧饭和洗盆子,还要打扫屋子和整理床铺,又没一个人帮助她,因为两个女儿都得给精心保管,留着进入上层社会呢。福斯特夫妇知道,有一个办法可以安排那十个小时,而且那是惟一的办法。两个人都不好意思说出那一办法;每个人都在等候着另一个人先开口。最后还是萨利说:

"总得有一个人放弃原则。那么这件事就由我来承担吧。考虑一下我所提出的——我不妨把它明说出来。"

亚历克脸红了,然而为此倒很感激他。他们俩二话没说,就此不能自拔。既然已经不能自拔,于是——他们不再去守什么安息日①了。因为那一天是他们惟一可以连续十小时自由活动的日子。这只是走向堕落之路的另一步。其他的步子自会接踵而来。巨大的财富是具有诱惑力的,它们会不可避免而又十拿九稳地破坏那些暴发户的道德观念基础。

他们拉上遮阳窗帘,不再去守安息。他们花了很大的工夫,费力地、耐心地全面检查了他们的股权,并将它们逐条列入清单。那是长长一大串多么惊人的项目啊!从铁路系统开始,有轮船公司,美孚油公

---

① 犹太教徒以星期六为安息日,而基督教徒则以星期日为安息日,又称主日,在那一天礼拜上帝,停止工作,称为守安息。

司,远洋电报公司,微音电报机公司,以及其他等等,最后是克朗代克的金矿,德比尔斯的钻石矿,坦慕尼协会的非法资助①,再有那些邮政局里来历不明的证券优先购买权。

整整二十四亿元,都安全地投入了赚大钱的好买卖,买进了高度可靠的、利息优厚的股票。收益吗,那是每年一亿二千万。亚历克发出了表示轻松愉快的长长的呼噜声,说:

"这么多足够了吗?"

"足够了,亚历克。"

"咱们下一步怎么办?"

"就把本保住吧。"

"不再做交易了?"

"正是。"

"我同意。正经事已经办完;就让咱们度一次长期的休假,享受一下金钱带给人的快乐吧。"

"好!亚历克!"

"那么怎样去花它,亲爱的?"

"从收入中,咱们可以花它多少?"

"全部给花了。"

她丈夫只觉得成吨重的锁链从他胳膊上解脱了。他一言不发,快活得连话都说不出了。

此后,逢安息日,他们索性不再去守它了。这是对他们失足颇有影响的第一步。每逢星期天,做完早祷,他们就将整天的时间都消磨在凭空想象中——想象如何花那些钱。他们开始不停地从事这种惬意的、但是无聊的消遣,一直这样取乐到深夜;每次在一起商量时,亚历克总是将数以百万计的巨款花在慈善捐助和宗教活动方面,而萨利则将同样多的钱花在另一些事情上,他(起初)还为这些事说出一些确切的名目。但只是起初如此。稍后那些名目就逐渐变得隐约含糊、而最后则

---

① 美国坦慕理协会为纽约市民主党实力派一七八九年成立的组织,由于种种贪污受贿劣迹,这名称已成为政治腐败的同义词。

索性被归纳为"杂项开支",全部变成了不加说明的用途——但这样报账倒是安全的。原来萨利正在堕落。这样动用千百万元的款项,就严重地、十分令人感到不安地增加了家里的开销——如购买蜡烛的用费。有一段时间,亚历克为此烦恼。后来,又过了一阵,她就不再去烦恼了,因为她发愁的缘故已显得无足轻重了。她感到苦恼了,她感到羞愧了;但是她什么话也没说,就这样,她和他同流合污了。他不断地从店里带走蜡烛;他不断地偷窃店里的货物。原来,人性一向就是如此。对于那些不习惯于暴发起家的人,巨大的财富只能是一种毒害;它会深深地腐蚀人们的良心。以前福斯特夫妇贫困时,你可以将无数枝蜡烛交给他们保管。可是如今他们……我们还是别再去谈那些事吧。从蜡烛到苹果,其间相差只一步:萨利开始偷苹果了;然后是肥皂;然后是槭糖;然后是罐头食品;然后是陶器。只要我们一开始走下坡路,此后逐步堕落是多么容易啊!

同时,在福斯特夫妇发家致富的胜利进军过程中,更有其他一些现象为他们标志了里程碑。原来虚构的那所砖砌住宅已改成为一幢想象中的花岗石房屋,上面是方格图案折线形的屋顶;不久这幢房子又消失,出现了一所更为宏伟的住宅——就这样,一个又一个地轮流变换。虚构的宅第一所替换另一所,依次拔地而起,一所比一所更为高大,更为宽阔,更为精致,然后又一个个轮流地消失;直到最近这些不平凡的日子,我们这两位梦想者索性住在虚无缥缈的幻境中了。那是在一个遥远的地区,一座豪华巨大的宅邸里,从林木蓊郁的山顶下望,那是一幅多么壮观的景色啊:山谷,溪流,迤逦远去的丘陵,浸没在一片淡淡的迷雾中——而这一切都是属于他们俩私有的,都是这两位梦想者的产业;瞧那宫中熙熙攘攘,都是身穿号衣的仆役;人来人往,都是来自世界各大都会的贵宾,有国外的、也有国内的,既有名气也有权势。

这所豪华住宅真遥远呀,远到日出的地方,远得无法用里程来计算,那是一个天文数字的距离,在罗得岛的新港,那是高层社会的圣地,是美国特权阶层的不可冒犯的领域。他们每逢安息日——做完了早祷——就在这所豪华住宅中度过一部分时间,然后去欧洲消磨其余的时间,或者是乘他们的私人游艇,去各地悠闲自在地游玩。六天在湖滨镇边那条弯道上的老家中过那拮据可怜的、单调乏味的现实生活,而一到了第七天,就进入了另一个神仙世界——这已成为他们的固定日程和生活习惯。

在受到严格限制的现实生活中,他们仍然和原先一样——总是那样艰苦辛劳,勤奋工作,小心谨慎,务求实际,节衣缩食。他们始终忠实于小小的长老会教堂,总是孜孜不倦地为它效力,全心全意地坚持它那崇高的、严格的教义。但是,在梦幻生活中,他们却无法抵制自己幻想的诱惑,不管它们是出于什么类别,也不论它们是怎样地变换。亚历克的幻想并不是十分反复无常的,也不是十分频繁多样的,但萨利的幻想却非常杂乱。在她的梦幻生活中,亚历克改信了新教圣公会,因为那里设有很高的官派头衔;此后她又皈依了高教会派,因为那里总是点燃着更多的蜡烛,摆出了更大的排场;此后她当然又向往罗马教廷,因为那里有红衣主教,点着更多的蜡烛。但是,对萨里的信仰来说,这些变迁都是无所谓的。他的梦幻生活是一长串光辉灿烂的、连续不断的、持久不衰的兴奋刺激,他总是使其中的每一部分,由于频频的变化,显得新鲜有趣、光怪陆离,而宗教的一部分也和其他的一样。他对自己的宗教活动干得很起劲,同时,又像换衬衫那样,它们是可以朝穿夕换的。

早在初暴发时,福斯特夫妇就开始为想象中的目标大花其钱,并随着他们财富的日增,而逐步挥霍无度。不久,他们那样花钱,确实已达到惊人程度。亚历克每逢星期天,就要建立一两所大学校;还要开办一两座医院,还要开一两家罗顿宿舍①;还要建立一批教堂,有时候还要盖一个大教堂;有一次萨利不知轻重,信口开玩笑说:"可惜天太冷,否则她会装一船传教士,去开导那些食古不化的中国人,劝他们把价值二十四开纯金的孔子学说交换那些篡改了的基督教教义。"

听了这几句粗鲁和冷漠的话,亚历克感到很伤心,她一路哭着离开了。他看到这情景,大为震动,在一阵痛苦和羞愧中,为了要收回这些冷酷无情的话,他甚至不惜要作出任何牺牲。她并没说一句谴责的话——这就更使他感到难堪。她始终没作出暗示,要他回顾自己以往

---

① 一种租给穷人住的寄宿舍,取名于英国社会改革家罗顿勋爵。

的行为——其实,她是尽可以向他说明的。哦,有那么多的话,而且是十分刺耳的话!她那样表示宽宏大量,保持缄默,无异于迅速对他作了报复,因为这就使他进行反省,并回顾了那可怖的一系列行为,还有过去几年里,享有无限的财富时,他生活中那些一再出现的丑态;于是,他就坐在那里,去回顾这一切,这时他的面颊涨红了,他的心灵沉浸在羞愧之中。瞧瞧她是怎样生活的——那是多么正派的,而且是在不断地上进;再瞧瞧自己的生活——多么轻浮,满脑子庸俗的虚荣,多么自私,多么无耻,多么下流!而且这一切的趋势——绝不是在上进,而是在堕落!

他将她的诸多行事和自己的所作所为进行比较。他曾经抱怨她——此刻他已坠入沉思——他居然会抱怨!他还能为自己说些什么呢?她建造她的第一座教堂时,他在干什么?他正在伙同其他一些花天酒地玩腻了的亿万富翁组织一个扑克俱乐部;让那些人在他的宅邸里闹得乌烟瘴气;每一场赌博输掉成千上万,同时还因为人家夸他摆阔而愚蠢地自鸣得意。当她建立第一所大学时,他在干什么?他正在腐化自己,和另一伙财富上拥有成千上万、品德上不值分文的酒色之徒过那种寻欢作乐、荒淫无耻、见不得人的生活。当她正在建立第一所育婴堂时,他在干什么?咳!当她筹划她那高尚的贞洁会社时,他在干什么?咳,在干什么,那就别去提它啦!当她跟基督教女禁酒会和妇女小斧头会①勇往直前地展开运动,肃清全国酒类的毒害时,他在干什么?他一天里三次喝得醺醺大醉。她这位上百座大教堂的建造者去到教皇的罗马时,受到感谢者的欢迎和祝福,并光荣地接受了金玫瑰②,那时他又在干些什么?他在蒙特卡洛抢劫那家银行。

他不再去想了。他不能再往下想了;其他的事,想起来简直叫他无法忍受了。他站起身来,下定决心,准备吐露真情:应当将这种见不得人的生活向她通盘暴露,坦白加以承认;他再不愿偷偷摸摸地过那种生活了;他要把所有的**一切**全都告诉她。

---

① 一个宣传禁酒的组织。美国禁酒主义者卡里·阿米莉亚·纳辛(1846—1911)曾用短柄小斧捣毁三十家酒吧间,故以此为会名。

② 金制的饰物,教皇于四旬斋内赠送给信奉天主教的君主等。

于是,他就按计行事。他将**一切**都告诉了她;然后倒在她怀里痛哭,又是哭泣又是呻吟,哀求她的宽恕。那是一次剧烈的震惊,她在这一打击下再也无力支持,然而,他是属于她的,是她的心脏,是她心目中的幸福,是她一切的一切,她什么都不拒绝他,她宽恕了他。但她意识到,他对她再也不能像以往那样了;她知道,他只能悔过,但不能自新;然而,尽管他在道德方面已经面目全非,腐化透顶,难道他不是仍旧属于她的,不是完全属于她的,不是她永生永世崇拜的偶像吗?她说她是他的农奴,是他的奴隶,于是她敞开了她那同情的胸怀,终于容纳了他。

七

此后不久,一个星期天下午,他们乘了自己梦想中的游艇,在夏日的海洋上遨游,懒洋洋地斜靠在后甲板的天篷下面。他们俩都不说什么,因为每个人都有满腹心事。这种沉默的时光,最近不知怎的出现得越来越频繁了,以往的那种亲密与热情,正在逐渐地冷淡。萨利那次可怕的坦白起了作用;亚历克也曾竭力不去回忆它,但它怎么也不会被驱散,于是它带来的那种羞耻和痛苦就毒害着她那美好的梦幻生活。现在(是星期天)她可以看出,她的丈夫是这样一个虚有其表的、惹人嫌恶的人物。她不能不理会这一切,于是,在这些日子里,在星期天,只要是可能的话,她总是不再去看他一眼。

然而她——难道她自己就没有缺点了吗?咳,她知道自己并非如此。她有一件事情一直瞒着他,她对他不够忠实。这件事曾多次使她感到心痛。原来她正在破坏他们之间的协定,把那件事瞒过了他。她经不起强烈的引诱,又开始做投机生意了。她已将他们全部财产孤注一掷,用定金交易方式,去购买全国所有铁路系统的以及煤矿和钢铁公司的股份,于是,现在每逢安息日,她总是提心吊胆,惟恐一句话失言,他会发现那个秘密。由于心怀鬼胎,感到痛苦和悔恨,她就不禁对他表示怜惜;她感到十分内疚,每次看见他躺在那儿,醉后心满意足,从不怀疑她干了一些什么——绝对地信任她,信任得使人觉得他怪可怜的,而她却用一根细丝,在他头顶上空悬着可能突然降落的飞灾横祸,那是一件毁灭性的——

"怎么——亚历克?"

这一句插话使她突然从沉思中清醒过来。她庆幸这样可以不再去想那困扰人的问题了,于是声调中带着旧日的无限柔情说:

"说吧,亲爱的。"

"你可知道,亚历克,我以为咱们正在犯一个错误——意思是说,你正在犯一个错误。我指的是配亲的事。"他坐起来,肥胖得像一只青蛙、慈祥得像一尊青铜佛像,神情显得那么认真,'你倒仔细想想——已经有五年多了。你始终抱着同一个主张:随着每一次地位的升级,总是要把售价抬高五个点。每当我认为咱们该是举行婚礼的时候了,你总是又展望到另一个更好的对象,于是我又一次感到失望。我以为你也太难满足了。将来有一天,咱们会落得一事无成的。最初,咱们回绝了那个牙医师和那个律师。这件事做得对——这很有见地。接着,咱们回绝了那个银行总裁的儿子和那个猪肉商的继承人——这也做得对,而且很有见地。接着,咱们回绝了国会议员的儿子和州长的儿子——这是完全正确的,这一点我得承认。接着是参议员的儿子和美国副总统的儿子——这是百分之百的对,那些小小的荣誉称号是不能保持长久的。后来,你看中了贵族;我想这一下子我们终于找对路了——可不是。咱们要冲进那"四百人"①的圈子,拉他们几个世家出身的人物,是门第高贵的,是神圣不可冒犯的,保有一百五十年来陈旧的醇味,散发净了一世纪前祖先身上那种咸鳕鱼和生羊皮的臭气,此后再也没有因为干了一天活儿而辱没了自家的门第;那么后来呢!哎呀,后来当然要把亲事定下了。可是并没有,这时候打欧洲来了两个货真价实的贵族,你一下子就摔掉了那些杂牌货。这多么叫人灰心呀,亚历克!此后,来了多么大一串人啊!你回绝了那些从男爵,换了两个男爵;你回绝了男爵,换了两个子爵;回绝了子爵,换了两个伯爵;回绝了伯爵,换了两个侯爵;回绝了侯爵,换了两个公爵。我说呀,亚历克,我

---

① 指纽约上层社会中的名流。美国名律师塞谬尔·沃德·麦卡利斯特(1827—1895)一次说:"纽约上层社会中一共只有大约四百个重要人物。"

劝你就退出这场赌博吧!——你已经赌到底了。这一批杂货,一共四个公爵,供你出价,让你拍板成交;他们属于四个不同的国籍;都是名气很大,身体健壮,家世清白,同时也都是破了产,债台高筑的。他们要价很高,但是咱们能付得起。我说,亚历克,别再拖下去了,别再叫人老是这样牵肠挂肚了:就把所有这些货色一起摆出来,让两个妞儿自己去挑吧!'"

萨利指责她对婚事的主张时,亚历克始终怡然自得地微笑着;似乎在得意中稍稍含有惊讶,她眼中闪出愉快的光芒,最后竭力故作镇静地说:

"萨利,你认为这样好不好——去配他一门王族?"

这可太妙啦! 可怜的人,他被这主意吓傻了,一下子就倒在龙骨翼板上,被系锚杆擦破了小腿。有一会儿工夫,他高兴得晕头转向,然后,打点起精神,一瘸一拐地走过去,在妻子身旁坐下,昏花的眼里不住地闪出往日的那种倾慕与柔情。

"我的天哪!"他热情激动地说,"亚历克,你真够伟大呀——你是世上最伟大的女性! 我永远无法估量你究竟伟大到什么程度,我永远对你莫测高深。我还认为自己在这问题上有资格批评你的计划哩。瞧瞧我这个人! 咳,要是能再花点儿时间去想一想,我就会猜到你有一条锦囊妙计。喂,好心肝,我太性急了——快把你的主意说给我听!"

被奉承得心花怒放的女人,把嘴凑近他的耳朵,悄悄地说出了一位王子的名字。他听了这名字,一口气再也透不过来,脸上映出了狂喜的光彩。

"天哪!"他说,"这选的可是一个再好也没有的对象! 他开设了一家赌场,备有一片墓地,那里有一位主教,还有一座大教堂——全都归他私人所有。他持有利润百分之五百的金边股票,每一种都是最可靠的;再拥有一小宗全欧洲最令人满意的地产。单说那片墓地吧——它是全世界最高级的;除了那些自杀者而外,谁也不许埋在那里;真的是这样,那些免费进入墓地的办法都一概取消了。公国中的土地并不多,但是有那么多也足够了:墓地占地八百英亩,外缘还有四十二英亩。它代表君权——这一点很重要;土地算得了什么。土地还怕少了不成,在撒哈拉,土地有的是。"

亚历克容光焕发;她高兴极了。她说:

"你倒想一想,萨利——那家人是从来不跟欧洲各王族以外的人通婚的:这一来咱们的外孙可要登上王位了!"

"你这话说得一点儿不差,亚历克——还要手持节杖,那样自由自在地、满不在意地使用它们,就像我使用那根码尺一样。这可是一个称心如意的婚配对象,亚历克。他已经被咱们捞到手了,对吗?再也溜不掉了吧?你该不是把他当作一笔定金交易做吧?"

"不是的。在这一点上,你可以尽管相信我。他并不是一笔债务,他是一份资产。再有那另一个也是如此。"

"他又是谁,亚历克?"

"是西格斯蒙德—西格弗里德—劳恩费尔德—丁克尔斯皮尔—施瓦尔贞伯格—布户特沃斯特殿下,他是卡贞雅默尔的世袭大公。"

"这不可能嘛!你这是在信口开河!"

"我说的全部是实话,我向你保证。"她回答。

现在他一切都如愿以偿;在一阵狂喜中,他将她紧紧搂在怀里,说:

"看来这一切真是太好了,真是太妙了!那是三百六十四个古老的德国公国中历史最悠久和地位最崇高的一个公国呀,也是俾斯麦① 削减王族的产业时,少数被允许保留他们产业的呀。我知道那儿的一片农场,我去过那地方。那儿有一个制绳工厂,还有一个蜡烛厂,还有一支军队。那是常备军。包括步兵和骑兵。三名士兵和一匹战马。亚历克,咱们等了这么久,多次让人感到伤心,咱们的希望一再不能如期实现,可是,这会儿天知道我有多么快活。真快活呀,同时我要感谢你,我的亲人,这一切都应当归功于你。日子定在哪一天?"

"下星期日。"

"好。咱们可要按照最时兴的方式把她们的婚礼办得最豪华。要举行完全适合第一流社会人士参加的王族的婚礼宴会。再有,据我了

---

① 俾斯麦(1815—1898),普鲁士王国首相(1862—1890)和德意志帝国宰相(1871—1890),任首相时,推行铁血政策,有"铁血宰相"之称。

解,只有一种婚礼,那是王族专用的,是只有王族可以用的:那就是贵贱婚礼①。"

"为什么叫这名字呀,萨利?"

"这我也不清楚;反正那是王族的,只有王族才可以使用。"

"那么咱们就非举行这种婚礼不可。再说——我一定要男家做到这一点。必须是贵贱婚礼,否则就不跟他们结婚。"

"一言为定!"萨利说,高兴得直搓手,"在美国那将是破天荒第一次。亚历克,这件事新港人听了会感到不是味儿的。"

于是他们都坠入沉思,鼓动幻想中的双翅,一路飞翔到海角天涯,去邀请所有的君主和他们的王族,并为他们支付了旅费。

八

那三天里,夫妻俩在幻想中昂首阔步,趾高气扬。他们只是迷迷糊糊地觉出四周的动态,那好像是透过一层薄纱,看到一切都是那么影影绰绰的;他们完全进入了一个梦幻世界,人家对他们说些什么,他们往往没有听见;有时他们听见了,却往往没听懂说的是什么;他们答话时,总是那样颠三倒四的,那样漫不经心的;萨利卖糖蜜时用秤去称它,卖食糖时用尺去量它,顾客要买蜡烛,他给了人家肥皂,亚历克把猫浸在洗衣盆里,拿牛奶去"喂"那些脏衣服。人们都对他们感到十分惊讶,都在四下里窃窃私议,说:"瞧福斯特两口子,这究竟是怎么一回事呀?"

三天之后。大喜事从天而降!一切有如锦上添花,连续四十八小时,亚历克的那个幻想中垄断市场上的行情已在狂涨。涨呀——涨呀——仍在不断地涨!已超出收购价的点数了。仍在上涨——再上涨——上涨!超过收购价五点——然后是十点——十五点——二十点!这次巨大的短期投机已获得二十点的纯利,这时亚历克幻想中的

---

① 看来萨利并不理解这一名词的真正含义,以为那对女家是一种光荣,殊不知所谓"贵贱婚姻",指王子或贵族成员与平民结婚,按照欧洲旧习,妻子将保留原来较低地位,子女不得继承其父的世袭头衔与财产。

经纪人正在幻想中的长途电话里狂吼:"脱手吧!脱手吧!看在上帝分上,这就脱手吧!"

她把这件大喜事告诉了萨利,他也说:"脱手吧!脱手——可别错过了这机会,哎呀,整个世界的财富都归你所有了!——脱手吧!"但是她已铁了心,准备一战告捷,表示哪怕是为它拼了,也要等到再涨上五点。

这可是一次灾难性的决策。就在那第二天,发生了空前未有的暴跌,创纪录的暴跌,毁灭性的暴跌,华尔街的股票行情下降到了最低点,全部金边股票①在五小时内跌了九十五点,可以看到那些亿万富翁在鲍厄里街②上讨饭。亚历克拼命坚持不脱手,一定要把全部赌注押在这一门上,但是最后电话来了,她再也无法招架了,她那些幻想中的经纪人强制出售了她的全部所有。这时候,直到这时候,她那男子汉的气魄终于消失,她那女人的本色又重占上风。她搂住她丈夫的脖子,边哭边说:

"都怪我不好呀,你就别说原谅我的话了,我再也受不了啦。咱们都成了穷光蛋!穷光蛋,我心里真难受呀。再也不能举行那些婚礼了;一切都成为过去的事了;现在咱们连那个牙医师都收买不起了。"

萨利嘴痒痒的要这样责怪她几句:"我也曾求你卖了它们,可是你——"他这几句话没能说出口;他不忍见这伤心透顶、悔恨交集的人受到更多的痛苦。他转到了一个更为高明的见解,他说:

"振作起来吧,我的亚历克,并不是一切都完了呀!你实际上并没动用我大叔的遗产里一文钱去投资,你用的只是那些还没到手的钱;咱们赔了的只是那些凭你无比的理财眼光从未来的财富中赚来的钱呀。鼓起兴致来,别再伤心啦;咱们那三万元还没动用过哩;凭你积累的经验,想想看,你在一两年内能利用它创造出多么大一番事业!结婚的事并没取消,只是推迟了一些时间。"

这几句话给人带来了安慰。亚历克意识到这些话实在有道理,它

---

① 一般认为是高度可靠的股票。
② 指纽约的鲍厄里街及其附近的贫民区,那里有很多酒吧和供流浪者投宿的廉价旅馆。

们给人的影响是够刺激的。她不再哭了,她的雄心壮志又完全恢复。她双目炯炯闪亮,心中满怀感激,举起一只手来发誓和保证:

"现在我在这里声明——"

但是她的话被一位来客打断了。那是《萨加摩尔周刊》的老板兼主编。他顺便来湖滨镇,按惯例去看望他那位鲜为人知、即将去世的外祖母,而在做这件带有伤感意味的私事时,兼顾到本人的公务,要来拜访一下福斯特夫妇,原来他们在过去四年内一向将全部精神集中在其他事务上,以致忘了付他们的报费。总共欠了六元。没有另一位来客比他更受欢迎了。他会知道一切有关蒂尔伯里大叔的近况,并且会知道他什么时候有可能入土为安。他们当然不能提出这一类的问题,因为那样就会断送了那份遗产,然而他们不妨就这一问题拐弯抹角地闲谈,这样就可以得到一个答案。可是这办法并不能奏效。这位顽钝不灵的主编始终不明白他们是在试探他;但是,最后,一件偶然涉及的事却完成了那件存心要做而不能做到的事。为了要说明当时正在谈论的一件什么事情,需要借助于一个比喻,于是主编说:

"我的天哪,这就像蒂尔伯里·福斯特那样招惹不起——像我们那地方惯说的。"

这句话来得很是突然,福斯特两口子听了猛地一惊。主编注意到了,于是道歉说:

"这并没有恶意,我向二位保证。这只是一句常说的话;只是一句玩笑话,你们瞧——那没什么其他的含义。那是你们的本家吗?"

萨利压下了强烈的焦急心情,竭力装出毫不在意的神气说:

"我吗——嗯,我并不认识他,我们只是听人家谈到他。"主编感到欣慰,又恢复了镇静。萨利接着问:"那么他——他现在——身体可好吗?"

"他身体可好?哎呀,天哪,他已经死了整整五个年头了!"

福斯特两口子伤心得浑身颤抖,然而又像是觉出喜悦。萨利的话用意叫人难以捉摸——那口气是在试探:

"啊,是呀,人生就是如此嘛,谁也无法逃过——连那些阔佬也不能幸免呀。"

主编哈哈大笑。

"如果您把蒂尔伯里也包括在内，"他说，"这话就不大恰当了。他呀，连一个大钱也没有；镇上的人只好拼凑些钱葬了他。"

足足有两分钟，福斯特两口子就那样呆坐在那里；呆头呆脑，毫无表情。然后，面色苍白，声音微弱，萨利问道：

"这是真的吗？您确信这是真的吗？"

"咳，这还用说！当时我是遗嘱执行人之一。其他什么东西都没有，他只留下了一辆独轮车，他把那车留给了我。它连车轮都丢了，根本没用处。虽然如此，那究竟是一件东西，所以，为了了却这份情，我就为他胡乱写了一篇悼词，只是因为版面不够，没刊登出来。"

福斯特夫妇并没去听——他们杯里的苦酒已满，再也容纳不下更多的了。他们坐在那里，搭拉着脑袋，对其他一切都已麻木，只觉出心中的那一阵痛。

一小时过去。他们仍旧坐在那里，低垂着头，一动不动，一言不发，客人早已离开，他们并未觉察。

后来，他们开始动弹了，都懒洋洋地抬起头，彼此对瞪着，心事重重，神思恍惚，茫然无主；紧接着，他们就开始相互说一些胡话，七颠八倒的，幼稚可笑的。每隔一些时候，一句话还没说完，他们又陷入沉默，好像忘了自己在说些什么，或者，不知道该如何往下说。有时候，他们从这种沉默中清醒过来，在意识恢复后那迷糊的、短暂的片刻中，偶然想起了什么；于是他们哑口无言，怀着热烈关怀的心情，彼此轻轻地爱抚着对方的手，表示相互怜惜，要相依为命，那样子仿佛是在说："我就在你身边，我不会丢下你，让咱们共同承受这打击；迟早有一天咱们会获得解脱，会忘了一切，总会有一个坟，有一个让咱们安息的地方；耐心等待吧，时间不会久了。"

他们在精神痛苦者的黑夜中又生活了两年，老是那样默默地沉思，完全沉浸在模糊的悔恨与愁郁的梦境之中，从来不说什么；然后，终于在同一天里，他们俩一同获得解脱。

临终时，有一会儿工夫，萨利受了严重损伤的心灵上笼罩着的阴影消失，于是他说：

"巨大的财富,突然在有害于身心健康的情况下获得的财富,那是一个陷阱。它对我们没有好处,它带给人的那种狂欢是转瞬即逝的;可是,由于它的缘故,我们却抛弃了自己美好的、简朴的、幸福的生活——让他人都将我们的例子引以为戒吧。"

他闭上了眼睛,静默了一会儿;然后,死亡的寒气慢慢地向上移近他的心头,他脑海中的知觉也逐渐暗淡模糊,他嘟哝道:

"金钱曾给他带来苦恼,他却向我们从来没招惹他的人进行报复。他满足了自己的欲望:设下那卑鄙的、狡猾的阴谋,只留给我们三万元,知道我们会想方设法,利用它赚更多的钱,这样就会毁了我们的一生,也伤透了我们的心。其实,用不着他多破费,他原可以让我们不致受贪财的影响,不致受投机的诱惑,一个心肠更善良的人是会那样做的,可是他呀,他没有那种宽宏大量,没有怜悯他人的善心,没有——"

一九〇四年

罗 杰 斯

我在英格兰南部某镇短期逗留时,这位叫罗杰斯的人与我邂逅相遇,并向我介绍了自己。原来他的继父娶了我家一位远房亲戚,后来被绞死了。所以他大概认为我们之间存在着一种血缘关系。他每天一走进屋子就坐下来闲聊。在我见过的所有温和而安详的人中,我认为他是最古怪的。他要看我新买的高顶礼帽。我十分乐意让他看,因为我以为他会注意到它里面那个牛津街高级帽商的名字,这样就会对我产生一种敬意。可是,他把帽子翻来覆去地看时,一本正经地露出了一副怜悯神情,指出了两三处缺点,然后说我刚从外地来,当然不可能知道去哪里为自己添置服装。他说要把他的帽商地址交给我。接着他又说:"请原谅。"然后把一片红色薄纸剪成一个匀整的圆形,仔细把四周划出锯齿,取过胶水,把它粘在我的帽子里,这样就把那制帽商的名字遮住了。他说:"这一来谁也不会知道您是打哪儿买来的了。我会寄给您一张我的帽商的标签,您可以把它贴在这圈纸上面。"他处理这一切时显得十分沉着,十分冷静——有生以来我从未对一个人这样钦佩得五体投地。可是请注意,他做这一切时,却让自己的那顶帽子怪惹人厌地摆在桌上,紧紧凑近我面前——那是一顶"边缘耷拉"型的老式熄烛器①,松软疲沓,由于年深日久而走了样,由于气候变化而褪了色,周围一圈渗透了润发脂。

又有一次,他仔细验看我的衣服。我并不惊慌,因为我的成衣匠在店门上刻有这样的介绍:"本成衣匠经威尔士亲王殿下特约,"等等。当时我并不知道,多数的裁缝店都有这同样的标志,但是我想,九个成

---

① 熄烛器或熄灯器,前端为一圆锥形筒,将其扣在灯烛上,以熄灭火焰,高顶帽以其形似圆筒,故名。

衣匠才抵得一个普通人,而一百五十个成衣匠才抵得一位亲王。① 他对我的衣服显得十分于心不忍。他给我写下了他的裁缝的地址。他不叫我提到自己的笔名,虽然我以为那样裁缝为我做衣服时就会特别认真,因为一般有声望的人物有时候都会这样提到自己,但是他说,他的裁缝根本不去理会一个不著名的人物(不著名的人物? 当时我还以为,我在英国是赫赫有名的哩!——他这话也太伤人的感情了。)。他反而劝告我,应该提起他的名字,认为这样裁缝才会做得使你称心满意。我想开个玩笑,于是说:

"可是,这样一来,他就会通宵不睡,损害了他的健康呀!"

"这个吗,就让他去损害吧,"罗杰斯说,"我已经照顾他够多的了,他也该为此作出一些表示了。"

即使我试图说句笑话,要使一具木乃伊发窘,那效果将会是同样的。罗杰斯说:"我所有的衣服都在那儿做——它们是惟一适合你穿的衣服。"

我又一次发动进攻。我说:"你要是带一件来就好了——我倒想看看。"

"哎呀,我身上不是穿着一件吗?——这一件是摩根做的呀。"

我仔细观看了它。那件上衣是在卡塔姆街一个犹太人那里买的现成货,毫无疑问——大约是一八四八年的制品。新的时候它的售价大概是四美元。它已被划破,磨损,油污,绒毛已被磨光,露出了织纹。我忍不住向他指出那划破的地方。这一下深深地触动了他。我几乎懊恨自己不该这样做。首先,他像栽进了一个悲哀的无底深渊。继而,他重新振作起精神,双手作了一个姿势,仿佛是在驱散国民的奇耻大辱,然后说:(显露出我认为那是一种矫揉造作的感情)"没关系,没关系;不必为我介意;不必为这事烦心。我可以另做一件嘛。"

等他完全恢复正常,已能仔细验看那划破的地方,并控制他的情绪时,他说,啊,这会儿他明白那是怎么一回事了——肯定是那天早晨他的仆人侍候他穿礼服时给划破的。

----

① 英国俗话:"九个成衣匠才抵得一个普通人。"裁缝一般被认为是胆小如鼠的人。

他的仆人！在这样毫无顾忌的夸大中，却流露出一种旨在令人敬畏的意图。

他几乎每天都对我的衣着感兴趣。你不大可能想到，一个人会在这方面着了迷，而自己却老是穿着同一套衣服，看来那套衣服是和征服者①同年代的。

也许这是出于一种不足为外人道的欲望吧，然而我确实是指望这人赞赏与我有关的一些什么东西，或者我所做的什么事情——你们也会有过与此类似的念头吧。我看中了以下这一机会：我即将回伦敦，所以为那些要洗的脏衬衣列了一份"清单"。那些衬衣像座高山似的堆在屋子角落里——一共有五十四件。我希望他会以为那是一星期里积下的。我随手拿起洗衣清单，好像要看一看是不是都齐全了，然后，又装出一副满不在意的神气，把它向桌上一扔。果然。他捡起来，一路看到下面的总数。然后他说："您的日子倒挺好过的嘛，"说完又把它放下了。

他的那双手套是最令人看了伤心的破烂货，但是他告诉我，去哪里可以买到那样的手套。他那双鞋如把几个胡桃放进去几乎无法而不让它们漏出来，但是他却爱把一双脚高高跷向壁炉台，对着它们坠入沉思。他戴了一只灰蒙蒙的玻璃领带夹针，管那叫"多晶型钻石"——不知道那是什么意思——还说，迄今一共只发现有两只——另一只为中国皇帝所有。

后来，我到了伦敦，又有幸会到这位古怪的漫游者，他摆出了一副大公的气派②，大摇大摆地走进旅馆休息厅，原来他总要炫示他最新幻想到的贵人的气派——他这人各方面没一样是陈旧的，除了他那身衣装。他招呼我的时候，如果旁边有一些陌生人，他总是把声音稍许提高一点儿，称呼我为"里查德大人"，或是"将军"，或是"爵爷"——等到一些人开始注视我们，露出肃然起敬的神情，他就有意无意地询问，昨天晚上我为什么对阿盖尔公爵失约；然后提醒我，别忘了明天赴威斯敏

---

① 指法国诺曼底公爵（1028？—1087），他于一○六六年在黑斯廷击败英王哈罗德，征服英国，世称征服者威廉。
② 大公为仅次于国王的爵位。

斯特公爵府的约会。我想,每逢这种时刻,他就会将这类虚构想象成为实事。有一次他来约我一同去沃里克伯爵市内的官邸,和伯爵消磨一个晚上。我说我没接到正式邀请。他说那没关系,伯爵对他以及他的朋友都是熟不拘礼的。我问去时是不是可以就照身上这副打扮。他说那可不行;晚上去任何高贵的人家,晚礼服是必须的。他说他可以等候我打扮,然后我们去他的公寓,我可以趁他换衣服的时候喝一瓶香槟,吸一支雪茄。我倒很想看看他是怎么一个行事,于是我换了衣服,和他一同去他的寓所。他问我是不是可以步行。于是我们穿过泥泞和浓雾,跋涉了大约四英里,最后找到了他的"公寓":它位于穷街陋巷里一家理发店楼上,总共是一间屋子。两把椅子,一张小桌,一个古色古香的旅行包,一只面盆和一只水罐(都放在地板上一个角落里),一张没铺好的床,一片碎了的镜子,一只花盆,盆里留有一小棵垂死的玫瑰天竺葵,他管那叫世纪植物,据说它已有两个多世纪没开花——是已故的帕默斯顿勋爵赠送他的——当时所出的价却是为数可观的——这些就是屋子里所有的陈设。此外再有一个铜蜡烛台和残余的蜡烛。罗杰斯点燃了蜡烛,叫我坐下,不要拘束。他说希望我这时"馋喝",因为他要用一种香槟让我品尝时大吃一惊,那酒是一般老百姓难得有福消受的;或者,我是不是更喜欢喝雪利白葡萄酒,或者是波尔多红葡萄酒?他说他的波尔多红葡萄酒瓶外面结了层层蛛网,每一层代表三十年。讲到他的雪茄吗——也好,就让我自己去评价它吧。接着他向房门口伸出头去,喊道:

"萨克维尔!"没人应声。

"喂!——萨克维尔!"没人应声。

"咳,这管家究竟是怎么啦?我从来不允许一个用人——哦,这个该死的笨蛋,他把钥匙带走了。没有钥匙,我没法进那几间屋子。"

(当时我在琢磨,他怎么竟有那么大的胆量,继续幻想那香槟;我还竭力猜想,他会怎样摆脱那困境。)

这时他不再唤萨克维尔了,他开始唤"安格利西"。但是安格利西不来。他说:"这是第二次那管马的没先请假就走了。明天我就辞退了他。"

这时他扯直了嗓子唤"托马斯",但是托马斯不应声。接着又唤"西奥多",但是没有西奥多回答。

"算了,我放弃了,"罗杰斯说,"用人们再想不到我会这时候就回来,他们都赶着出去玩了。我不用管马的和跟班的也行,可是,喝酒和吸雪茄的时候没管事的,换衣服的时候没我的贴身用人,那可不行呀。"

我提议由我来帮他换衣服,但他怎么也不答应,而且定要由一个训练有素的熟手为他做这件事,否则他就会感到不自在。可是他最后说,好在他和伯爵是有深交的老朋友,反正他怎样装束都无所谓。于是我们雇了一辆出租马车,他嘱咐了车夫几句话,我们就出发了。过了不多一会儿,我们的车在一幢大房子前面停下,我们下了车。我从未见过这位先生戴领圈。这会儿他走到一盏路灯底下,从上衣口袋里掏出一个古色古香的纸领圈,连同一个陈旧的领结,然后将它们一起戴上了。他登上台阶,走进屋子。紧接着他又出现,飞快地跑下来说:

"喂——快!"

我们赶忙跑开,拐了个弯儿。

"现在咱们可安全了。"他说,接着就摘下了他的领圈领结,揣进了他的口袋。

"险些儿没来得及逃出来。"他说。

"怎么一回事?"我问。

"没错,是伯爵夫人在那里!"

"哟,那又怎么啦——她不认识你了吗?"

"认识我?她对我彻底倾倒。就在她看见之前,我凑巧瞥见了她——我就飞也似的逃了出来。已经有两个月没见到她——急匆匆进去撞上她,事前又没给她一个警告,那样会要了她的命。她没法经受得起。我不知道她在镇上——还以为她在城堡里哩。让我靠在您身上——靠一会儿——好了;现在我舒服点儿了——谢谢您;非常感谢您。老天保佑,有多么险哪!"

就这样,我到底没机会去拜访伯爵。但是为了供将来联系参考,我记下了他的住宅。后来证实,原来它是一个普通的家庭旅馆①,里面聚居了大约一千多平民百姓。

在多数情况下,罗杰斯一点儿也不笨。在某些情况下,他显然是个大笨蛋,但他自己肯定不知道。对这一类的事,他是"死"也不肯含糊的。去年夏天他以拉姆斯盖特伯爵的称号死在一次海上航行中。

---

① 以优惠价接待携带家属的客人短期住的旅馆。

"名著名译丛书"书目

（按著者生年排序）

第 一 辑

书　名	著　者	译　者
荷马史诗·伊利亚特	[古希腊]荷马	罗念生　王焕生
荷马史诗·奥德赛	[古希腊]荷马	王焕生
伊索寓言	[古希腊]伊索	王焕生
一千零一夜		纳　训
源氏物语	[日]紫式部	丰子恺
十日谈	[意大利]薄伽丘	王永年
堂吉诃德	[西班牙]塞万提斯	杨　绛
培根随笔集	[英]培根	曹明伦
罗密欧与朱丽叶	[英]莎士比亚	朱生豪
鲁滨孙飘流记	[英]笛福	徐霞村
格列佛游记	[英]斯威夫特	张　健
浮士德	[德]歌德	绿　原
少年维特的烦恼	[德]歌德	杨武能
傲慢与偏见	[英]简·奥斯丁	张　玲　张　扬
红与黑	[法]司汤达	张冠尧
格林童话全集	[德]格林兄弟	魏以新
希腊神话和传说	[德]施瓦布	楚图南

高老头 欧也妮·葛朗台	[法]巴尔扎克	张冠尧
普希金诗选	[俄]普希金	高 莽 等
巴黎圣母院	[法]雨果	陈敬容
悲惨世界	[法]雨果	李 丹 方 于
基度山伯爵	[法]大仲马	蒋学模
三个火枪手	[法]大仲马	李玉民
安徒生童话故事集	[丹麦]安徒生	叶君健
爱伦·坡短篇小说集	[美]爱伦·坡	陈良廷 等
汤姆叔叔的小屋	[美]斯陀夫人	王家湘
大卫·科波菲尔	[英]查尔斯·狄更斯	庄绎传
双城记	[英]查尔斯·狄更斯	石永礼 赵文娟
雾都孤儿	[英]查尔斯·狄更斯	黄雨石
简·爱	[英]夏洛蒂·勃朗特	吴钧燮
瓦尔登湖	[美]亨利·戴维·梭罗	苏福忠
呼啸山庄	[英]爱米丽·勃朗特	张 玲 张 扬
猎人笔记	[俄]屠格涅夫	丰子恺
包法利夫人	[法]福楼拜	李健吾
昆虫记	[法]亨利·法布尔	陈筱卿
茶花女	[法]小仲马	王振孙
安娜·卡列宁娜	[俄]列夫·托尔斯泰	周 扬 谢素台
复活	[俄]列夫·托尔斯泰	汝 龙
战争与和平	[俄]列夫·托尔斯泰	刘辽逸
海底两万里	[法]儒勒·凡尔纳	赵克非
八十天环游地球	[法]儒勒·凡尔纳	赵克非
马克·吐温中短篇小说选	[美]马克·吐温	叶冬心
汤姆·索亚历险记	[美]马克·吐温	张友松
爱的教育	[意大利]埃·德·阿米琪斯	王干卿
莫泊桑短篇小说选	[法]莫泊桑	张英伦
契诃夫短篇小说选	[俄]契诃夫	汝 龙
泰戈尔诗选	[印度]泰戈尔	冰 心 等
欧·亨利短篇小说选	[美]欧·亨利	王永年

名人传	[法]罗曼·罗兰	张冠尧 艾珉
童年 在人间 我的大学	[苏联]高尔基	刘辽逸 等
绿山墙的安妮	[加拿大]露西·蒙哥马利	马爱农
杰克·伦敦小说选	[美]杰克·伦敦	万 紫 等
卡夫卡中短篇小说全集	[奥地利]卡夫卡	叶廷芳 等
罗生门	[日]芥川龙之介	文洁若 等
了不起的盖茨比	[美]菲茨杰拉德	姚乃强
老人与海	[美]海明威	陈良廷 等
飘	[美]米切尔	戴 侃 等
小王子	[法]圣埃克苏佩里	马振骋
钢铁是怎样炼成的	[苏联]尼·奥斯特洛夫斯基	梅 益
静静的顿河	[苏联]肖洛霍夫	金 人

第 二 辑

威尼斯商人	[英]莎士比亚	朱生豪
忏悔录	[法]卢梭	范希衡 等
罪与罚	[俄]陀思妥耶夫斯基	朱海观 王 汶
哈克贝利·费恩历险记	[美]马克·吐温	张友松
漂亮朋友	[法]莫泊桑	张冠尧
斯·茨威格中短篇小说选	[奥地利]斯·茨威格	张玉书
海浪 达洛维太太	[英]弗吉尼亚·吴尔夫	吴钧燮 谷启楠
日瓦戈医生	[苏联]帕斯捷尔纳克	张秉衡
大师和玛格丽特	[苏联]布尔加科夫	钱 诚
太阳照常升起	[美]海明威	周 莉

第 三 辑

神曲	[意大利]但丁	田德望
吉尔·布拉斯	[法]勒萨日	杨 绛
都兰趣话	[法]巴尔扎克	施康强

书名	作者	译者
叶甫盖尼·奥涅金	[俄]普希金	智量
笑面人	[法]雨果	郑永慧
红字 七个尖角顶的宅第	[美]纳撒尼尔·霍桑	胡允桓
死魂灵	[俄]果戈理	满涛 许庆道
南方与北方	[英]盖斯凯尔夫人	主万
莱蒙托夫诗选 当代英雄	[俄]莱蒙托夫	余振 等
前夜 父与子	[俄]屠格涅夫	丽尼 巴金
白鲸	[美]赫尔曼·梅尔维尔	成时
米德尔马契	[英]乔治·爱略特	项星耀
小妇人	[美]路易莎·梅·奥尔科特	贾辉丰
娜娜	[法]左拉	郑永慧
一位女士的画像	[美]亨利·詹姆斯	项星耀
十字军骑士	[波兰]亨利克·显克维奇	林洪亮
樱桃园	[俄]契诃夫	汝龙
约翰-克利斯朵夫	[法]罗曼·罗兰	傅雷
我是猫	[日]夏目漱石	阎小妹
嘉莉妹妹	[美]德莱塞	潘庆舲
月亮与六便士	[英]威廉·萨默塞特·毛姆	谷启楠
人性的枷锁	[英]威廉·萨默塞特·毛姆	叶尊
人类群星闪耀时	[奥地利]斯·茨威格	张玉书
尤利西斯	[爱尔兰]詹姆斯·乔伊斯	金隄
好兵帅克历险记	[捷克]雅·哈谢克	星灿
城堡	[奥地利]卡夫卡	高年生
喧哗与骚动	[美]威廉·福克纳	李文俊
老妇还乡	[瑞士]迪伦马特	叶廷芳 韩瑞祥
金阁寺	[日]三岛由纪夫	陈德文
万延元年的Football	[日]大江健三郎	邱雅芬

购书附赠有声书《马克·吐温中短篇小说选》

1. 刮开涂层
刮开兑换码涂层

2. 扫描上方二维码
关注公众号
点击"兑换帮助"—
"兑换专区"中输入
兑换码

3. 兑换成功
再次扫描上方二维码,点击"进入店铺"在"已购"中查看

兑换码:

(如有使用问题,可以在上方公众号内留言)